jugada maestra

jugada maestra

ANNY PETERSON

Grijalbo

 Penguin
Random House
Grupo Editorial

Primera edición: julio de 2023

© 2023, Anny Peterson
© 2023, Penguin Random House Grupo Editorial, S. A. U.
Travessera de Gràcia, 47-49. 08021 Barcelona
© 2023, Shutterstock, por las ilustraciones del interior

Printed in Spain – Impreso en España

ISBN: 978-84-253-6380-1
Depósito legal: B-9.509-2023

Compuesto en Fotoletra, S. A.

Impreso en Romanyà Valls, S.A.
Capellades (Barcelona)

GR 6 3 8 0 1

Quien asume riesgos puede perder;
quien no los asume pierde siempre.

SAVIELLY TARTAKOWER

A mis padres,
por enseñarme que vale la pena arriesgarse
a perseguir un sueño

# keira

Prólogo

Sábado, 7 de abril
4.12 h.

—Estás rara —opina Ástor, resignado.

—No es verdad.

—Dices que no, Keira, pero lo estás...

—¿En qué lo notas?

Una pregunta estúpida cuando acabo de apartarme de su toque.

—Pensaba que ya lo habíamos superado... ¿Es que no me crees?

—Claro que te creo, Ástor —contesto con firmeza.

—Entonces ¿qué pasa?

Me callo porque no tengo respuesta a esa pregunta. ¡No es por él! ¿O sí...? Lo cierto es que ya no sé en quién confiar después de los últimos quince días.

Es el tiempo que ha pasado desde que descubrí quién mató a Sofía. Lo malo es que sigo sin poder demostrarlo y sin saber por qué, y el insomnio y el estrés que arrastro me están consumiendo. No es fácil ser testigo de hasta qué punto un buen asesino es capaz de engañar incluso a sus más allegados...

Con toda probabilidad su mente enfermiza transforme sus

remordimientos en la convicción de que tiene una misión mucho más grande que cualquier vida humana.

—¿Es por esta casa? —me pregunta Ástor de pronto, sacándome de mis cavilaciones—. ¿Te trae malos recuerdos?

—Puede ser… —admito.

Estamos en la mansión de los Arnau. Aquí es donde descubrimos que Sofía y Carla andaban compinchadas. Ahora la una está muerta y la otra, encerrada, y encontrarnos aquí de celebración me incomoda un poco.

Es un casoplón enorme, repleto de invitados de etiqueta que no querían perderse el cumpleaños del marqués. Al parecer, Xavier tiene fama de ofrecer un despliegue inigualable de buen gusto, amenizado con un *catering* de alta calidad y la mejor música en directo.

—Pues a mí me pone mucho estar aquí… —confiesa Ástor con una sonrisa torcida pegándose de nuevo a mí—. Me llena de adrenalina…

Sentir la brisa de sus palabras sobre la piel de mi mejilla me excita, y esta vez no me aparto.

Antes lo he rechazado porque acordamos que no volveríamos a ocultarnos nada y somos expertos en romper esa promesa… A mí me pesa tener que hacerlo, pero no puedo contarle lo que he descubierto. Podría ser muy peligroso para él.

Sus labios se posan en mi cuello y me obliga a cerrar los ojos contra mi voluntad.

Me encantaría perderme en su boca y olvidarme de todo por un instante, pero no es fácil desconectar. No lo ha sido desde que vi esa maldita grabación de Charly entrando en mi despacho en busca de la dichosa carpeta roja de Ulises…

Las increíbles manos de Ástor acarician el exterior de mis muslos y no detienen su andanza al toparse con la tela de mi vestido, sino que la arrastran hacia arriba a la vez que entierra su nariz en mi pelo.

—Kei… —jadea suplicante—. Necesito que todo vuelva a ser como antes… Por favor…

Su petición me ablanda y arqueo la espalda dándole acceso a mi intimidad. Al percibirlo, suspira enardecido.

Me aprisiona desde atrás contra la encimera del cuarto de baño hasta el que me ha seguido y gimo bajito cuando me separa las piernas sin delicadeza. Sus manos recorren mis ingles con devoción hasta llegar a mi centro.

Mentiría si dijera que no me gusta sentir su necesidad de poseerme y terminar follando en los lugares más insospechados, como si fuera su amante en vez de su prometida.

—Dios, Keira... —gime impaciente, desabrochándose el pantalón.

La anticipación me tensa al imaginar cada centímetro de su piel abriéndose paso en la mía con estocadas firmes y profundas.

Podría tomarme esta licencia..., este pequeño instante de placer y disfrutarlo un poco, porque en cuanto volvamos a la fiesta el enemigo seguirá acechándonos.

Brindará con nosotros, bromearemos juntos y tendré que dibujar una sonrisa falsa en mi cara para que nadie sospeche nada, Ástor el que menos...

El susodicho toma mi boca con avaricia haciendo que la imagen del innombrable se difumine en mi mente. Hacía muchos días que no nos dábamos un morreo en condiciones, y me regocijo al máximo. Es evidente que el alcohol ha conseguido que nos saltemos el clásico protocolo tras una pelea, porque la semana ha sido bastante fría entre nosotros después de cierto mal trago con la prensa... Ya os contaré, no es momento de pensar en eso, es momento de...

Toc, toc, toc.

Unos golpes en la puerta nos interrumpen.

—Que esperen... —farfulla Ástor, molesto, sin intención de interrumpir lo que se proponía hacer.

Tengo el vestido por la cintura y él, el pantalón deslizado piernas abajo, estábamos a punto de «reconectar».

—¿Hay alguien aquí? —pregunta una voz masculina.

Ástor y yo nos miramos y guardamos silencio.

—Disculpe, pero la casa está siendo evacuada. Le ruego que salga cuanto antes, por favor...

«¿"Evacuada"? ¿Por qué? ¿Qué ha pasado?».

Automáticamente, me preocupo. Hace media hora hemos

visto a Saúl y le hemos preguntado dónde estaba su padre, pero no lo sabía.

—Hace rato que no lo veo —nos ha asegurado—. Igual ha hecho una bomba de humo y se ha ido ya a la cama. Por mucho que diga, cumplir sesenta y cuatro le ha sentado fatal... Iré a buscarlo.

El malhumor de Saúl no nos ha pasado desapercibido, y estoy segura de que el motivo ha sido la desaparición de Charly y Yasmín un rato antes.

Que Charly se encaprichara de mi compañera no fue una sorpresa para mí. Ya sabía que le gustaban los policías, especialmente los que investigan casos en los que él es sospechoso.

Me recoloco el vestido en su sitio con garbo y Ástor se viste para salir. Hay un empleado por el pasillo que sigue comprobando las estancias, y al notar su tensión me azota un mal presentimiento.

—Vayan saliendo, por favor... —nos repite nervioso.

—¿Por qué? ¿Qué ha ocurrido? —pregunto interesada.

—Lo siento, señorita, no estoy autorizado para dar explicaciones. Solamente tengo órdenes de que todo el mundo abandone la casa.

—¿Dónde está el anfitrión?

—Eh... Indispuesto. Han llamado a una ambulancia. Y a la Policía.

—Yo soy policía. ¿Dónde está? —le exijo con firmeza.

El hombre me observa de arriba abajo dudando de mi palabra por culpa de mi atuendo y del pintalabios que sin duda llevaré corrido, porque acababa de retocármelo cuando Ástor me ha sorprendido en el cuarto de baño.

Al ver que no contesta, me doy la vuelta y me dispongo a buscar a Xavier por mí misma. Solo tengo que fijarme en el comportamiento de los trabajadores para encontrar el origen del conflicto.

Llegamos al *hall* principal y veo a una chica del servicio cruzar el espacio a toda prisa en sentido opuesto al nuestro. Sigo su estela sin dudarlo y nos lleva hasta un pasillo donde se aglomera más gente. La muchedumbre desemboca en la puerta de un enorme despacho en cuyo interior distingo a Saúl, de rodillas en el suelo, llorando consternado con su padre entre los brazos.

—¡Saúl...! —exclama Ástor, alarmado.

El aludido levanta la cabeza y nos mira con la cara desencajada.

—¡Apártense! —ordena Ástor en un tono irrebatible.

A medida que avanzamos hacia él, las piezas empiezan a encajar en mi mente como en un puzle. Una cuerda recia, de unos cuatro centímetros de grosor, descansa al lado del cuerpo. Hay una silla volcada y marcas moradas en el cuello de Xavier... Todo indica que se ha ahorcado.

Lo primero que hago es tomarle el pulso. Cuando confirmo que no tiene, busco los ojos de Ástor, atenazada. Saúl se queda estático ante mi silencio sepulcral. Tiene la mirada perdida y vidriosa.

Ástor se agacha para apoyar una mano en su hombro a modo de consuelo y lo oigo susurrar:

—Tranquilo...

—No puede ser... —musita Saúl—. ¡Es imposible! Mi padre nunca lo haría. Ástor... ¡Tú lo sabes!

Mi chico se agacha del todo para abrazarlo y Saúl se derrumba contra él. Apoya la frente en su pecho y rompe a llorar de una forma devastadora. El velo que suele cubrir su fachada de listillo inalcanzable se desvanece, mostrando que no es más que un chaval de veintidós años que acaba de perder a su padre.

La escena nos aplasta.

«Madre mía... Xavier ha muerto...».

Me vuelvo e intento alejarme de esa imagen tan dolorosa e íntima. Siento un terrible peso en el estómago y no soy capaz de gestionar la culpabilidad y la impotencia.

Digo «culpabilidad» porque en las últimas dos semanas he hablado bastantes veces con Xavier. Quizá demasiadas... Lo he presionado mucho con todo el asunto de Sofía, Ulises, Charly y Carla..., y ahora está muerto.

Mi estómago empieza a dar vueltas sobre sí mismo a medida que soy más consciente de las repercusiones que mis duras palabras han podido tener en él.

Y de pronto, la veo.

Una insolente nota encima de la mesa, con tres palabras escritas en letras mayúsculas.

Al leerla, el mundo deja de girar:

LO SIENTO. YO MATÉ A ULISES.

keira

1
A por él

Quince días antes

Intenté convencerme a mí misma de que era imposible... Que pillar a Charly husmeando entre mis notas no significaba nada. ¡Podía ser simple curiosidad, ¿no?! Pero algo dentro de mí no tenía duda de que él estaba detrás de todo.

Los había matado a los dos. A Sofía y a Ulises.

Una muerte explicaba la otra. Solo quedaba demostrarlo, pero primero necesitaba entender por qué.

¡Por qué, joder! ¡Se supone que los quería...!

Ulises debió de descubrir algo. Y si él pudo hacerlo, yo también. Quería resolverlo en tiempo récord ahora que sabía dónde concentrar mis esfuerzos. Iba a diseccionar la vida de Charly como si de una maldita rana se tratara.

Pero lo primero era lo primero: Carla.

Me constaba que finalmente Héctor y ella habían decidido detener el embarazo muy a pesar de los treinta y seis años de él, de su posición social y del milagro que suponía haberlo conseguido de forma natural, pero el mayor de los De Lerma terminó cediendo al hecho de que ella no quisiera tener al bebé en semejantes circunstancias. Las afecciones psicológicas de dar a luz encarcelada, de ver crecer a su hijo en cautividad y del escándalo mediático que supondría indicaban que lo más sensato era abortar. La insistencia de los padres de Carla por aplazar su maternidad hasta que saliera de aquel infierno terminó de inclinar la balanza. Y a mí me sabía fatal que el verdadero asesino de Sofía se cobrara también esa vida... Porque ese niño no es que fuera «no deseado», más bien era «no esperado», pero sin duda sería querido si la situación fuera distinta.

Recé para no haber llegado demasiado tarde.

Cuando Carla descubrió su estado estaba de seis semanas. Aguantó otras dos sin contárselo a nadie hasta que Yasmín la visitó. Para entonces, ya tenía decidido abortar bajo el más absoluto secreto, pero Yas se tomó su confesión como la duda necesaria para luchar por hacerla cambiar de opinión.

Pasaron otros siete días hasta que Héctor y Carla tomaron una decisión definitiva, plantándose en la novena semana de gestación.

Según la ley de plazos española para la interrupción voluntaria del embarazo, tenía hasta la semana decimocuarta para decidir libremente.

El domingo fui a verla a la cárcel, en calidad de policía, para no perturbar las dos visitas semanales de veinte minutos que se turnaban indistintamente entre sus padres y Héctor.

Carla se quedó asombrada cuando me vio en el locutorio.

—¡Keira...!

—Carla..., hola... ¿Cómo estás?

—He estado mejor —contestó irónica—. ¿Por qué has venido? ¿Hay algún cambio? —preguntó con una esperanza que ya creía perdida. Pero no. Por mucho que digamos lo contrario, siempre queda una con vida hasta el último aliento.

—Traigo novedades. Pero antes, dime: ¿ya has abortado?

—No. Será mañana...

Bufé de puro alivio.

—Menos mal... Pensaba que ya lo habrías hecho.

—No. Una vez que Héctor y yo nos decidimos tuve que rellenar un montón de papeleo y me obligaron a esperar otros tres días, por ley. ¿Por qué? ¿Qué pasa?

—Quiero hacerte una pregunta, Carla... —dije con intensidad ignorando sus demandas—. Y contéstame sinceramente, por favor...

—¿Qué?

—Si supieras que vas a salir de aquí en un mes, ¿tendrías el bebé?

—¿Un mes? Y seis también. Lo que no voy a hacer es traer a un niño al mundo para que pase sus primeros tres años de vida aquí dentro o lo haga alejado de mí y que luego no sepa ni quién soy. Mi estancia en la cárcel le marcaría para siempre... —dijo categórica—. Héctor ha sido muy comprensivo y yo no tengo prisa por ser madre... —La última palabra sonó un poco más aguda de lo normal.

—Pero ¿tú quieres tenerlo o no?

—Yo quiero a Héctor... —simplificó, tajante—. Su situación es muy inusual. Puede que esto no vuelva a pasar nunca, los médicos lo consideran un milagro y sé que, en el fondo, él quiere. La prueba de ello es que esta semana no ha venido a verme... —añadió angustiada—. Me dijo por teléfono que no tenía ánimo. Que había perdido a demasiada gente en poco tiempo... A mí, a Ástor y ahora a nuestro hijo...

Las lágrimas desbordaron sus ojos, y dejé que se las limpiara y se desahogara antes de continuar. Por poco me derrumbo yo también, pero me guardé la pena, respiré hondo y escondí mis emociones en las profundidades de mi estómago, aunque protestara de forma agónica.

Cuando se repuso, Carla me miró.

—Necesito saberlo: si estuvieras libre, ¿lo tendrías?

—Sí... Lo haría por Héctor. Quizá yo no esté preparada ni motivada para ser madre, pero él sí para ser padre. Y sabiendo que dispondría de los medios y el apoyo necesario para continuar formándome, lo tendría incluso sin contar con la bendición de mis padres. Ellos no lo aprueban por el simple hecho de que no lo ha precedido una gran boda de revista... Son así de retrógrados.

—¿Tú quieres casarte, Carla?

—Desde niña me han hecho pensar que debía casarme antes de plantearme tener hijos, pero he descubierto por las malas que la vida viene como viene y que hay que adaptarse a ella. Estoy intentando con todas mis fuerzas soportar el estar aquí encerrada injustamente… Mi dormitorio es una celda, ¡una maldita celda! Y estoy agotando mis escasas energías para no volverme loca. Cada minuto que pasa es una lucha por sobrevivir a esta pesadilla interminable, y no pienso sumarle tener un bebé sola… ¡No puedo ceder a los deseos de Héctor de ser padre en estas condiciones!

Sollozó de nuevo y me sentí fatal por ella.

—No tienes que ceder ni en esta ni en ninguna otra circunstancia. Yo no lo he hecho por Ástor, por mucho que lo necesite para perpetuar su linaje… ¡Se trata de mi vida! Y, en este caso, de la tuya.

—Lo sé, pero eso me hace sentir egoísta… A ti, ¿no, Keira?

—¡¿Por qué?! —pregunté con intención de rebatírselo.

—Porque ellos no pueden tener hijos. Están subyugados a nuestra decisión para ser padres, e igual que hay muchas mujeres que no quieren tenerlos, hay muchos hombres que lo están deseando y no pueden. ¿No te parece injusto? ¿No te parece una actitud machista el hecho de clasificar el rol femenino como el único e imprescindible para la crianza de un hijo? ¡Hoy en día hay padrazos así como madres muy desprendidas que pasan olímpicamente de sus hijos…!

—Ya, pero la madre lo engendra, lo lleva dentro y la unión con el bebé alcanza un grado que luego se refleja en todo…

—¿Y qué pasa con los bebés cuyas madres mueren durante el parto, acaso no salen adelante? Los vínculos se forjan, Keira. Y creo que la responsabilidad de tener un hijo es de dos, no solo de la madre. Somos nosotras mismas las que nos adjudicamos ese papel del que luego tanto nos quejamos, y la clave está en saber delegar y no intentar abarcar más de lo que somos capaces. Por lo tanto, teniendo el privilegio de traer a una persona al mundo, ¿por qué iba a negarme si sobran manos que lo atenderán de mil amores, aunque no sean siempre las mías?

Su discurso me dejó a cuadros.

Nunca lo había visto de ese modo. ¿Delegar? Sí, claro… Y luego aguantar el chaparrón de que eres una madre horrible, no «como las de antes». Sin embargo, su reflexión hizo que me diera cuenta de que, a pesar de haber luchado siempre contra la injusticia de género, incluso yo me amparaba en pensamientos machistas de una ideología opresiva en la que ni siquiera creía para justificarme a mí misma la decisión de no tener hijos.

No conocía mucho a Carla, o nada, pero me acababa de demostrar que había interiorizado todos aquellos libros feministas que descubrí un día en la estantería de su habitación.

—He estado esperando novedades a diario desde que me trajiste aquí el primer día... Y has venido en contadas ocasiones, básicamente para aplacar tus remordimientos por ser tan feliz con Ástor mientras yo me pudría aquí —me reprochó—. Llevo meses soñando que apareces corriendo con la solución ondeando en la mano, así que dime que tienes algo, Keira...

No puedo explicaros lo mal que me sentí en ese momento.

Por eso no quería venir a verla y por eso no quería ser madre, porque saber que alguien depende tanto de ti es una sensación insoportable. Su situación no era culpa mía, pero me vi pidiéndole perdón mil veces.

Le expliqué que hubo demasiados frentes abiertos en la investigación del asesinato de Sofía y que desde la primavera pasada mi estado emocional había sido como una puñetera gastroenteritis. Pero se acabó, por fin tenía una pista sólida: mi instinto. No me atreví a asegurárselo por no jugar con sus emociones, pero...

—Carla... —empecé sin saber muy bien qué decir y qué no—. He venido porque necesito que confíes en mí. Te quedan cuatro semanas de margen para tomar la decisión de abortar con libertad y quiero que esperes porque estoy a punto de solucionarlo. Tengo una pista nueva.

—¿Qué pista?

—No puedo contarte nada —dije apenada—. Si quiero que esto salga bien necesito que nadie lo sepa.

—Entonces ¿yo tengo que confiar en ti, pero tú no en mí?

Ese *touché* se me clavó entre los omóplatos con fuerza.

—Es por tu bien...

—¡Necesito saberlo, Keira! —Me miró con dureza—. Dímelo...

—De acuerdo, pero ten presente que si se lo cuentas a alguien, a cualquiera, puede costarte el no salir de aquí en diez años.

—Entendido.

—A nadie, Carla…

—¡Que no se lo diré a Héctor, joder! Si el precio de mi silencio es que me saques de aquí, no contaré nada. Pero si la decisión de tener un hijo depende de ello, necesito saber de qué se trata.

—Sé quién mató a Sofía…

Y expresarlo en voz alta inyectó una nueva convicción a mi teoría.

—¿Quién?

—El problema es que todavía no puedo demostrarlo…

—¡¿Quién fue?!

La vi contener la respiración. Y respiré hondo antes de soltarlo.

—Charly.

Carla me miró como si esa opción ya se le hubiera pasado por la mente.

—¿Por qué estás tan segura?

—Solo lo sé, ¿vale? Ulises no murió por nada… Murió porque lo descubrió, me apostaría una mano. Así que tendí una trampa a Charly y picó… Sé que fue él, Carla, y voy a llegar al fondo de este asunto como sea.

—¿Por qué la mataría? ¡Iban a casarse! Sofía estaba muy ilusionada.

—No lo sé, pero algo se torció aquella semana. Desde que aceptó el compromiso hasta que la mató salió a la luz un secreto… Y gracias a la aplicación que usaban para monitorizarse mutuamente sabemos con exactitud dónde estuvo Sofía. También estoy analizando cada movimiento de Charly. Todo lo que hizo esa semana. Ulises tenía muchos detalles apuntados en notas… Solo te pido que esperes diez días más. No abortes todavía, por favor…

—De acuerdo —aceptó esperanzada.

—Pero di a todo el mundo que lo has hecho, que ya no hay bebé.

—¿Por qué?

—Porque si existe un complot contra los De Lerma, como creo que es el caso, ese niño también lo es. Es mejor decir que ya no está.

—Vale... Por cierto, Keira, siento mucho lo de Ulises...

Apenas pude formular un «gracias».

—Héctor me lo contó y añadió que Charly estaba fatal... ¿Crees que eso se puede fingir tan bien?

—Es que no creo que estuviera fingiendo —apunté bajando la vista.

—¿Y crees que lo mató él?

—Sí. Muy a su pesar. Pero sí...

—No lo entiendo...

—La locura no tiene lógica, Carla, por eso es locura. Supongo que Charly tuvo que elegir. Era él y sus planes o Ulises... Y su estado coincide totalmente con el abatimiento de una culpabilidad en ciernes. Su dolor y el mío son muy distintos. Lo noto.

—Espero que lo atrapes, Keira... Héctor dice que eres un genio jugando al ajedrez. Necesito que hagas tu mejor jugada con él...

—Lo intentaré —contesté angustiada—. Pero estoy asustada... —confesé—. Creo que todos corremos un gran peligro. Si Charly llegó a renunciar a Ulises es porque tenía preparada una cruzada mucho más grande detrás, y aquí todos somos el punto débil de alguien... Por eso es tan importante que no comentes esto con nadie. Ástor y Héctor se volverían locos... Carla, estoy confiando mucho en ti.

—Guardaré el secreto, pero ven a verme en cuanto sepas algo, por favor. No me dejes una semana sin saber de ti. No te cuesta nada acercarte o llamarme por teléfono.

—El teléfono no es seguro. Vendré en persona. Cuenta con ello —dije poniendo la mano en el cristal, y Carla hizo lo mismo, agradecida.

—Keira... Sé que no empezamos con muy buen pie, pero si me sacas de aquí, me lo curraré mucho para que acabes adorándome. —Sonrió ilusionada—. Al fin y al cabo, vamos a ser cuñadas... Felicidades por tu compromiso con Ástor...

—Gracias —contesté esperanzada—. Mi intención es sustituir a un padrino psicópata por una dama de honor en libertad.

—Ojalá… —musitó soñadora con la mirada brillante.

—Dame tiempo, Carla, ¿vale? Es inminente…

Cuando volví a casa convencí a Ástor de que tenía mucho trabajo. Sentía que iba a contrarreloj y me encerré en el despacho con la carpeta roja de Ulises para hacer una lista. Quería aparecer el lunes en comisaría con los deberes hechos y mostrárselos a Yasmín, la partidaria número uno de que Charly era el culpable desde que leyó el informe pericial.

—¡Lo sabía! —exclamó cuando le conté cómo cayó en mi trampa.

—Bueno, en realidad, que hiciera eso no demuestra nada, Yas, pero… —cuestioné haciendo de abogado del diablo conmigo misma.

—¡¿Cómo que no?! ¡Es él, joder! ¡Está clarísimo, Keira!

—Si de verdad es él, está muy loco… —señalé asustada—. Y tú dejaste que el sábado te llevara a casa en su coche… Por eso te escribí, para saber si habías llegado bien. Yas, hay que tener muchísimo cuidado con Charly. Si sospecha algo puede tomar medidas…

—¿Y si te digo que intentó besarme cuando me dejó en casa?

—¡¿Qué?! —exclamé contrariada—. ¡Alucino! ¡Ese tío cambia de pareja como de calzoncillos! ¡No hace ni un mes que murió Ulises…!

Mi pecho palpitó frenético de ira. Pensaba que me daba un infarto allí mismo. No soportaba que Charly estuviera en libertad, vivito y coleando, y mi mejor amigo bajo tierra…

Apreté el puño con fuerza y lo estampé contra la mesa con la esperanza de que mi cólera se pulverizara.

—¿Quién narices es Carlos Montes? —pensé en voz alta, cabreada—. Vamos a averiguarlo, Yas. Quiero vida y obra. Padres, infancia, juventud… Las novias que ha tenido desde el parvulario, cómo coño entró en el KUN y cuándo… ¡Lo quiero todo! Pide en la aplicación de rastreo sus datos de las dos semanas anteriores a la muerte de Sofía.

—Dalo por hecho.

También informé a Yas de que había ido a ver a Carla a la cárcel y le hablé de nuestro pacto.

—Me parece genial. ¡Vamos a conseguirlo, Keira! —exclamó ilusionada.

—Sí... —confirmé, aunque con miedo. Me estaba jugando mucho. Mi propia felicidad, porque no podría estar tranquila hasta resolverlo.

En aquel entonces aún no lo sabía, pero Yasmín acababa de tomar una decisión por su cuenta respecto a Charly que elevaba el nivel del juego y la adentraba en un terreno peligroso.

Al cotejar los recorridos de Charly y Sofía una semana antes de la muerte de ella, saqué dos conclusiones: una, que cuatro días antes, el domingo, habían ido a comer a casa de la madre de Charly; y otra, que en los siguientes dos días Sofía visitó a Xavier un par de veces. ¿Por qué?

Con la madre de Charly quería hablar, pero no me interesaba hacer saltar la liebre tan pronto, así que me decidí por la visita a Xavier.

A media mañana, Yasmín y yo nos presentamos en el despacho que ocupaba como decano de la facultad de Matemáticas, previa cita telefónica, y nos llevamos una gran sorpresa.

—Buenos días, Keira...

—Hoy soy la inspectora Ibáñez —le contesté seria.

Xavier se quedó petrificado al fijarse en mi compañera.

—¡¡¡Pero si es Yasmín de la Torre!!! ¿De verdad eres tú?

Su cara de «¡Mierda!» la delató.

—Hola, señor Arnau...

—Dios mío... ¡No puedo creerlo! ¡Saúl no me tomaba el pelo...! ¡Te has convertido en toda una mujer!

«Ya empezamos...», pensé al percibir su vomitiva admiración.

—Hemos venido a hablar de Sofía —lo corté, arisca.

—Un momento, Keira, querida... —dijo levantando un petulante dedo y volviendo a mirar a Yasmín—. ¡Te juro que pensaba que tu padre te había vendido a un maldito árabe! Y me enfadé mucho con él...

Lo comentó tan preocupado que hasta yo le creí.

—No me vendió. Hizo algo peor...

—¿Qué te hizo?

—¿Podemos centrarnos en el caso? —replicó Yasmín mirándome, en busca de ayuda.

—Sí, mejor —reaccioné—. Xavier, por favor, deja el pasado en el pasado y céntrate en el presente. Viste a Sofía dos veces la semana de su muerte. ¿De qué charlasteis? Y no me vengas con evasivas. Esto es serio. Habla.

Se echó hacia atrás acomodándose en su gran sillón tapizado en cuero y cruzando las manos sobre su estómago.

—¡Ah, vale! Que ahora hablas en serio... No sabía que antes lo hacías en broma, Keira. Aunque un poco de chiste sí fue... —me acusó presuntuoso.

Le odié como se odia a alguien que tiene razón.

—¿Qué te explicó Sofía? ¿De qué hablasteis? ¿Por qué dos veces? —insistí.

—Te recuerdo que no estoy obligado a declarar por mi relación íntima con ella. Además, ya viste las grabaciones en su día... Hablamos poco y follamos mucho.

—Esa semana Sofía descubrió algo —continué, ignorando sus palabras—. ¿La notaste más exaltada de lo normal?

—¡Ya lo creo...! —Sonrió lascivo—. Diría que estaba especialmente excitada...

—¿Puede usted ponerse serio por una vez? —inquirió Yasmín, ruda.

Xavier la miró como si hubiera olvidado su presencia allí.

—Lo lamento... —musitó arrepentido. Y mis cejas se alzaron al percibir algo de sumisión en él—. ¿Sabéis qué? Yo era el único que caía bien a Sofía... No soportaba la hipocresía de la mayoría de los miembros del KUN. Yo estaba realmente enamorado de ella, no la perseguí porque fuera novia de mi hijo. Me pirran las mujeres guapas, pero Sofía era especial. Su vibrante personalidad me desmontaba, tenía agallas... Era como el hijo que siempre deseé, ambiciosa, sacrificada... Hasta le pedí que se casara conmigo, ¿y sabéis lo que me contestó? —Sonrió con autenticidad—. ¡Que era demasiado joven para ella...!

—¿Demasiado joven? —repitió Yasmín, escéptica.

—Sí, me dijo que si estuviera más a las puertas de la muerte, me haría el favor, pero que como me quedaban treinta años buenos, que nada... Era realmente maravillosa...

Yasmín disimuló una sonrisa en los labios ante su razonamiento.

—Y tú también me gustabas para mi hijo... —añadió de repente, sorprendiéndola—. La verdad es que no daba un duro por vosotros, pero al final prendió la chispa, ¿verdad? —soltó burlón.

Llegué a temer por la vida de Yasmín; os juro que no respiraba.

Carraspeé y me centré. No debíamos dar alas a las provocaciones del decano.

—¿Qué te contó Sofía aquella semana, Xavier? —insistí severa—. Cualquier cosa podría servirnos...

—Ya te lo dije, Keira. Estaba hecha un lío entre sus sentimientos y su ambición. Era evidente que la conveniencia le había explotado en la cara...

—Explícate.

—Se había enamorado como una colegiala de ese policía presuntuoso, Ulises, y el *matao* de Charly, loco de envidia, le había hecho una suculenta oferta de matrimonio. Por otro lado, yo la animaba a seguir en solitario; estaba a punto de ser nombrada miembro del KUN y no tenía por qué conformarse con estar casada con uno de ellos. Le preocupaba el dinero, pero todavía era joven y hermosa y sabía que yo siempre la respaldaría en el plano económico..., mientras estuviera conmigo, claro.

—¿Qué te contó de Charly exactamente?

—Muchas cosas que no vienen al caso...

—Todo viene al caso, Xavier. ¡Explícate!

—No le gustaba que bebiera los vientos por Ástor... —aclaró desdeñoso—. Se quejaba del orden de prioridades en su vida. Sus planes siempre dependían de la agenda del duque. Cuando lo necesitaba, se paraba el mundo y el resto tenía que esperar. Y creedme, lo necesitaba muy a menudo...

Yasmín y yo nos miramos.

¿Por qué tendría Charly esa obsesión con Ástor?

Se supone que estaba enamorado de Sofía. Y luego de Ulises. Y tenía dinero de sobra gracias al negocio de la web SugarLite. ¿Por qué ese servilismo? ¿Qué tramaba?

—¿Sofía le comentó algo sobre la visita a la casa de la madre de Charly? —preguntó Yasmín.

—Solo me dijo que era una mujer encantadora y que le enseñó un montón de fotos de cuando Charly era pequeño. Lo normal. La pobre no sospecha que su hijo es más marica que un palomo cojo...

—Los palomos cojos son violados por los machos al confundirlos con las hembras —salté ante la falta de respeto de Xavier por la comunidad LGTB. Su cara fue un poema, y me alegré de ello—. ¿No lo sabías? Son palomos heridos que se tumban adoptando la misma posición que las hembras disponibles en época de celo, y a los pobres los violan por error y a la fuerza.

Noté que, a mi lado, Yasmín se tensaba visiblemente.

«¡Mierda!». A menudo olvidaba lo que mi compañera había vivido a manos de esos inhumanos.

—Keira, cielo..., ¡me acabas de fastidiar el día con esa imagen! —se quejó Xavier—. ¿Por qué tienes que ser siempre tan reivindicativa?

—¿Y tú qué? ¿Por qué siempre tienes que hacerme pensar que eres un hombre intolerante que no merece ningún respeto por mi parte?

—La tolerancia es el principio del fin, querida.

Me levanté de la silla, cabreada.

—Vámonos, Yas. Estamos perdiendo el tiempo... Hablar con él es como darse contra un muro.

—¡Esperad! Hay una cosa que no os he contado... —soltó solo con la intención de retenernos—. La misma mañana de su muerte, me crucé con Sofía en el *hall* de la universidad y me comentó que estaba muy contenta por algo...

—¿Te explicó por qué?

La ansiedad que se filtró en mi voz hizo que Xavier sonriera como la serpiente del paraíso.

—Esa información tiene un precio, chicas...

—No vamos a acostarnos contigo —contesté a bocajarro.

—Tranquila, no pido tanto.

—Entonces ¿qué quieres? —pregunté enfadada.

—Solo que Yasmín tenga una cita con mi hijo. Ya sabes, para rememorar los viejos tiempos... Nada más.

—¡¿Cómo?! ¡Ni hablar! —exclamó ella, sintiéndose ultrajada.

—Solo es una cita —expuso Xavier—. Y os aseguro que la información que os daré a cambio es muy golosa...

—Ya sabemos de qué se trata —dije recordando lo de la web.

—Lo dudo, Keira. No tenía nada que ver con cuestiones económicas, ni con Charly, sino con la propia Sofía y los De Lerma...

A Yasmín y a mí se nos cortó la respiración.

—Mientes fatal, Xavier, ¿lo sabías? —Intenté disimular mi turbación con el ceño fruncido.

—Como prefiráis... Podéis iros. Pero solo es una cita con Saúl...

—¡¿Para qué diablos quiere que tengamos una cita?! —preguntó Yasmín, indignada.

—Llámame romántico..., pero creo en eso de que «quien tuvo, retuvo».

—¡Saúl no tuvo nada! —gritó furiosa.

Ambos la miramos como si supiéramos que acababa de mentir descaradamente.

—Mi hijo no estuvo tan abatido por «nada». Le rompiste el corazón, señorita, y eso solo lo hacen las mejores... —Sonrió malévolo—. Sofía también era una rompecorazones. Pero a Saúl no le afectó tanto su muerte como tu desaparición del mapa...

Me puse enferma al sentir que seguía jugando con nosotras.

—¡Ya está bien, Xavier! ¡Necesito saber ahora mismo qué te dijo Sofía! ¡Ha muerto gente! ¡Carla está en la cárcel! ¡Déjate de juegos, joder!

—No vuelvas a levantarme la voz —musitó tranquilamente—. La única persona que me importaba ya está muerta, y el futuro de mi hijo es incierto... Quiero esa cita. Y es mi última oferta.

—¡Esto es increíble...! —explotó Yasmín, alucinada.

—Joder... —resoplé hastiada—. A ver..., una cita tampoco es para tanto, Yas...

La aludida me miró con la traición fulgurando en sus ojos.

—¡¿Es que no sabes que no se negocia con terroristas?!

La risa de Xavier brotó relajada. Como si no nos estuviéramos jugando la vida de nadie.

Miré a Yasmín con insistencia e hice el gesto de acariciarme la tripa, para que recordara a Carla. Mi compañera arrugó el ceño.

—¡Está bien...! —accedió —. Solo una maldita cena.

—Bien. Te avisaré con los detalles. Ahora tengo que convencer a mi hijo, y me temo que eso va a ser mucho más difícil...

Intenté no reírme de la cara que puso Yasmín al oírlo, pero confié en que estábamos a una maldita cita de descubrir algo vital.

Qué ilusa fui... Y qué iluso fue Xavier.

# saúl

2
Furia paterna

Lo único que quiero es abrir los ojos y descubrir que todo ha sido una pesadilla, pero no tengo muchas esperanzas de que ocurra. Esto duele demasiado para no haberme despertado ya.

—Aquí hay una nota —farfulla Keira cerca de la mesa.

Su voz me hace volver la cabeza, y me avergüenza comprobar que he manchado la impresionante camisa azul marino con la que Ástor ha acudido a la fiesta de cumpleaños de mi padre. Me moría por saber dónde la había comprado.

«Joder... Mi padre...».

Observo otra vez su cuerpo sin vida y una sensación de vacío me invade de nuevo.

No. Ese montón de piel y huesos ya no es mi padre, su esencia ha desaparecido y ahora solo es un cuerpo que pronto iniciará su irremediable proceso de descomposición.

«¡No puede ser verdad...!».

Me veo echando de menos esa aura maligna que hacía que el aire se congelara a su paso; el calor del mundo se vuelve agobiante sin él. Creo que estaba demasiado acostumbrado a su frío.

Me limpio la cara y me acerco a la única explicación que me ha dejado sobre el escritorio.

—Eso no lo ha escrito él —sentencio al verlo.

—¿Cómo lo sabes, Saúl? —me pregunta Keira.

—Mi padre jamás usaba las mayúsculas. Decía que a alguien que tiene razón no le hace falta gritar...

Voy a coger la nota, y Keira frena mi mano.

—No la toques. No toquéis absolutamente nada... Y alejaos del cuerpo —nos ordena como si tuviera una premonición. La misma que yo desde que lo he visto: «Imposible que mi padre se haya suicidado». Nadie disfrutaba más de la vida que él... Puede que solo algún otro villano.

Keira y yo nos miramos. Ella preocupada y yo aceptando una dura verdad. Una que siempre he sabido y que soy incapaz de reconocerme en este momento: que voy a estar mejor sin él.

Intento soportar la presión de la culpabilidad por tener ese pensamiento y que no se manifieste en mi rostro, pero entonces miro a Ástor y veo en sus ojos que sabe exactamente cómo me siento... porque solo él tiene idea de cuánto odiaba a mi padre.

Y odiar a alguien no es lo contrario de quererlo. El perfecto antónimo sería la indiferencia. Porque odiar es un sentimiento muy intenso y humillante que implica que esa persona te importa lo suficiente para que perturbe de algún modo tu existencia.

Y ese modo era desear en secreto que aquel odioso ser me quisiera.

Los ojos se me llenan de lágrimas al verme tan expuesto. Mi fachada carismática, mi rebeldía inconformista y mi seguridad arrolladora caen a plomo al darme cuenta de que no estoy llorando por él, sino por mí. Porque siempre hizo que me sintiera basura.

—Dios mío... —dice una voz desde la puerta del despacho, y todos nos volvemos hacia ella.

Es la de Charly, acompañado por Héctor en su silla de ruedas.

—No entréis. —Keira los detiene—. Todo el mundo fuera de aquí... Es el escenario de un crimen...

Es oírlo y tener que apoyarme en la mesa.

Creo que voy a desmayarme. Porque está bien claro... No he estado más seguro de nada en mi vida. ¡Lo han asesinado! Y ha podido ser cualquiera.

Sin ir más lejos, yo mismo tengo más motivos que nadie, porque estas dos últimas semanas casi me vuelve loco. De hecho, creo que amenacé con matarlo un par de veces, si no recuerdo mal.

—Buenas noches, hijo... —me saludó una tarde con una sonrisa que no me gustó ni un pelo. Yo estaba tranquilamente en el salón del segundo piso, leyendo en un sillón individual cuando me sorprendió—. Adivina a quién he visto hoy...

—Ni idea, papá, pero seguro que estás a punto de decirme sus medidas —murmuré sin despegar los ojos de las letras.

—No hace falta, ya te las sabes...

Eso me hizo levantar la vista y descubrir su nueva sonrisa siniestra.

—He visto a Yasmín —confesó con picardía, y juro que mi corazón se saltó un latido—. Ha venido al decanato con Keira, y... tenías razón, ¡está preciosa!, y muy cambiada.

—Pues qué bien... —Volví al libro, pero fui incapaz de enfocar ni una palabra.

—Te he conseguido una cita con ella.

Al oírlo, todo mi cuerpo se puso en tensión sin permiso.

—¿Cómo? ¿Por qué?

—¿Por qué no? ¡Formabais una pareja espectacular!

—¿Cuándo vas a dejar de meterte en mi vida, papá?

—Nunca. Eres mi hijo. Me perteneces. Te tuve con un propósito muy concreto, enorgullecerme de ti, y hasta ahora he fracasado.

Cerré el libro de golpe y me levanté de un salto.

—Pues sal tú con ella —le dije un instante antes de desaparecer.

—¡Lo haría si pudiera...! —vociferó—. ¡Igual todavía estoy a tiempo de tener otro hijo que sí honre mi apellido de verdad...!

Me encerré en mi habitación dando un portazo y me lancé sobre la cama. ¿Cómo iba a querer a alguien así? Mi amor propio estaba en sus manos. El que le mostraba a los demás era una simple réplica de un bazar chino.

Me había dado la vida, vale; me había criado desde que mi madre falleció cuando yo tenía nueve años, pero nunca había tenido lo más importante: su cariño. Y mucho menos, su aprobación. Para él todo lo hacía mal. O demasiado bien, daba igual.

«¡Lanza más fuerte!», «¡Ten más pelotas!», «¡No pidas las cosas por favor, el favor se lo haces tú a ellos dignándote respirar su mismo aire!», y un sinfín de perlas más de las que no extraje ninguna enseñanza que mereciera la pena.

¿Una cita con Yasmín? ¿Para qué?

Lo maldije cien veces porque sabía que se buscaría la vida para que yo aceptara. Su primer movimiento fue enviarme una copia del vídeo que grabó años atrás donde Yasmín y yo salíamos protagonizando el momento más íntimo de nuestras vidas, y escribió: «Si no sales con ella este viernes por la noche, se lo enseñaré. Y a Keira también. Seguro que le encanta…».

«HIJO DE PUTA».

Pero no podía ceder a sus peticiones. Si lo hacía, no dejaría de chantajearme de por vida con esa maldita grabación.

—Por mí como si lo cuelgas en YouTube —dije con desgana nada más entrar en casa y encontrármelo de frente esperando una respuesta—. Ya no soy el mismo que hace cuatro años, papá…, y si enseñas ese vídeo el que va a tener que dar muchas explicaciones serás tú. Y te recuerdo que Yasmín es poli. Prepárate…

—Espero que no seas el mismo, porque eras penoso… Confío en que Sofía te hiciera un hombre…

—Pues sí. Y yo la hice a ella una mujer de verdad.

—Lo dices como si antes fuera de mentira…

—Antes no se respetaba a sí misma y creía que el físico lo era todo. Descubrió que estaba equivocada cuando la dejé…

—Yasmín te dejó a ti, no lo olvides.

—Da igual. Esas dos mujeres me mostraron qué busco en el amor, y no es a alguien como ellas, así que no entiendo tu interés por que tenga una cita con Yasmín…

—Os parecéis más de lo que crees. Los dos sois díscolos y antisistema. Tal para cual…

Resoplé, cansado, y negué con la cabeza. Solo quería escapar de él.

—¡¿Qué tengo que hacer para que acudas a esa cita, Saúl?! —me imploró, rendido—. Pide por esa boca y te daré lo que quieras...

Su insistencia teñida de ansiedad llamó mi atención.

—¿Por qué tienes tanto interés en esto?

—Porque algún día yo ya no estaré y solo Dios sabe qué mujer terminará al mando de esta casa... Yasmín de la Torre siempre me ha gustado...

—El que terminará al mando de esta casa seré yo.

—Tú no tienes madera...

—¿Y Yasmín sí? Te pega que te guste tanto... Dios los cría y los divos se juntan.

—No voy a consentir que faltes el respeto a tu difunta madre... —me avisó muy serio.

A veces me metía unos reveses de campeón de tenis que me dejaban estupefacto. Porque tenía razón... ¿Cómo pudo mi madre casarse con alguien como él? ¡Si era la mujer más maravillosa del mundo! Admito que yo como hijo la tenía idealizada, pero todos hablaban maravillas de ella. La recuerdo como una de esas personas que traen paz, con la que todo era fácil y menos malo. No sé explicarlo, pero irradiaba una calma y un cariño entrañables. Era astuta y tenía una extraña debilidad por mí. Quizá esté loco, pero Keira me recordaba un poco a ella.

Dios... Todavía no me creo que esté prometida con Ástor, y mucho menos que Yasmín se haya convertido en su nueva compañera de trabajo.

¿Qué le ocurre al universo? Llevo más de un año queriendo huir en el sentido opuesto a mi destino de heredar el marquesado, y cuando estoy a punto de terminar los estudios y largarme, va mi padre y se muere.

No..., no se ha muerto, alguien lo ha matado. Pero ¿quién?

Llegan más agentes de la Policía a la casa. Reparo en que Keira habla con quien parece estar al mando, pero está nerviosa.

Cada vez que veo el cuerpo de mi padre tan tieso y amoratado me entra un malestar terrible. De pronto, noto que alguien me empuja para sacarme de la habitación y me doy cuenta de que es Ástor.

«Joder, Ástor...».

—Dejemos trabajar a la Policía —me sugiere escueto—. He pedido a Keira que te tomen declaración en otra estancia, Saúl...

Me lleva hasta un saloncito cercano y hace que me siente en el sofá. Cada segundo que pasa mi vida me parece más surrealista.

Ástor se queda de pie, custodiándome. No es la primera vez que los dos estamos solos en esta habitación. Recuerdo encontrarnos aquí en una celebración en la que yo andaba aburrido a mis trece años —Ástor debía de tener veintipocos, fue antes del accidente—, y lo sorprendí sentado en este mismo sofá.

—¿Qué haces aquí? —pregunté, fascinado por tenerlo solo para mí.

—Escapar del mundo...

—¿Es que te persigue?

Sonrió ante mi broma.

—Exactamente.

—Pero ¿quién? —pregunté confuso.

—A todos nos persigue lo mismo...

—¿Qué?

—Las circunstancias en las que hemos nacido.

Me sorprendió entender tan bien esa respuesta.

—Pero tranquilo, chaval, está en tu mano cambiarlas si no te gustan.

—No me gustan... —confesé con culpabilidad—. Yo mataría por ser como tú... —continué, impulsivo, y me comió la vergüenza cuando quedó al descubierto mi patente admiración por Ástor.

—Dices eso porque soy mayor. —Sonrió, suavizando mi tensión.

Yo también sonreí, pero enseguida me puse serio.

—No, creo de verdad que nunca podré ser como tú, Ástor...

—¿Por qué no?

—Porque soy hijo único. Y tengo que hacer lo que me manden...

Y lo entendió. Vaya si lo entendió. Lo vi morderse el labio y sentirlo por mí. Porque si algo dominaba nuestras vidas era el peso de nuestros apellidos y su perpetuidad. Un peso que Ástor no tenía en ese momento y que yo le envidiaba porque podía dedicarse a disfrutar de la vida. Sin embargo, algo no encajaba en aquel cuento de hadas aristocrático, y los dos sabíamos lo que era: nuestros padres y sus personalidades tóxicas, que nos habían llevado mil veces a mirarnos sintiendo vergüenza ajena incluso cuando éramos solo unos críos.

Es muy difícil estar orgulloso de un escudo si su máximo representante te causa tanta desconfianza. Y cuando no entiendes que un ser de luz como tu madre lo eligiera. Yo me perdí en la lógica de aquel amor y solo pude creer que era culpa mía que fuera así conmigo. Mi padre, con sus desprecios, con su férrea disciplina carente de amor y su equivocada forma de infundirme honor, me convirtió en una persona que, cuando tuvo la oportunidad de ser feliz, la fastidió por completo con Yasmín.

Corría mi primer año de instituto...

Empecé el curso siendo todavía muy infantil. Algunas chicas habían comenzado a florecer en el proceso de cambio de niña a mujer, y recuerdo pensar que me daban pena.

Yo no quería dejar atrás mi mundo de fantasía en el que me sentía a salvo y comprendido entre libros de temática paranormal, superhéroes y elfos. Toda una estructura friki que me evadía de la realidad, de retazos de conversaciones que había escuchado de boca de mi padre charlando con el de Ástor, cosas como «Tiene un buen coño» o «A la muy guarra le gusta que la folle duro». Frases que mis delicados oídos no querían entender, pero que iban calándome en la idea de negarme a ser como ellos jamás.

¿Cómo sería Ástor en ese sentido?

Me moría por preguntarle sobre mujeres, deseaba escapar con él a un mundo en el que se sintiese cómodo, porque tenía la impresión de que yo también lo estaría.

El curso siguiente, tras el verano, se notó una evolución sustancial en el ambiente estudiantil. La mayoría de las chicas habían dado el ansiado cambio. Todo eran miradas de reojo, risitas y comentarios sobre quién estaba más guapa o quién tenía la delantera más llena. Las inevitables erecciones a todas horas controlaban mi existencia. Era un suplicio que me acercaba cada vez más al barranco de la perversión.

Empezar a ver porno con mis amigos solo empeoró mi obsesión.

Miles de flashes taladraban mi cabeza con fantasías a diario, incluso con la cajera del supermercado de toda la vida. Tenía la esperanza de que se me pasase; mientras tanto, intentaba disimular mi turbación. Quería saber si a todo el mundo le ocurría lo mismo o acaso yo y mis amigos éramos unos jodidos depravados.

Un día, en casa de los De Lerma, tuve la oportunidad de hablar con Ástor de nuevo a solas.

Estaba en la piscina, tumbado en una hamaca con unas gafas de sol negras leyendo el *Marca*. Al ver su cuerpo fornido me sentí un mierda. Él era fibroso, compacto y estaba bronceado, y yo era un tirillas blancucho y demasiado alto para mi edad que todavía no tenía musculatura.

—Hola —lo saludé sentándome en una hamaca cercana.

Ástor bajó el periódico y fijó la vista en mí.

—¡Eh, chaval! ¿Qué pasa? ¿Cómo te va?

—Bien… No sabía que ya habías vuelto de París.

—Sí, he terminado el máster. Y tengo pensado pegarme el mejor verano de mi vida. —Sonrió feliz.

—¿Vas a estar un tiempo por aquí? —pregunté esperanzado.

—No, solo estoy de paso. Voy a viajar con mis amigos…

—Ah… Qué suerte…

—Ya llegará tu momento, Saúl. Yo a tu edad tampoco iba a ninguna parte.

—¿Y qué hacías a mi edad…? —pregunté de repente—. Es decir…, ¿salías con chicas y eso?

La forma en la que me miró me provocó una vergüenza tremenda.

¡Era transparente, coño! Y su sonrisa terminó de confirmarme la gracia que le hacía mi pudor.

—A tu edad yo tenía un hermano tres años mayor del que lo aprendí todo y al que podía preguntar cualquier cosa —recordó.

—Jo, qué guay…

—Y tú me tienes a mí. Pregunta sin miedo. ¿Qué quieres saber?

El corazón comenzó a martillearme en el pecho deprisa. Ástor era la última persona que quería que pensara mal de mí.

«¡Dios…!».

Mi cara debió de transmitirle el pánico que sentía, porque soltó una carcajada muy varonil, confiada y benevolente. Era tan perfecto…

«Joder… ¿Soy gay?», pensé hecho un lío.

—¡No es nada…! Es solo que… Estoy un poco confuso…

—¿Respecto a qué, Saúl?

—A las chicas.

—¿En qué sentido?

Resoplé angustiado, y retuvo una sonrisa socarrona.

—Es que… no quiero ser como ellos…, como nuestros padres. No quiero sentirme un cerdo.

En ese momento me miró con atención y vi cruzar una estela de respeto en sus ojos.

—Pues no lo seas.

—¿Se puede no serlo? —pregunté alucinado.

Una inevitable carcajada se lanzó al vacío desde sus labios. Creo que fue la última vez que le oí reírse así. Tras el accidente, nunca volví a escuchar ese sonido en particular en él.

—Tú eres un buen chico, Saúl… Siempre lo has sido. No te preocupes, no te pareces a ellos…

—¿Cómo eres tú con las mujeres? —le pregunté con vergüenza.

Sonrió como si guardara un secreto.

—Lo único que puedo aconsejarte es que hagas que se sientan cómodas y respetadas. Yo intento transmitirles que el hecho de que compartan su tiempo conmigo es todo un privilegio para mí. No soy partidario de ocultar a una mujer que me gusta, me parece algo natural, y creo que a ellas también les agrada saberlo. El truco está en decirlo desde el respeto.

—¿Y si piensa mal de mí, a pesar de todo?

—Cuando consigas crear una química consensuada, no te sentirás así, ya verás… Esas cosas se notan…

—Tendré que creerte, Ástor... Muchas gracias —contesté vergonzoso—. Tampoco es que piense que ninguna vaya a querer nada conmigo, pero bueno...

—¿Por qué dices eso?

—Porque hay opciones mucho mejores que yo...

—A la gente se la conquista con esto. —Me tocó la frente—. Y con esto. —Me tocó el corazón.

«¡Es oficial...! ¡SOY GAY!». Mi pecho latía frenético.

En ese momento llegué a pensarlo de verdad, porque lo que sentí con su toque fue muy especial. No obstante, mis erecciones ante las féminas lo desmentían totalmente. Fue solo que hacía cinco años que no me hablaban y me tocaban con ternura. Desde que mi madre murió no había sentido que le importara de verdad a nadie. Mis abuelos maternos me revolvían el pelo y me hacían regalos caros, pero me miraban con pena más que otra cosa. Tenía primos a los que casi nunca veía, y la mayor parte del tiempo estaba solo con mi padre, acompañándole a sitios como si fuera una carga para él. Ástor fue el primero que me trató como si mis sentimientos fueran algo a tener en cuenta.

Como ahora mismo...

Mi padre acaba de morir y aquí está él, preocupándose de que no siga en la misma habitación que su cadáver. Creo que lo hace porque sabe que nadie más lo hará por mí.

—No te preocupes por nada, ¿de acuerdo? —murmura sereno—. Te voy a ayudar en todo lo que necesites, Saúl...

Esas palabras vuelven a abrir el grifo de mis lagrimales sin permiso.

Odio llorar. Y más, delante de Ástor, pero mis ojos gotean sin parar aunque apriete con todas mis fuerzas para cerrarlos. Y lo más doloroso es no entender por qué lloro por ese cabrón...

Fácil... Porque era mi padre y era lo único que tenía en la vida.

Me duele pensar que no he tenido tiempo de aprender a quererlo. Ni a entenderlo. O de intentar abrazar su realismo amargo frente a mi idealismo azucarado.

Dos agentes me acorralan y empiezan a hacerme preguntas a discreción. Noto mucho movimiento a mi alrededor, pero Ástor no se mueve de mi lado en ningún momento. Cuando me dejan tranquilo, siento que alguien se sienta a mi vera, y cuando vuelvo la cabeza encuentro a Yasmín con cara de circunstancia.

La que faltaba…

—Lo siento mucho… —musita compungida.

Aparto la vista del increíble vestido color coral con el que ha aparecido en la maldita fiesta. No quiero escucharla. No, después de lo que ha pasado entre nosotros estos días. Y todo por culpa de mi padre.

«¡Maldita sea…!».

Es un hecho: nadie podría tener mejores motivos para matarlo que yo.

 yasmín

3
La caja de Pandora

No me lo puedo creer...

¡Sencillamente, no doy crédito! Charly es un maldito genio...

Por favor, entended mi comentario desde el punto de vista de una adicta a programas de televisión donde se recrean asesinatos reales y su posterior investigación en busca del crimen perfecto.

Cuando me he enterado de lo que ha pasado he entendido de golpe aquello de que «la realidad supera a la ficción». Me da lástima la gente que sigue utilizando la palabra «surrealista» en su vocabulario. Creo que viven en los mundos de Yupi...

Madre mía, madre mía... Recapitulemos.

¿Xavier Arnau, un homófobo del que me atrevo a decir que nadie echará de menos, ha aparecido ahorcado con una nota en la que pedía perdón a Ulises, al cual le tenía una animadversión obsesiva por haber mantenido relaciones íntimas con la víctima de nuestro principal caso, Sofía?

El montaje se merece un aplauso por su brillantez.

Encaja tan bien que Charly igual consigue desviar las sospechas sobre su persona y hacer dudar a Keira, rascando un poco más de tiempo antes de que lo arrestemos. Pero a mí no me engaña.

Una vez es coincidencia; dos, casualidad; la tercera ya es un patrón.

Y Charly es un psicópata que no parará hasta conseguir lo que quiere. ¿Y qué es? Ni idea, pero me enerva no poder gritarle a la cara que estamos a punto de pillarlo y que las cadenas perpetuas se le están acumulando embadurnadas de una alevosía imperdonable.

No tenía pensado aproximarme a Saúl ahora mismo. Sé que soy la última persona a la que quiere cerca, pero mis piernas me han llevado hasta él sin preguntar.

Soy la culpable de que durante la última semana de la vida de su padre discutieran día sí, día también, y me siento fatal por ello. ¡Nunca tendría que haber aceptado esa maldita cita! ¿De qué ha servido?

¿Por qué no se dio cuenta Xavier del riesgo al que se exponía presumiendo de conocer el secreto por el que habían matado a Sofía?

¿Cómo no se nos ocurrió que podía correr la misma suerte?

Porque era el marqués de Riazor, y eso, al parecer, significaba algo. Lo capté en su mirada confiada, una que parecía estar por encima del bien y del mal, el día que lo conocí en la hípica, acompañado de su hijo. Solo tenía once años.

Nuestros padres se saludaron soltando un berrido, como si fueran un par de piratas, y yo me fijé en Saúl. Parecía solitario y algo más joven que yo, ya que, por aquel entonces, le sacaba unos centímetros.

Mi hermana pequeña, Lina, se le acercó curiosa para observar con descaro las almendras garrapiñadas que Saúl guardaba con recelo en la mano. Su sonrisa deseosa le pidió una sin necesidad de pronunciar palabra, y él, completamente derretido por la enana, abrió el paquete dispuesto a compartirlas.

—Espera... —objeté—. No sé si mi hermana puede comerlas... —Y fui a preguntar a mi madre, que, después de felicitarme por haberle pedido permiso, nos las denegó.

Saúl volvió a cerrar la bolsa con resignación.

—Yo sí quiero una —susurré cuando regresé a su lado—. Dámela sin que nadie lo vea...

Saúl se me quedó mirando, anonadado, y, por un instante, dudó.

—Por favor… —insistí al verlo mirar hacia los adultos, temeroso.

Segundos después se alejó de mí, y sentí un latigazo de ira recorriéndome de pies a cabeza. «¡Maldito bobo!».

No quería ni imaginarme la clase de vida que le esperaba como no espabilara… Yo había descubierto hacía tiempo que en nuestro mundo había que asentir a todo lo que te dijeran y luego hacer lo que te diese la gana. ¡Así hacíamos los demás! Tenía claro que si dejabas que otros dirigieran tu vida estabas abocado a ser infeliz.

No volví a ver a Saúl hasta un par de años después.

Cuando nos ordenaron saludarnos, fruncí el ceño demostrándole que todavía recordaba el incidente de la almendra garrapiñada.

Para entonces, él ya era más alto que yo. Los trece le habían sentado bien e imponía un poco más. Yo a él, en absoluto. Delante de mis padres seguía siendo la eterna niña perfecta sin una sola mancha en su historial académico o personal, pero eso estaba a punto de cambiar. Aquel verano iba a convertirme en mujer y tendría que empezar a lidiar con lo que eso significaba. Las miradas, las expectativas, la dieta rigurosa…

La transición fue casi un castigo.

Hasta ese momento yo había estudiado en un colegio solo de niñas y Saúl en uno solo de niños, por eso cualquier interacción con el sexo opuesto era todo un hito.

Nuestros padres se conocieron en el KUN y emprendieron negocios juntos. En aquella ocasión, habían organizado para las dos familias un fin de semana en una exclusiva zona de Ibiza a la que debías presumir de haber ido alguna vez para cerrar tratos importantes.

Nos dieron libertad total para movernos por el hotel de cinco estrellas en el que nos hospedamos con la condición de que no nos separásemos.

—Yo no necesito que nadie me vigile —repliqué malhumorada.

—No quiero que vayáis solas por ahí —expuso mi padre—. Permaneced juntos… o entreteneos aquí con un juego de mesa.

Saúl guardó silencio y me dejó decidir.

—Vamos... —masculló enfadada.

—Cuida de ellas, hijo, ahora son tu responsabilidad —soltó Xavier como despedida.

Y esa frase me dio una idea. Una mala idea... Porque Saúl iba a tener que seguirme adonde fuera.

Ya no le gustó la propuesta de bajar a la playa, pero cuando sugerí coger un patín acuático con pedales se llevó las manos a la cabeza.

—No creo que nuestros padres lo aprobaran...

—¿Nunca haces nada que no apruebe tu papi? Tranquilo, podemos ir sin ti...

—No os dejarán llevarlo solas. No tenéis fuerza suficiente...

—El mar está en calma total y he visto que hay algunos ligeros para niños. El problema será si nos vamos muy adentro... —Levanté las cejas burlona.

—No iréis solas...

—Pues tendrás que acompañarnos.

—¡Sí, por favor! ¡Yo quiero! —exclamó Lina, entusiasmada.

Y Saúl cedió con un gruñido. Parecía que a mi hermana no podía negarle nada. Ni la almendra garrapiñada, ni el hidropedal...

Alquilamos uno pequeño y manejable. Saúl y yo nos pusimos a pedalear al unísono en la parte delantera y Lina se sentó atrás. Tenía pensado ponerlo en un aprieto, discutir un poco con él y volver a tierra, pero cuando no llevábamos ni diez minutos montados, empezó a levantarse un viento muy fuerte. Nada hacía presagiar el violento e inesperado fenómeno que acababa de aparecer por el sudoeste de la isla alcanzando rachas de ochenta kilómetros por hora. Fue algo similar a una galerna del Cantábrico.

El mar se embraveció súbitamente y nos asustamos de veras.

—¡Pedalea, Yasmín...! ¡Vamos! —me gritó Saúl.

—¡¡¡No puedo!!!

Ni siquiera veía. El viento levantaba agua y arena, impidiendo la visibilidad, y los bamboleos de la embarcación hacían imposible coger el empuje suficiente para avanzar.

Además, Lina no dejaba de chillar.

—¡¡¡Yas…!!! —gritó muerta de miedo.

—¡Agárrate fuerte, Lina!

Pero tampoco había muchos lugares donde poder hacerlo. La vi cometer el error de levantar el culo de su asiento para abrazarse al respaldo con los dos brazos, y en el siguiente golpe de mar cayó al agua.

—¡¡¡LINA!!!

El terror me paralizó cuando vi que el mar se la tragaba. Se había convertido en una masa peligrosa e inestable que no tenía piedad con nadie. Mi corazón se estrujó con impotencia de forma dolorosa. Y de repente, Saúl se lanzó al agua a por ella. Apenas pude valorarlo porque el patín giró de forma tan brusca que faltó poco para caerme yo también. Entonces me di cuenta de que Saúl había cogido un extremo de la cuerda de la embarcación y me arrastraba con él.

Mi hermana no estaba por ninguna parte y me temí lo peor. Juro que no he pasado más miedo en mi vida.

—¡Socorro! —se oyó su voz. Y supe que Saúl también la había oído porque buceó en esa dirección con ganas.

Llamadlo adrenalina o milagro, pero poco después emergió con Lina a la superficie.

Subir de nuevo al hidropedal fue muy complicado. Quise ayudarles, pero Saúl me gritó que no me moviera de donde estaba. Procuré alargar la mano hacia mi hermana, y consiguió subir.

Saúl no la soltó en ningún momento; la tenía agarrada del brazo como si fuera una muñeca rota. Y cuando se sentó en su sitio, la atrajo hacia sí, colocándosela encima con las piernas abiertas hacia él.

—¡Agárrate a mi cuello, Lina, y no te sueltes! —le ordenó. Después me miró—. ¡Yas, vamos a pedalear juntos! ¡Dale! ¡Ahora!

Sus gritos me atoraron, pero obedecí.

Me daba la sensación de que no avanzábamos nada. Mis pedales se movían solos, incluso más rápido de lo que yo era capaz de pedalear. Perdí el hilo un par de veces y me hice daño al golpearme los pies con ellos.

—¡Pedalea, Yas! ¡No dejes de hacerlo!

Y volví a ello. Al menos debía evitar que fuésemos en círculos, pero el llanto de mi hermana no me dejaba pensar con claridad. Batí las piernas todo lo rápido que pude hasta llegar al agotamiento. Y cuando ya estábamos cerca de la playa, unos chicos de salvamento marítimo nos socorrieron.

Ni que decir tiene que me cayó una bronca monumental por parte de mis padres después de que Saúl les contara con detalle que me empeñé mucho en subir al patín cuando él me pidió expresamente que desistiera. Me hizo quedar como una idiota irresponsable. Y lo peor es que no le di ni las gracias...

Pero no importó, Lina lo hizo por las dos. Saúl era su nuevo héroe. El resto del fin de semana me pilló un par de veces rememorando su hazaña a lo Capitán América, aunque seguía enfadada con él por el chivatazo. Y muy agradecida también...

Después de aquello, nos cruzamos el primer día en el instituto mixto y ni siquiera nos saludamos. Solo nos miramos intensamente.

Estábamos en territorio comanche. Todo era nuevo y la mayoría de los alumnos eran extraños en plena fiebre hormonal.

Las etiquetas en ese tipo de ambientes se forjan rápido y yo me hice popular enseguida sin necesidad de abrir la boca. Es alucinante la importancia que se da a la estética por mucho que Disney se empeñe en decir lo contrario. Respecto a Saúl, basta con señalar que no era el clásico *quarterback*... Ni siquiera le gustaban los deportes, y sus destacables notas y su carácter reservado lo encasillaron de empollón rápidamente.

Pasaron años en los que él se convirtió en un don nadie y yo en la nata de todos los postres, y un buen día nuestros padres nos soltaron la bomba: «¡Hemos decidido prometeros!».

Se desató el caos en mi casa. ¿Aquello era real?

No sé a quién de los dos se le quedó más cara de tonto, si a Saúl o a mí. Supongo que a mí cuando me enteré de que él, en vez de acatar órdenes fiel a su estilo de niño obediente, estalló en furia y se negó en redondo.

«¿Perdona...?». Cualquiera en su lugar estaría dando las gracias.

—¿Quieres que te traiga algo? —le pregunto apenada colocando una mano en su espalda musculosa.

Es increíble lo mucho que ha cambiado en cuatro años. Lo fuerte, lo grande y lo «hombre» que está... Su aura es muy distinta a la que era. Ha pasado de vergonzoso a sinvergüenza, pero ahora mismo solo evoca una tristeza absoluta que me bloquea. Nunca sé cómo comportarme cuando alguien muere, ya lo he dicho en alguna otra ocasión.

Saúl niega con la cabeza a modo de respuesta.

—Si necesitas algo... Lo que sea... —insisto.

—Necesito algo —contesta de forma pausada—. Necesito que te vayas de mi casa...

Sus palabras me queman, como ya es costumbre entre nosotros. Me siento estúpida e impotente, y miro a Ástor avergonzada de que lo haya escuchado.

—Vale, lo lamento...

Me levanto con rapidez, sintiéndome insignificante para Saúl, y no levanta la vista cuando me voy. Sin embargo, la mirada condenatoria de Ástor se me clava en la espalda.

¡Qué mal...! Yo solo quería ayudar.

Pero ¿qué esperaba después de lo que ha pasado en su habitación hace un par de horas?

Salgo de la estancia, abochornada, y voy en busca de Keira.

La encuentro hablando con un miembro de la Policía Científica. Espero a que terminen para abordarla.

—¿Necesitas que haga algo? Tenme entretenida, por favor... —le suplico.

—Ahora mismo no puedes hacer nada más. Solo necesito que ellos hagan su trabajo y que venga el maldito juez de una vez para levantar el cadáver. Saúl no cree que se trate de un suicidio...

—¡Pues claro que no! Ya sabes quién ha sido... —murmuro con secretismo.

Keira me echa una mirada controvertida.

—O igual es que ves demasiadas series, Yas... —musita llevándome aparte—. Xavier tenía sus razones para matar a Ulises, ya lo sabes, no lo tragaba y pensaba que había matado a Sofía para quedarse con Charly. Quizá quería acabar con los dos cuando puso la bomba en su coche. ¡Tenía medios y poder suficiente para organizarlo todo!

—Keira, no dejes que esto te haga dudar. Piensa en todo lo que hemos descubierto estas semanas sobre Charly... ¡Estamos a un paso de cogerlo, joder!

—No es fácil ahorcar a alguien... Y no hay signos de violencia.

—Puede que lo drogara antes. Que analicen su sangre rápidamente, esas sustancias desaparecen del organismo en muy pocas horas...

—¿Y de dónde leches sacó la cuerda? —se pregunta Keira en voz alta.

—¿Del gimnasio? Parece la típica *battle rope*, ya sabes, una de esas cuerdas de batalla que se usan ahora para hacer ejercicios. Pregunta a Saúl si tienen una. Tal vez Charly fuera a por ella cuando se desmayó.

—¡¿Quién haría algo así en una casa llena de invitados?!

El histerismo moderado de Keira me da pena.

Su nivel de autocontrol está rozando el límite desde hace días. Nadie se merece pasar por lo que ella está pasando. Tiene muchísima presión encima. Duda de todo. Incluso de Ástor. Y no me sorprende...

La semana pasada él tuvo que irse de viaje de negocios; a ella le pareció genial porque cuanto más alejado estuviera de Charly, mejor. Sin embargo, los paparazis lo siguieron, y un par de días después todas las revistas revelaban unas fotos muy embarazosas con otra mujer. Desde entonces, creo que su compromiso pende de un hilo.

—Solo se necesitan unos minutos y mucha sangre fría para hacer algo así, Kei... —insisto.

Veo que un escalofrío la recorre entera.

—Mierda... —maldice perdida—. Y con la excusa de que Ástor y Héctor no se hablan, Charly lleva toda la noche de aquí para allá turnándose para estar con ellos, sin levantar sospechas... ¿Dónde estabas tú, por cierto?

Me quedo parada.

—¿También sospechas de mí?

—No, joder... Solo digo que no te he visto durante mucho rato, Yas...

—Te recuerdo que no soy tu mascota. Tengo vida propia, ¿sabes?

—La pregunta es simple, mi joven padawan: ¿con quién estabas cuando no estabas con nosotros?

—¡Estaba escondiéndome de Saúl! —confieso abochornada.

Keira se sujeta la cabeza y niega despacio.

—¿Es que aquí no hay nadie medio normal?

—Puede que me esté volviendo loca, ¡pero tú tienes parte de culpa! Desde vuestra maldita fiesta de compromiso, mi vida es un caos...

—Esa fiesta no fue idea mía. ¡Ni siquiera quería celebrarla...!

Tampoco me sorprende que diga eso.

Ese evento llegó en el peor momento posible. «Para acallar los rumores», dijeron la madre de Ástor y la de Keira, pero supongo que no existía un buen momento para reencontrarme con mis padres.

No fue agradable. Los culpaba. De algún modo, culpaba a todo el mundo menos a los que habían sido, más que nada, porque no sabía quiénes eran.

No sé cómo esperaban que reaccionara. Quizá más suave y menos borde de lo que fui, pero ya no era la misma que ellos recordaban. Era una versión más deteriorada de mí. La palabra «hogar» ya no formaba parte de mi diccionario; en ningún lugar me sentía segura.

Después de la violación, no quise volver a estar con ningún hombre a solas. Al principio me costaban hasta las multitudes. He sufrido delirios persecutorios, paranoia, claustrofobia y agorafobia... Mi psicóloga casi me pone una orden de alejamiento de lo mucho que la llamaba...

Por eso cuando me vi mejor, prescindí de ella pensando que pronto me repondría del todo. No sé por qué tendemos a pensar que esas cosas se solucionan solas, supongo que para no enfrentarnos a ellas. Pero la triste realidad es que en la actualidad tan solo pensar en tener relaciones sexuales con alguien me da asco y pavor a partes iguales.

Y tener una cita con Saúl fue como volver a abrir la maldita caja de Pandora.

 saúl

4
La cita

Es increíble que tenga tiempo para sentirme mal por Yasmín.

¡Mi padre acaba de morir! Y yo solo puedo pensar en lo borde que he sido con ella… O tal vez solo quiera olvidar las extrañas circunstancias que han rodeado la muerte de mi progenitor. Hacen que me sienta inútil y perdido.

En realidad, llevo toda la noche intentando no acercarme a Yasmín, y ahora mismo estoy en posición de exigir no verla; necesito relax, no como en estas últimas dos semanas, que han sido de locos.

Todo empezó con esa dichosa cita…

Que conste que yo no me la tomé como tal. No me puse música motivadora mientras me arreglaba ni me di consejos mirándome en el espejo. No elegí esa ropa con la que me sentía genial ni utilicé mi mejor coche. Al revés. Me planté en el portal de la casa de Yasmín diez minutos tarde, con unos vaqueros viejos, un polo Lacoste básico blanco y mi viejo Audi A3 negro. Sin colonia.

Me peiné porque suelo hacerlo cuando salgo a la calle, llamadme maniático, pero mis pretensiones románticas eran menos cien.

¿Qué hacía entonces allí?

Como era de esperar, mi padre me hizo una oferta irrechazable. Hacía tiempo que tenía dudas sobre qué hacer el próximo año cuando terminase de estudiar Económicas; perderme en Singapur parecía la mejor opción. Se lo había mencionado un par de veces y él no se había pronunciado al respecto, por lo que tenía la sensación de que me había preparado una emboscada para el día menos pensado.

—De acuerdo, papá, saldré con Yasmín esta noche si me dejas echar un vistazo a tu testamento ahora mismo. Pide que te envíen una copia al e-mail en unos minutos y llama delante de mí para que no cambien nada...

Su sonrisa maquiavélica me dio los escalofríos de costumbre.

—Está bien, listillo, pero júrame por tu honor que vas a cumplir el trato de la cita, leas lo que leas en él...

—Lo juro —dije con miedo. Me pregunté qué coño pondría en el testamento... Algo terrible, seguro.

Esa misma noche esperé a Yasmín apoyado en mi coche con los brazos cruzados.

Estaba listo para deleitarme con su cara de asco al verme, porque tenía claro que ella también había sido coaccionada para acudir y me moría por saber con qué. Debía de ser algo muy gordo cuando en el torneo de la gala benéfica de Reyes ni siquiera se dignó mirarme a la cara.

En cuanto la vi, mi corazón se volvió loco. Empezó a golpearme el pecho como si la recordara y quisiera huir de ella despavorido. Tuve que gritarle mentalmente un «sooo, chico, que solo es una tía guapa... y malvada».

Pero lo entendía..., porque menuda imagen.

Seguro que había consultado en internet un artículo titulado «El look ideal para que él caiga rendido a tus pies en la primera cita», pero haría falta mucho más que eso para olvidar lo que me había hecho.

Llevaba unas botas *cowboy* blancas con un vestido primaveral de fondo negro y pequeñas flores de todos los colores, la melena suelta con ligeras ondas deshechas de color miel y sin maquillaje. Casi me muero allí mismo.

Descrucé los brazos y sentí el nerviosismo viajar a través de ellos hasta las puntas de mis dedos. Odié que me hormiguearan por tocarla.

—Hola... —refunfuñó seca.

—Hola... —intenté imitarla e ignorar mi turbación pasajera.

Cualquiera de las mujeres que conozco se habría quedado de pie, delante de la puerta del coche, esperando a que se la abriera para subirse, pero Yasmín fue directa a abrirla a la vez que yo, lanzándome una mirada asesina por si osaba tocarla.

«Okey...», pensé subiendo las cejas.

No dije nada y volví al puesto del conductor.

Una vez dentro, encendí el motor y saltó la radio.

Fue irónico que Fonsi y Demi Lovato aseguraran a dúo que no era ella, sino yo... Que era mejor olvidar y dejarlo así. ¡Y encima permitir que me echara la culpa! No me quedó más remedio que decir:

—¿Puedo saber qué ganas tú por venir a este sinsentido, Yasmín?

—Eso es información clasificada —contestó con voz neutra.

—Pues espero que valga la pena...

—Yo también.

Nos miramos. Compartir un espacio tan pequeño e íntimo me resultó embarazoso.

—Lo mío no la ha valido... —masculló entre dientes arrancando el coche.

Sentí su mirada confusa sobre mí, intentando descifrar si eso había sido un insulto sobre su estilismo o me refería a mi recompensa particular.

Dejémoslo en que el maldito testamento se las traía...

—¿Adónde vamos, Saúl? —preguntó displicente.

—¿Adónde quieres ir?

—Me da igual.

—A mí también.

—Elige tú.

—¿Por qué tengo que elegir yo?

Yasmín bufó.

—Hablar contigo es agotador, ¿sabes?

—Lo mismo digo...

Volvimos a mirarnos con rabia. Aquello era surrealista.

—Pues damos vueltas con el coche y listo —zanjó chulita.

—Bien. Me encanta dar vueltas.

—Y a mí. Pero sin hablar.

«Y sin mirarnos», añadí mentalmente. Porque tener tan cerca esos muslos al descubierto me estaba afectando demasiado. Será porque una vez me rodearon las caderas mientras empujaba entre ellos...

No sabía si se había puesto colonia o qué hostias era, pero todo el habitáculo apestaba a ella. A puto verano. A sol. A dormir la siesta a la sombra mientras te dan un masaje en los pies... «¡Argh!».

Ni siquiera había pensado adónde llevarla. No quería compartir con ella ninguno de mis locales favoritos, ni satisfacerla yendo a los suyos; prefería que fuera incómodo, desconocido y extraño para los dos. Por eso me dirigí a una zona de bares que solían estar atestados de gente; nada de un restaurante romántico con manteles de lino y música de ascensor de fondo.

Aparqué en una calle paralela y lo dejé todo en manos del destino.

—Si no has reservado, no encontraremos sitio en ninguna parte —dijo Yasmín, molesta.

—En estos bares no se reserva, esperas a que alguien se levante.

—No me gustan los sitios tan concurridos...

—A mí sí —mentí sarcástico.

Me interné en un bar ambientado con motivos vascos y no le quedó más remedio que seguirme hasta la barra.

—¿Qué quieres tomar? —le pregunté. Tuve que acercarme bastante a su oreja debido al barullo, y percibir más matices concentrados de su aroma hizo que mi polla palpitara sin querer.

—Una botella de agua —dejó caer en mi oído.

—No pienso pedir agua en un bar... —Forcé la voz para no tener que volver a acercarme tanto.

—Pues yo no pienso beber nada que no esté embotellado.

—¿Por qué no?

Yasmín se fijó en mis labios para entender mejor mi frase y se quedó clavada en ellos por un momento. Me los humedecí con la lengua como acto reflejo. Un gesto recurrente para calmar nervios y ganar seguridad.

La cercanía de su piel despertó recuerdos en la mía que ya creía olvidados, y podría jurar que a ella le pasó lo mismo. Sin embargo, todo era distinto. Nosotros. Nuestros cuerpos, nuestras voces, nuestra mirada... Y a la vez más intenso que nunca. Esas sensaciones no encajaban con cuánto la había odiado durante años.

—Pues un maldito zumo —decidió.

—¿Qué tienes, tres años?

Una sonrisa estalló en su boca contra su voluntad y rebotó en la mía por arte de magia. Fue como una estrella fugaz en la que no me dio tiempo a pedir un deseo.

—A ti te gustaba el vino blanco, ¿no? —recordé.

—Sí, pero no quiero.

—Un vino fresquito no te va a matar, Yasmín...

Hice un gesto al camarero y pedí dos. Me extrañó que los ojos de Yasmín rezumaran una ansiedad casi palpable y lo corroboré al ver que seguía el recorrido de su copa hasta que la tuvo a salvo en su mano.

En ese momento, una pareja sentada a una mesa alta cercana se levantó y me apresuré a coger el sitio.

—¿Nos sentamos?

—¡Sí, por favor! —exclamó aliviada—. Me pone un poco nerviosa estar de pie en medio de tanta gente.

—¿Por qué?

Se encogió de hombros.

—Prefiero estar sentada...

—Yo preferiría estar en mi casa... —masculló sin poder reprimirme.

Yasmín me miró entre curiosa y ofendida.

—Vale, ahora en serio, Saúl —empezó, cansada—, ¿tienes idea de por qué tu padre ha querido meternos en esta situación?

—La pregunta es: ¿por qué se lo hemos permitido nosotros?

—Lo mío fue chantaje puro y duro —confesó—. Keira y yo estamos muy cerca de atrapar al asesino de Sofía, y tu padre nos dijo que ella le contó algo interesante la última vez que la vio...

Cerré los ojos sabiendo que iban a morder el polvo.

—Pues os ha mentido. Mi padre y Sofía no hablaban precisamente durante sus encuentros...

—¿Eso crees, Saúl? ¿Te imaginas a tu padre callado sin presumir o sin decir nada impertinente? Imposible...

No tuve más opción que sonreír.

—Es verdad... Pero ya repasaron esos vídeos y no había nada.

—Nos ha dicho que la vio la misma mañana de su muerte en la universidad y que ella le contó un chismorreo...

Fruncí el ceño.

—Si mi padre tuviera información relevante que pudiera ayudar a encontrar al asesino de Sofía lo habría dicho... Su muerte le afectó mucho... Ella le importaba.

—¿Y a ti?

—También. Éramos amigos.

—¿Se puede ser amigo de un ex?

—Depende de los motivos de la ruptura. Cuando es sin motivo, suele joder bastante... —Le lancé la pulla. Y sentí cómo la cazaba al vuelo.

—Siempre hay un motivo, Saúl.

—Ya, pero si no se tiene la decencia de explicarlo, te imaginas el peor...

Yasmín bebió de su copa para no tener que contestar.

—Quizá a tu padre no le convino contarlo entonces, porque desvelarlo podría haberlo metido en problemas con alguien con el que no quería tenerlos..., por ejemplo, con Ástor. Se supone que el secreto era sobre él...

Esa teoría captó mi interés.

—Si eso es cierto, ¿qué sentido tenía que Sofía quisiera contármelo a mí?

—Por aquel entonces tú no formabas parte de los KUN, ¿no?

Nos miramos fijamente y leí la pregunta en sus ojos antes de que me la hiciera.

—¿Por qué no formabas parte?

—Porque no quise... —contesté sin más.

—¿Y a tu papi no le pareció mal?

—No sabes el tipo de relación que tengo con mi padre...

—¿Ha cambiado mucho desde hace cuatro años?

—Sí. Radicalmente. A peor...

—Sigo sin entender qué pretende con esta cita —resopló molesta.

«Yo sí», pensé avergonzado. Probablemente, grabar otra cinta...

Volví a beber de mi copa, nervioso, al recordarlo. No es que la hubiese visto dos millones de veces, es que el txakoli entraba increíblemente bien... Era fresco y ácido, igual que Yasmín.

—O sea, que buscáis a alguien del KUN, pero seguís dando palos de ciego sin saber quién es, ¿no? —me burlé, para sonsacarle más.

—No. Ahora sabemos quién fue —contestó petulante e impulsiva.

—¿Quién?

—No puedo decírtelo, Saúl. Nadie puede saberlo.

—¿Por qué? ¿Es alguien muy cercano a Ástor?

Mis deducciones la pusieron nerviosa, y me gustó notarlo.

Yasmín bebió de su copa —que no había soltado en ningún momento— y se acarició el pelo para distraer mi atención.

Me fastidia reconocer que funcionó.

Tenía una melena preciosa. Larga, dorada, ondulada y muy brillante. Un puto sueño, en definitiva. Uno que una vez se hizo realidad...

—¿Y si lo adivino? —propuse suspicaz.

—No pierdas el tiempo, no pienso decírtelo. De hecho, es mejor que no hablemos de nada y ya está.

—Como quieras.

Si quedaba algo de la chica que una vez conocí, tuve claro que no podría estar callada más de cinco minutos. Su encefalograma no sabía estar plano. Yasmín era demasiado curiosa y avispada. Y como la obstinación suele llevar a callejones sin salida, dejé que las copas se fueran vaciando a falta de no tener nada mejor que llevarnos a la boca.

Sin preguntarle si le apetecía otra, pedí dos más.

—Yo no quería —dijo en lugar de «Gracias» cuando le acerqué la nueva.

—¿Y cómo piensas pasar el rato que tenemos que estar aquí?

—¿Cuánto va a ser?

—Al menos un par de horas...

—¡Joder...! ¿Crees que tu padre se enterará si nos vamos antes?

—¡Ja! No lo conoces... Seguro que lo está grabando todo.

—¡¿Qué?! —exclamó asustada mirando a su alrededor.

—No sé cómo, pero si no cumplimos, lo sabrá, créeme. Si deseas que te dé esa información, cumple con tu parte, Yasmín.

Resopló, cogió la copa llena y empezó a beber. ¿No decía que no quería?

—Tampoco te mataría dar las gracias de vez en cuando, o quizá un «lo siento».

—¿Por qué tendría que decir «Lo siento»? —preguntó belicosa.

—Si te lo tengo que explicar, no hace falta...

—Igual eres tú el que debería darme las gracias a mí...

—¿Por qué?

—Si te lo tengo que explicar...

Nos quedamos de nuevo en silencio, lo que nos ayudó a bajar otra copa entre miradas furtivas y *flashbacks* de nuestra primera vez.

Solo esperaba que Yasmín no se refiriera a eso... ¿Quién puede olvidar un espectáculo tan sangriento? ¿O la forma de absorberme hacia su interior, o la deliciosa presión que tuve que ejercer para traspasar esa barrera de piel...? ¿O sus gemidos, la humedad, las sensaciones y sentimientos extraordinarios que compartimos?

La miré fijamente. No me creía que la tuviera delante y que no sintiera nada por ella. Nada bueno, al menos.

Volví a beber y ella hizo lo mismo.

Me daba la sensación de que aquello fue en otra vida, siendo otras personas. Y así fue. En realidad, estuve dando gracias a un ser superior por vivir ese instante de dicha durante unas cuantas horas, pero me arrepentí muy pronto.

Nunca supe cómo se corrió la voz.

Es cierto que se lo conté a mi mejor amigo, en cuya discreción confiaba plenamente. Sobra decir que después de eso dejó de serlo tras negar su traición hasta tres veces, como san Pedro.

Pero al día siguiente en los pasillos del instituto no se hablaba de otra cosa.

Mis compañeros me hicieron todo tipo de comentarios alabadores antes del recreo bajo mi expresión estupefacta. Después todo cambió. Las miradas de reproche y la palabra «mentiroso» flotaban en el ambiente sin disimulo. Mucha gente vino a preguntármelo en persona para que desmintiese el cotilleo, como si tuviera que dar explicaciones sobre mi vida privada. Y cuando por fin tuve frente a frente a Yasmín y le pregunté si podíamos hablar, ella se negó y se puso a gritar. Me dijo que dejara de inventarme cosas sobre nosotros y me acusó de estar obsesionado con ella desde que éramos niños.

Una semana después, fue la fiesta de graduación y Yasmín desapareció para siempre. Sus padres dijeron que se había ido de vacaciones de verano con una tía al extranjero y ya nunca volvió. Nuestro compromiso se rompió, igual que mi corazón, y tuve que encargar uno nuevo a prueba de arpías.

—¿Es cierto que besaste a Keira el año pasado? —me preguntó de pronto mientras paladeaba el vino. Juraría que ya estaba afectándole.

—Solo fue una puesta en escena, Yasmín.

—Sí, ya me contó el tinglado que montó Héctor. Muy poético todo.

—Lo fue. Y debería estar agradecida... Ahora está prometida, ¿no?

—Lo dices como si eso te molestara —señaló perversa.

—Que Keira me fascina no es ningún secreto —admití con tranquilidad—. Esa chica es la honestidad personificada. Además, es preciosa y un caimán sobre el tablero. Es una combinación de lo más sexy...

—Me queda claro... —masculló incómoda.

—Trabajar con ella debe de ser genial. ¿Cómo terminaste siendo policía, Yasmín? —le pregunté intrigado, sin mucha esperanza de que me contestara.

Se lo pensó durante un momento.

—Ya sabes que siempre me gustó la criminología, analizar casos y perfiles, y necesitaba un trabajo...

—Pensaba que tenías grandes planes para unirte a las Kardashian.

—Ojalá. Son muy buenas empresarias, a pesar de lo que la gente cree.

—¿Sigues en contacto con tu familia?

—No quiero hablar de eso...

—¿Por qué no?

—Déjalo, por favor...

—¿Ni siquiera con tu hermana?

—¡He dicho que lo dejes, Saúl! ¿Quieres que te pregunte yo cosas de tu padre? ¿Qué tal te sentó que se follara a tu última novia?

—Y ahí está... —dije displicente consultando mi reloj—. Treinta y cuatro minutos has tardado en sacar a la arpía que llevas dentro, Yasmín. Felicidades.

Sus ojos se volvieron una rendija roja, pero supo controlar la ira con una nueva templanza que no le conocía.

—Si me atacan, me defiendo.

—¿Preguntarte por tu familia es atacarte?

—Te he dicho que no quería hablar de ellos.

—¿Qué te hicieron que fuera tan malo?

—No te importa.

—Es verdad. No me importa en absoluto. Además, seguro que te lo merecías...

Me miró con un odio que me asustó.

¿Qué coño habría pasado? Yasmín desapareció del panorama social. De todas partes, en realidad.

La vi consultar su móvil.

—Tú has tardado treinta y seis minutos en sacar al gilipollas que llevas dentro, Saúl.

—¿Qué quieres que haga, si mi gilipollas se enamoró de tu arpía?

Su mirada se volvió frágil por un segundo y vislumbré a la Yasmín que una vez me engañó. Me dieron ganas de agarrarla por los brazos y decirle: «¿¿Por qué lo hiciste?! ¡Vuelve!». Pero sería buscar a una persona que nunca existió.

Como buena arpía, se dedicó a ignorar mi reveladora frase con mucho estilo cogiendo su copa empañada y volviendo a beber.

«Bebe, bebe...», pensé cabreado.

Pronto descubriría los estragos que causaban tres vasos de txakoli sin comer nada... Y comiendo también, la verdad sea dicha.

Cuando terminé mi bebida moví la copa vacía delante de su cara dando a entender que le tocaba ir a por más. A ella tampoco le quedaba, y se levantó a regañadientes. Pensaba que ya había tenido suficiente y que aparecería con un zumito tropical, pero por lo visto le había cogido el gusto y trajo una botella entera de txakoli con un escanciador.

«Interesante», pensé, reprimiendo una sonrisa.

Seguimos bebiendo y la observé perdida en sus pensamientos mientras el líquido iba desapareciendo por su garganta a una velocidad de vértigo. No tardamos en llegar al punto de «exaltación de la amistad», ese estado donde tu cerebro ve a alguien que acabas de conocer como de toda la vida, y a alguien de toda la vida como si fueras tú mismo en un espejo...

—¿Estuviste muy enamorado de Sofía? —preguntó sin filtro.

—Guau... ¡Vaya pregunta! —Sonreí—. Te habrás quedado a gusto, Yas...

—Bastante. —Me lanzó una sonrisa borrachuza.

Conocía esa mueca. Más tarde os contaré nuestra primera borrachera en la Nochevieja de nuestros dieciséis años. Agarramos un buen pedal en una fiesta que se celebró en casa de sus padres. No quiero adelantar nada, pero vino hasta la Policía.

—Lo estuve. Enamorado. Pero ya sabes lo que dicen, ese estado dura muy poco tiempo... Hay a quien no le dura ni veinticuatro horas, de hecho...

Pulla al canto.

«Gracias por la oportunidad de encajarle esa frase, papá».

—Yo no estuve enamorada de ti —sentenció Yasmín a bocajarro.

Sonreí al sentir que un dolor familiar y caduco me atravesaba el pecho. Esa era la señal para quitarle la copa de la mano. Sin embargo, en lugar de eso señalé al camarero y dije:

—¿Quieres que le pida al tío de la barra un sacacorchos? Así podrás clavármelo directamente en el corazón...

Una preciosa sonrisa afloró en sus femeninos labios. Eran carnosos y tenían un color natural fuera de serie.

—Lo siento —musitó, y sonó sincera—. Es que creo que estar enamorado es otra cosa...

—¿Y qué es, según tú?

—Necesitaría otra botella para contestarte a eso, Saúl... No obstante, aunque no conocía a Sofía, creo que era una gran chica.

—Lo era...

—Tenía mal gusto para los hombres, pero era una guerrera, al fin y al cabo.

Hube de reconocer que se ponía muy graciosa cuando bebía.

—Sí, de hecho, me recordaba un poco a ti... —la piqué.

—¿A mí?

—O a una parte de ti...

—Ah, porque físicamente somos opuestas.

—Yo me refería a la parte importante..., a la personalidad.

—Qué asco de tío... —farfulló para sí misma—. Siempre tan noble.

Sonreí de nuevo al comprobar que Yasmín ya no discernía entre lo que decía y lo que pensaba. «¡Genial!».

—¿Por qué te hiciste policía? —volví a preguntar.

—Porque hay gente muy mala en el mundo... —contestó de sopetón—. Ya te lo he dicho, Saúl: siempre me ha gustado resolver acertijos y ver documentales sobre crímenes perfectos que no lo fueron tanto. Me encanta ese rollo... Las pistas están ahí, solo hay que encontrarlas. Y estamos a punto de destaparlo todo. Se va a enterar...

Sus palabras me interesaron y seguí dorándole la píldora.

—Keira dice que eres muy buena ayudante —apunté, aunque no tenía ni idea.

—Ella sí que es buena... —dijo soñadora—. La sigo desde hace años. Si supieras todo lo que ha hecho te morirías.

—Ya me muero sin saberlo.

—¡Corta el rollo, Saúl! ¡Keira está con Ástor! —advirtió brusca. Y volví a sonreír al notar cierto resquemor en sus palabras. Como si fuera duro entender que ya no era la reina de mi baile...

—¿Por qué me pediste ayuda para aprobar en su día, Yasmín, si no pensabas ir a la universidad?

—Quería ir, pero no pudo ser. La vida no siempre sale como uno la planea...

—Todavía puedes ir...

—Estoy matriculada. Voy poco a poco... Me ha costado mucho asentarme, y ahora que por fin he empezado a trabajar necesito estar un par de años de servicio como mínimo antes de poder pedir una excedencia...

Volvimos a escanearnos con la mirada, y captó en mis ojos la curiosidad por el motivo por el que tuvo que asentarse por su cuenta.

—Con Lina sí me hablo —aclaró de pronto—. Pero todavía está en el último curso de instituto... Es menor y vive con mis padres.

—La pequeña Lina... —murmuré encantado.

—Seh...

—¿Y no mantienes el contacto con nadie del instituto?

—No... ¿Y tú?

—Con alguno...

—¿Ha habido más chicas? Aparte de Sofía —indagó perspicaz.

—Estás muy preguntona sobre mi vida privada, Yasmín. —Sonreí vacilón—. ¿Tanto te interesa?

—Soy poli. Me gusta averiguar cosas. Y lo pregunto por saber hasta qué punto te rompí el corazón... —soltó, volviendo a beber de su copa.

«¡Qué cabrona...!».

Quizá no quisiera pedirme perdón por la bomba de humo que hizo nada más acostarnos, pero notaba que el tema le preocupaba un poco.

—Aparte de Sofi, no ha habido nadie digno de mención... ¿Y tú qué..., ha habido más chicos en tu vida?

—No.

—¿No? —insistí.

—Nadie digno de mención...

—¿Nadie en cuatro años?

—He estado ocupada sacándome la oposición y demás...

—Sigue pareciéndome raro que no hayas congeniado con nadie, Yasmín.

—Será lo que me merezco...

Parpadeé despacio ante la acusación que destilaban sus palabras.

—Lo siento, antes me he pasado... No tengo ni idea de lo que pasó con tu familia, pero tuvo que ser grave para que te fueras de casa...

—Lo fue...

La curiosidad me comió vivo y pegué un trago para sosegarla. Quería que me lo contara, y para ello tenía que hacerla beber más. Apuré mi copa para servirnos otras dos. Yasmín no puso pegas. Tampoco a las dos que la siguieron...

—Joder... —jadeó ebria una hora después—. ¡Se suponía que me ibas a llevar a cenar algo! Si hubiera comido, no estaría así... ¿Qué lleva este puñetero mejunje?

Su penosa pronunciación me chivó que había llegado la hora de irnos.

—La última y nos vamos —la avisé.

—¿Sabes cuánto hacía que no me emborrachaba? —dijo retórica—. Cuatro años... Y eso solo puede significar una cosa...

—¿Qué?

—Que soy penosa. —Se sujetó la cabeza y cerró los ojos.

—No lo eres. Solo eres alguien que tiró su futuro por la borda por una discusión familiar...

—¡Ellos me empujaron por la borda! —exclamó severa.

—Lo dudo mucho, tus padres te adoraban... —la presioné. Quería que lo soltase ya.

—Adoraban lo que era, no quien era... Igual que tú, Saúl. Yo no le importaba una mierda a nadie...

—¿Por qué dices eso? —pregunté preocupado.

—A mis padres solo les preocupaba el escudo, su honor y el escándalo que se habría armado si llega a saberse el motivo...

—¿Qué escándalo? —indagué expectante.

—Nada… Olvídalo. No importa. Quedaron impunes…

—¡¿Quiénes?!

—¡No lo sé! —rezongó aturdida, y volvió a beber de su copa cuando ya no había nada—. ¿Pedimos otra?

—No. Ya es suficiente por hoy… Deberíamos irnos a casa.

—¡Llevo cuatro años metida en casa! —exclamó furiosa—. Para un día que salgo, no quiero irme. —Apoyó los codos en la mesa y enterró las manos en su melena—. Además, hoy tengo guardaespaldas. Contigo seguro que no me pasa nada malo… No lo permitirías, ¿verdad, santurrón?

La vi cerrar los ojos por un instante y fui consciente de que iba a costarle despegar los párpados de nuevo.

—Yasmín, será mejor que nos vayamos antes de que no puedas ni caminar.

Me levanté con prisa.

—Si no puedo andar, tú me cogerás… —murmuró confiada.

La ayudé a bajar de su taburete como si se tratara del mismísimo Empire State y en cuanto tocó el suelo se convirtió en una lapa antropomórfica con un difuso límite del concepto de espacio vital.

«Dios santo…», pensé cuando se pegó a mí y apoyó la mejilla sobre mi esternón.

Sentir su cuerpo aferrado al mío disparó mis sentidos como si fuera un jodido asesino en serie. ¿Cómo podía ser tan suave y oler tan bien?

Salimos del bar a trancas y barrancas, y pensé que igual no debería haber permitido que bebiera tanto. A mí ese vino me otorgaba el clásico contentillo disfrutón, pero no me ponía tan mal.

Dejé el coche donde estaba aparcado y pedí un taxi para llevar a Yasmín hasta su casa, pero casi no llegamos. Lo primero que salió del coche en cuanto abrió la puerta frente a su portal fue su primera papilla. Líquido, en lo esencial. Le sujeté la melena hacia un lado para que no se la manchara, y me pidió que cogiera un clínex de su bolso.

Aprovecho para decir que allí había de todo, menos pañuelos.

Incluso llevaba un espray de defensa y una táser para electrocutarme.

—¿Tenías planeado rociarme con esto? —pregunté con guasa.

—No. Eso es para los violadores... Y tú no fuiste, Saúl... —farfulló ida, rebuscando algo en su bolso.

Por fin encontró las llaves y se dirigió hacia el portal, dejándome patidifuso con esa última frase. «¿Ha dicho: "Tú no fuiste"?».

—¿Cómo sabes que yo no fui? —Tiré de ese hilo mientras la seguía.

—Porque lo sé... Fueron otros...

«¡¿"Fueron"?!».

—Yasmín... —dije preocupado agarrándola del brazo—. ¿Quiénes fueron? ¿Qué te hicieron? ¡¿Cuándo?!

—No lo sé... ¡Yo no sé nada! —masculló deshaciéndose de mí y avanzando hasta la puerta del ascensor para apoyar la frente en ella mientras esperaba a que llegara.

Cuando lo hizo, tuve que cargar con ella para lograr subirnos.

Una vez dentro, se apoyó contra el cristal y acarició con agradecimiento la superficie lisa y fría. Tenía los ojos cerrados, y me preocupé de sujetarla por si se deslizaba hasta el suelo. Estaba tan en *shock* que a mí se me estaba bajando la borrachera a pasos agigantados.

—¿Cuál es la llave, Yasmín? —pregunté delante de la puerta de su piso, con ella arrimada a mi hombro.

Observó el manojo durante un rato hasta que dijo: «Todas».

Entonces me fijé en que había... ¡cuatro cerraduras!

Fui probando con paciencia, una llave tras otra, hasta abrirlas todas, y cuando entramos en su casa y vi que tenía incluso más cerrojos por detrás de la hoja pensé que era más maniática que Jack Nicholson en *Mejor imposible*.

—Ciérralas todas —me suplicó señalándolas, olvidando el pequeño detalle de que yo tenía que salir de allí después.

Pero algo me dijo que me callara y lo hiciera para que se quedara tranquila.

—Gracias... —Me abrazó con fuerza cuando terminé—. Gracias por todo, Saúl... Por ser tú.

—Vaya... Nunca me habían dado las gracias por ser yo —bromeé.

Tenía que tomarme aquello con humor. Sobre todo por la tensión que estaba generando en mi pantalón el hecho de tenerla totalmente embebida en mi cuerpo.

—Sí, gracias. Gracias por haber sido tú... —aclaró—. Por darme una primera vez bonita, al menos...

Me quedé petrificado con esa coletilla.

«¿"Al menos"?». No. No quería creerlo... ¡No podía ser...!

—Yasmín... —pronuncié su nombre queriendo hablar en serio.

Pero fue imposible. Me miró con los ojos turbios, me acarició la cara y acercó su boca a la mía para besarme.

Me aparté de milagro en el último momento.

—Yas..., necesitas dormir. Voy a meterte en la cama, ¿vale?

—Vale... —jadeó mareada apoyando su frente en mi hombro.

La guie hasta la que me indicó que era su habitación, sin atreverme a sacar el tema de nuevo. Creo que no estaba preparado para saberlo.

La ayudé a caer sobre la cama y le quité las botas.

—Yasmín... —empecé, inquieto, e hice una pausa para inspirar hondo—. ¿Quién te violó?

—No lo sé... Ellos...

Cerré los ojos con rabia. Una rabia dolorosa mezclada con una pena horrible que me quemaba en los conductos lagrimales.

«ME CAGO EN LA PUTA...».

—¿Cuándo fue?

—En la fiesta... —respondió con los ojos cerrados.

—¿La de graduación?

—No lo sé... ¡Yo no sé nada...! Y él tampoco quiso saberlo...

No tenía claro si estaba hablando en sueños o era real.

Cogí la sábana para taparla, pero empezó a darle patadas. De repente, se incorporó hasta quedarse sentada y comenzó a quitarse el vestido por la cabeza.

No supe qué hacer. Sobre todo cuando vi una cinta con un arma bajo sus costillas. ¿Había ido armada a la cita?

Se la quitó, certera, y la dejó caer en el suelo con la funda. Mis ojos casi la siguen al visualizar tanta piel desnuda delante de mí.

Volví a taparla con rapidez casi a tientas, y cuando ya pensaba que caería en coma profundo se movió de forma extraña para librarse del sujetador de un tirón...

Esa hábil maniobra me dejó loco. ¡Y yo que me las daba de experto!

Aparté la vista tarde para mi desgracia. Fue como si no controlara mis propios ojos. Verla en ropa interior había sido catastrófico, pero sus pechos me habían dejado inútil para lo que me quedaba de vida. Los recordaba más pequeños...

La boca se me llenó de líquido sin poder evitarlo, como si fuera un puto animal de granja.

Se puso boca abajo, y me quedé mirándola, pensativo.

En el bar dijo que no se había emborrachado en cuatro años..., y ese era el tiempo que llevaba sin verla. ¡Debió de ser en la fiesta de graduación!

Tengo un vago recuerdo de aquella noche. Solo sé que Yasmín estaba más preciosa que nunca, que le dieron el título honorífico de Reina de la Promoción y que no me miró ni una sola vez. Bueno, puede que una sí, pero lo lamentó, eso seguro. Porque yo estaba hecho una mierda. Tuvimos una gran pelea y me fui pronto a casa con la esperanza de verla unos días después en la clásica fiesta del solsticio de verano que solían celebrar sus padres como si fueran unos malditos trols. Sin embargo, aquel año no la celebraron, y ya no volví a ver a Yasmín. Según ellos, se había ido de viaje.

Pero tuvo que ser ahí.

Hice memoria y recordé la primera frase que me dijo Keira cuando me encontré a Yasmín en el torneo de Reyes.

«No quiere ver a ningún compañero de su antiguo colegio». Dios...

«¡Yo no sé nada...! Y él tampoco quiso saberlo...», me había dicho. ¿Se refería a su padre?

Desde luego, la noticia no trascendió. Lo ocultarían. ¿Encubrieron lo que le había pasado a su hija?

«Quedaron impunes». Apreté los puños con fuerza al atar cabos.

«"Impunes..."». Fueron varios. «Joder, ¡qué hijos de puta...!».

La impotencia trepó por mi garganta como si fuera la niña del pozo de *The Ring* y juré que todo aquello no iba a quedar así.

Quizá no tendría que habérselo contado a mi padre, porque puede que metiera las narices donde no debía y ese sea el motivo por el que haya terminado muerto.

keira

5
Comprometidos

—¿Dónde está Saúl? —pregunto a Ástor cuando lo veo aparecer.

—Con un agente. Voy a buscarle un tranquilizante, Kei. ¿Cómo vas tú?

Sus ojos transmiten tanta preocupación que me dan ganas de abrazarlo, pero me abstengo. Parece cansado.

Consulto la hora en mi móvil. Las siete de la mañana...

—Anda, vete a casa —le insto—. A mí todavía me queda aquí...

—¿Por qué no dejas que se encargue el inspector Ayala? —propone—. Tú ya llevas mucho encima. Últimamente no tienes descanso.

Lo miro con pena. Si él supiera las semanas que llevo realmente... Pero no puedo hacer la vista gorda sabiendo que está todo relacionado. En la nota de «suicidio» de Xavier menciona a Ulises, y tanto Yasmín como Saúl piensan que en realidad ha sido un asesinato premeditado.

Estoy a un paso de arrestar a Charly. Lo sé...

«Por eso ha hecho esto», caigo en la cuenta.

Porque estoy cerca y se ha visto forzado a provocar una situación que lo trastoque todo. Yasmín tiene razón: quiere hacerme dudar.

Miro a Ástor a punto de estallar y me rindo al abrazo que prometen sus ojos. Lo último que deseo es que dude de cuánto lo quiero. No quiero que vuelva a pensarlo ni que nadie me haga pensar a mí lo contrario.

Llevamos dos semanas metiendo la pata el uno con el otro, pero, que Dios me perdone, ¡no he tenido tiempo para rayarme por enredos sentimentales!

Cuando el lunes por la tarde Ástor me dijo que le había surgido un viaje hasta lo celebré. Me restaba presión saber que estaría lejos de Charly. Y si era en Nueva York, mejor que mejor.

Me contó algo sobre una franquicia, no le presté mucha atención. Estaba enfrascada en analizar el momento exacto en el que Charly conoció a Ástor y descubrir qué había pasado a partir de entonces que fuera tan importante como para tener que ocultarlo. Debía de ser gordo para haber tenido que sacrificar a personas a las que amaba... Porque si de algo estoy segura es de que Charly adoraba a Ulises y a Sofía.

Hice una lista con sus compañeros de clase de la facultad. También de los que convivieron con él en el colegio mayor Los Arces, donde residió durante los dos primeros años de carrera. Revisé sus redes sociales desde los albores para encontrar alguna foto o algún nombre que pudiera relacionar con Ástor. Y encontré uno: Olalla Jiménez Espiga.

Me sonaba ese nombre.

«¿Esa no era la chica que iba sentada al lado de Ástor en el famoso accidente de coche?».

Tirando del hilo, averigüé que conocía a Carlos..., a Charly, desde el colegio, e intenté localizarla para preguntarle sobre él.

Imaginaos mi cara cuando, después de fisgar en sus redes sociales como una auténtica acosadora, descubrí por los mensajes de otras personas que había muerto atropellada hacía algunos años. Había fotos de ramos de flores en un paso de cebra. Al parecer, el culpable se dio a la fuga y nadie logró ver la matrícula.

Un minuto después de conocer esa información, abría la puerta de la casa de Ástor —él odia que no la llame «nuestra casa», pero no lo es—, y nuestras madres aparecieron al otro lado con una sonrisa peligrosa en la cara y una idea «fantabulosa» que proponernos.

—¿Te apetece? —me preguntó Ástor, cariñoso.

Desperté de mi trance policial cuando ya estábamos todos sentados en el sofá tomando té de jazmín.

—¿El qué?

—¡Una fiesta de compromiso! Podríamos hacerla en el KUN...

—¡Ah...! Eh... Sí, sí... Mmm...

—Solo si tú quieres, Kei...

Me acarició las manos, recurriendo al juego sucio. Por un instante disfruté de sus falanges como una maldita obsesa, pero pronto vi que nuestras madres esperaban mi respuesta aguantando la respiración como dos maniacas. Si decía que no, iba a tener que pelearme con ellas y lidiar con la desilusión de Ástor, así que...

—Vale... Pero que sea algo pequeño e íntimo, por favor...

—¡Por supuesto! —exclamó Linda con cinismo—. Además, vendrá bien para que mis hijos se reencuentren y hagan las paces. Héctor sabe que no puede dejar de asistir a un evento así. ¡Sería un escándalo...!

Héctor... Ya. ¿El mismo que no contestaba a mis llamadas?

Estoy convencida de que podía ayudarnos mucho, pero no era el momento idóneo para comentarle mis avances porque se estaba apoyando en Charly más que nunca a raíz del enfado con Ástor.

—Lo haremos el jueves que viene, así da tiempo a prepararlo todo. ¿Os parece bien?

—Cuando gustes, madre...

—¡Qué ilusión! —Linda lo celebró dando palmas—. Y también hay que empezar a mirar cosas para la boda: fijar la fecha, reservar el sitio, apuntarnos a la Barcelona Bridal Fashion Week en abril... ¡Lo pasaremos estupendamente!

Mis ojos saltones hicieron que Ástor soltara una risita.

Nadie sospechaba que me moría por decir: «Perdón, pero ahora mismo no puedo pensar en esto, ¡tengo un asesino que atrapar...!».

Aunque esperaba lograrlo antes de abril.

Qué coño, ¡esperaba hacerlo aquella semana...! De hecho, ojalá hubiera podido detenerlo en plena fiesta de compromiso. Eso sí la habría convertido en algo interesante de verdad. Pero para ello necesitaba dejar de pensar en pasarelas de vestidos de novia...

Cuando esa misma noche Ástor y yo nos reunimos en la cama, no sé qué me derritió más, si sus besos o sus palabras.

—Siento la fiebre nupcial de mi madre —musitó algo avergonzado.

—No pasa nada, Ástor. Yo siento no ser una novia más efusiva, pero es que tengo mucho trabajo atrasado por la baja...

—No te preocupes. No tienes que serlo... Solo me importa que quieras casarte conmigo. Nada más. —Me besó tiernamente.

—¡Y quiero! Me casaría contigo debajo de un puente con una bolsa de basura puesta.

—Y yo te adoro por ello, Kei, pero eso mataría a mi madre... Nos reímos juntos.

—Linda no es la única que sufriría... La mía está disfrutando de esto más que un perro con dos colas.

—Míralo por el lado bueno. Así tú no tendrás que hacer nada. Que se encarguen ellas de todo y ya está...

—Me parece bien. Porque ahora mismo estoy muy ocupada...

—Lo sé, pero en la luna de miel te quiero enterita para mí... —Volvió a besarme el cuello—. Hay que pensar adónde queremos ir y la fecha que más nos convenga, según el destino.

—Vale. Pero Ástor... —Frené su avance hacia mis clavículas—. ¿Podemos dejar todo eso para el mes que viene? ¿Corre prisa? Es que ahora mismo no estoy en situación...

—¿En situación de qué? ¿De viajar conmigo, de casarte conmigo, de disfrutar conmigo de esa vida efímera de la que hablamos hace quince días...? —expuso un poco molesto—. Detestaría pensar que quererme es menos urgente para ti que tu trabajo, Keira...

—¡No es eso para nada!

Me mordí los labios, acorralada.

¿Cómo podía explicarle que mi investigación afectaba directamente a nuestra felicidad? Que era la causante de que no se hablara con su hermano. Que Carla confiaba ciegamente en mí. Que me moría de miedo y de pena por considerar que Charly, alguien a quien él apreciaba muchísimo, pudiera estar detrás de todo...

Me bloqueaba solo de pensarlo.

Pronto tendría que ver a Charly otra vez, y me aterraba mi reacción. Siempre he sido una actriz pésima, pero si Ástor se enteraba probablemente lo mataría con sus propias manos antes de poder probar nada.

—Cariño... —dije acariciando la mueca triste de su cara—. No hay nada que desee más que hacer todas esas cosas contigo, créeme, por favor... Lo eres todo para mí.

—Eso es solo una frase hecha... Tú misma lo dijiste. Nadie es todo.

—Vale, pero eres el pilar que me sostiene, aunque no te des cuenta. Me miras y recargo energía. Tú eres el único que me hace sonreír en el caos en el que vivo, ¿no te parece importante?

—No quiero que vivas en el caos, Keira...

—Lo sé, pero estoy intentando solucionar las cosas para poder disfrutar de nuestra felicidad al máximo. Me encanta vivir contigo, pero lo empaña el recuerdo de que ya no te hables con Héctor y también me preocupa Carla... ¿Te das cuenta de que han abortado porque no estoy haciendo bien mi trabajo?

—Keira, por Dios... —resopló dolido—. No digas eso. No le des la razón a él, ¡estás haciendo todo lo que puedes! Es injusto exigirte más, y tampoco podemos dejar que ese tema hunda nuestras vidas.

—«Ese tema» es la felicidad de tu hermano. Y te recuerdo que ha sido tu único objetivo desde que tuvisteis el accidente. Es aquello que te ha estado hundiendo la vida durante años, y ahora mismo no puedo pensar en otra cosa que no sea en intentar sacar a Carla de la cárcel. ¡Es la solución a todo! Y las notas de Ulises nos han abierto nuevas vías de investigación. Solo te pido un mes, Ástor... Necesito tu apoyo más que nunca.

—Tienes razón, joder... Perdóname. Lo tienes al cien por cien —dijo besándome la mano—. Sé que vas a conseguirlo... Olvida todo lo que te he dicho, ¿vale?

—No puedo, me preocupa. Y no conseguiré llevarlo a cabo si te veo sufrir por mí... Quiero que confíes en mí, aunque ahora mismo sea incapaz de dedicar tiempo a detalles de celebraciones a las que me he propuesto que acudan Carla y Héctor juntos. ¿De acuerdo?

—De acuerdo. Te apoyaré en todo, lo prometo. Solo dime qué necesitas y lo haré...

—En este preciso instante... necesito que me hagas el amor. —Tiré de su cuello para juntar nuestros labios y lo besé a conciencia.

Ástor gruñó y rodó hasta colocarse encima de mí, aprisionándome con su cuerpo.

Y vaya cuerpo... Duro. Grande. Perfecto...

—Yo creo que lo que necesitas es otra cosa, inspectora... —susurró sugerente.

—Ah, ¿sí? ¿Qué? —ronroneé lasciva.

—Que te desestrese un poco...

Solté una risita en respuesta y me mordió el cuello.

—¿Y cómo vas a hacerlo?

—Follándote a lo bestia...

—No sé si eso será suficiente —lo vacilé—. Estoy MUY estresada...

Sus ojos centellearon ante ese reto y, sin perder tiempo, se deshizo de mi ropa y me dejó gloriosamente desnuda sobre el colchón.

Su boca se posó en todos mis rincones favoritos haciéndome desear más y más con cada caricia suave de su lengua. Qué bien me conocía... Hacía días que permanecía en estado ansioso, y para aplacarlo necesitaba sexo duro, desenfrenado y sucio. Algo que me hiciera abrir los ojos de par en par para ver mejor las respuestas.

Ástor se centró en succionar mis pezones como si fuera el cachorro más abusón de la manada y terminó bajando por mi cuerpo con lentitud. Cuando pasó de largo mi ombligo, abrí las piernas muerta de deseo.

Lo necesitaba urgentemente en un punto muy concreto.

Y como si hubiera escuchado mi súplica silenciosa, merodeó

en mi sexo durante unos minutos antes de hundir su boca en él y empezar a devorarlo sin piedad. Solté un gemido exagerado cuando calcinó mis terminaciones nerviosas con sus expertas atenciones. Si un hombre se agarra de esa forma a tus muslos y te folla con la lengua como un loco, no te queda más remedio que empezar a creer en el amor.

Sus habilidades sobrenaturales me pusieron al límite haciéndome soltar varios tacos, y cuando estaba a punto de correrme lo agarré del pelo con fuerza para avisarle. En el momento en que la ola de placer estaba cogiendo fuerza para darme un revolcón legendario, Ástor se incorporó de golpe y se introdujo en mí con tanta fuerza que creo que oí crujir una lama del somier.

—¡¡¡Diooos...!!! —grité asombrada.

Empecé a correrme en cuanto me penetró.

Perdí totalmente la noción del espacio y el tiempo. Un placer inhumano me poseyó y no me importó nada, solo quería seguir surfeando ese éxtasis con los ojos cerrados haciendo frente a sus intensas embestidas. Poco después, un gemido gutural salió de su masculina boca y noté que se tensaba por completo sobre mí.

No se puede poner nombre a lo que compartíamos juntos Era una sincronización carnal perfecta, cimentada sobre unos sentimientos tan profundos y puros que me costaba creer que pudiera ser tan afortunada. Debí de haber sido muy buena en otra vida para merecerlo. Nunca me había sentido más feliz y agradecida por nada.

Solo rogaba a quien estuviera al mando que nuestra unión no se rompiera nunca. Sin embargo, otras personas deseaban lo contrario... y pronto lo sufriríamos.

El martes y el miércoles, en ausencia de Ástor, estuve haciendo una radiografía a la vida de Charly, empezando por su jodida partida de nacimiento.

Los nombres de sus padres aparecían fielmente en el documento: Alfredo Montes y Sonia Ochoa. Su padre era un reputado abogado que falleció de cáncer de colon cuando él tenía dieciséis años. Lo que nos llamó la atención fue comprobar que no formaba parte de los KUN. Entonces... ¿cómo había entrado Charly en el club?

Investigué los asuntos financieros de la familia de Charly y cómo salieron adelante tras fallecer su padre. Al parecer, entre su sueldo de asesora, los seguros de vida del señor Montes y la pensión de viudedad, su madre reunía una buena suma a fin de mes. Todo legal.

Andaba estudiando todo aquello cuando, el jueves por la tarde, llamaron al timbre.

Consulté la hora y pensé que era pronto. El vuelo de Ástor no habría aterrizado todavía. Me acerqué a la mirilla y localicé dos bultos sospechosos muy familiares.

—Hola... —saludé confusa al encontrar a nuestras madres detrás.

En sus caras no apareció la sonrisa habitual tipo «¿Molestamos? ¡Es que nos morimos de emoción por veros juntos!», sino una mueca que me dio muy mala espina.

Por un momento, pensé que el avión de Ástor se había estrellado o algo parecido...

—Cariño... —musitó con tacto mi madre—. Tenemos que hablar...

Solo entonces me fijé en que estrujaba una revista con aprensión.

—Pasad. ¿Qué ocurre?

—Te dije que no sabría nada —cuchicheó mi madre con la de Ástor—. Mi hija no lee estas cosas...

—En realidad, no pasa nada... —me contestó Linda tratando de quitarle hierro, pero parecía cautelosa—. Han salido unas imágenes de Ástor en una revista, pero no tienes de qué preocuparte...

—¿Qué imágenes?

—Antes de verlas, Keira, recuerda que seguro que es un montaje...

Me corté de arrancarle la revista de la mano y extendí la mía con toda la amabilidad que pude.

El temor de mi madre a dármela me encogió el estómago.

¿Qué coño iba a ver?

No tuve ni que abrirla. Ástor salía en portada bajo el título: «Escapada romántica a la Gran Manzana».

El corazón se me cristalizó cuando lo vi junto a una pelirroja a la que conocía muy bien. La tenía cogida de la mano en la entrada de un restaurante de lujo.

—Keira... —gorgoteó Linda, atormentada, al percibir mis oscuras vibraciones—. Ástor conoce a esa chica desde hace mucho tiempo, solo es...

—Sé quién es —la corté adusta—. Es Olga. Tienen un negocio juntos.

—Exacto. Han ido a Nueva York para abrir una franquicia de su salón de belleza.

—Ástor no me mencionó que se iba con ella...

—Seguro que se le pasó, Keira.

—A Ástor no se le pasan ese tipo de detalles, Linda —rezongué.

—Esa chica nunca le ha interesado —aseguró—. Lleva años detrás de él, y nunca ha ocurrido nada.

—Te equivocas, tuvieron algo el último verano... ¿No lo sabías?

Por su cara diría que no.

—Si no funcionó es porque te quiere a ti, Keira.

—Con el debido respeto, Linda..., desde que nos prometimos en el hospital han pasado muchas cosas. Mi vuelta al trabajo y el enfado con Héctor nos han distanciado... Y puede que los sentimientos de Ástor por mí se hayan enfriado...

—¡Eso son sandeces!

—¿Y por qué tu hijo va cogido de la mano de Olga?

—¡Igual había hielo y la pobre se iba a resbalar al entrar...!

Puse los ojos en blanco y abrí la revista en busca del reportaje central; si salían en portada, seguramente lo habría...

¡Bingo! Lo de la mano era lo de menos. Había varias fotos peores, algo borrosas, eso sí, pero se veía claramente que eran ellos. En una, Ástor abrazaba a Olga, afectuoso. En otra, le cogía de la cara, y en otra...

La cerré de golpe.

¿Cuántas veces había imaginado sus labios en los de Olga?

Sentí una presión en los ojos y mucho calor en la cara.

—Puede tratarse de un efecto óptico, Keira —apostilló Linda, tensa—. Ya sabes, hacer que la cabeza de él encaje justo con la de ella para que parezca que…

Me moví solo para evitar que mi cuerpo reaccionara gritando, pataleando y estampando algo contra una pared… En lugar de eso, caminé hasta la nevera y saqué un tetrabrik de zumo del que bebí a morro. A la mierda las formalidades.

—Keira… —me advirtió mi madre, acongojada—, no saques conclusiones hasta que no hables con Ástor.

—No me ha escrito nada.

—Probablemente ni haya visto este reportaje —apostó Linda—. La revista ha salido hoy.

—Vale… Gracias por avisarme. No hacía falta que vinierais hasta aquí en persona. Bastaba con una llamada… —dije apartando la vista.

—Sí que hacía falta, Keira —replicó seria—. No te dejes llevar por estas cosas… ¡Las revistas solo quieren vender! Seguro que Ástor te da una explicación razonable.

—¡Seguro que sí…! —exclamé, y soné más falsa de lo que pretendía.

Enseguida me di cuenta de que, por mucho que intentara ser racional y moderna, tenía un cabreo cósmico que no me resultaría fácil controlar.

«¿Por qué Ástor no me dijo que se iba con Olga?».

Esa frase daba vueltas en mi cabeza. Y tampoco entendía por qué, si la respuesta era más que evidente… Supongo que no quería que me rayara, dado su historial con ella.

Yo confiaba en su forma de hacerme el amor, pero cuando te ponen los hechos delante, ¿qué esperanza queda? Me importaba una mierda si el de la foto de Ástor y Olga en la revista era un beso auténtico o no. Era cierto que se veía muy mal, pero ¿por qué mi novio le cogía la cara con las dos manos a otra mujer?

«¿Me convierte en una celosa enfermiza el hecho de que me moleste… teniendo en cuenta que "es" la mujer con la que ha mantenido relaciones y que está loca por él? ¿Tan despegado hay que ser hoy día que incluso no te afecten esos gestos?». Me pregunté qué pensaría él si yo hiciera lo mismo… Conociéndole, se le llevarían los demonios.

«No hagas a los demás lo que no quieres que te hagan a ti» es, en mi opinión, la regla de oro de la conducta humana. Un principio básico moral. Y me costaba mucho creer que Ástor lo hubiera roto.

—No os preocupéis... —intenté tranquilizarlas—. Lo hablaremos cuando llegue.

—Yo ya sé lo que Ástor te va a decir —replicó su madre—. La única cuestión es si le vas a creer o no...

Fui incapaz de contestar a eso, porque no lo sabía. Lo único que quería es que se fueran de mi casa. Y como si lo hubiera dicho en voz alta, se esfumaron rezando para que todo se arreglara.

Y hacían bien. Porque fue peor de lo que esperaba.

Opino que nunca llegas a conocerte del todo. Y hasta que no te ves en situación, las conjeturas y los idealismos en los que crees no sirven realmente para nada.

Ahora sé que es imposible racionalizar un sentimiento. Conoces la teoría acerca de la neurosis de los celos, pero la práctica es otra cuestión... No puedes ordenarte dejar de sentir dolor.

A medida que pasaban las horas, la bola de fuego se iba haciendo más grande y tuve la necesidad de llamar a Yasmín para contárselo todo.

—¡La madre que lo parió...! —contestó alucinada.

—Te aviso porque igual termino esta noche durmiendo en tu casa.

—Aquí tienes sitio, Kei, pero espero de todo corazón que lo solucionéis.

Al final no fui. Y tampoco contesté a sus mensajes preocupados.

No tuve fuerzas ni para eso...

En cuanto pisé la comisaría al día siguiente, dije a Yasmín que prefería no hablar del tema. Tuvo que hacer un ejercicio enorme de contención para no preguntarme, aunque atacó por otro flanco. Por el de convencerme para ir a ver a la madre de Charly.

—¡No debemos! —exclamé hastiada—. Charly vendría a pedirme explicaciones un minuto después. Y podría tomar medidas al respecto. Además, ¿qué crees que nos va a decir esa mujer en contra de su hijo?

—En contra, nada. Pero quizá nos diga lo mismo que le dijo a Sofía y se nos encienda la bombilla.

—La madre es el último cartucho, Yas. Llevamos cuatro días con esto. Para ser buena policía, a veces hay que tener paciencia…

—Tengo la información de dónde estuvo él la semana anterior al asesinato.

—¿Y bien?

—Todo normal. Estuvo en los juzgados, en su casa y en la de Ástor. Sota, caballo y rey. No fue a ningún lugar inusual. Ni siquiera pisó el KUN.

—¿Y Sofía? ¿Estuvo en algún sitio fuera de su rutina?

—Tampoco. El lugar más singular fue la casa de la madre de Charly. Por eso quiero ir, Kei. Quizá viera algo en su habitación de niño o en sus viejas fotografías…

—¿Relacionado con Ástor? —Arrugué la nariz. No me cuadraba.

—Es posible que cuando empezaron a ser uña y carne pasara algo que Charly quiso encubrir para no tener que dejar de ser su amigo.

—Es probable, sí. Y en ese sentido la mayor fuente de información es el propio Ástor… Sería ideal preguntarles acerca de sus vivencias juntos, viajes, situaciones más extrañas y siniestras…, han estado muchos años siendo los mejores amigos.

—Sí. Y el lenguaje corporal de Charly puede darnos muchas pistas.

—Si le preguntas tú, se notará menos —sugerí—. Síguele el juego… Ya ha intentado besarte. Dale una de cal y otra de arena…

—Esa es la auténtica definición de «zorra», no la de llevar escote o una falda corta, sino el jugar con las expectativas de la gente.

—Pues selo. Él es un puto asesino…

Por aquel entonces no sabíamos que ese plan nos explotaría en la cara y tendríamos que recurrir a Saúl para que el asunto no se nos fuera de las manos…

—Hoy es viernes. Tienes la cita con Saúl, ¿no? —pregunté—. Ayer me pidió tu teléfono...

—No me lo recuerdes. Me escribió superrancio en plan: «A las nueve en tu portal». Te juro que me siento estúpida...

—Una vez tuve una cita con él y estuvo bastante bien...

—¿Qué? ¡¿Cuándo?!

—Que te lo cuente Saúl... Así tenéis algo de que hablar. Pero besa bastante bien...

Sus ojos como platos me hicieron soltar una carcajada, como si le estuviera tomando el pelo.

No entendía qué interés podía tener Xavier en que su hijo y Yasmín tuvieran una cita, ni tampoco por qué ella era tan hermética respecto a él.

Me moría de intriga por saber lo que pasaría cuando estuvieran juntos y a solas, y al día siguiente, sábado, a las diez de la mañana, ya le estaba preguntando «¿Qué tal?» por mensaje.

No obtuve respuesta hasta la una del mediodía, cuando Yas me contestó un estruendoso «FATAL». Con mayúsculas. No me quedó más remedio que plantarme en su casa con comida china para cuatro y el infalible helado de chocolate con galleta de Mercadona.

Todavía tenía llaves, y las utilicé a pesar de haber llamado al timbre. Por un lado, me dio pena irme de esa casa y dejar a Yasmín de nuevo sola, pero ella insistió en que si iba a casarme con Ástor lo lógico sería vivir con él. También me dijo que tenía el oído más fino que un perro y que estaba harta de escuchar cuánto nos amábamos...

Irónico, teniendo en cuenta que ya no sabía en qué punto estábamos Ástor y yo.

Intentaba pasarme a verla un par de días mínimo a la semana para darle la tabarra, y ese sábado era el día ideal. Había esquivado bien a Ástor el viernes al ser laborable, pero en fin de semana sería más complicado... Además, quería detalles sucios sobre ese «FATAL»...

Descubrí que Yas no había acudido a la puerta porque se estaba duchando y la esperé en el salón tirada en el sofá.

—¡Buenos días! —exclamé al verla con una toalla enrollada en la cabeza.

—Haz el favor de no volver a gritar —me suplicó cerrando los ojos con fuerza y sujetándose las sienes.

—¿Resaca?

—No sé… Se supone que antes de los veinticinco no se tiene resaca. Puede que sea un tumor cerebral…

—¿Bebiste mucho?

—Ni siquiera recuerdo cómo llegue a casa.

—¿En serio?

—Ni cómo me metí en la cama, pero me he despertado desnuda…

—¡¿QUE QUÉ?!

—Lo que oyes… —admitió mortificada.

—¿Has hablado con Saúl?

—No. Y no pienso volver a verle jamás.

—Pero… ¡YAS, tienes que llamarle! ¿No te acuerdas absolutamente de nada? ¿Y si os liasteis? ¿Hay algún signo de ello…?

—No. No pasó nada, te lo aseguro.

—¿Cómo lo sabes?

—Porque conozco la sensación de despertarte después de haber mantenido relaciones sin que te acuerdes…

La frase me dejó planchada.

«¡Joder, Keira! Vale. Venga… *Keep calm*».

—Y… ¿qué tal te lo pasaste en las partes que sí recuerdas?

—Mal. No nos tragamos. Su padre está loco. No sé qué pretende…

—Deberías llamar a Saúl ahora mismo.

—¿Por qué?

—¡Porque no sabes cómo llegaste a casa! ¿No tienes curiosidad?

—Ninguna.

—Yas…

—¡De verdad que no quiero saberlo, Kei! —rebatió, evitando mi mirada.

—¿Me estás ocultando algo? —pregunté arrugando el ceño—. ¿No tienes ningún flash? ¿Seguro que te trajo Saúl? ¡Solo quiero asegurarme!

—Claro que me trajo él. Tengo flashes. ¿Contenta?

—¿Y qué pasó?

—¡Nada!

—Voy a llamarle yo misma —amenacé, sacando mi teléfono.

—¡No le llames! —Yasmín se lanzó sobre mí para impedírmelo.

—¡Pues cuéntamelo tú! —forcejeé divertida.

—¡Yo estaba borrachísima! —confesó aturullada—. Y Saúl tuvo que cargar conmigo hasta aquí. Se pegó media hora para abrir la puerta...

—Me lo imagino... ¿Qué más?

—Y puede que... intentara besarle y él se apartara...

Forcé mis labios hacia dentro para evitar cualquier mueca chistosa bajo su atenta mirada.

—¿Te hizo una cobra?

—¡Lógicamente...! Acababa de vomitar y me apestaba el aliento...

Puse el puño delante de mi boca para ocultar mi sonrisa, pero no sirvió de nada porque asomaba por mis ojos.

—Estaba borracha —zanjó seria—. Y cachonda. Y Saúl olía muy bien. ¡Habría besado hasta al Papa!

—Me consta que el Papa no huele tan bien. ¿Te desnudó Saúl?

—No... Lo hice yo. Pero delante de él... —Se apretó la nariz.

—Yasmín...

—¡¿Por qué te crees que no quiero volver a verle?! —Pataleó—. ¡Soy imbécil! Quizá aquella noche me mereciera todo lo que me pasó... ¡Soy lo peor!

—No vuelvas a decir eso ni en broma, Yas —me enfadé con ella—. Lo de sentirse culpable es un clásico, pero tú no diste tu consentimiento. Abusaron de ti con alevosía en una condición física impuesta para que no pudieras defenderte. Los agravantes son terribles... Por eso deberías llamar a Saúl ahora mismo y darle las gracias.

—¿Y qué le digo? ¿«Gracias por no aprovecharte de mí»?

—¡Pues sí, joder!

—¡No me da la gana!

—¡Ah! Ya entiendo... Tú querías que se aprovechara de ti.

Decirlo con una sonrisa la puso todavía más furiosa.

—Que te jodan, Keira.

—No. Que te jodan a ti. ¡Ah, no! ¡Que no quiso! —vociferé divertida cuando la vi irse toda digna—. ¡Más suerte la próxima vez! —Me pitorreé—. ¡Si no te hubieras emborrachado tanto...! Pero Saúl es un tío decente... ¡Vuelve, Yasss! ¡Te he traído chino, joder! ¡Soy la mejor amiga del mundo!

Tardó tan poco en volver que yo todavía tenía la sonrisa en la boca.

Vi que traía platos, cubiertos y dos latas de Coca-Cola Zero.

—Porque tengo hambre, Keira, si no, te echaba de aquí... —se excusó con una seriedad cómica.

—Jamás subestimes el poder del chino contra la resaca —dije satisfecha.

—Pero no pienso llamar a Saúl. Así que no insistas.

Puse los ojos en blanco.

—Como quieras. La que queda fatal eres tú, no yo.

—Ya, claro, tú eres perfecta...

—¿Qué?

—Nada...

Me pasé con ella toda la tarde viendo series. Quise saber más detalles de su cita con Saúl, pero fue imposible sonsacarle algo.

—Tengo una pregunta —comenzó Yasmín poco después.

—Pues no sé si voy a contestártela, porque tú no me cuentas nada.

—Es sábado... ¿No te ha surgido un plan mejor que estar aquí conmigo? A ver, que yo encantada, ¿eh?, pero tienes novio, Kei, y... ¿no deberías estar intentando arreglar lo vuestro?

—No hay mucho más que decir, solo esperar a que se me pase el cabreo. Además, Ástor me dijo que iba a quedar con Charly hoy para ver el fútbol... Y lo último que me apetece es coincidir con él.

—Pues no estaría mal. Necesitamos avanzar con el caso. Y Ástor y tú necesitáis pasar página. Puede que quedar con más gente os venga bien. Cenar, beber...

—¿Guateque con un asesino? Planazo... —ironicé.

—En algún momento tendrás que volver a ver a Charly o sospechará.

Solo de imaginarlo empecé a encontrarme mal.

—Va a ser horrible... —sentencié seria—. No le veo desde el día que lo grabé entrando en mi despacho, y no podré soportarlo, Yas... Mató a Ulises. Mató... a... Ulises, ¡joder...!

Unas incontrolables ganas de llorar asolaron las facciones de mi cara. Sentí que la pena me la partía por la mitad, rompiendo una presa hecha a base de venganza y honor que invadió mi organismo arrasando con todo.

—¡Ya no está, Yasmín...! —grité descompuesta—. Ulises no está... —Empecé a llorar como una loca y me ahogué en una desesperación tan cruda que, por un momento, me dominó por completo—. ¡Lo hizo Charly! ¡No voy a poder tenerlo delante y no decirle nada...! ¡Quiero matarlo! ¡No volveré a ver a Ulises nunca más! ¡No puedo soportarlo!

—¡¡¡BASTA, KEIRA!!!

El tremebundo grito de Yasmín llegó más certero que un bofetón. Me dejó tan asombrada que reaccioné saliendo de un trance horroroso. La agonía dejó de apretarme el cuello y retrocedió. Ya podía pensar.

Respiré profundamente un par de veces y me limpié los ojos Al menos ya no me ahogaba.

—Dios... —dije alucinada—. No sé qué coño me ha pasado...

—Que has tenido una crisis de histeria. ¿Sentías que te ahogabas?

—Sí.

—Las he tenido. Y está demostrado que un grito inesperado es más efectivo que una bofetada. Di no a la violencia. ¿Tú vas a pegar a tus hijos para corregirlos cuando se porten mal?

Parpadeé sorprendida ante la pregunta y resoplé de nuevo.

—En principio, no voy a tenerlos... Pero no creo que lo hiciera. El contacto físico nunca ha sido mi punto fuerte. Prefiero la manipulación mental.

Y de pronto, pensando en esa idea, caí en la cuenta.

—Esta noche tenemos que volver loco a Charly...

—¿A qué te refieres?

—A emborracharlo. Juguemos con él hasta acorralarlo... Vamos a estudiar qué preguntas estaría bien hacerle y precedidas de qué conversaciones podemos sacarlas a colación. Solo superaré esta noche en modo trabajo, Yas... —dije ansiosa.

—De acuerdo. Avísales de que iremos.

Despierto de mi *flashback* abrazada a Ástor en casa de los Arnau.

Esa noche fue una auténtica locura que lo precipitó todo, pero jamás pensé que terminaría en esta muerte...

—No voy a irme —dice Ástor con seguridad—. Me quedo hasta que acabes y nos vamos juntos a casa...

—De acuerdo —respondo agradecida—. ¿Sabes dónde está Charly? ¿Se ha ido?

—Creo que no.

—Dile que me busque. Quiero hablar con él...

—Vale.

Me da un beso en la mejilla y se va de mi lado.

Me apuesto algo a que Charly ya se ha largado con cualquier excusa. A muchos psicópatas les gusta estar presente en el escenario del crimen para ver el desarrollo posterior, pero llega un momento en que desaparecen porque ya no pueden sostener más tiempo su enorme sonrisa de satisfacción.

# ástor

6
Los margaritas

Increíble... ¡Xavier ha muerto en su cumpleaños...!

Si ya los detestaba, ahora más. Tengo grabado el día que dejaron de gustarme. Fue a raíz de leer un artículo científico donde aseguraban que en esa fecha tenías el trece con ocho por ciento más de posibilidades de morir que cualquier otro día del año.

Puede parecer poético morir en la misma fecha en la que naciste, pero de verdad da pavor lo común que es dicha coincidencia.

La explicación es pura matemática.

Teniendo en cuenta que una de las principales causas de defunción se atribuye a afecciones neonatales, es lógico pensar que no es difícil morir el mismo día, horas después de nacer.

Otro de los grandes factores tiene que ver con fallos cardiovasculares y respiratorios, de manera que el estrés o la propia emoción por cumplir años pueden contribuir a la misma. También la tristeza y ser más aventurero u osado de lo habitual ese día concreto se lleva a cantidad de gente por delante...

Pensaba que Xavier estaba bien de salud. Al menos, lo parecía, y verlo muerto me ha removido muchos sentimientos.

Pobre Saúl... No es fácil ver morir a un padre al que odias. No voy a decir que te deja más tocado que con uno al que quieres, porque no es cierto, pero la perturbación que te provoca es descomunal. Como si fuera culpa tuya por no haberlo querido lo suficiente. O como si tú lo hubieras provocado por desearlo en secreto.

Saúl dice que es imposible que Xavier se haya suicidado, aunque todo apunte a ello, y yo tampoco lo afirmaría, pero todos tenemos secretos ocultos y nunca se sabe lo que puede pasar por la mente de otro ser humano. Y más de alguien como Xavier, tan contradictorio y punible.

Su hijo va a necesitar mucho apoyo después de esto.

Cuando me pasó a mí, al menos tenía a mi madre. Y a Héctor... Pero ¿a quién tiene él?

Días atrás pensaba que Saúl estaba volviendo a conectar con Yasmín, pero la petición de que se marche de su casa ha dejado claro que no están en su mejor momento.

¿Qué habrá pasado entre ellos esta noche?

No sé a qué juega Yasmín. Porque también está volviendo loco a Charly...

Al menos, el sábado pasado parecía muy interesada en él.

Me sorprendió que Keira me escribiera avisándome de que ambas aparecerían por casa. De hecho, había hecho planes con Charly porque llevaba días muy esquiva conmigo y me dijo que necesitaba espacio.

Un doloroso espacio que me tenía bien merecido...

Hace mucho tiempo que asumí que los hombres somos gilipollas y que no tenemos más opción que apelar a la compasión de las mujeres en cuestiones emocionales. Porque, cuando nosotros vamos, ellas vuelven...

Nada más aterrizar en Barajas tras la visita fugaz a Nueva York, me topé con una cascada de flashes de bienvenida para Olga y para mí. De hecho, mi mayor defensa ante la acusación de infidelidad es la cara de susto que se me quedó. ¿Qué coño era aquello?

—Joder... —musitó Olga, ruborizada—. Piensan que estamos juntos...

Supongo que lo dedujo al oír los gritos de: «¿Habéis vuelto?», «¡Estás preciosa, Olga!», «¿Esta vez es la definitiva?». Y una larga lista de adulaciones asegurando que formábamos una pareja espléndida que a ella la hicieron sonreír sin querer.

Quise gritarle que borrara esa mueca de su boca, porque desde luego la mía solo estaba preocupada por lo que pensaría Keira de todo aquello.

Avancé rápido hacia Rodri, el chófer de la familia, cuando un periodista casi hizo que me tragara su micrófono preguntando:

—¿Es cierto que va a casarse muy pronto?

Lo miré tan mal que percibí cómo retrocedía de miedo.

—Sí, pero no con ella. Estáis metiendo la pata hasta el fondo...

—Entonces ¿esto solo ha sido una última cana al aire?

—¡¿Perdón?!

—Hay fotos... —expuso con una expresión tipo «Te han pillado».

Me subí raudo al coche con la cara demudada y Olga hizo lo mismo.

—¡Madre mía...! —exclamó alucinada.

Pero yo ya estaba consultando mi móvil. Tecleando palabras clave en el buscador para que me mostrara esas dichosas imágenes.

—Me cago en mi alma... —murmuré sin poder evitarlo.

—¿Qué pasa?

—Nos han fotografiado en Nueva York.

—¿Haciendo qué?

—Saliendo de cenar... Fue el día que lloraste, y claro, parece otra cosa. Te seco las mejillas, te abrazo...

—Lo siento muchísimo, Ástor... Pero Keira lo entenderá. ¡Seguro!

—Tengo un montón de wasaps de mi madre llamándome de todo...

Maldije en voz baja.

Rodri acercó a Olga hasta su casa y luego me dejó en la mía. Estaba cansado del viaje relámpago y quería relajarme, pero en vez del baño con pizza que tenía planeado, me esperaba el infierno.

Entré en el chalet con aprensión.

Temía el pronto irracional de Keira, el que la lleva a no detenerse a escuchar explicaciones cuando el cabreo la posee. Necesitaba tiempo para calmarse. Me lo había demostrado en muchas ocasiones: cuando Sofía y Carla nos la jugaron, cuando descubrió lo de la web, cuando se enteró de que Olga y yo nos habíamos acostado…

«Joder…».

Dejé la maleta en la entrada e inspiré hondo.

—¿Keira?

La protagonista de mi ansiedad no tardó en aparecer en el salón. Vestía de manera informal, con unas mallas negras con el logo de *Stranger Things* y una camiseta gastada de los Ramones. Estaba preciosa.

Nos dijimos tantas cosas en esa primera mirada…

«Lo siento».

«¿Por qué me has mentido?».

«Confía en mí, por favor…».

«Esto no funciona así…».

«Yo nunca dudaría de ti».

—Hola.

—Hola… —respondió paciente.

—No sé ni por dónde empezar… —dije colapsado.

—Pues por ahí, no, Ástor —contestó Keira con una fragilidad dolorosa.

—Es todo mentira —aclaré deprisa.

—Eso está mejor. Sigue…

—No ha pasado nada entre Olga y yo.

—¿Por qué no me dijiste que ella también iba a Nueva York?

—No quería que pensaras nada raro. Ha sido un viaje de negocios. Olga quiere abrir un salón en la Gran Manzana, y hemos ido a estudiar la propuesta y a cerrar el trato. Nada más…

—¿Y eso incluye cogerle la cara y besarla?

—No la besé.

—La abrazaste. Estabais muy juntitos. Acunaste su cara. ¿Lo niegas, Ástor?

—Me contó algo muy personal y se echó a llorar. Le limpié las lágrimas y la abracé. Solo eso.

—De acuerdo…

Keira apartó la vista, molesta, y caminó hacia la cocina evitándome. Como si no quisiera saber nada de mis brazos, que se morían por estrecharla, o de mis labios, que lloraban por saborear los suyos después de varios días sin verla. Pasó hasta de la triste expresión de mi cara.

—¿Tienes hambre? —preguntó cambiando de tema.

No podía creerlo…

La sensación de que le importaba muy poco lo que yo hiciera a sus espaldas me golpeó de lleno.

—¿Ya está? ¿Tema zanjado?

—¿Qué otra opción me queda? —cuestionó mirándome con los ojos vidriosos—. No tengo forma de comprobarlo, Ástor… Solo puedo fiarme de tu palabra y seguir con mi jodida vida…

La inseguridad que tiñó su voz me dolió más que nada.

—¿No confías en mí?

—Sí que lo hago. ¿Y tú en mí?

—¡Pues claro, Keira…!

—¿Y por qué no fuiste sincero? ¿Qué sentirías si yo hiciera lo mismo? ¿Qué pasaría si abrazara a un amigo con el que he tenido relaciones íntimas en una situación en la que te he ocultado que estaría con él?

—Me sentaría mal —admití sintiéndome fatal—. Pero yo ya he pasado por eso, Keira. Ahora no lo recuerdas, pero cuando nos conocimos, cada vez que tocabas a Ulises, que os abrazabais o que presumíais de vuestra inalcanzable intimidad, se me revolvían las tripas, y aun así confiaba en ti, en nosotros… cuando ni siquiera éramos nada oficial.

—No te atrevas a comparar a Ulises con Olga… —masculló furiosa.

—No los comparo. Olga es solo una conocida, una socia comercial; lo tuyo con Ulises era mucho más doloroso, Keira… Vuestra relación era muy estrecha y sentida. Lo querías. Tú misma me lo dijiste…

—¡Como amigo! Lo quería como amigo —sollozó afectada.

—La gente no se tira a sus amigos…

—Me importa una mierda lo que haga la gente.

—No, cariño. Ulises era más que un amigo. No lo niegues.

—Puede que al principio fuera así, ¡pero después nos enamoramos de otros y por fin pudimos serlo! ¡Porque siempre lo fuimos! Pero Olga siempre ha querido ser algo más que tu amiga... Y tú lo sabías.

—No me gusta que me creas capaz de engañarte así... —empecé a molestarme.

—Pero lo has hecho, me lo has ocultado, Ástor. Yo nunca te oculté nada. ¿No ves la diferencia? ¿No entiendes lo que implica?

—Joder, Keira... ¡No implica nada! ¡Solo implica que no deseaba que te disgustaras! ¿Es que no sientes cuánto te amo? ¿No lo captas cuando hacemos el amor? ¿No notas mi desesperación por abrazarte ahora mismo, por sentir tu piel contra la mía? ¿Porque me vuelvas a mirar con normalidad otra vez...? ¿Porque me quieras la mitad de lo que yo te quiero a ti?

Me acerqué a ella despacio y agachó la cabeza para que no viera que su boca se curvaba con una mueca de tristeza.

Me dejó rodearla con los brazos y se tapó la cara. Acerté a rozar con mis labios el nacimiento de su pelo y a susurrarle:

—Créeme, por favor...

—Quiero creerte contra toda probabilidad... —musitó llorosa—. Y he hecho un ejercicio de contención enorme al no llenar las maletas e irme cabreada antes de que llegaras. Pero sigo enfadada, no puedo evitarlo. Ha sido muy doloroso ver esas imágenes... Y precisamente con ella... Ese daño no desaparece así como así, Ástor.

—Ya lo sé... Perdóname, por favor. Lo desmentiremos todo. ¡Esas fotos están fuera de contexto! Salíamos de un restaurante, y Olga me había estado contando que estaba harta de esperar al hombre perfecto y que quería ser madre ya. Tener una niña y llamarla como su hermana... ¡¿Cómo no iba a abrazarla?! ¡Por poco me muero...! Le limpié las lágrimas y le di un beso en la mejilla. Pero las cámaras de los paparazis echan ráfagas de fotos y alguna siempre coincide en el momento exacto en el que se alinean nuestras bocas para que parezca otra cosa al separarnos. Todo se arreglará, Kei, te lo prometo. En Barajas ya lo he desmentido...

—Me jode tener que dar explicaciones de nuestra vida privada.

—Ya lo sé, pero la fiesta de compromiso ayudará a aclarar las cosas. Podemos vender la exclusiva a alguna revista.

—Por Dios... —se quejó avergonzada—. Lo que faltaba...

—Estas cosas funcionan así. La gente tiene que verlo para creerlo. Además, ¿qué sentido tiene que me case contigo si no es por amor?

La mirada que me lanzó me dio pánico.

—Eso no es muy halagador por tu parte... —repuso arisca.

—Sabes lo que quiero decir. Nada me impide romper contigo y acostarme con quien me dé la gana si es lo que me apetece. ¡Si estoy contigo es porque te amo...!

—Se puede amar a dos personas al mismo tiempo...

—Eso es mentira —dije tajante—. Nunca es de la misma forma. Y la real es la que te saca de tu zona de confort. La que te reta. La que te hace sentir orgulloso de que esa persona te haya elegido. Y eso eres tú para mí, Keira...

—Ese es el problema. —Me miró a los ojos dolida—. Que al hacerme desconfiar de ti, haces que desconfíe de mí misma por elegirte... Y eso es lo último que deseo que alguien me haga sentir.

—Keira... —dije nervioso—. Te quiero como nunca he querido a nadie... —confesé como si fuera una debilidad.

—Y eso te hace actuar como si te diera miedo perderme... —dedujo en voz alta—. Pero eso no es confiar en el otro, Ástor. Deberías haberme contado que te ibas con Olga desde el principio. Esa ocultación es la que me lleva a poner en duda todo lo demás...

—¿Dudas de mí, Kei? —pregunté aprensivo.

—De ti no... Dudo de que vayas a quererme como necesito que lo hagas.

Y con esa frase lapidaria se fue de mi lado consternada.

No fui tras ella porque me dejó muerto. Y porque la conocía y sabía que necesitaba estar sola para procesarlo y perdonarme. Era mejor no seguir metiendo la pata... Keira es de esas personas que te dejan sin argumentos, y todo lo que digas después no hace más que restarte puntos poniendo de manifiesto tu inutilidad.

Esa misma noche, cuando me metí en la cama, ella ya estaba acostada y consintió que me arrimara a su espalda y la abrazara. No podía pedir más.

Al día siguiente le escribí mensajes preguntándole a qué hora volvería a casa y si le apetecía pedir la cena a domicilio. Contestó con un «ok» rancio. Luego, sin embargo, no se quedó a ver la tele conmigo, alegando que tenía que trabajar. No insistí. Solo dije:

—¿Me das un beso de buenas noches al menos?

Lo reconozco, me la jugué. Pero ya había sufrido veinticuatro horas de abstinencia de cariño y me parecía castigo suficiente.

Keira se acercó sin prisa y se agachó hacia mí por detrás del sofá.

Yo sabía que quería darme un simple pico y terminar rápido con aquello, pero no la dejé. Cuando se aproximó a mis labios con la boca cerrada, me aparté un instante y aproveché el *impasse* para agarrarla de la nuca y absorber su labio superior con lentitud, obligándola a entreabrirlos. En cuanto lo hizo, introduje mi lengua con suavidad. La suya me acarició tímidamente y le rogué que me devolviera la vida, como Antonio Orozco en esa canción.

Respiré aliviado cuando continuó el beso, pero lo cortó rápido. Estuve a punto de quejarme. De volver a insistir en mi inocencia. Pero me di cuenta de que sí había hecho algo mal: subestimarla. Y vi en sus ojos que todavía no estaba lista para perdonarme.

Era la única mujer que conocía que había esquivado mis labios. Y eso me volvía loco. Porque sentía que ya no era suficiente convencerla con lujuria, sino que estábamos en otro nivel, uno más difícil y complejo en una pareja.

Al inicio de una relación las ganas ganan la batalla a los principios, pero ahora era diferente. Me costaría más demostrarle que podía quererla como se merecía.

El sábado desapareció aludiendo que Yasmín la necesitaba. Me dijo que se iba a comer con ella y que no sabía cuándo volvería.

Por eso me busqué la vida con Charly. Pero cuando me avisó de que venían me puse nervioso. Y ansioso.

Llegaron un minuto antes de que comenzara el partido de fútbol, y aun así, tras abrir la puerta no salí corriendo de vuelta al sofá como habría hecho cualquier tío, sino que retuve a Keira entre mis brazos y le di la bienvenida a mi manera. Fue un impulso incontrolable.

—Hola a ti también... —escuché a Yasmín en la oscuridad de mis párpados cerrados. A pesar de todo la ignoré, porque acababa de darme cuenta de cuánto había echado de menos esos labios.

Yasmín se había vuelto un pilar indispensable para Keira, tanto laboral como personalmente. De no ser por ella, no sé cómo habría sobrellevado Kei la pérdida de Ulises...

En cuanto a mí, el vacío que había dejado en mi vida seguía quemándome. Y desde hacía un tiempo también debía soportar la lejanía de mi hermano. Solo tenía a Keira para reemplazar ese gran hueco —Charly seguía a medio gas—, y ahora que mi chica estaba enfadada me encontraba a punto de derrumbarme.

—¡Hola, Charly! —oí a Yasmín, jovial.

—¡Hola, preciosa! ¿Cómo estás?

—Muy bien.

—Ni que lo digas, chica...

Keira dejó de besarme y me miró con diversión.

—Será mejor que vayamos. Esos dos necesitan carabina...

—Más bien ellos son la nuestra —repliqué, claramente excitado.

Volví a besarla con ganas y me apartó halagada, sonriendo en mi boca. ¡La cosa prometía! Me sentí de nuevo un veinteañero desesperado por la vaga esperanza de triunfar un sábado.

—Vamos... —dijo Keira arrastrándome de la mano.

—Hola, Charly... —lo saludó sin soltarme cuando llegamos junto a ellos. Y ese detalle me pareció extraño.

—Kei..., dime que has traído chucherías —rogó Charly, teatral.

Ella tardó un segundo de más en contestar.

—Sí..., las he traído.

—¡Genial! ¡Eres la mejor! —exclamó contento.

—Toma. Disfruta, criatura. —Yasmín le tendió la bolsa—. Dicen que los adultos que comen chucherías son los que luego de mayores tienen diabetes.

—No pasa nada, no pienso llegar a viejo… —rumió Charly.

Las chicas se miraron intrigadas. Yo no, porque no era la primera vez que se lo escuchaba.

—¿Y eso? —preguntó Yasmín—. ¿Ya has vivido suficiente, Charly?

—No, nunca se vive lo suficiente, pero llámalo intuición o karma…

Ellas volvieron a mirarse de forma extraña.

—¿Tan malo has sido? —preguntó Yasmín, sugerente.

Se hizo un silencio extraño.

—La verdad es que sí… Y todavía puedo serlo más… ¿Quieres pecar conmigo? —replicó él, vacilón.

A ese juego no había quien lo ganara.

—Voy a por algo de beber. —Keira nos sobresaltó a todos—. ¿Queréis algo? —preguntó nerviosa.

—No, ya tenemos. —Le señalé la mesa—. Pero ya voy yo…

—¡No! —me interrumpió brusca—. Voy yo. Yasmín, ¿me acompañas?

—Claro…

Las oí cuchichear en la cocina, como si estuvieran discutiendo, y aproveché para amonestar a Charly:

—Tío, córtate un poco con Yas… ¡Vas muy a saco!

—¡¿Yo?! ¡Si es ella, que le va la marcha cosa mala…! Me echa unas miradas que alucino, en serio…

—¿Cómo te mira?

—Yo qué sé… ¡Cómo si quisiera matarme a polvos!

Me dio la risa. Charly era único teniendo alucinaciones.

Seguimos atentos al partido, y las chicas tardaron en volver al salón.

—¿Quién quiere un margarita? —ofreció Yasmín, entusiasmada, sujetando dos jarras llenas.

—¡Anda…! ¿Habéis preparado? —pregunté sorprendido, sintiendo una repulsión instantánea por mi copa de vino tinto.

—¡Sí! Hoy tenía sábado de antojo mexicano.

—Pues yo tengo poco de mexicano... —se quejó Charly.

Yasmín sonrió de forma auténtica.

—Si os apetece a todos, podemos pedir luego comida mexicana para cenar —sugirió ella.

—Por mí, genial. —Sonreí—. Charly, ¿a ti te apetece?

—Yo piso donde tú pisas, amo —contestó burlón.

—Os voy a servir dos copas... —murmuró Yasmín, empecinada.

Al irse, dejó la jarra en la mesa. Mala idea... Porque entraba que daba gusto.

Las chicas no tardaron en escabullirse hacia el despacho con la otra jarra.

—Llamadnos cuando termine el primer tiempo —me dijo Keira—. Mientras, vamos a repasar nuevas pistas sobre el caso de Sofía...

Charly se mostró interesado.

—¿Tenéis nuevas pistas?

—Sí.

—¿Cuáles?

—Es mejor que no sepas nada hasta que lo tengamos claro. Estamos muy cerca. Confía en mí...

Se sostuvieron la mirada con intensidad antes de desaparecer.

Noté a Charly más desconcentrado que de costumbre con el fútbol, y cuando llegó el descanso se ofreció a ir a buscarlas.

—Para ganar puntos con Yasmín —añadió con picardía.

No tardaron en regresar al salón los tres. Y me encantó que Keira viniera a sentarse directamente encima mío, como si no soportara tenerme lejos ni un minuto más.

¡Tocarla se había convertido en mi jodida Navidad!

Su contacto me reconfortaba a niveles preocupantes.

Me preguntaba cómo podía quererla tanto. Nunca lo habría imaginado. Por no hablar del sexo, que con ella estaba alcanzando cotas desconocidas.

Era una sensación muy potente. Algo capaz de hacerte sentir eternamente joven. Pura vida. Por eso me estaba muriendo sin ella...

Contando el viaje a Nueva York, llevaba cinco días sin apenas tocarla, y antes de eso veníamos de una época de follar todos los días.

—¿Ya os habéis bebido la jarra entera? —preguntó Yasmín, satisfecha—. Voy a preparar más...

—¿Tratas de emborracharme, mujer? —le preguntó Charly, sin rodeos, y se quedó cortada—. Porque estoy totalmente a favor. —Sonrió truhan—. Aunque te advierto que me pongo muy insistente... Aviso.

—Y yo soy policía. Aviso.

Charly se rio y levantó las manos, divertido.

Miré a Keira, sonriente, y vi que estaba muy seria. ¿Qué le ocurría?

Supuse que era por el pasado de Yasmín. Parecía que Charly olvidaba por momentos el asalto que sufrió. Se lo mencioné cuando la conoció en la fiesta de cumpleaños de Ulises, pero entonces él todavía tenía novio...

—Brindemos —propuso de pronto mi chica con agresividad—. Por lo bien que supera Charly las muertes de sus parejas. ¡Y lo rápido que vuelve a estar disponible! —Elevó la copa y sonrió falsamente ante nuestras caras de estupefacción.

Charly me miró alucinado y balbuceó atribulado.

—Keira..., solo bromeaba...

—Sí, ya...

—¿Crees que no echo de menos a Ulises? —preguntó incrédulo—. ¿Crees que su ausencia ya no me duele? Es un dolor crónico con el que estoy aprendiendo a vivir, y, sinceramente, no sé si lo conseguiré algún día...

Los ojos de Keira se cargaron de lágrimas al momento.

—Eh, cariño... —Le acaricié los brazos, pero no dejó de mirar a Charly con una expresión demoledora. Como si le estuviese pidiendo cuentas de algo.

Él continuó:

—No creas que me he enamorado de Yasmín ni nada parecido. Pero es muy fácil hablar desde la comodidad de los brazos de Ástor... Yo también necesito tener un puto motivo para seguir viviendo, así que no me juzgues...

—Chicos… —Me alarmé. Y miré a Yasmín en busca de ayuda.

—¡Callaos los dos ahora mismo! —sentenció ella con autoridad.

La sorpresa elevó mis cejas.

Desde que hablamos en la gala benéfica de Reyes no había vuelto a ver su faceta malévola. Era como si tuviera dos caras. La de novata encantadora y la de teniente coronel en potencia.

—No digáis nada de lo que os podáis arrepentir —añadió Yasmín—. ¡Los margaritas son muy traicioneros…! Y el dolor os hace decir cosas que no sentís ninguno de los dos.

Flipé cuando clavó tal mirada a Keira que consiguió doblegarla.

—Yasmín tiene razón —repuso Charly pasándose una mano por el pelo—. Ante todo, Ástor, que quede claro que me alegro mucho de que Keira y tú estéis juntos, pero me dais una envidia mortal… Encima vais a casaros y… me siento más apartado que nunca.

—No quiero que te sientas así —musité con desazón.

—Además, me ponéis cerca a una chica guapa con malas pulgas y ¿esperáis que no me sienta atraído por ella? —bromeó Charly—. Yo no tengo la culpa de que me siga el juego…

—¡Solo te lo sigo para que el ambiente no sea tan de recién casados! —se excusó Yasmín—. Pero en algún momento de la noche, tal vez cuando intentes besarme de nuevo, te pararé los pies para decirte: «Charly, eres muy majo, pero estoy saliendo con otro…».

—¿Con quién? —preguntó sorprendido.

—No quieres saberlo, créeme…

—No me importa, me gusta compartir. —Charly sonrió canalla.

—Me consta… —replicó Yasmín, irónica—. Pero a mí no, gracias.

—Todo el mundo dice eso hasta que lo prueba…

—Te aseguro que yo no.

—Mejor todavía, ¡me encantan los retos! Dime, ¿quién es él? Las chicas se miraron.

Yo estaba completamente fuera de onda en ese instante.

—Es Saúl...

—¡Anda ya! —exclamó Charly rebotando contra el sofá—. ¡¿Pero qué tiene ese tío que tanto os gusta a todas?! ¡Si todavía es un crío!

—Un crío muy mono —añadió Keira, mordaz, y sentí los celos clavándose bajo mis uñas.

Creo que lo disimulé bien, pero los margaritas y mis recuerdos de Saúl condujeron la conversación hasta una frase maldita, cuando oí presumir a Yasmín de que una vez el «crío» salvó a su hermana de ahogarse en el mar.

—Pensaba que ya le habías devuelto ese favor con creces, Yasmín...

En cuanto lo dije, supe que me había quedado sin mojar esa noche.

Los ojos de la aludida se abrieron de par en par, y los de Keira todavía más, pero no podía dejar de pensar en lo ilusionado que estaba Saúl con ella antes de que todo se fuera a la mierda entre ellos.

—¿Por qué los hombres siempre pensáis que una mujer tiene que pagar vuestras atenciones con sexo? —soltó Keira, indignada.

—Yo no he dicho eso —me defendí—. Se lo dijo Yasmín a Saúl hace cuatro años...

—¿Saúl y tú os acostasteis? —preguntó Charly, sorprendido.

—¡Yo no le dije eso! —me contestó Yasmín a la defensiva.

—Ah, entonces ¿no le dijiste que te acostaste con él solo por agradecimiento?

Se puso tan roja que pensaba que le saldría humo por las orejas como a los dibujos animados.

Se levantó de golpe y huyó hacia la cocina. Keira me miró furiosa, y me expliqué.

—No tiene sentido que estén saliendo ahora... ¡Ella le rompió el corazón!

—¡Tú me lo has roto a mí un montón de veces, Ástor! ¡No lo olvides! —remarcó Keira, y se fue detrás de Yasmín, muy enfadada.

¿Quién me mandaría echar más leña al fuego...?

 ástor

7
Esa tal Yasmín

Cuando Yasmín apareció en nuestras vidas y Keira me habló de su relación con Saúl, la identifiqué como la rompecorazones adolescente que protagonizó muchas de las charlas que tuve con él en el pasado.

La primera vez que Saúl la mencionó fue un día que me lo encontré en nuestra finca montando a caballo.

—Eh, donjuán, ¿cómo lo llevas con las chicas?

—¡Ástor! —me saludó, contento de verme.

Le acerqué el puño y me lo chocó emocionado.

Lamenté el día que toda esa devoción se transformó en asco, pero le entendía, porque yo también me lo tenía en esa época.

—Me va bien. Creo… —Sonrió vergonzoso.

—Uy, ¿y esa sonrisita? ¿Tienes a alguien especial por ahí?

Se encogió de hombros, ruborizado.

—Me gusta una chica, pero no tengo ninguna posibilidad real con ella. Es la más guapa de todo el instituto y puede estar con quien quiera.

—Pero ¿sois amigos?

—Sí, bastante… —dijo con orgullo—. A veces estudiamos juntos.

—Uuuh… —Sonreí tunante—. Eso suena muy bien.

—No tanto… Solo le convengo para aprobar.

—Podría estudiar con cualquiera y lo hace contigo —señalé con picardía.

Saúl sonrió de una forma muy particular. Con una suerte de esperanza mezclada con la anticipación de un beso escrito en el aire.

—¿Ya la has besado?

—¡Qué va...! —exclamó azorado—. Bueno, ella me besó a mí el año pasado, pero...

—¡¿Qué?!

—No es lo que crees. Fue un beso corto de agradecimiento. Sin lengua ni nada...

Me hizo gracia esa importante matización.

—¿Por qué dices que fue «de agradecimiento»?

—Porque la salvé de un chico que la estaba molestando...

—Ah, entonces confía en ti. Ya tienes lo más importante. Ahora solo te falta conquistarla.

—No sé cómo...

—Haciéndola sonreír. No falla.

—Yo no soy gracioso, Ástor. Ni atrevido.

Y tenía razón. Saúl era más bien tímido y buen chico. No como ahora, que se pasaba de listo y me reventaba que a Keira le hiciera gracia.

—Pues solo te queda jugar una baza, chaval...

—¡¿CUÁL?! —preguntó como si de eso dependiera la paz mundial.

No tuve más remedio que echarme a reír y confesarle el secreto.

—La sinceridad.

—¿La sinceridad?

—Sí. Es una de las armas más poderosas que existen. A las personas nos da miedo sincerarnos por si alguien se burla de nosotros, nos prejuzga o nos critica, pero no hay nada más poderoso que alguien brutalmente sincero...

—Mi padre es brutalmente sincero y no mola nada —rebatió Saúl.

—Hay dos clases de sinceridad: la hiriente y la valiente. La primera hace vulnerable a los demás; la segunda, a uno mismo. Estos últimos son los verdaderos héroes.

Saúl me miró con aquella admiración especial que solía calentarme el corazón.

—Gracias por tus consejos, As... Me encantan nuestras charlas.

—A mí también, chaval. ¡A por ella, valiente! Y ya me contarás...

Un mes después, me lo encontré por casualidad en un famoso restaurante y no pude arrancarle ninguna de sus habituales sonrisas.

—¿Todo bien? —pregunté preocupado.

—Sí, sí... —musitó serio.

Yo iba acompañado por una chica y él por su padre, así que no estábamos solos para profundizar en el tema.

—Lo he traído a su restaurante favorito para ver si levanta cabeza —explicó Xavier.

—¿Por qué? ¿Qué ha pasado?

—Le ha dejado la novia... —se mofó Xavier con media sonrisa.

Noté que Saúl apretaba la mandíbula con fuerza. No solo tenía que soportar el dolor de perderla, sino también que su padre se burlara.

—No era mi novia —masculló Saúl hacia el cuello de su camisa.

—¡Tranquilo, hijo! Hay muchos peces en el mar, ¿verdad, Ástor? Tú lo sabes mejor que nadie, ¿eh? Cada mes te veo con una chica distinta...

Mi cita me miró pidiéndome explicaciones, y carraspeé incómodo.

«Puto Xavier...».

—¿Por qué no te pasas mañana por la tarde por mi piscina? —propuse a Saúl, amigable.

—No creo que quiera —contestó Xavier por él—. Se pasa el día encerrado en su habitación, ¡con el buen tiempo que hace! Pero mejor eso que salir y dejarse ver llorando por las esquinas...

Saúl inspiró hondo para no estamparle en la cabeza una botella que tenía muy a mano en una coctelera cercana.

—Vente y hablamos... —insistí ante su cara mustia.

Él se encogió de hombros, observó a la chica que iba conmigo y volvió a mirarme a los ojos como si no entendiese algo de mí.

—Vale… Nos vemos. —Pasó de largo y salió del restaurante.

—Adolescentes… —explicó Xavier ante su actitud, más a mi cita que a mí—. Para ellos todo es un drama. Buenas noches, parejita…

Al final, Saúl no vino a verme y tuve que acudir yo al día siguiente a su casa.

Lo encontré en la terraza de la tercera planta de la mansión, recostado sobre los cojines de un balancín acolchado como el que hay en todos los porches del estado de Texas. Llevaba puestos unos auriculares enchufados al móvil. Cuando me vio, tuvo la deferencia de quitarse uno.

—¿Qué haces aquí? —preguntó seco.

—He venido a rescatarte de tu torre de marfil.

—No necesito rescate…

—Por tu cara, yo diría que sí, Saúl. ¿Qué ha pasado con esa chica?

—Nada… Un clásico. Nos liamos y se arrepintió. Eso es todo…

—¿Se arrepintió? ¿Qué te dijo exactamente?

—Nada de nada. De un día para otro cambió de opinión.

—Eso es raro…

—No tanto. La gente empezó a hablar de nosotros en el instituto y ella lo negó todo. Se avergonzó de mí. Ya te dije que era muy popular.

—La gente puede hacer muchas gilipolleces presionada por el qué dirán… Pero el instituto acaba ya, y si de verdad hay algo entre vosotros, no podrá ignorarlo mucho tiempo. Cuando os veáis de nuevo en verano seguro que…

—Se ha ido para no volver —dijo cenizo—. Y el año que viene cada uno seguirá su camino en una universidad distinta. La he perdido para siempre y sin explicaciones. Ahora entiendo que haya gente que huya del amor…

—Que esa chica no te haya dado una explicación me parece horrible —opiné enfadado—. Porque te obliga a juzgarte a ti mismo para obtenerla.

—¿A ti también te ha pasado, Ástor? —preguntó esperanzado.

Y no supe qué contestar.

No podía contarle que yo era un experto en manejar el dolor para que los demás no me hicieran daño. Estaba curtido. Disfrutaba de las mujeres, pero no creaba vínculos emocionales basados en la confianza, sino en la atracción, y esta siempre terminaba desapareciendo, así que...

En ese momento entendí que yo me protegía del rechazo de mi padre y del dolor que me causaba con diversión, pero Saúl prefería sufrir a cambio de recibir algo de amor, porque escaseaba a su alrededor. Yo tenía mis fuentes fiables. Mi madre, mi hermano, amigos fieles... Parecía no tener a nadie.

—Nos ha pasado a todos... —contesté por fin—. ¿Y sabes qué? Te repondrás. El año que viene irás a la universidad y conocerás a otras chicas mucho mejores que una que no sabe apreciar a un buen tío cuando lo tiene delante. —Le di un toque afectuoso—. No hay nada malo en ti, Saúl...

Después de aquello no volvió a ser el mismo. Y cuando meses después ingresó en la universidad de Lerma su actitud empeoró todavía más.

Por eso no entendía a qué jugaba Yasmín ahora. ¿Estaban saliendo? ¿Cómo era posible? ¿Y a la vez tonteaba con Charly? ¿Por qué?

Mi mejor amigo se encontraba en un momento muy delicado a pesar de sus recurrentes bromas. Lo conocía, y lo notaba deprimido. Lo último que quería es que volviera a sufrir.

—Gracias por salir en mi defensa —me dijo Charly, y se sirvió otro margarita—. Pensaba que Keira me comía vivo... No es que los duelos se me pasen rápido, es que mi corazón es como un GPS que recalcula la ruta rápido cuando llega a un callejón sin salida.

Me llevé la mano a la sien.

—Si te oye decir eso te da una hostia que te mata...

Charly sonrió un poco, pero volvió a ponerse serio.

—Pensar en Ulises me hace polvo, As... Y no puedo seguir viviendo así. No quiero sentirme muerto en vida. Además, no se sabe nada de quién pudo asesinarlo y tengo la sensación de que una espada de Damocles pende de un hilo sobre mi nuca. En la de todos, en realidad. El abogado de Carla nos jodió la vida sacando a la luz la información de la web... Ese Mateo Ortiz es un trepa... Y a saber a qué jodido psicópata le contó que éramos los dueños de SugarLite... Cualquier día nos liquidan, amigo.

—No nos va a pasar nada —le aseguré con firmeza—. Hemos reforzado la seguridad y ya he emprendido acciones legales contra él. Si es listo, Mateo se callará la boca. Y si se demuestra que Ulises ha muerto por culpa de que ese abogado se fuera de la lengua, lo acusarán de ser cómplice. Perdona a Keira, está muy nerviosa últimamente. No quiero que os peleéis, Charly...

—Tranquilo por eso... Está perdonada.

—Creo que solo trata de proteger a Yasmín. Recuerda su pasado. Y con Saúl tiene otro bastante problemático también. Así que quizá sea mejor que te olvides de ella...

En ese momento me pregunté si Saúl estaría al corriente de lo que le había sucedido a Yasmín, ¡probablemente no! Él nunca supo por qué desapareció sin dejar rastro...

—Intentaré dejar a Yasmín en paz —repuso Charly—, pero suenas como si no me conocieras, Ástor. Si me dices «No pulses ese botón», sueño con tocarlo a conciencia...

Solté una risita y negué con la cabeza.

—No tienes remedio...

—¡Es que es muy guapa! —se justificó.

—Sí que lo es...

—El niñato de Saúl tiene buen gusto, el muy cabronazo...

Sonreí de nuevo y recordé que estábamos en medio de una discusión con ellas.

—¿Cómo coño vamos a resolver esto? —expuse aprensivo—. Están muy cabreadas. Y Keira ya estaba de morros por mis fotos con Olga...

—Joder... Es que... ¿cómo caíste en esa trampa tan vieja? Pareces nuevo... —me amonestó Charly de pronto.

—¿Qué trampa?

—¡La de Olga! Es evidente que ella misma lo preparó todo...

«No me jodas...», pensé sintiéndome un ingenuo. ¡Ni siquiera se me había pasado por la cabeza!

—Y lo de callarte que te ibas con ella... ¿Eres idiota o te lo haces?

—Lo soy... —admití derrotado—. No quería remover la mierda. Me pareció que mencionárselo a Keira sería darle más importancia de la que tenía...

—Es al revés. Si no lo dices, parece que la tiene. Es para darte una colleja, de verdad...

—¡Lo sé, joder...! Y ahora ataco a Yasmín con lo de Saúl. ¿Qué voy a hacer, Charly? Necesito arreglarlo con Keira esta noche o me volveré loco.

—Voto por beber más —propuso levantando la copa, tunante.

—Si fuera por ti, nos extinguiríamos, tío...

—Dales tiempo para que nos critiquen a gusto. Empieza la segunda parte del partido.

Cuando terminó el encuentro, otra jarra de tequila con triple seco y una pizca de jugo de limón había desaparecido por nuestras gargantas. Y estaba tan cargado que cuando las chicas reaparecieron en el salón, ni recordaba que estaban enfadadas.

—¡Mi vida...! —saludé eufórico a Keira, y la atraje hacia mí, haciéndola caer a peso sobre mi regazo. Su cara de sorpresa me recordó el enfado—. Gracias por no rendirte nunca conmigo... Y por ser tan sincera... Y valiente... Es lo que más me gusta de ti con diferencia.

La besé ensimismado y Kei apenas reaccionó al beso, intentando analizar mis palabras. Milagrosamente, sentí que se derretía contra mí y cooperaba por fin.

—Mataría por un beso así... —musitó Charly con ojos de anhelo.

—¡Pues a mí no me mires! —replicó Yasmín con guasa.

—¿De verdad vais en serio Saúl y tú? —le preguntó de vuelta.

Dejé de besar a Keira solo para ver la cara de Yasmín cuando contestara. Me interesaba mucho. Esa chica me tenía descolocado.

—Eh... Bueno, estamos limando viejas rencillas... El otro día salimos a cenar.

Me abstuve de decir nada al respecto. Y no sé qué ocurrió después entre ellos en la fiesta de compromiso, pero fuera lo que fuese, no iba bien si Saúl la había echado de su lado en el peor momento de su vida.

—Quiero haceros una pregunta —empezó Yasmín de pronto—. ¿Conocéis a mi padre? Es miembro del KUN...

—Apenas... —contesté sincero.

—Yo sin penas —añadió Charly, ebrio—. O sea, que sin pena de no conocerle. La mayoría de esos vejestorios son unos retrógrados insufribles.

—La verdad es que no te pega formar parte de los KUN —contestó Yasmín, risueña—. Es un club muy arcaico que choca totalmente con tu estilo de vida moderno... ¿Cómo terminaste allí?

—¡Es una historia muy buena! —exclamé con media sonrisa—. Cuando empecé la universidad mi padre quiso obligarme a formar parte del KUN, pero me negué y discutimos. Él me aseguró que era su mayor vergüenza, y blablablá... Me tenía amargado con el tema.

»Un año después se dio cuenta de que había hecho buenas migas con Charly, y un día se plantó en la cafetería de la universidad para invitarnos a ambos a una gran fiesta en el KUN inspirada en la temática de casino.

»Charly contestó que le encantaría asistir y nos presentamos allí. Por desgracia, nos lo pasamos como nunca. Mi padre estuvo especialmente atento con Charly con el único propósito de tentarlo para entrar en el KUN a condición de que me convenciera para entrar con él. Y como comprenderéis, no pude negarme a esa mirada suplicante.

—¡Eso no es cierto! —Charly sonrió avergonzado—. Yo no te pedí entrar en el KUN en ningún momento...

—Pero lo estabas deseando —señaló Keira, perspicaz.

—¡¿Quién no querría entrar?! —le contestó de vuelta.

—Total, que sucumbí a su chantaje emocional... —resolví beodo.

—Héctor también te insistió mucho —me recordó Charly.

—Sí, bueno... Decía que era una deshonra que un De Lerma se negara a participar en la institución familiar, y acepté por todo un poco.

—Y luego terminaste siendo el presidente —acuñó Keira como si se avergonzara un poco de mí.

—Yo no quería, pero después me di cuenta de que quizá pudiera hacer algo para cambiarlo desde dentro. Limpiar su nombre. Romper con su concepto machista y elitista y convertirlo en algo respetable... Por eso tenía interés en que Sofía ingresara en él.

Keira me miró con renovado cariño, como si acabara de recordar quién era yo. Como si la sombra del espectro de esa revista se diluyera un poco. Y no miento si os juro que la polla me dio un respingo cuando su mano me acarició la pierna como una clara llamada de apareamiento ancestral.

Creo que a ella también le habían afectado los margaritas. Y seguro que cuando Yasmín huyó a la cocina enfadada admitió que yo tenía parte de razón y que en su día la cagó con Saúl hasta el fondo.

Nunca me ha gustado follar borracho. Es muy distinto a hacerlo colocado. De hecho, es lo contrario. Sientes mucho menos. La sangre no colabora y no te quema en las venas. Aun así, estaba tan necesitado que casi rompo la cama con Keira.

Ojalá pudiera deciros que después de aquello olvidamos lo de Olga y salió de nuestras vidas para siempre, pero no... Lo peor estaba por llegar.

Consigo un tranquilizante para Saúl y vuelvo adonde lo he dejado vigilado por la Policía.

Lo encuentro abrazado a Héctor. Sé que ellos tienen una amistad paralela. Se conocen desde siempre, y cuando mi hermano tuvo el accidente Saúl lo visitó en el hospital muchos días. Otra cosa es que se distanciaran tras volverse un capullo conmigo.

Al percatarse de mi presencia, rompen el contacto y me miran.

Me siento afortunado de que Héctor pose sus ojos sobre mí, lleva toda la maldita noche evitándome...

—Keira me ha dicho que aún le queda un rato —les informo—. Pero es tarde... Deberías irte a descansar, Héctor...

—Yo me quedo —sentencia mi hermano, serio.

—Llevas muchas horas en la silla... Tienes que cambiar de postura.

—Por un día, no pasa nada...

—Sí que pasa —le presiono—. ¿Te ayudo a tumbarte en ese sofá?

—No.

—Héctor... —interviene Saúl—. Hazle caso, por favor...

Y como es de esperar, nadie lleva la contraria a alguien que acaba de perder a un familiar. Le bajas hasta la luna, si te la pide.

Me acerco a mi hermano y se aparta displicente.

—Puedo solo...

—Estás cansado de toda la noche —alego—. Déjame ayudarte, por favor...

Se queda quieto, y sin esperar su permiso lo agarro por debajo de los brazos como he hecho mil veces para levantarlo y dejarlo sobre un sofá o la cama. Mi hermano se acomoda en él y respira pesadamente.

—Gracias...

—De nada...

—Me gustaría deciros que os fuerais a casa —empieza Saúl—. Ser un hombre y esas cosas... Pero quiero que os quedéis. Los dos...

Héctor y yo nos miramos como si la pena acabara de abofetearnos.

—No vamos a ir a ninguna parte, Saúl —le aseguro con convicción.

Me acerco a él para presionarle el hombro y que me crea.

Todavía no he tenido oportunidad de explicarle qué significaba lo que escuchó en su día entre su padre y yo y que tanto le enfadó. En el torneo benéfico de Reyes se puso hecho una fiera conmigo cuando sacó el tema, pero me parece que fue por volver a ver a Yasmín. Desde que empezaron a salir el viernes pasado lo noto mucho más alterado.

Han ocurrido demasiadas cosas estos quince días...

No quiero ni acordarme de la que se montó en la fiesta de compromiso.

—¿Dónde está Charly? —pregunto a Héctor y Saúl—. ¿Se ha ido?

—Estaba aquí hace un momento —dice mi hermano—. ¿No te has cruzado con él?

—No. ¿Adónde ha ido?

—A ver a Keira.

—Ah, bien, porque Kei le estaba buscando.

 saúl

8
Ya no quedan valientes

—¿Yasmín ya se ha ido? —pregunto a Ástor.

Me mira como si no quisiera darme la mala noticia.

—No sé... No la he visto. ¿Voy a buscarla, Saúl?

—No, no... Déjalo.

Los hermanos De Lerma se miran perspicaces.

—¿Estás seguro? —insiste Ástor—. No es momento para apartar de tu lado a la gente que te importa...

—Ella no es importante... —sentencio certero—. La he pillado antes en mi habitación enrollándose con Charly...

No les miro porque no quiero ver las caras que ponen, me basta con escuchar sus exclamaciones ahogadas y sus tacos furtivos.

Ahora no puedo pensar en eso... Aunque igual mi padre se ha ahorcado al enterarse de que Yasmín y Charly estaban liados, echando por tierra todos sus esfuerzos por que ella y yo terminemos juntos.

Al volver a casa después de la cita, el muy tarado me estaba esperando para enfocarme con una luz directamente a los ojos y que se lo contase todo.

—No ha pasado nada... —le informé, dando el tema por zanjado.

—Pero... ¿habéis bebido lo suficiente?

—Ella ha bebido demasiado y la he tenido que llevar a su casa casi en brazos...

—¿Y...?

—¿Cómo que «Y...»?

—¡¿Y no ha pasado nada, Saúl?! ¿Ni siquiera eres capaz de cumplir con una chica borracha? ¡Ya te vale...! ¡Con lo cachondas que se ponen!

Cerré los ojos, asqueado.

—Llámame loco, pero prefiero que la chica con la que me acuesto esté consciente y no me vomite encima. Y aunque ese fuera el caso, no volvería a acostarme con Yasmín ni por todo el oro del mundo...

—Ya, pero... ¿ella quería? —preguntó tunante.

—Me voy a la cama, papá...

—¡Yasmín quería, ¿verdad?! —exclamó emocionado—. ¡Lo sabía! ¡Siempre tengo razón!

Apreté los dientes y me volví hacia él, furioso.

—No, papá. Estoy seguro de que Yasmín no quería... He percibido un montón de señales que indican que está totalmente traumatizada con el sexo opuesto. ¡Fue a la cita armada! Su casa es como una fortaleza llena de cerrojos, y creo que tiene que ver con que la violaran en la fiesta de graduación del instituto. Por eso desapareció del mapa. Sus padres lo escondieron todo... Así que déjate de hostias, papá. Guárdate tus sonrisitas lascivas y no me digas nunca más que sería más hombre por aprovecharme de una chica borracha y cachonda. Es asqueroso... Y respecto al testamento..., me alegra haberlo leído. Ahora por fin puedo tomar una decisión sobre mi futuro.

—¿Y cuál es?

—Terminaré este curso y me iré. Tranquilo, no volverás a verme...

Que por una vez su impertinente boca no tuviera nada que objetar fue realmente doloroso.

Creo que estaba interiorizando la violación de Yasmín como si fuera una afrenta personal contra él, por repercutir en sus planes de enlazarme con ella. E igual se puso a investigar por su cuenta y vete a saber lo que encontró...

Cuando me metí en la cama esa noche, me vino a la mente nuestra primera borrachera juntos. Como os decía, fue durante una Nochevieja que se celebró en casa de sus padres. Tendríamos quince o dieciséis años.

Después de las uvas, los adultos empezaron a desfasar.

Hasta ese momento todo había sido corrección y buen gusto. Nos habíamos reunido varias familias de socios de la empresa, y los hijos mayores éramos un grupo de cuatro de edades similares.

—Hay que pillar una botella del minibar —propuso Gustavo.

—¡Tengo una idea! —exclamó Yasmín—. Puedo tirar una copa muy cerca de la barra, y cuando el camarero salga a limpiar el estropicio ¡que alguien entre y la coja!

—¿Quién? —preguntó Gus.

—Saúl —decidió ella.

—¡¿Yo?! ¡Ni de coña!

—¡Pero luego bien que querrás bebértela! —me acusó Gus.

—¡Ve tú, si tanto la quieres! ¿Por qué tengo que hacerlo yo?

—Porque nadie sospechará de ti —expuso Yasmín, audaz—. A Gus lo tienen vigilado. Saben que es un gamberro de tomo y lomo...

—Esta es tu casa, ¿por qué no la coges tú? —exigí a Yasmín.

—¡Porque yo soy el cebo, idiota! Mírame... Este vestido ha sido diseñado para llamar la atención. —Posó de forma sensual, y mis ojos no dudaron en acariciar su escote y la piel sobre sus delicadas clavículas.

Aparté la vista apocado y Yasmín sonrió como si supiera el efecto que causaba su belleza sobre mí.

—Venga, Saúl... ¡Tú puedes! —insistió Gus, animado.

—¿Y por qué no va Elena? —propuse a la cuarta candidata.

—¡Porque la pillan fijo! No sabe disimular y ya va medio pedo por el ponche que hemos birlado antes.

—¡¿Y yo sí sé disimular?!

—Tú eres capaz de grandes proezas bajo presión, Saúl —me recordó Yasmín, haciendo que me sintiera halagado.

—Está bien... —cedí, una vez más, rendido a su belleza.

Ella sonrió de pura emoción ante el peligro. Y esa sonrisa me volvía loco. Era atrevida, sexy y malvada. Todo lo que yo no era.

—¡Vale! ¡Después nos encontramos todos en el cuarto de las lavadoras!

La cuenta atrás empezó y nos colocamos en posición de ataque.

Gus se acercó a sus padres para no levantar sospechas, vi a Yasmín recolocarse el vestido de forma todavía más provocativa y volver a cazarme con los ojos resbalando por su anatomía. Me guiñó un ojo y empezó a llamar la atención de todo bicho viviente.

Se puso a hablar con gente cercana a la barra y a sonreír de forma adorable... Solo de ver cómo la miraban todos mi compartimento de mala leche fue llenándose de asco. Sobre todo cuando pillé a mi padre relamiéndose al observarla.

Cerré los ojos con fuerza e intenté concentrarme en «la misión».

Me quedé muy cerca del lateral opuesto adonde estaba Yasmín y visualicé la caja de las botellas sin abrir que había en el suelo.

De pronto, oí la inconfundible señal de cristales rotos.

¡CRASH!

—¡Ay, qué torpe...!

El tono falso que usaba Yas para casi todo chirrió en mis oídos.

Me había entrenado a fondo para ignorarlo y captarla solo cuando hablara como una persona normal. Bueno, normal..., no; más bien como una mujer empoderada con las ideas claras e increíblemente locuaz, capaz de arrasar con todo con tal de salirse con la suya...

El camarero, otro fan, salió para ayudarla a la voz de «No se preocupe, señorita», y aproveché para agacharme y entrar gateando.

A falta de una, cogí dos botellas. Una de vodka y otra de whisky-peach. Esa última fue la que nos fundió a todos.

Nos preparamos unos combinados de vodka, pero esos chupitos de crema de whisky y licor de melocotón entraban solos mientras brindábamos una y otra vez por el año nuevo.

Esa noche todos congeniamos a la perfección. Normalmente, no nos llevábamos tan bien; en esa ocasión, sin embargo, se alinearon los astros, o se alineó el alcohol, y terminamos enfrascados en el juego de la botella cuando se acabó el whisky-peach.

—Empiezo yo —dijo Gustavo con valentía.

—Pero si te toca con un chico, tienes que besarlo —le espetó Yas.

—Entonces… las chicas entre vosotras también.

—Hecho.

—¿Qué tipo de beso? —preguntó Elena, temerosa.

—Con lengua —propuso Gustavo alzando las cejas, el muy canalla.

—¿Vas a besar a Saúl con lengua? —Yasmín se echó a reír.

—Yo no voy a besar a nadie con lengua —advertí.

—¿A Yasmín tampoco? —me vaciló Gus, como si fuera un espectador de mis sueños más escandalosos.

—Tampoco —contesté tajante, y ella me miró como si su nueva misión en la vida fuese hacerme cambiar de idea.

Todo lo que Yasmín decía y hacía era más sugerente que nunca. El problema fue que no solo captó mi atención…

Al final, decidimos que serían besos sin lengua y empezó el juego.

El destino quiso que a Yasmín y a mí no nos tocara darnos ni un solo beso. Ya no sabía cómo hacer girar la dichosa botella para que coincidiera con ella. Gustavo, sin embargo, le tenía cogido el truco y se estaba hinchando a recibir besos de Yas. Y míos…, porque estaba a su lado y a veces no calculaba bien, el mamón.

Besé un par de veces a Elena y fue algo parecido a juntar los labios con un mero.

—Bueno, ya basta —cortó el juego Gustavo. Se notaba, por lo sobón que estaba con ella, que quería pasar a mayores con Yas—. ¿Nos vamos a dar una vuelta, Yasmín? ¿Me enseñas tu jardín?

—Hace mucho frío —farfulló ella, ebria.

—Igual nos vendría bien —propuse—. Vamos ciegos, y como nuestros padres nos encuentren así nos castigarán. Elena está al borde del desmayo… —La señalé.

La pobre apenas podía mantener los ojos abiertos.

—Vale… Pues vamos afuera.

Nos trasladamos los cuatro al jardín y el aire fresco nos sentó de perlas, aunque Elena se tumbó en una hamaca y se puso a dormitar.

—Dame un beso de verdad… —oí que Gus rogaba a Yasmín—. Venga, déjame probar esa lengua tan viperina que tienes…

—Nooo… —Yas se zafó de él con gestos torpes y lentos.

—Venga… Me tienes loco… Estás buenísima… —musitó en su cuello.

Yasmín volvió a apartarse, pero Gustavo la atrapó llevándola contra una pared. Cuando vi que se clavaba en su cuerpo y le palpaba un pecho mientras ella intentaba liberarse, se me cortocircuitó el cerebro.

Fui hacia él sin pensar y lo arranqué de ella con todas mis fuerzas haciendo que perdiera el equilibrio y terminara rodando por el suelo.

—¿Estás bien…? —dije preocupado.

Me miró alucinada y asintió.

—Hijo de puta… —farfulló Gustavo desde el suelo—. No la toques, ¡es mía! —exclamó intentando ponerse de pie, superborracho como estaba.

—No es de nadie —respondí dando la espalda a Yasmín e interponiéndome entre ellos dos.

—Joder… Querías follártela desde el principio, ¿verdad, Saúl? —me acusó Gus—. Pues tendrás que esperar a que termine, porque yo voy primero.

No daba crédito a sus palabras y a su significado. ¿Estaba hablando de turnos, como si Yasmín fuera poco más que un abrevadero?

Se acercó a nosotros y volvió a recibir un empujón por mi parte.

No sabía de dónde salía mi fuerza. ¡Si era un maldito enclenque!

—Gus, estás borracho… —le advertí—. Será mejor que pares.

—¡Quítate de en medio, friki, o te parto el alma! —me amenazó.

—Me vas a obligar a llamar a un adulto y nos van a pillar con todo el ciego... —lo avisé.

—Eres un puto gilipollas, Saúl —ladró él, asqueado—. Quédatela, me da igual, toda para ti...

Se dio la vuelta y caminó renqueante hacia Elena. Abrí mucho los ojos cuando entendí lo que pretendía hacer.

Me acerqué a él, olvidándome de Yasmín, y cuando vi que le metía la mano por debajo del vestido por poco me da algo.

¡¿Se había vuelto loco de repente?! Elena estaba aletargada y no se daba cuenta por la borrachera que llevaba.

—¡Estate quieto, Gus! —le grité, pero eso no lo detuvo. Y por la distancia de su mano, debía de estar a punto de llegar a...

Me abalancé sobre él con tan mala suerte que me enganchó de tal modo que rodamos juntos por el suelo. Supe que ya no podría escapar de sus garras de jugador de fútbol. Recibí varios golpes en la cara con una fuerza que no me pareció humana, sino la de un animal salvaje capaz de matarme.

Oí gritos a lo lejos, presumiblemente de Yasmín, y después perdí el conocimiento.

Cuando me desperté todo había terminado. La Policía estaba allí, y Yas testificó que empezamos a pelearnos por culpa de la bebida. Me miró con cara suplicante para que no contara nada más. A nadie le pasó desapercibido que íbamos completamente borrachos. Al menos, Elena, Gus y yo. A Yasmín el pedal se le había pasado de golpe al verme apaleado en el suelo.

Lo peor de todo fue que, al volver a casa, mi padre me dio la enhorabuena por pelearme por una mujer, pero añadió que no entendía la disputa si había una para cada uno. No quise analizar su razonamiento.

Sin embargo, hubo una parte positiva. Al día siguiente, Yasmín se presentó por sorpresa en mi casa...

Juro que podría haber muerto de vergüenza. Todavía tenía la cara hinchada y amoratada, pero se sentó en mi cama de todos modos.

—¿Por qué has venido...? —pregunté como si la respuesta no fuera obvia para mí.

—Necesitaba saber cómo estás...

—Se me pasará… —Intenté hacerme el fuerte.

—Y quería darte las gracias también.

—Cualquiera habría hecho lo mismo, Yas…

—No. Cualquiera, no… —dijo con aprensión, sabedora de cómo eran muchos chicos a quienes quizá sus progenitores no les habían inculcado un respeto hacia los demás. Aunque a mí tampoco, y lo tenía innato.

—¿Elena está bien? —pregunté interesado.

—Sí, no se enteró.

—¿Y Gustavo?

—Asegura que no se acuerda de nada. Echa la culpa al alcohol…

—Eso no es excusa. Yo también iba borracho.

—Lo sé. Muchas gracias, Saúl, en serio… —dijo con devoción.

—No tienes por qué dármelas.

—Claro que tengo.

—Pues no las quiero, Yas… —repliqué cabezón—. No hice nada especial…

—Para mí sí.

—Yo sí que tengo que darte las gracias a ti —solté de pronto.

—¿A mí? ¿Por qué?

—Porque si no llegas a avisar a alguien, Gus me habría matado…

—Hice lo que tenía que hacer.

—Como yo, entonces. Estamos en paz.

—Vale… —Yasmín sonrió ruborizada—. Pero siento que no lo estamos. Todavía te debo algo, Saúl…

—¿Qué?

—Esto…

Sin verlo venir, acercó sus labios a los míos con una lentitud que me dejó abrumado. Luego, tardó unos tres segundos en separarse de mí. No me creía lo que acababa de pasar… Fue como besar a un ángel…

—¿Por qué lo has hecho, Yas?

—Porque te lo debía…

—No me debías nada —rebatí con las mejillas rojas.

—En el juego no nos tocó besarnos ni una vez... Y tú querías, ¿no?

Tuve la sensación de que de esa respuesta dependía el resto de mi vida y opté por decir la verdad.

—Sí...

—Pues ya está.

Se me quedó atascado en la punta de la lengua preguntarle si a ella también le apetecía, pero que me acariciara la mano fue demasiado para mí.

—Muchas gracias por todo, en serio... Eres un caballero.

—Gracias a ti por venir, Yas... —Se la apreté con afecto.

Me sonrió con una dulzura insólita y se marchó de mi habitación como si no fuese un ser terrenal.

Siempre he considerado ese momento como mi primer beso de verdad. Claro que nuestro segundo beso, años después, fue todavía mejor... y con lengua.

No recuerdo quién dio el primer paso. No creo que fuera yo, porque con un padre como el mío tenía la confianza donde da la vuelta el viento... Pero al menos tenía agallas. Eso, o un fatídico complejo de superhéroe kamikaze, porque cada vez que veía una injusticia mis puños se apretaban hasta ponerse blancos y tenía que intervenir.

La vez más sonada fue cuando un chico del equipo de fútbol salió del armario y empezaron a fastidiarlo para que dejara de jugar. Como si ser futbolista fuera una orientación sexual en sí misma.

Le tiraron la bandeja en el comedor, y cuando fue a recogerla, Gustavo le pateó la rodilla con intención de que se pasara lesionado el resto de la temporada. Me levanté de la silla sin creer lo que veía.

Se oyeron cuchicheos, y algunas chicas corrieron a pedir ayuda. El resto, silencio y expectación máxima.

—¿Te has caído, Alejandro? ¿Te has hecho daño? —le preguntó Gus con crueldad.

—Dale en la otra también, para asegurarnos... —murmuró el capitán del equipo, el Darth Vader de pacotilla al frente del imperio, dando órdenes a su soldado de asalto.

Se rumoreaba que lo coronarían rey de la última promoción y todo el mundo creía que acudiría como pareja de Yasmín. Las malas lenguas decían que ya se habían enrollado...

—Dejadle en paz —me oí cuando estaban a punto de patearle otra vez.

—No te metas, friki —gruñó Gustavo—. Si no quieres que te reviente otra vez...

—¿Este es el tío al que le diste sin parar hasta que se desmayó, Gus?

—Sí.

—¿Te va la marcha o qué? —El capitán sonrió.

Santiago Royo. Todo el mundo le llamaba Santi.

—Y a ti, ¿te va ser un villano? Dime, ¿es muy guay? —le contesté.

—Solo estamos de broma...

—Dentro de un año irás a la cárcel por algo que ahora catalogas de broma. En el mundo real lo llaman agresión.

—Yo no he hecho nada. —Subió las cejas con una expresión angelical.

Miré a su esbirro, Gustavo.

—¿Tanta hambre tienes que te vas a comer sus marrones siempre?

—Yo tampoco he hecho nada. Se ha caído, y me he tropezado con él. Todos lo habéis visto, ¿a que sí? —amenazó a la concurrencia.

Un silencio recorrió el comedor, prometiendo desgracias al que dijera lo contrario. La mayoría optaba por no meterse en problemas ajenos, ya tenían suficientes con los propios.

—Esto está mal, Gus... —le señalé.

—Tú sí que vas a acabar mal como no te calles y te sientes, Saúl.

Alejandro intentó levantarse del suelo, pero le fue imposible. Por la trayectoria del golpe diría que tenía una distensión en el ligamento cruzado.

—¿Qué está pasando aquí? —Llegó la ayuda adulta.

Los matones se dispersaron, y fui el único que narré en público la verdad de lo que había sucedido. Me gané varias miradas de odio, pero me dio igual. No les tenía miedo. Estaba deseando que alguien me pusiera una mano encima. «Contacto humano, ven a mí».

Sé que otros alumnos corroboraron mi historia de forma clandestina y anónima en el despacho del director. Gustavo fue expulsado durante tres días.

Horas más tarde, me crucé con Yasmín por los pasillos y, en vez de ignorarme como siempre, me clavó la mirada con una expresión brutal que ya le había visto antes. La de estar orgullosa de mí.

Esperé a que me dijera algo, pero solo fue un gesto velado y pasó de largo.

Esa misma noche me escribió al móvil por primera vez.

«Eres un valiente», leí cuando se iluminó la pantalla distrayéndome de mi lectura. Ver su nombre precediendo el rectángulo de conversación me hizo dar un brinco en la cama.

«¡Joder...!». El corazón empezó a bombearme sangre con fuerza.

Desbloqueé el teléfono y entré en la conversación.

Yasmín:
Eres un valiente.
Hoy has estado genial

Saúl:
No entiendo que nadie haga nada ante algo así

Yasmín:
Tienen miedo

Saúl:
Lo que da miedo es pensar que el futuro
está en manos de un puñado de cobardes

Yasmín:

Saúl:
Por qué tú no has salido en su defensa?

Yasmín:
Yo?!

Saúl:
Sí. Tú eres alguien.
Podrías decir algo. Impedirlo

Yasmín:
Soy alguien porque estoy calladita

Saúl:
Y de qué te sirve serlo, si no puedes
cambiar las cosas?

Yasmín:
Eso está muy bien para las series y películas,
pero es utópico pensar que un solo individuo
nadando contra corriente puede cambiar el mundo

Saúl:
Pensando como tú,
seguiríamos en candelabros

Yasmín:
Y pensando como tú, terminarás en el hospital.
Solo quería avisarte de que tuvieras cuidado…
Esos chicos son peligrosos

Saúl:
Pues di a tu novio que soy tu amigo

Yasmín:
No es mi novio.
Y tú tampoco eres mi amigo…

Saúl:
Y por qué me escribes?

Yasmín:
Porque no quiero que te metas en líos

123

Saúl:
Cualquiera diría que estás preocupada
por un tío al que ni saludas por los pasillos

Yasmín:
Lo hago por mi hermana.
La muy zopenca está enamorada de ti
desde que le salvaste la vida

Levanté una ceja con guasa.

Saúl:
No serás tú la que está enamorada de mí?

Sonreí con suficiencia imaginando su pataleta.

Yasmín:
Qué más quisieras, chato

Decidí no contestarle y me fijé en su foto de perfil.

Era una de esas que muchas chicas se hacen enfocándose la espalda mientras miran hacia atrás con un gesto irresistible. Salía tan guapa que parecía una broma de mal gusto... Su melena, de un rubio más claro en esa época, le caía en cascada como si fuera normal causar ese efecto celestial. Pero he de reconocer que en la actualidad está mejor, si cabe. Más mujer. Ha restado dulzura a su carácter y sumado autenticidad. Y se le nota que ha dejado atrás lo de permanecer calladita y no luchar contracorriente.

Menudo genio tenía entonces. Y menuda boca...

Ni en mis mejores sueños habría pensado que volvería a tener sus labios a mi alcance. Si hubiera sido cualquier otra chica, no le habría hecho una cobra ni loco. Porque yo tampoco estaba del todo sereno, y, aunque ganas de follar no me faltaban, no podía quitarme de la cabeza lo que acababa de decirme... ¿La habían violado? Era muy fuerte.

«Él tampoco quiso saberlo...».

¿Qué pasó? ¿Sus padres no la creyeron? ¿Por eso Yas se enfadó con ellos?

Sentí el impulso de preguntárselo a Keira al día siguiente, pero no quería ponerla en un compromiso. Sin embargo, había alguien que me debía un favor.

Ástor... el responsable de convertir al adolescente incapaz de ligar con una chica que un día fui, en lo que soy ahora: un universitario que ya ha perdido la cuenta de las mujeres que han pasado por su cama en los tres últimos años.

yasmín

9
La recompensa

Es irónico… Cuando buscas algo, no lo encuentras. Y cuando no quieres encontrarlo, no deja de aparecer ante ti…

—¡Yasmín! —oigo la voz de Charly, llamándome.

El corazón empieza a latirme rápido cuando lo veo aproximándose a mí. Y como siempre, él lo nota. Es un maldito experto en detectar palpitaciones cardiacas irregulares. No me extraña que piense que siento algo por él… A simple vista, cuela que ese sea el motivo de mis taquicardias.

Por supuesto que cuela… ¡Cuela porque es guapísimo! Porque tiene estilo hasta para mancharse mientras come. Porque es gracioso, inteligente y uno de los tíos más atractivos que me he echado a la cara.

Cuela tanto que… si no fuera porque creo que es un puto asesino, podría llegar a gustarme de verdad.

Ya está dicho.

Y ahora el problema serio… ¡No estoy al cien por cien segura de que lo sea!

Delante de Keira procuro mantener mi férrea postura; no debe verme dudar. No podemos permitirnos que ella lo dude… Pero hay una pequeña parte de mí que no admite que Charly sea el culpable, porque significaría que me hace tilín un posible asesino. Y… ¿dónde me deja eso?

—Te estaba buscando —me dice preocupado. Parece tan inofensivo. Tan leal... Tan...

—¿A mí?

—Sí... ¿Cómo estás?

Sus ojos, azul claro, sondean los míos, dorados. Parecen tan sinceros... Tan atentos y serviciales que...

—¿Yo? Bien, bien... Bueno, esto es...

—Una puta locura —termina por mí.

—Sí... —confirmo bajando la cabeza, nerviosa.

—Eh... —Me sube el mentón con un dedo—. No te preocupes por lo de antes, ¿vale? Ya sabes, por lo de la habitación de Saúl...

—Me acaba de decir que me vaya de su casa —le informo apocada.

—Joder... Vale, sí. Ha sido muy embarazoso que nos pillase allí, pero seguro que ahora mismo es lo que menos le importa.

Exacto.

Yo no le importo una mierda, y saberlo me duele.

Me han dolido tantos gestos, miradas y actitudes de Saúl desde esa dichosa cita que no sé ni cómo tomármelo. También ha tenido detalles que los han contrarrestado, pero... pillarnos en su cuarto ha sido el colmo para una semana demasiado confusa.

De la cita del viernes anterior, paso palabra...

Con la Y, ¿sinónimo de ridículo?

El sábado de los margaritas terminó como el rosario de la aurora. Y me refiero a que acabamos tan borrachos que Charly y yo tuvimos que quedarnos a dormir en casa de Ástor y Keira porque no se fiaban de que llegásemos a buen puerto ni cogiendo un taxi. De la boca de nuestro sospechoso salieron un montón de frases incoherentes sobre Ulises y Sofía, y, aunque me avergüence admitirlo, me dio hasta pena.

¡Sí, pena! Porque su sufrimiento era muy real, y rivalizaba con mi intriga por la naturaleza de su posible psicopatía. Me tenía tan confundida que cuando intentó besarme de nuevo, no me aparté...

Con la Y, ¿sinónimo de idiota?

Ya sé que no es excusa, pero estaba superborracha. Y también un pelín despechada por lo que había sucedido con Saúl la noche anterior.

Su «cobra» me había inyectado un veneno mortal.

¡No había besado a un tío en cuatro años!, y va él y se aparta.

Tampoco había vuelto a beber alcohol, y en esos dos días lo compensé con creces.

Siempre me he considerado una persona racional, es decir, una de esas que cortarían un beso con un presunto asesino, pero a veces la vida te sorprende. ¿Qué digo, a veces? ¡Siempre!

En fin, no pensaba rayarme porque solo fue un morreo tonto... Uno del que, por suerte, Keira no fue testigo, o no habría sabido cómo explicárselo. Más que nada porque fue un poquito la hostia...

Me pasé todo el domingo vegetando en la cama, esperando a que llegara el lunes para poder ir a hablar con Xavier y que nos diera por fin la información como recompensa de la horripilante cita, pero no contaba con encontrarme con Saúl de frente en la universidad.

—¡Keira...! —saludó a mi compañera, encantado.

—¡Hola, Saúl! ¡¿Cómo estás?!

Kei se acercó a él y lo abrazó con desparpajo. Me chocó porque no es una mujer muy cariñosa que digamos, y creo que lo hizo inconscientemente para darle las gracias que yo no le di el viernes...

—Bien. No tan bien como tú, pero bien —respondió adulador.

Cuando sus ojos me atraparon, me quedé en blanco.

Un gif de su movimiento apartándose de mis labios parpadeó en mi mente junto con los lengüetazos profundos y calientes que me di con Charly el sábado, el día de los margaritas, para desquitarme.

—Yasmín... ¿Cómo te va?

—Bien...

«¿Y tú?». «¡¿Y tú?!». Joder... ¡¿Por qué no me salían las palabras?!

—¿Tuviste mucha resaca el sábado? —me preguntó socarrón.

—Bastante... Gracias por llevarme a casa. Y por desnudarme...

—Te desnudaste tú solita —puntualizó, mirando de reojo a Keira.

La cabrona tenía los labios ocultos en una fina línea para no evidenciar la gracia que le hacía nuestra conversación superfluida.

—Hemos venido a que tu padre me dé mi recompensa por la cita.

—Me han dicho que al final no fue tan horrible, ¿no? —le preguntó Keira, poniéndolo en un aprieto.

«¡Maldita sádica!».

—Bueno... Fue muy... reveladora —contestó Saúl, enigmático.

Levanté una ceja obstinada.

—¿Lo dices porque me viste las tetas?

Keira se rio sin disimulo.

—¡No...! Lo digo porque soltaste muchas cosas que me dejaron preocupado, Yas... —confesó mirando de reojo a mi compañera—. Keira, en el torneo de Reyes dejaste caer que Yasmín no quería ver a nadie de nuestro antiguo colegio. ¿Es que ocurrió algo malo y por eso desapareciste, Yasmín?

Ambas nos quedamos lívidas, y Saúl lo captó.

—No —respondí con rapidez—. Terminó el curso y dejé ese mundo atrás. Eso es todo.

—No sigas mintiendo. Lo sé todo, Yas... —admitió Saúl, decepcionado—. Ayer Ástor confirmó mis sospechas, y quiero saber quiénes te atacaron en la fiesta de graduación...

Una bola de fuego prendió dentro de mí. ¡Maldito Ástor!

La cara de Keira se convirtió en *El grito* de Edvard Munch.

—¿No podéis olvidarlo? —gruñí—. Dejad de mencionarlo y punto.

Me fui de su vista avergonzada de que Saúl lo supiera. Y también furiosa por lo injusto que me parecía tener que sentirme humillada por lo que otros habían hecho.

Por el estigma.

Porque pensara que me lo busqué yo solita...

Por una vergüenza infinita que avalaba el hecho más doloroso del mundo: que mis padres hubiesen optado por mantenerlo en secreto.

¿Saúl quería saber quiénes habían sido? ¿Para qué? ¿Para que lo pagaran? ¡Si no había pruebas! Las que había se destruyeron y no las cotejaron con el ADN de nadie. Fin del caso...

Y vale que no me acordaba de nada, pero esa incertidumbre era precisamente la que me provocaba una desazón atroz que no me permitía llevar una vida normal.

—Yas... —me abordó Saúl.

Me sorprendió que no fuera Keira quien me persiguiera, pero no dejé de andar.

—Olvídalo, por favor... No quiero remover el tema...

—Solo necesito saber una cosa... —Me frenó, cortándome el paso.

En ese momento, una ráfaga de su fragancia inundó mi nariz. Era una esencia característica de los hombres que a mí me ponía los pelos de punta. Un perfume cargado de feromonas que, por motivos de sobra conocidos, me repelía. Lo llaman osmofobia... Es una respuesta condicionada por un evento traumático al asociar un olor determinado con una situación. Y a mí me recordaba a cómo olía yo cuando me desperté aquella mañana tras la violación... Olía a que varios hombres habían estado horas frotándose contra mí por todas partes... Y cuando tuve la cita con Saúl y me subí a su coche, se me bloquearon los pulmones porque todo el habitáculo olía a una fragancia varonil similar.

Ni siquiera me alivió pensar en lo bien que le quedaba ese irresistible look noventero de *jeans* con camiseta blanca o en su pelo a lo Paul Newman. Su esencia personal me noqueó nada más comenzar.

Al bajar del vehículo, cogí una gran bocanada de aire y Saúl me miró extrañado. Una vez dentro del bar, fue todavía peor. El barullo circundante hizo que me sintiera hostigada. Y cuando se acercó a mí para hablarme, su olor me llegó de forma concentrada.

Lo extraño fue que en esa ocasión discerní matices que me llevaron hasta un recuerdo muy concreto. El de lo especial que fue nuestra primera vez. Y acababa de volver a percibirlo.

Cerré los ojos confundida.

Había ido a la universidad para hablar con su padre, no con él, pero cedí y dije cansada:

—¿Qué quieres saber, Saúl?

—¿Por qué no me buscaste? —preguntó herido—. Cuando huiste, o incluso años después, ¿por qué no recurriste a mí como me prometiste que harías si alguna vez estabas en problemas, Yasmín?

Los ojos me brillaron al recordar esa promesa, pero Saúl era la última persona que quería que se enterara; eso lo mataría... Porque él tuvo mucha culpa de que me violaran.

Se lo advertí. Le dije que esos tíos eran peligrosos y que dejara de hacerse el héroe...

Pocas semanas después del incidente de Alejandro en el comedor del instituto, saltó la noticia de que nuestros padres nos habían prometido. No sé cómo se enteró todo el mundo, supongo que los progenitores hablaban entre ellos, la cuestión es que en las aulas los dos negamos con insistencia que fuera cierto, y esa misma semana nuestros padres organizaron una cena a la que ambos acudimos de brazos cruzados.

—¿Os habéis vuelto locos? —pregunté en cuanto sacaron el tema.

—Yasmín, es más normal de lo que piensas entre casas blasonadas... —explicó mi madre.

—A ver, ¿qué parte no entendéis de que estamos en el siglo XXI y que no nos gustamos? —insistí.

Odié sus miradas condescendientes.

—Cariño..., el amor llega con el tiempo y con el roce. Los dos sois muy buenos chicos y os conocéis desde siempre. ¡Contáis con todo a vuestro favor! Solo tenéis que daros una oportunidad. No encontraréis a nadie mejor en vuestra vida.

Saúl y yo nos miramos alucinados.

«¡Que van en serio!», le grité con la mirada.

A lo que él respondió levantándose bruscamente y sentenciando:

—Siento romper la magia, pero no pienso casarme con ella. Ni ahora ni nunca.

Su convicción nos dejó a todos con la boca abierta. Sobre todo a mí.

¿A qué venía lo de «nunca»? No es que yo quisiera, pero había sonado a «Ni aunque fuera la única mujer en la tierra», y si tengo que sincerarme, no me hizo ni pizca de gracia. Fue un zasca terrible para mi ego adolescente.

Ocho pares de ojos me miraron con lástima y solo pude exclamar:

—¡¿Se os ha ido la cabeza o qué?!

—Cuando seáis más mayores, lo entenderéis —dijo mi padre.

—No podéis obligarnos —replicó Saúl con firmeza.

—No, pero podemos pediros que lo consideréis —acotó Xavier—. Lo hacemos por vuestro bien. ¡Juntos seréis una fuerza imparable…!

Saúl y yo volvimos a mirarnos confusos. ¿De qué hablaban?

—Juntos seréis intocables… —remarcó mi padre.

Pero sus palabras crearon el efecto contrario.

Para empezar, Santi me pidió explicaciones. No éramos nada oficial, pero nos habíamos liado en un par de fiestas. Puro postureo. Iban a coronarnos como reyes de la promoción y aquello estaba considerado como una especie de bendición mágica. Todos los coronados tenían siempre unas vidas envidiables. Está claro que yo llegué para romper la tradición con la corona todavía puesta…

Pero en realidad, toda la culpa la tuvo mi tutora cuando días más tarde me dijo:

—Va a suspender Matemáticas, señorita De la Torre… Lo que significa que no podrá graduarse.

—¿Cómo…?

—Tiene un cuatro. Ni una décima más. Y eso no hay quien lo levante.

—Pensaba que si me quedaba una sola asignatura tenía derecho a pedir la compensatoria…

—Y así es, pero no si son troncales. Esas están exentas.

—No lo sabía —musité cortada—. Pero… algo se podrá hacer, ¿no?

—¿Qué? ¿Aprobarla por su cara bonita?

—No, pero… El resto de mis notas son ejemplares, repítame el examen. Estaba convencida de que podría compensarla.

—Estamos a viernes y las actas son para el lunes, ya no da tiempo…

—¡Por favor…! —insistí al verme acorralada—. Repítame el

examen el domingo, puedo ir a hacerlo a su casa. Sé que estas cosas se hacen… Por favor. ¡Está en su mano cambiar el rumbo de mi vida! ¿Y acaso no se hizo profesora por eso mismo? ¿Para ayudar a sus alumnos a encarrilar sus vidas?

Mi tutora se lo pensó durante un instante mientras yo cruzaba los dedos.

—Está bien… El domingo por la mañana. A las once. Anote mi dirección.

—¡GRACIAS! ¡Muchísimas gracias! ¡Es usted la mejor!

—Ya puede llevarlo bien preparado, porque no pienso ponérselo fácil.

Tenía un problemón serio. Y… ¿quién era un lince en mates?

Me metí en la conversación de WhatsApp que mantenía con Saúl y leí la última frase que le había escrito semanas antes, en un ataque de… ¡No sé de qué!

«Qué más quisieras, chato», ponía con desprecio.

Maldije en voz alta. No era la mejor presentación para pedir un favor de ese calibre, así que opté por llamarle directamente.

—¿Sí? —contestó extrañado.

—¡Socorro! —exclamé teatral.

—Yasmín, ¿eres tú?

—Sí… —gemí.

—¿Qué te pasa?

—Que tengo un problema y necesito tu ayuda urgentemente.

—¿De qué se trata?

—No puedo contártelo por teléfono. ¡Es demasiado arriesgado…! ¿Puedo ir a tu casa? ¿Estás ocupado?

—Mmm… No. Ven. Te espero.

—¡Genial! ¡Voy ahora mismo!

Cogí un taxi hasta la mansión de los Arnau, y la prudencia con la que Saúl me abrió la puerta casi hizo que me echara a reír. Seguro que se habría imaginado mil cosas raras, pero no la que era en realidad. Me hizo pasar a un salón pequeño con sofás de terciopelo verde y tomé asiento.

—¿En qué puedo ayudarte? —preguntó Saúl, cauteloso. Como si no alcanzara a comprender qué podía hacer él por alguien como yo.

—No te lo pediría si no fuera muy importante... —musité.

—Mientras no sea que me case contigo, lo que quieras...

Solté una risotada. Aunque al instante me pregunté de qué leches me reía.

«¡Qué cabrón!».

—No es eso. Pero ya me explicarás qué tengo que sea tan horrible como para decir que no te casarías conmigo ni aunque fuera la última mujer de la tierra...

—Yo no dije eso.

—Pues sonó así. A mí también me pareció una locura, pero no lo convertí en algo personal contra ti. Tú sí.

—Comentabas por teléfono que era urgente. ¿Qué problema tienes, Yas? —apremió ignorando mis palabras.

—No van a dejar que me gradúe.

Le conté toda la historia con miedo a que me espetara que qué ganaba él ayudándome. Me había estado rompiendo la cabeza para sobornarle con algo, pero ¿qué se le promete a alguien que lo puede tener todo? Bueno..., todo no. No podía tenerme a mí...

Para mi sorpresa, respondió a mi súplica con una determinación envidiable, diciendo que no me preocupara y que con un buen repaso intensivo aprobaría.

—Tenemos treinta y nueve horas hasta el examen —anunció consultando su reloj.

«¿Y vas a dedicármelas todas a mí? ¿Por qué?», le preguntaron mis ojos en silencio.

Pero también lo ignoró. Saúl era un experto en fingir que no oía mis pensamientos.

—Mejor vamos a mi habitación... —convino—. Allí nadie nos molestará.

Era un espacio amplio y limpio con paredes grises claras. Había un escritorio negro, una gran estantería con libros, una tele de pantalla plana anclada a la pared y la cama donde una vez le di un beso...

Joder... Ese día me sentí tonta.

Creo que se me notó mucho que era yo la que me había quedado con las ganas de besarle y que el hecho de que Saúl me hubiera salvado del impresentable de Gustavo solo era una excusa.

Fuera como fuese, lo estuve pensando mucho y descubrí que no eran ganas, en realidad. Era pura justicia. No quería vivir en un mundo regido por un azar donde el malo se llevaba todos los besos de la chica y el bueno no obtenía ninguno. Puede que la suerte reparta las cartas, pero somos nosotros los que las jugamos.

Por eso lo hice. Fue algo catártico entender que estaba en mis manos cambiar el rumbo del destino. Que Saúl tuviera los labios más mullidos que había acariciado en mi vida solo fue un daño colateral..., aunque quizá influyera que los tuviera más hinchados que Carmen de Mairena.

Saúl lo dispuso todo para estudiar. Folios, bolis de todos los colores, pósits... Sacó el libro y un resumen que él mismo se había hecho para estudiar, y aluciné. ¡Era una maravilla!

Se nos pasaron tres horas como nada, mientras Saúl supervisaba cada una de mis anotaciones, me obligaba a razonarlas y me repetía la teoría para que me la aprendiera. Apenas detecté que se parara a mirarme un segundo más del necesario. Era como una maldita máquina sin emociones. Un músico que manejaba la materia como si fueran melodías compuestas por él. Cogí ritmo al ver que lo estaba entendiendo todo, hasta que sonó mi teléfono. Era mi madre.

—Mamá, lo siento, se me ha ido el santo al cielo... Voy enseguida.

—¡Tranquila! Nos ha llamado Xavier. Dice que estáis muy aplicados estudiando para un examen muy importante. Ha añadido que os iba a pedir una pizza por si queríais estudiar un ratito más y que más tarde te traería a casa. Así que... tranquila —repitió.

Saúl y yo nos miramos como si a nuestros padres los hubieran abducido los extraterrestres y otros seres vivieran en sus cuerpos.

—Dile que sí, que te quedas un poco más —murmuró Saúl.

—Vale, me quedaré a cenar aquí. Gracias, mamá.

—¡De nada, cariño! ¡Estudiad mucho!

Al colgar miré el teléfono con escepticismo.

—¿Seguimos? —instó Saúl, desoyendo la evidente encerrona.

—¿Te das cuenta de que están conspirando a nuestras espaldas para que pase algo entre nosotros? —dije alucinada.

—Déjalos soñar, Yas… Nos conviene seguir.

Lo miré fijamente intentando averiguar cuánto de cierto había en esa insultante convicción. La de que era un sueño. Porque no hacía tanto que babeaba por mí. Y me molestaba un poco que ya no viviera en esa fase impresionable. ¿Es que yo había hecho algo mal?

A partir de ese momento, fui más consciente de Saúl. De la cercanía de nuestros cuerpos. De su forma de humedecerse los labios al hablar. De sentir su respiración acompasada en mi mejilla cuando asomaba por encima de mi hombro repasando mis cálculos. Su forma de decirme que lo había hecho bien. La amabilidad con la que me corregía cuando lo hacía mal. Su forma de estirarse por el esfuerzo que estaba haciendo por mí.

Cuando llegó la pizza, su padre nos empezó a hacer preguntas con una sonrisa tonta en la boca, pero Saúl lo despachó rápido de la cocina.

—Has avanzado mucho estas cuatro horas, Yasmín —concedió—. Vas bien.

—Ya, pero esta era la parte que mejor llevaba…

—¿En serio?

—Borra esa cara de sabelotodo ahora mismo…

Me lanzó una sonrisa canalla que me hizo verle de otra manera. Como la persona que algún día llegaría a ser. Un chico listo con una confianza tan sexy que hizo que se me endurecieran los pezones.

Su radar pareció interceptar esa señal en el campo magnético de nuestra atracción y me ruboricé un poco cuando me clavó la mirada. Su perspicacia era algo que siempre me había impresionado. Me pasaba el día poniendo los ojos en blanco mentalmente con casi todo el mundo, pero con él no me ocurría. Y eso lo hacía especial para mí.

—¿Os veis con ganas de seguir estudiando hoy? —volvió a interrumpir su padre.

—No, Yasmín está cansada —contestó Saúl por mí, y subí las cejas.

—No estoy cansada —le contradije, solo por el placer de hacerlo.

—Si queréis seguir estudiando, puedo decir a tus padres, Yasmín, que te acomodo en la habitación de invitados... —propuso Xavier, ladino.

—No será necesario —atajó Saúl de nuevo—. Nos queda todo el día de mañana para estudiar. Papá, la llevas a casa y que la traiga su padre mañana temprano. —Me miró—. Si quieres, claro...

Asentí manteniendo una expresión estoica, sin que se me notase que no me sentó bien captar que no le apetecía tenerme allí. ¿Pensaba que iba a atacarle en plena noche o algo así?

—Muchas gracias por todo —le dije cuando nos despedimos. Su padre ya me estaba esperando con el coche en marcha.

—Ha sido un placer...

«¿Lo ha sido?», cuestioné con mi mirada. Pero él la apartó rápido.

¿Qué me pasaba? Por algún extraño motivo, sentía que no deseaba separarme de él.

¿De un lugar cálido en el que todo era fácil y olía a seguridad? Ni idea, chicos...

En esos momentos el olor corporal de Saúl me olía a eso. A sentirme segura, estuviera donde estuviese: en el mar, en una fiesta, frente a cualquier problema..., porque ahí estaba él. Y cuando se acercó tanto a mí en el bar vasco, en nuestra cita del pasado viernes, rescaté ese matiz, más allá de otras dolorosas notas olfativas.

En fin... Continuo. Al día siguiente, mi padre me llevó temprano a la mansión de los Arnau. Al despedirse me miró como si estuviera entregándome al matadero.

¿Qué pensaba que iba a ocurrir?

Tal vez no debería haberme puesto tanto escote, pero era junio, hacía calor ¡y yo tenía el pecho que tenía! Juro que era una camiseta de tirantes normal, básica. Otra cosa es que la talla S no dejara lugar a la imaginación de cada rincón de mi cuerpo. Y me había puesto falda por el mismo motivo. En verano, mis piernas no olían los pantalones.

¿Algún problema?

Nada más llegar, nos pusimos a trabajar sin perder tiempo. Saúl apenas me miró dos segundos seguidos. Volvía a ser la máquina eficiente y bien engrasada del día anterior.

Intenté concentrarme en la materia. Tenía que aprobar las mates. A media mañana, su padre nos ofreció un zumo de naranja recién exprimido.

—Gracias por ayudarme, Saúl… —repetí cuando nos tomamos un descanso—. Supongo que no era tu plan pasarte todo el fin de semana haciendo esto… Pero te lo compensaré.

—No te preocupes. No me importa.

—Intenté pensar en algo para sobornarte, pero no te conozco tanto como para saber con qué puedo tentarte…

Y ahí, justo ahí, cayó un telón de acero en su mirada que me dejó en llamas. Fue como si pudiera leer sus deseos más oscuros. La elección de palabras no había sido la más acertada por mi parte, pero yo no me refería a nada sexual.

—No hace falta que me sobornes con nada, Yas… —dijo con voz ronca.

—Pero si fuera a hacerlo, ¿qué te gustaría?

Una vez más, trago saliva intentando considerarlo una pregunta inocente…

¡Solo quería conocer sus gustos!

¿En qué ocupaba su tiempo libre?

—¿Practicas algún deporte o tienes alguna afición concreta? —especifiqué cohibida.

—Como deporte, me gusta la hípica, el tiro con arco, la esgrima y el ajedrez.

—Había olvidado que el ajedrez es un deporte.

—Pues sí, de los más agotadores…, mentalmente, claro.

—Seguro que tienes unos músculos muy sexis en tu cerebro.

«¡PERO ¿QUÉ COÑO ESTÁS DICIENDO?!», me grité.

—¿Qué aficiones tienes tú, Yas? —me preguntó de pronto—. ¿Qué te gusta hacer? Aparte de ir por ahí rompiendo cuellos que se vuelven para mirarte…

—¡Oye...! —Sonreí indignada. Pero me encantó que me dijera eso. ¿Significaba que me consideraba guapa? Porque nunca me lo había dicho, al menos, verbalmente—. Déjame pensar, Saúl... De repente no se me ocurre ningún otro don que no sea ese.

Ladeó la cabeza con una sonrisa.

—Me gusta ver la tele —admití.

—La caja tonta. Muy interesante...

—¡Eh, que ponen cosas interesantes a veces! Y emotivas. Me chifla llorar con las películas. Deshidratarme a mis anchas. Es muy sano.

—¿Cuál es tu película lacrimógena favorita?

—Sin duda, *Lo imposible*. Una de las más desgarradoras que he visto. No pude llorar más.

—No la he visto.

—¿No? Buf... Solo la banda sonora te eriza la piel hasta límites inimaginables.

—Tendré que verla...

—Hazlo, por favor. Para mí fue un antes y un después...

—Me encanta verte hablar así, Yas... —confesó de forma impulsiva.

—¿Así, cómo?

—Con tanta pasión. Y tan en serio. No sabía que te gustara el cine.

—Sí, me gusta. Y también me gusta bailar. Y cazar...

—¿Ves? Eso ya te pega más...

Nos sonreímos.

—En mi familia es tradición, pero ya no lo disfruto como antes. Cada vez me dan más pena los animales. Ojalá se pudiera cazar solo a los que son malos...

—¿Crees que existe la maldad pura? —preguntó Saúl con interés—. Yo no creo que haya animales malos. Igual una pantera te atacará para dar de comer a sus crías... Suele ser por supervivencia o territorialidad. Y en ese sentido, cualquiera puede ser peligroso.

Es una frase que he tenido muy presente desde que me hice policía. Y sin querer pensar en todo lo que aconteció después, en este momento me hago consciente de que tengo a Charly delante. Un depredador acorralado que acaba de defenderse con fiereza de todos los ataques que le hemos lanzado en los últimos quince días..., sobre todo desde que Keira y yo visitamos a su madre el martes por la mañana.

Aún no sé cómo pudimos mantener en secreto lo que nos confesó esa mujer.

 keira

10
Cosas de casa

Termino de hablar con el incompetente del inspector Ayala, uno de los más reputados de mi comisaría, y salgo cabreada de la habitación.

He aquí el problema de no estar implicado emocionalmente en un caso, que piensas: «¡Anda, mira! ¡Se ha suicidado reconociendo un asesinato! ¡Eso son dos casos resueltos por el precio de uno! Xavier mató a Ulises por venganza y terminó suicidándose. ¡Me viene de perlas porque no me apetecía seguir dando palos de ciego con el caso del inspector Goikoetxea!».

¡QUIERO GRITAR!

¿Dónde está Yasmín cuando la necesito?

Es vital que me traiga una bolsa de papel marrón para respirar...

De repente, la veo hablando con Charly, muy juntitos ellos. Y me mosquea. Es como si el tío tuviera un maldito don para engatusar a mi pareja policial... ¡Y a todo el mundo, ya puestos!

Ya nos lo dijo su madre, su magnetismo es un misterio. Uno que Xavier tampoco se explicaba, al parecer.

Cuando fuimos el lunes a la universidad por la recompensa de la cita de Yasmín, tuvimos un encontronazo con Saúl. Se había enterado de lo de la violación, y a Yas pareció afectarle mucho. Les dejé intimidad para que lo discutieran y esperé. Después fue Saúl el que huyó de ella con un mosqueo considerable. Quería hablar con él de todo aquello, pero no tenía tiempo ni de respirar.

—Vamos —me dijo Yasmín andando hacia el despacho del decano.

A ella no me atreví a preguntarle nada. Suficiente suerte tuve cuando no me echó en cara haberme ido de la lengua con Ástor. Se lo conté hace mil años en los establos. Había llovido mucho desde eso.

Entramos en el despacho de Xavier, y que nos recibiera con aire serio me hizo temer lo peor.

—Buenos días, preciosas. ¿Cómo estáis?

—Bien, gracias. Venimos a por la información —dije directa.

—Ya, bueno, el problema es que el trato se cumplió a medias, ¿no?

—¿Cómo que «a medias»? —preguntó Yasmín, agresiva.

—¿No te emborrachaste y prácticamente perdiste el conocimiento? Ese no es el final que yo quería. Al parecer, mi hijo necesita que la chica esté en buenas condiciones para que se le ponga dura.

No podíamos creer lo que oíamos.

—El trato era una cita, no tener sexo —gruñó Yasmín.

—Sí, pero yo confiaba en que terminara en eso, y tú lo saboteaste. Tsss, tsss, tsss… Muy mal —siseó.

—¡Eres un…!

—Te ofrezco un nuevo trato, Yasmín. A ver si esta vez lo haces bien…

—¡No pienso volver a…!

—Espera un momento, Yas… —la corté abrupta y me dirigí a él con malicia—. Querido Xavier… O nos cuentas ahora mismo lo que queremos saber o te prohíbo la entrada a mi fiesta de compromiso —amenacé levantando la invitación que acababa de ver encima de su mesa, cortesía de mi futura suegra.

Su agenda estaba abierta y había marcado con exclamaciones la frase «¡Fiesta Ástor&Keira!» el jueves.

—Llevo tiempo intentando adivinar cuál es tu punto débil, Xavier —continué—. Y acabo de verlo claro. Eres un hombre solitario, y tu única diversión son los eventos donde te lo pasas pipa poniendo a caldo al personal. No quisiste perderte ni la gala benéfica de Reyes, aunque estuvieras muy resfriado. ¡Las fiestas son tu adicción! Y si no cumples, se te acabará la diversión... Te perderás ver en vivo y en directo cómo tu querido hijo y Yasmín se reencuentran este jueves en el KUN.

Su respuesta fue sonreír relajado.

—Querida Keira, eso es juego sucio. Te tenía por una defensora de la justicia, no esperaba que recurrieras a la coacción.

—¡¡¡No estamos jugando a nada, Xavier!!! —grité muy cabreada.

—Tranquilízate. Te noto muy alterada, querida...

—Mira... —dije muy en serio—, no sé lo que quieres, no sé si te importan una mierda los hermanos De Lerma, o su madre, o Carla o Sofía, pero nos estamos jugando mucho. Carla está embarazada... —solté de pronto—. Y si no la saco de la cárcel pronto, abortará. ¡Y tú nos tienes jugando a las citas de las narices! Me da igual si estoy siendo justa o no, ya me he cansado. Y hablando de ser justos..., no es justo por tu parte que Yasmín haya salido con tu hijo y no obtenga nada a cambio.

—De acuerdo, os diré algo.

—Algo que nos sirva —afiné—. Te estás jugando entrar el jueves en el KUN y también no acudir a mi boda con Ástor, te lo juro —amenacé seria.

En ese momento, me miró con algo parecido a la pena.

—Está bien... No os voy a contar lo que Sofía me dijo el día de su muerte, eso me lo reservo, si os parece bien, para revelároslo en una comida en mi casa el día de mi cumpleaños. Es el domingo. Vosotras, los De Lerma, mi hijo, incluso el estúpido de Charly puede venir... Os juro que ese día sabréis el gran secreto que lo resolverá todo.

—Y ahora, ¿qué vas a darnos? —preguntó Yasmín, enfadada—. Más vale que merezca la pena...

—Ahora os voy a dar la clave de todo —sentenció serio.

Puse máxima concentración en lo siguiente que fuera a decir.

—La madre de Charly.

—Sonia Ochoa, se llama... ¿Qué pasa con ella?

—Es la clave.

—¿Por qué? ¿Sofía te comentó algo sobre ella?

—¡Ya lo creo…! Volvió encantada de la casa de esa mujer. Sus palabras exactas fueron: «Es mi nuevo ídolo». ¿La habéis investigado ya?

—Sí. Todo está en orden… —contesté extrañada.

—¿Ah, sí? ¿Cómo se gana la vida?

—Tiene participaciones en la empresa de su hijo. Pero antes era asesora. Pidió la jubilación anticipada.

—Así que no trabaja… —rumió Xavier teatral.

—¿Qué tiene que ver esto con los De Lerma? —preguntó Yasmín.

—No voy a haceros el trabajo, reinas… Solo digo que Sofía me contó que estaba impresionada, y a ella solo le impresionaba la forma en la que la gente hace dinero…

—Pues Sonia Ochoa no trabaja —dije con seguridad—. Charly le traspasa dividendos de vez en cuando, y poco más. Sofía estaba contenta por averiguar que Charly era un magnate a la altura…

—No fue por eso. Sofía no quería ser una mantenida… Buscad algo más. Otros negocios del pasado de esa mujer… Os repito que me dijo que «la idolatraba». Se refería a su vida.

—Te dije que la clave era la madre… —murmuró Yasmín hacia mí.

—Siempre has sido una chica lista —comentó Xavier al oírla—. ¡Si hasta te sobraba tiempo cuando estudiabas para un examen y podías emplearlo en otras cosas más placenteras…!

Yasmín lo atravesó con la mirada.

—Vámonos, Kei —dijo asqueada.

—Nos vemos, chicas… —Xavier sonrió.

Yas y yo no hablamos de nada hasta el coche. Se notaba que mi compañera seguía cabreada con los Arnau. Con los dos. Pero me moría por decirle: «¿Así es como os acostasteis por primera vez, mientras estudiabais juntos para un examen?».

Pero yo chitón. No era asunto mío… Lo único que me preocupaba era que Saúl causara problemas a Yasmín queriendo investigar el tema de la violación cuando ella había decidido pasar página y no deseaba que nadie más lo supiera. Me sentía un poco culpable...

—¿Vamos ahora a casa de la madre de Charly? —insistió Yasmín.

—No.

—¡¿Por qué no?!

—Porque primero hay que hacer los deberes. Es obvio que esa visita es inminente, pero no te precipites. Cuando comprobé las cuentas de Sonia Ochoa andaba buscando si alguna vez a ella y Charly les faltó dinero. O si no cuadraba con sus declaraciones de renta, pero vi que tenía un sueldo y varios cobros fijos estatales y no me fije más allá, no comprobé su procedencia. Solo que estuvieran en regla. Por otra parte, antes quiero ir a ver a Carla y que nos diga qué sabe de esa mujer o si Sofía le mencionó algo sobre ella.

—Vale —aceptó Yasmín sin más, metiéndose en el coche.

Su tono denotaba que tenía prisa por acabar rápido con el caso para alejarse de su pasado.

—Si quieres que te asignen a otra inspectora, lo entenderé —solté tranquilamente cuando paramos en un semáforo camino de la prisión.

—¿Por qué lo dices, Kei?

—Entiendo que te incomode tener que ver a los Arnau y entrar en el KUN cuando tu padre es socio. No tienes por qué hacerlo, Yasmín... Hablo con Gómez y te evitarás volver a verlos. También a Charly...

Yasmín mantuvo silencio. Y después de un rato dijo:

—Prefiero seguir contigo.

«Pues cambia de actitud», quise responderle, pero me callé. Y no era mi estilo callarme nada. ¿Estaba cambiando? ¿A mi edad? Qué cosas... O quizá es que por primera vez en mi vida me importaba alguien.

Cuando Carla apareció se alegró mucho de vernos.

—¡¿Cómo va la cosa?! —preguntó con demasiadas expectativas. Pero en una décima de segundo supo que «la cosa» no estaba siendo fácil.

—Estamos en ello... —contesté diplomática—. Hemos venido a preguntarte qué sabes de Sonia Ochoa, la madre de Charly... ¿Te comentó Sofía algo de ella la semana de su muerte? ¿Te dijo que había estado en su casa?

—No. Recuerda que estábamos enfadadas. No podía llegar de pronto y hacer como si no pasara nada. La notaba más contenta de lo habitual, y el martes me ablandé cuando Charly vino a nuestra casa y los encontré muy acaramelados en el sofá. Eso me tranquilizó respecto a mis celos por Héctor... Decidimos que teníamos que hablar, y creo que el día de su muerte iba a contarme algo.

—Entonces ¿no sabes nada de Sonia?

—No.

—Joder... —maldije.

—¿Creéis que esa mujer mató a Sofía porque no quería que Charly se casara con ella?

Yasmín y yo nos miramos al caer en la cuenta de que no habíamos pensado en esa posibilidad. ¡PARA NADA! Joder... ¿Y si la madre de Charly quería que su hijo se casara con una chica con más clase? ¿Ella tenía algún título o distinción que lo mereciera? ¿Quién coño era esa señora?

—Debemos ir a verla ya —me repitió Yasmín.

—Iremos cuando la hayamos estudiado a fondo —resolví cabezota—. ¿Cómo estás, Carla? ¿Todo bien por aquí?

Se encogió de hombros en respuesta.

—¿Sí o no?

—No puedo decir «Bien», porque bien no estoy. Hay abusonas que me insultan continuamente. A veces me roban la comida y me molestan. Me llaman pija. Me desprecian.

—¿Y qué haces para matar el tiempo? —le preguntó Yasmín.

—Leo. Me voy a otros mundos y a otras vidas que no sean la mía...

—Aguanta un poco más —le supliqué—. Al final de la semana tendremos algo.

Yasmín me miró inquisitiva por prometer tal cosa, pero lo sentía en el aire. O en la mirada de Xavier. Estábamos muy cerca. Y no me equivocaba.

—¿Por qué no cogemos comida para llevar y volvemos al

despacho para repasar a fondo todo lo de Sonia Ochoa? —me propuso Yasmín de vuelta al coche.

—Afirmativo —respondí.

Y sonreí en silencio ante sus ansias. ¡Como para dejar el caso...! La impaciencia corría por sus venas tanto como por las mías. Y esa vocación no la tiene todo el mundo.

Seguimos el plan y analizamos con calma las cuentas de Sonia Ochoa desde el principio. Sobre las seis de la tarde encontré algo.

—Estuvo trabajando en la asesoría Palacios durante casi veintinueve años. Y su contrato terminó hace siete... —comenté.

—¿Qué tiene eso de especial? —preguntó Yasmín.

—Nada, pero cobraba un salario muy alto, seis mil euros... Y no sufrió ni la más mínima variación en esos casi treinta años.

—Palacios es su segundo apellido —señaló Yas—. Sonia Ochoa Palacios. Igual era autónoma y se ponía ella misma un sueldo fijo.

—Es raro —disentí—. Podía fijarlo, pero no facturaría siempre lo mismo, ¿no? ¿Dónde están los ingresos de los remanentes? ¿Era una S. L.?

—¿Busco información sobre eso, Kei?

—Sí. Mientras tanto, voy a mirar otra cosa... —murmuré pensativa.

—¿Qué cosa?

Volví a sonreír por su incesante interés. Ese que mueve el mundo.

—La despidieron en la asesoría y empezó a cobrar el paro, eso hizo que sus ingresos se vieran drásticamente reducidos. No fue hasta un año después que empezó a cobrar beneficios de SugarLite...

Ástor me contó que se vio obligado a montar la web de Sugar Babys porque descubrió que su padre había arruinado el ducado...

De pronto, até cabos y tuve una revelación. Comprobé la fecha exacta del fin de contrato de Sonia y me levanté de forma brusca para buscar una carpeta muy concreta.

—¿Dónde coño está...? —murmuré para mí misma.

—¿Qué buscas?

—El informe sobre la muerte del padre de Ástor...

Yasmín se levantó para ayudarme.

—¡Aquí!

Ojeé el informe intentando localizar rápido la fecha y... coincidía.

—Hostias... Ahí está la conexión... —farfullé alucinada.

—¿Cuál?

—Sonia dejó de trabajar justo cuando murió el padre de Ástor. Mismo mes del mismo año... No puede ser casualidad.

Yasmín me miró con sorpresa y corrió a sentarse frente al ordenador de nuevo.

—Voy a ver si encuentro la titularidad real de la asesoría Palacios... —anunció Yasmín. Al cabo de unos segundos de búsqueda, añadió—: No sigue activa. ¡El cese fue en esa misma fecha, Kei! Y la disolución un mes después... ¡Joder! ¡El titular era Guillermo de Lerma! ¡Ay, Dios...!

—¿Sabes lo que significa esto? —deduje asombrada.

—¡Que la madre de Charly trabajaba para el padre de Ástor!

—¿Cómo es posible que nadie lo supiera? Fueron veintinueve años... —pensé en voz alta.

—La operación debió de ejecutarse según las últimas voluntades del difunto duque de Lerma. Para que cuando sus hijos tomaran el control del ducado no hubiera ni rastro de ella... En realidad él trabajaba con otra asesoría, esto era...

—Una tapadera... —terminé la frase.

—¿De qué?

—No lo sé, Yas, pero sigue siendo mucho dinero por un servicio de asesoría... Puede que ahí hubiera algo más.

—¿Crees que estaban liados? —preguntó Yasmín de repente.

Eso explicaría que quisiera mantenerlo en secreto, pero me incliné por algo más turbio.

—O quizá lo chantajeaba... —aposté—. Lo que ignoramos es si Charly sabe todo esto. Quizá su madre lo dispuso todo para meterlo en la vida de los De Lerma y presionó al duque para que los presentara a cambio de su silencio... ¡Esto es muy gordo, Yasmín! ¿Qué descubriría Sofía en su casa?

—¿Información importante para conseguir su acceso al KUN?

—Algo que no quiso contar ni a los De Lerma ni a Charly... Algo que quizá su madre no deseaba que nadie supiera...

—¡TENEMOS QUE IR A VER A ESA MUJER! —gritó mi compañera angustiada—. ¡Ya no sé cómo decírtelo, Kei!

—¡Si hubiéramos ido sin saber todo esto, Sonia nos habría tomado el pelo!

—¡Pues vamos de una vez! ¡¿Qué más necesitas?!

—¡No es fácil! —exclamé asustada—. Necesito prepararme psicológicamente para estar en una habitación con Charly sabiendo que le estoy investigando. Se lo dirá a Ástor. Me hará preguntas. Y todo se complicará. Incluso puede intentar matarme... ¡Necesito más pruebas antes de que se entere de que vamos a por él...!

—O podemos acorralarlo y dejar que se excuse y luego hacerle creer que nos lo hemos tragado...

Esa fue una idea brillante.

—No podemos esperar más, Keira, ¡la respuesta está en su madre! Tenemos que hacerle una visita cuanto antes y luego... ya veremos.

La miré muerta de miedo.

Era una sensación que nunca había tenido en el ámbito laboral, donde solía sentirme segura con mi placa y mi autoridad. Pero se trataba del mejor amigo de mi pareja, y sabía que, pasara lo que pasase, Ástor iba a sufrir.

—Iremos mañana por la mañana, Yas —resolví—. Necesito asimilarlo. Además, lo último que quiero es que Charly nos sorprenda en casa de su madre, y por las mañanas él siempre está en los juzgados...

Esa noche no pegué ojo.

Repasé las notas de Ulises por si había algo sobre esa mujer, pero no encontré nada.

A la mañana siguiente, a una hora razonable de un martes cualquiera, me vi frente a su portal.

No podía creer que estuviera allí...

El plan era no llamar al timbre. Yasmín y yo íbamos a esperar a que bajara algún vecino, colarnos y presentarnos delante de su puerta sin que tuviera ni un solo segundo para esconder nada de nada sabiendo que la poli estaba a punto de irrumpir en su casa.

—Tranquila... —me dijo Yasmín—. Sea como sea, lo arreglaremos, Keira. Tú enciende tu radar antimentiras...

Sonreí un poco. Inspiré hondo y llamé a la puerta.

Nos abrió una mujer que no había duda de que había sido muy guapa en su juventud, más que nada porque lo seguía siendo. Tenía una melena con mechas rubias que le llegaba hasta los hombros. Era delgada. Llevaba ropa buena y joyas preciosas... Desde el papel de la pared hasta el olor del ambientador, cuanto había en esa casa te avisaba de que Sonia tenía toda la clase que el dinero era capaz de comprar. Sin embargo, en cuanto la oímos hablar noté una (no tan sutil) diferencia con la madre de Ástor.

—¿Qué quieren? —preguntó extrañada. Una expresión muy alejada del «¿En qué puedo ayudarles?» que habría utilizado Linda.

—¿Sonia Ochoa Palacios?

—Sí, soy yo.

—Soy la inspectora Keira Ibáñez y esta es la agente De la Torre. Hemos venido a hacerle unas preguntas... —dije sacando la placa.

Nos miró de arriba abajo y escrutó la placa como si fuera uno de esos fraudes donde dejas entrar en tu casa a cualquiera que finge ser quien no es.

—¿Preguntas sobre qué?

—Sobre el caso de Sofía Hernández Prieto, la que fue novia de su hijo Carlos. ¿Podemos pasar?

—No sé en qué puedo ayudarles yo, pero adelante...

En mi vida había visto un piso tan bonito. Ese nivel de sofisticación solo se alcanza con un buen chantaje y mucho tiempo libre.

—Nos consta que Sofía estuvo aquí cinco días antes de su muerte —empecé cuando nos acomodamos en el sofá.

—Sí... Vino con mi hijo a comer. Hacían una pareja magnífica... —dijo Sonia, sinceramente afligida—. Sofía era espléndida, y estaban muy ilusionados con su compromiso.

—¿Le dio esa impresión? —empecé a pinchar.

—¡Sí! ¡Mi hijo la adoraba! Y no me sorprende. Era una joven extraordinaria. Guapa, lista... Me habló de sus inicios humildes y de cómo había terminado estudiando Periodismo en la Universidad de Lerma.

—¿Le contó que conoció a Carlos en un famoso club de dudosa reputación?

—Sí. La gente de nuestra posición se mueve en círculos muy concretos, no te los encuentras un sábado por la noche en un bar cualquiera...

—Entiendo. ¿Fue así como conoció usted a Guillermo de Lerma? ¿En uno de esos ámbitos?

La cara de Sonia Ochoa se paralizó. No se esperaba para nada escuchar ese nombre. Uno que conocía muy bien, sin duda.

Aguardé a ver si mentía, y cuando leí en su cara que estaba a punto de hacerlo quise ahorrarle el mal trago.

—No trate de engañarnos. Sabemos que trabajó para Guillermo de Lerma durante muchos años... Hemos investigado sus cuentas.

Sonia abrió los ojos de par en par, totalmente descolocada.

Yasmín y yo nos miramos sintiendo que era un momento crítico.

—¿Qué tiene que ver eso con Sofía? —espetó acorralada.

—Eso es lo que queremos saber.

Miró alrededor, apabullada, y empezó a hacer gestos nerviosos. A tocarse la ropa, el pelo, a rascarse... El clásico comportamiento de alguien que lleva años callando y tiene mucho que contar. Si Ulises estuviera aquí, ya se habría lanzado sobre ella oliendo la carne fresca. No podía esperar cuando sentía la verdad tan cerca. Era un subidón de adrenalina sin igual. Sin embargo, yo me limité a respirar hondo y a esperar. Bendito ajedrez...

—Sé quién eres —dijo de repente a la defensiva, empezando a tutearme—. Carlos me ha hablado de ti. Eres la novia de Ástor, ¿verdad?

—Su prometida —puntualicé con orgullo.

—Lo sé. Mi hijo me lo cuenta todo... Pero yo a él no. Y no puede saber que conocí al padre de Ástor ni que trabajaba para él. Nunca —dijo preocupada.

—¿De verdad trabajaba para él? —atajó Yasmín, atrevida—. Porque su sueldo, señora Ochoa, era sospechosamente alto...

—Es que era muy buena asesora...

—Ya... Entonces ¿nunca tuvo una relación amorosa con él? Sonia pareció pensárselo.

—Algo hubo... —admitió con cierta chulería—. Guillermo era uno de esos hombres a los que no se les puede decir que no. Pero desde que empezamos a trabajar juntos no tuvimos nada. Yo me casé y él también. Nos pareció que lo mejor era mantenernos en el anonimato. —Nos miró compungida—. Hasta hoy...

—¿Dónde y cuándo conoció al señor De Lerma? —continué presionando.

Tenía la sensación de que podía sonsacarle información importante. Y que de ahí lograría deducir quién había matado a Sofía y por qué. ¡Y quizá no fuera Charly! También el famoso secreto de los De Lerma. El chantaje. La verdad. ¡Estaba eufórica!

—Lo conocí en una gala benéfica. Yo formaba parte del equipo de camareras.

Ese dato me hizo subir las cejas. ¿Una camarera?

—¿Y...?

—Y se encaprichó de mí. Me persiguió y me ayudó al más puro estilo *Pretty Woman*. Un poco como Ástor hizo con Sofía. Ella misma me lo contó... y me recordó mucho a mí.

—¿Y qué le contó a ella sobre usted? Porque se fue de su casa idolatrándola.

—Bueno... —Sonrió con orgullo—. Solo le dije que me recordaba a mí, porque también hubo un hombre antes del padre de Carlos que me había facilitado estudiar y conseguir las conexiones necesarias para ganarme bien la vida y terminar casándome con un buen partido.

—¿Le contó que ese hombre era Guillermo de Lerma?

—¡No, por Dios...! No quiero que Carlos lo sepa jamás, insisto. Fue Guillermo el que forzó que Ástor y Carlos se conocieran.

—¿Por qué?

—Decía que podían ayudarse mutuamente en el futuro.

—Sobre todo Ástor a su hijo... —señalé pensativa—. Incluso lo metió en el KUN. ¿Por qué ese interés por ayudarles a usted y a su hijo? ¿Por qué se tomó tantas molestias? ¿Por qué él le pagaba un sueldo tan alto? Es como si quisiera cuidar de Carlos y de usted... —elucubré en voz alta.

Yasmín me miró como si se acabara de encender una idea en su cabeza. La misma que cruzó por la mía como un rayo. Pero era incapaz de expresarla en voz alta. Era demasiado... No podía ser...

—Un segundo... —les pedí.

Quise consultar mi teléfono para fijarme en la fecha exacta en la que Sonia empezó a trabajar para la asesoría. Sabía que Charly había cumplido treinta y seis años el pasado 8 de marzo...

«¡Me cago en mi puta vida!», pensé cuando lo vi claro.

—Guillermo era el padre de Carlos... —dije con la cara desencajada.

—¡No...! —gritó Sonia.

Yasmín se quedó catatónica en cuanto me atreví a verbalizarlo.

—Las fechas coinciden, Sonia. —Pasé a tutearla—. Empezaste a trabajar en la asesoría fantasma cuando nació Charly... Con un sueldo desmedido desde el primer minuto...

—¡No es el hijo de Guillermo!

—Eso lo sabremos con un simple análisis de sangre.

Sonia pegó tal chillido que nos asustó a ambas. Comenzó a soltar tacos, que rebotaron con dolor contra sus finas paredes, y se derrumbó.

—¡Keira, por favor...! —sollozó preocupada.

—Y cuando Guillermo murió repentinamente, dejaste de cobrar tu manutención...

—¡Era un secreto que iba a llevarme a la tumba! —admitió por fin—. O eso acordamos con Guillermo. ¡El padre de Carlos fue siempre Alfredo, mi esposo, a todos los efectos! ¡Si hasta se hizo abogado en su honor! Cuando nos conocimos, Guillermo acababa de comprometerse con una chica de buena familia con apellidos de renombre… ¡y yo no era nadie! Fui su amante unos meses. Me pagó los estudios y me coló en ambientes influyentes donde conocí a gente poderosa. Cuando meses después le dije que me casaba, le dio un ataque de celos tremendo. Su mujer ya estaba embarazada de Héctor y hacía meses que no tenían relaciones… Me quedé embarazada y Alfredo se creyó que era suyo.

—¿Estás segura de quién fue el padre?

—Sí. Hicimos una prueba de paternidad para asegurarnos…

—Quiero verla.

Sonia me miró atribulada.

—¿Qué vas a hacer con esta información, Keira? —preguntó aterrorizada—. ¿Se lo vas a decir a Carlos y a Ástor? ¡No lo hagas, por favor…!

—¿Le contaste esto a Sofía? —pregunté interesada.

—¡¡¡Claro que no!!!

—Pudo adivinarlo —atajó Yasmín, despertando de su trance—. Sofía era muy lista…

—No tanto —concluí—. Tuvo que ver algo. Me dijo que le enseñaste unas fotografías…

—¡En esas fotos no hay nada que pudiera hacerle pensar eso!

—Tiene que haber algo en esta casa que la llevara a pensarlo, Sonia.

—No lo hay.

—¡Es imposible que Sofía lo dedujera sin más…! —zanjé nerviosa sabiendo que faltaba una pieza—. Era periodista. Necesitaría una prueba para creerlo…

—Guillermo me pidió que le tomara una fotografía con Carlos en brazos. Me obligó a sacársela. Pero la tengo muy bien escondida.

—Pues Sofía la encontraría.

—Imposible. Seguidme.

Nos llevó hasta un increíble vestidor que contenía un zapatero provisto de un cajón con llave. Una llave que llevaba colgada al cuello. «Joder…». ¿Qué más cosas habría en ese cajón?

Lo abrió y sacó una fotografía. También sacó la prueba de paternidad que guardaba en un sobre.

—Keira, promete que no vas a contárselo a los chicos… ¡Son

hermanos! Y Guillermo y yo intentamos que se tuvieran en sus vidas sin saberlo. Es un detalle insignificante, ¿no creéis? Si se supiera, quizá empezarían a tener problemas entre ellos, de herencias y cosas así, y no lo veo necesario. Por favor... Mantened el secreto.

Tragué saliva y dudé de todo; hasta de mí misma.

Que Charly supiera que era un De Lerma lo cambiaría todo radicalmente. Explicaría muchas cosas... Pero no saberlo lo exculparía.

No podía fiarme de su palabra, tenía que asegurarme.

—No explicaré nada a Carlos con una condición —propuse a Sonia.

—La que sea...

—Que le llames ahora mismo, delante de mí, y le digas que he estado aquí. Cuando te pregunte, dile: «Hemos estado conversando sobre tu padre, y Keira lo sabe todo». Quiero ver su reacción...

—¡Pero eso es como explicárselo!

—No. Si lo sabe se pondrá como loco, pero si no lo sabe te preguntará de qué hablas. Y tú contestarás: «Que te hiciste abogado por él y que lo echas mucho de menos». Y ya está. Lo pasará por alto.

—Está bien... ¿Lo llamo ya?

—Sí.

—¿Pongo el manos libres?

—No, eso se nota. Me arrimaré a ti y escucharé lo que te contesta.

—Bien...

Oí los tonos, y Charly contestó enseguida:

—Hola, mamá. ¿Qué pasa? Estoy liado.

—Hola, cariño... ¿Mucho trabajo hoy?

—Sí. ¿Necesitas algo?

—Eh... No, solo quería contarte que la novia de Ástor, esa policía tan guapa de las revistas, ha venido a verme.

—¿Qué...? ¿Por qué?

—Me ha dicho que quería hacerme unas preguntas sobre Sofía...

—Joder... ¿Y qué le has contado?

—Poca cosa. —Sonia me miró nerviosa—. Sobre todo hemos estado hablando de tu padre... Keira lo sabe todo, hijo...

Se hizo un silencio de dos o tres segundos.

—¿Saber qué, mamá? —Charly sonó descolocado.

—Lo mucho que lo has echado de menos desde que murió... Y que ese es el motivo por el que le tienes tanto apego a Ástor. Parecía celosa de vuestra relación... —añadió Sonia encogiéndose de hombros.

—Joder... ¿Te ha dicho algo más?

—Poco más... Me ha preguntado de qué hablé con Sofía...

—Vale... Bueno, tengo que dejarte, mamá. Luego te llamo.

—Un beso, cariño. Cuídate...

Creo que ese momento en casa de Sonia fue un punto de inflexión que hizo que Yasmín levantara un velo con respecto a Charly. Se le disiparon las dudas sobre su inocencia y se permitió caer en su embrujo sexual de una forma fulminante.

Su lenguaje corporal, viéndolos ahora mismo juntos, no me engaña. Estos dos se han metido la lengua hasta la campanilla. Pero a la vez juraría que Yas está colada por Saúl.

Algo no me cuadra...

Algo no, nada me cuadra.

 charly

11
Cartas de amor

Besaría a Yasmín ahora mismo, pero Keira nos está mirando.

Me ha dejado a medias antes en la habitación de Saúl. ¡¿Por qué ha tenido que interrumpirnos ese niñato?!

Follarme a su primer amor en su propia cama habría sido una venganza épica. Y se la debía... Quería nivelar el maldito universo, porque pocas cosas me han sentado peor que el hecho de que empezara a salir con Sofía cuando ella entró en la UDL. Fue como si alguien me arrancara el hígado de cuajo.

Ástor intentó impedirlo, pero el mocoso no le hizo caso.

—Me voy a ir —anuncio doliente a Yasmín—. No me encuentro bien y me da la sensación de que aquí sobro. Mi relación con Saúl nunca ha sido buena, y con su padre aún menos... Además, saber que Xavier mató a Ulises me ha revuelto el estómago. Seguro que pensaba que iríamos los dos juntos en ese coche... —digo moviendo la cabeza—. Nos tenía entre ceja y ceja por pensar que éramos los responsables de la muerte de Sofía...

Hago un gesto para demostrar mi malestar y sostengo que necesito descansar.

—Espera, Charly... No te vayas todavía. Keira quería hablar contigo.

—¿Qué? No me asustes, Yas —bromeo—. ¿Puedes ir a buscarla y decirle que venga? Os espero aquí —añado sentándome en un banco de madera de la época colonial.

—Vale —responde la poli con prisa.

—Eh... —la llamo antes de que se marche—. ¿Nos veremos algún día esta semana? Quiero invitarte a cenar...

—Sí..., claro... —Y me ha sonado a «Ni de coña». Un «Ni de coña» cargado de «Sé que has sido tú».

—Genial... —Sonrío relajado.

—Ahora vuelvo, Charly...

En cuanto Yasmín se va, abandono la casa a paso rápido y me subo al coche. Salgo de la propiedad apretando el acelerador al máximo. No pienso dejar que me cojan.

Supe que el final estaba cerca cuando el martes a mediodía sonó mi teléfono con la melodía identificativa de mi madre. Es una canción de ABBA con la que me torturaba de pequeño: «Mamma Mia».

—Hola, mamá —contesté sin saber la que me esperaba—. ¿Qué pasa? Estoy liado...

—Hola, cariño... ¿Mucho trabajo hoy?

—Sí. ¿Necesitas algo?

—Eh... No, solo quería contarte que la novia de Ástor, esa policía tan guapa de las revistas, ha venido a verme.

Me detuve en seco en mitad de la cafetería de los juzgados, sintiendo que el mundo había terminado y que el corazón iba a partirme el pecho si continuaba latiéndome con esa violencia.

Me concentré en superar la prueba de no reaccionar a nada de lo que mi madre me dijera. Al colgar, estuve esperando con el corazón atenazado a que me llamara de nuevo a mi segundo móvil. Ese que nadie sabía que tenía, excepto ella. Diez minutos después, sonó.

—¡Mamá!

—¡Hijo..., tenías razón! ¡Han venido! ¡Y lo sabían! ¡Lo sabían todo!

—¿Les has dicho todo tal cual te pedí?

—Sí.

—¿Has estado convincente?

—Creo que sí...

—Joder... —Resoplé aliviado. Y respiré hondo para tragarme la ansiedad.

«Lo sabían todo...». Se acercaba el final. Porque Keira no podría ocultar un secreto como ese a Ástor. Ni siquiera por pena. Y yo no quería que nadie supiera que era un De Lerma.

El día que llevé a Sofía a conocer a mi madre para comunicarle que nos casábamos, mi novia se fue al cuarto de baño y tardó más de la cuenta. Sabiendo cómo era, fui a buscarla y la encontré en mi habitación.

—¿Husmeando? —pregunté con picardía.

—Sí... —admitió coqueta—. ¡Me encanta todo, Charly! ¡La habitación de la infancia de alguien da muchísima información sobre su persona!

La noté más alterada de lo normal. Casi jubilosa... Y me extrañó.

—Si ya lo sabes todo de mí, nena, ¿qué más quieres saber? —susurré sugerente acercándome a ella. Acaricié sus caderas y le mordí el cuello.

Sofía soltó una risita encantadora.

—Me gusta imaginarte haciéndote tus primeras pajas aquí... y me encantaría que me contaras en qué pensabas exactamente cuando te tocabas...

La besé con lascivia. Era la jodida mujer perfecta.

—Pues pensaba en chicas como tú... Explosivas y listillas.

—Ah, ¿sí? —Se contoneó contra mi cuerpo como siempre hacía cuando estaba cachonda.

—Sí... —jadeé en su boca—. Me imaginaba chupándote las tetas y comiéndote el coño a lo bruto. Luego te follaba a lo bestia hasta perder el conocimiento...

Sofía llevaba un vestido elástico muy fino, y absorbí uno de sus pechos por encima de la tela. Mi mano subió por su pierna y burlé sus bragas en busca del cofre del tesoro. Cuando lo encontré le metí un dedo, y gimió excitada.

—Me encanta que siempre estés lista para recibirme...

—Solo a ti...

—Pero ahora no puede ser, Sofi. Habrá que esperar...

—¿Qué? —se quejó ultrajada—. ¡No fastidies! ¡Quiero hacerlo en tu habitación de adolescente salido...!

—Mi madre nos está esperando... —Sonreí negando con la cabeza.

—Te dejo seco en dos minutos, cariño —prometió sugerente.

—¿Y aparecer en el salón oliendo a sexo? Ni de coña.

—¡No olerá nada! —Se echó a reír.

—Mi madre tiene el olfato muy fino... —dije empujándola para que saliera de la habitación. Y le di una palmada en el culo, prometiéndole que se lo compensaría.

En el último momento, volví la cabeza y vi un cajón mal cerrado.

ESE cajón. Y una estaca de hielo me atravesó el corazón.

Seguro que Sofía lo había visto... Claro. Por eso estaba así... Había encontrado una foto en la que mi padre me tenía en brazos. La única en la que salíamos juntos... Hice una copia a escondidas de la que mi madre tenía en su caja fuerte.

Y por si me cabía alguna duda, a partir de ese momento Sofía no dejó de sonreír ni un instante y de ilusionarse mucho con cualquier cosa. Normal... No todos los días se casa una con el futuro duque de Lerma.

Si hubiera confiado en mí y me hubiera contado que lo había descubierto, le habría revelado mis planes. Era lo suficientemente avariciosa para formar conmigo un gran equipo y quedarnos con todo.

Deseé con fuerza que lo hiciera, pero eligió otro camino... Eligió presumir delante de sus amigos de que, por fin, iba a formar parte del legado de los De Lerma y me dejó de lado. ¡A mí! Como si yo fuera lo menos importante...

La única mujer en la que podía confiar era mi madre, que deseaba tanto como yo que reclamara lo que me pertenecía por nacimiento.

Me previne de que Keira me señalara como culpable porque leía perfectamente en su cara lo que pensaba de mí. Era evidente que estaba cabreada porque su mejor amigo hubiera muerto en esa explosión y yo no. Y sabía que, tarde o temprano, caería en la cuenta. Deduciría que Ulises había descubierto algo del caso y que me lo había tenido que ventilar, muy a mi pesar. Iba a contrarreloj para buscar a una víctima a la que cargarle su muerte.

Por el mismo motivo, la pequeña Yasmín me trataba fatal cada vez que me veía, y eso me volvía loco. Sin querer, se convirtió en un reto.

¿Una antihombres que me consideraba sospechoso? ¡Ñam...!

Mi boca se hacía agua con ella. Y cuando supe que era una ex de Saúl, ya perdí la cabeza por completo. Eso no era un reto, era la madre de todos los retos. Y necesitaba cuantos más mejor para mantenerme distraído de... de los *flashbacks* que asolaban mi cabeza día y noche sobre los labios de Ulises moviéndose lentamente sobre mí. Sobre nuestros sexos rozándose. Sobre ser feliz... Un puto espejismo que duró pocos meses.

Pensé en culpar a Saúl de su muerte porque tenía todas las papeletas: Sofía era su ex y estaba furioso porque Carla estaba en la cárcel injustamente. Pero no me resultaría fácil. Seguro que ese pichabrava tenía alguna coartada de viernes noche. Pensé en hacer que encontraran mi segundo teléfono móvil con el programa de control remoto de las bombas entre sus pertenencias. Y con sus huellas en él. No me sería difícil cogerlas de un vaso que Saúl estuviera sosteniendo en el KUN y plasmarlas en el teléfono. Pero al final, Xavier me tocó los huevos y...

Conduzco como un loco hacia el garaje donde tengo mi coche de huida. Debo dejar atrás este maldito vehículo...

Golpeo el volante con rabia. Keira me ha engañado bien...

Cuando mi madre le confirmó el secreto, fui consciente de que tenía que hablar con ella a solas y afianzar el hecho de que yo no sabía nada. Sería la única baza para ganar tiempo y buscar una cabeza de turco que explicara la muerte de Ulises.

Necesité un día entero para reunir fuerzas. Estaba esperando a que Ástor viniera a aporrear mi puerta al saber que éramos hermanos, ni siquiera hermanastros. Los hermanastros son hijos de un matrimonio que no tienen ningún vínculo de sangre por ninguna de las partes. En cuanto hay cualquier coincidencia de los padres, ya eres «hermano». Pero me cansé de esperar, y el jueves por la mañana me planté en comisaría. Con dos cojones.

Pregunté por la inspectora Ibáñez y me llevaron hasta su despacho. Cuando me vio, Keira pegó un brinco de sorpresa.

—¡Charly...!

—Hola... Siento presentarme así, pero necesitaba hablar contigo...

Yasmín clavó sus pupilas ámbar en mí y tragó saliva, impresionada.

—Claro... —titubeó Keira—. Pasa y siéntate...

Yasmín se quedó inmóvil, y mis ojos subieron por sus piernas, su blusa, su arma... Me ponía muchísimo.

—¿Puedes dejarnos solos? —me dirigí a ella.

Yasmín miró a Keira y frunció el ceño. Cómo me gustaba que se resistiera. Mi chica guerrera...

—¿Por qué quieres que me vaya, Charly?

—Porque me pones nervioso... —Subí las cejas seductor.

La sinceridad de la frase la dejó muda, pero para bien. Keira le hizo un gesto con la cabeza, y Yasmín se fue refunfuñando y muy excitada.

Cuando subí la vista, unos ojos con más cafeína que la Coca-Cola me miraban fijamente sin fiarse ni un pelo de mí. Hasta se me secó la garganta y me entró sed.

—¿Puedo beber agua?

Keira se cruzó de brazos, ignorando mi petición.

—¿Qué haces aquí, Charly?

—¿Tú qué crees?

—Supongo que sabes que estuve en casa de tu madre el otro día...

—Bingo... Y cuando me lo dijo pensé: «Eh, tío, Keira sospecha de ti, ¿qué coño has hecho esta vez?».

Keira se mantuvo en silencio, esperando a que hablara más en serio.

—¿Por qué me estás investigando? —pregunté a bocajarro.

—¿Es que no puedo hacerlo?

—Sí, pero verás... Cuando me enteré, sentí una especie de pellizco justo aquí. —Me señalé el pecho—. Y ahora me incomoda acudir a la fiesta de compromiso de alguien que no confía en mí. La prometida de mi mejor amigo, nada menos, que es como mi hermano... —Disfruté de esa última palabra como nunca ante sus ojos saltones—. También eres la mejor amiga del hombre que fue mi alma gemela y murió asesinado vete a saber por qué perturbado...

La vi apretar los dientes enfadada.

—Lamento si te sienta mal que te investigue, Charly. Solo sigo las pistas...

—¿Qué pistas? ¿Qué ha cambiado desde que me abrazaste hace un mes en el hospital, Keira? Porque allí sí sentí que confiabas en mí.

—La carpeta roja de Ulises —soltó sin más—. Eso ha cambiado. Te tendí una trampa y picaste de lleno. Sé que entraste en mi despacho a ojearla. Lo tengo grabado...

—¿Esa es tu gran pista? —Sonreí burlón—. ¿Que me interesase por las notas de mi novio muerto?

—Pues sí.

Me crují el cuello y respiré hondo, desolado.

—¿Sabes lo mal que he estado por Ulises? Peor que un adicto al crac con mono. Y leer algo que escribió fue como tener contacto de nuevo con él. Me leería hasta una lista de la compra... Solo quería escucharle otra vez en mi mente. Vi mi nombre escrito y subrayado cuando bajábamos en el ascensor porque la carpeta es transparente, y no dejaba de pensar en ello. Para mí, leer sus anotaciones fue como una jodida carta de amor.

—¿Leer cómo sospechaba de ti te parece una carta de amor?

—¿Ver cómo intentaba creerlo y no podía? Sí... Para mí lo es.

Keira guardó silencio.

—Ulises te quería, Charly... —confirmó apesadumbrada. Pero que sonara a reproche por haberle matado hizo que una avalancha de lágrimas encharcara mis ojos al momento.

—¿Y crees que yo no lo quería a él?

—Quizá no lo suficiente... —contestó Keira con rigidez.

—Sé que lo más cómodo para tu dolor es pensar que fui yo, que te cuadra genial, pero lo que me molesta es que Saúl, por ejemplo, está en la misma posición que yo... o peor. Porque yo iba a casarme con Sofía, Keira… Iba a casarme con ella, y no hay ni un solo día que no llore recordando cómo me sentí el poco tiempo que estuvimos prometidos. Vale que después llegó Ulises y revolucionó mi mundo, pero viéndoos ahora a Ástor y a ti, créeme, está siendo el doble de duro… Y tengo que aguantar que vayas dando abrazos a Saúl por ahí y que a mí me tengas en el punto de mira e interrogues a mi madre. Ya sé que te mueves por sensaciones, pero déjame recordarte que, desde que nos conoces, tus sensaciones te han fallado mucho…

—No te lo tomes como algo personal, Charly —expuso más tranquila—. Estoy exprimiendo al máximo todas las alternativas. También interrogué al padre de Saúl. De hecho, fue Xavier el que me dijo que visitara a tu madre, pregúntaselo si quieres. Me dijo que Sofía volvió de su casa encantada, y se me ocurrió ir a verla para saber de qué habían hablado.

«¡Xavier…! Me lo voy a cargar», pensé manteniendo una expresión neutra.

—Necesito dar con algo que saque a Carla de la cárcel pronto… Ahora mismo es lo que más me importa.

—¡Yo soy el primero que quiere sacarla de la cárcel! —comencé mi papelón—. ¿Sabes lo que es oír las lamentaciones de Héctor día y noche? Estoy a punto de cortarme las venas…
—Eso era cierto.

—La única forma de que Héctor y Ástor hagan las paces es sacando a Carla de la cárcel… —señaló Keira.

—Y metiéndome a mí, ¿no? Total, como sobro…

—No sobras —replicó severa—. No solo eres el mejor amigo de mi futuro marido, sino que eres de la familia, Charly…

Y al decirlo me miró fijamente, como si quisiera leer en mí si sabía o no que tenía auténticos lazos de sangre con los De Lerma. Me costó mucho que mis pupilas no se lo reconocieran dilatándose al máximo.

—Gracias —dije apartando la vista—. Es como me gusta sentirme, por eso es tan importante que confíes en mí, Keira…

—¿Sabes el alivio que sentí al verte coger esa carpeta roja y pensar que eras tú? —confesó de pronto—. Te juro que no puedo más… ¡Estoy desesperada! Y siento que Ástor y yo no conseguiremos ser felices hasta que solucione esto. Supongo que me invento cualquier cosa que pueda cuadrar...

Esas explicaciones me tranquilizaron mucho. Maldita embustera...

Me lo tragué porque vi que Keira no tenía nada sólido. Pero lo de que Xavier hubiera señalado a mi madre no se me olvidó. E imaginar muerto a ese cabrón me vigorizó por completo.

—Los De Lerma y yo tenemos muchos enemigos, Keira... Matar a Sofía e inculpar a Carla era una forma de jodernos a todos.

—A Ástor no.

—A Ástor también. Sofía era su gran proyecto. Era su jodida obra benéfica y la estaba preparando para hacer historia en el KUN. Matándola nos jodían a los tres. Y a mí especialmente me odia mucha gente por la complicidad que me une con ellos...

—Te tienen envidia, Charly. Y miedo. Y no me extraña... Te llevaste por delante hasta a un tío heterosexual totalmente cerrado al amor... Y Yasmín ni siquiera controla sus ojos cuando está cerca de ti...

Una sonrisa vanidosa escapó de mi boca.

—Eso es mutuo —admití.

La vi sonreír un poco y me tragué su interpretación. *The winner is...*

—Por cierto, tu madre me cayó muy bien —añadió amistosa.

—Es la mejor... La que siempre me ha ayudado a mantener los pies en la tierra y no perder la cabeza con tonterías de la alta sociedad. Creo que Sofía me recordaba un poco a ella...

—Eso es bastante asqueroso... —bromeó Keira.

—En eso sí soy culpable. —Sonreí canalla—. Dicen que buscamos inconscientemente a nuestros padres en nuestras parejas... ¿Cómo era tu padre, Keira? —le pregunté interesado.

—No conocí a mi padre...

—Pues debía de ser un hijo de puta parecido a Ástor...

Cuando nos despedimos, lo hicimos con un abrazo y me sentí reconfortado. Estaba convencido al setenta y cinco por ciento de que Keira aguantaría un tiempo sin explicar nada a su prometido sobre nuestro gran secreto familiar. Y una vez que Ástor muriera, mi madre levantaría la liebre y yo fingiría quedarme patidifuso con la noticia de que debía ocupar el lugar de Ástor.

Al salir del despacho, me encontré con Yasmín esperando fuera. Ya no me miraba como si me considerara culpable. Parecía que esa conversación telefónica con mi madre había surtido el efecto deseado en ella. Y parecía, también, que no había olvidado el beso que nos dimos el sábado de los margaritas en casa de Ástor cuando la seguí hasta el cuarto de baño y... ¡Por Dios...! ¡Qué forma de besar! Era valiente, guapa y fiel a sus excitantes sensaciones carnales más que a sus principios éticos. ¡Buf!

Le eché una mirada de las que crean afición y le dije:

—¿Nos vemos esta noche en la fiesta de compromiso, Yasmín?

—Eh... Sí —musitó.

—No te pongas muy guapa, por favor —le pedí serio—. Últimamente tengo el corazón delicado...

Me fui sin mirar atrás. Dejando que fuera ella quien me observara. Tenía muchas esperanzas de que se me diera bien la velada.

Cuando anocheció, me planté puntual en el KUN.

Me hizo gracia notar que Ástor había puesto especial esmero en la seguridad, sin sospechar que la amenaza estaba tan cerca.

Lo primero que hice, como si se tratara de un ritual, fue ir a saludar a mi mejor amiga, que estaba en la sala de televisión. Se trataba de una pantalla Home Cinema Ultra HD 8K de 325 pulgadas situada frente a doce sillones reclinables confeccionados con la mejor piel del mercado.

«Si algún día no me encuentras, búscame aquí», decía siempre a Ástor. Incluso me había quedado algunas noches pidiendo la cena allí. No entendía por qué nadie más lo hacía.

Dediqué un saludo militar al pantallón y solté un gemido cuando me tumbé en mi sillón favorito, el de primera fila, en medio. Nunca había tenido más claro que había nacido para estar allí. Y pensé que pronto tendría el reconocimiento adecuado...

Quería haber compartido mi gran momento con mi padre, pero no pudo ser porque Ástor se lo cargó... Increíble. Cuando lo confesó, pensé que era la mejor demostración posible de que éramos hermanos... Ser un asesino se lleva en la sangre, al parecer.

A partir de ese momento, mi tregua civilizada con él terminó abruptamente y decidí que moriría pronto. Lo más probable es que lo preparara todo para que el jet privado con el que Ástor y Keira se fueran de luna de miel tuviera un accidente. Dos pájaros de un tiro... Una verdadera lástima.

De repente, la puerta de la sala de televisión se abrió y lancé una mirada asesina a quien hubiera osado perturbar mi oasis de bienestar.

¡Era Saúl...!

Su cara de sorpresa también mostró disgusto. Esperaba que cambiara de opinión y se marchara, pero entró igualmente y se sentó a mi lado. Ganaba papeletas por momentos para que le diese pasaporte.

—Me has jodido mi lugar feliz... —comentó Saúl con los ojos cerrados.

«Lo que hay que oír...», masculle para mis adentros.

—Llevo trece años viniendo aquí. Tú llevas en el club trece minutos...

—Técnicamente, tengo más derecho a estar aquí que tú... —dijo el cabrón.

Apreté la mandíbula y deseé gritarle que se equivocaba del todo. Había deseado gritarlo tantas veces...

—Es una preciosidad... —continuó, adulando la tele.

—¿Te refieres a Yasmín o a la pantalla? —pregunté impertinente. Entonces me miró, y sonreí, listo para rematar—: Lo digo porque las dos son impresionantes. Pero una besa mejor que la otra...

Sus ojos se achicaron lo justo para saber que no le era indiferente, pero apartó la vista diciendo:

—No me interesa... Yasmín te romperá el corazón, Charly...

—Imposible. No tengo. —Me reí con guasa—. Ya no...

—Entonces sois perfectos el uno para el otro.

—Genial...

En ese momento entendí que Yasmín me había dicho que estaba saliendo con Saúl solo para mantenerme a raya, pero le sirvió de bien poco porque terminé comiéndole la boca igualmente. Y ella dejando que se la comiera. Joder, qué sensación que alguien te bese con miedo y con ganas a la vez. Me ponía a cien mil.

—Pero no te pases con ella... —me advirtió de pronto Saúl—. Creo que está un poco traumatizada con el sexo masculino en general. Necesita ir despacio...

—Tranquilo, soy un experto en quitar traumas a base de orgasmos.

Frunció el ceño.

—Lo digo en serio, Charly. Cuidado con lo que haces...

—¿Es una amenaza?

—Sí.

Me reí. El chaval tenía su punto divertido. Y seguí picándole:

—¿Por qué sigues en el KUN, Saúl? Dijiste que no querías pertenecer a este club. No te desdigas ahora, ten un poco de palabra...

—Me quedo porque creo que el responsable de la muerte de Sofía está aquí y no me iré hasta que salga a la luz.

—La responsable de la muerte de Sofía está en la cárcel. Ya te puedes ir...

—Carla no fue. La conozco muy bien.

—¡Qué manía tenéis todos con decir eso! ¿Crees que una mujer adorable no es capaz de matar? Cualquiera puede cometer una atrocidad. Es puro instinto animal. Y no hay nada más peligroso que una mujer cabreada...

—Sí que lo hay. Una que además sea policía. Así que yo que tú me andaría con mucho ojo...

A los cinco minutos me levanté y lo dejé allí con su última frase dando vueltas en mi cabeza.

Bajé al salón y en un vistazo rápido divisé a todo el mundo.

Keira y Yasmín estaban con Ástor delante de una de las barras. Héctor se encontraba en la otra punta con su madre. Mucha gente de relleno. Y en medio, el gilipollas de Xavier hablando con unos amigos.

Me acerqué a él disimuladamente para escuchar lo que decía, pero me sentí observado, como si llevara rato buscándome.

—Carlos Montes… —pronunció mi nombre como si no fuera nada—. ¿Qué haces que no estás pegado al culo de Ástor?

Me volví hacia él como un auténtico asesino en serie.

—¿Y tú, Xavier? ¿Qué haces que no tienes la lengua pegada a la próxima conquista de tu hijo?

Su respuesta fue soltar una carcajada.

—Al menos eres gracioso…

—Tú, ni eso. No me hizo ninguna gracia que dijeras a Keira que fuera a ver a mi madre… ¿Por qué lo hiciste?

—Me preguntó por la relación de Sofía con ella, y solo le dije que se quedó muy impresionada con tu madre… Era de esperar, en su día fue una mujer muy guapa…

Me asaltó una duda: ¿Xavier conocía a mi madre?

Por un momento pensé que lo sabía todo. Xavier era el mejor amigo de mi padre. Pero eso no significa nada. Ástor es mi mejor amigo y no lo sabe todo de mí.

Quise amenazarle. Advertirle. Aterrorizarle. Pero me callé. La venganza se sirve fría.

—Keira es tonta —deduje—. Si supieras algo relevante para solucionar el caso de Sofía ya habrías ido corriendo a comisaría para vanagloriarte de ello. Tus patéticos intentos por hacerte el interesante son penosos.

—Pues Sofía no opinaba lo mismo… Tenía mucha confianza conmigo, más que contigo, de hecho.

—No me toques los cojones, Xavier.

—Descuida, yo no soy de esos… Soy un hombre de verdad, no un bicho raro como tú…

No sé qué me detuvo para no ahogarle con mis propias manos en ese mismo instante. Bueno, sí, que Saúl nos interrumpió.

—Un día te van a partir la cara, papá… —le advirtió—. Siempre te metes con Charly, pero te aseguro que es el hijo que nunca tuviste. ¿Sabes que ya va detrás de Yasmín, tu nueva fijación? Estáis muy compenetrados…

—Podría haber sido mi hijo… —Xavier sonrió malicioso—. Pero tuve suerte y me libré… No como otros, a la vista está…

Mis ojos se abrieron al máximo. Ese tío merecía morir solo por haber insinuado que se tiró a mi madre. Y por haber dicho que otro de sus escarceos no tuvo tanta suerte y nací yo. ¿Estaba al corriente de todo? Al fin sabía de dónde venía su desprecio hacia mí. Me consideraba un bastardo. Un hijo de nadie. Ni siquiera del renombrado Alfredo Montes...

Ahí decidí que Xavier Arnau iba a morir.

En principio, iba a envenenarle. Le dormiría y le haría tragar de todo, y la gente creería que se había quitado la vida con pastillas. Sin embargo, cuando vi la soga en el gimnasio... pensé que se merecía la horca y cambié de planes. Cosas del directo.

saúl

12
Solo un abrazo

De pronto, Yasmín aparece de nuevo, corriendo, en la salita donde estoy con los hermanos De Lerma. ¿No se había ido ya?

—¡¿Habéis visto a Charly?! —pregunta acelerada.

—No... —contesta Ástor, extrañado—. ¿Qué ocurre?

—Que se ha ido.

—A mí me ha dicho que estaba cansado —apunta Héctor.

—Sí, pero le he pedido que no se fuera todavía porque Keira quería hablar con él y me ha contestado que me esperaba sentado en un sitio, ¡y ya no está!

—¿Has comprobado si su coche sigue en el aparcamiento? —sugiero.

—No. ¡Voy! ¡Gracias! —exclama acelerada. Y sale pitando.

«¿Qué le pasa? ¿Por qué está tan alterada?».

—Ahora vengo —digo a los De Lerma, y salgo con garbo detrás de ella.

—¡Yas...! —la llamo por el pasillo.

Frena en seco y se vuelve hacia mí, extrañada de que le hable. La alcanzo y mi mal presentimiento se agudiza.

—¿Ocurre algo? Pareces preocupada...

Me coge de los brazos y me lleva a un aparte, sobrepasada.

—Puede que sí... Es que... creo que sé por qué se ha ido Charly...

Me mira con tal mezcla de culpabilidad y terror que no puedo evitar querer protegerla. Mi mano acaricia su codo para que se sienta más segura y me lo cuente todo.

—¿Por qué? ¿Qué ha pasado, Yas?

—Que ha metido la pata… No sé si se ha dado cuenta o no, pero la ha metido hasta el fondo —farfulla nerviosa—. Ha sido él, Saúl… Él ha matado a tu padre.

Mi corazón se comprime al vacío al oír esa frase. Ahora soy yo el que necesita agarrarse a ella para no caerme.

—¿Cómo lo sabes? ¿Y por qué dices que Charly ha metido la pata?

—¡Porque ha hecho referencia a la nota de Ulises!, y él no ha llegado a entrar en el escenario del crimen. ¡No podía saberlo! Se lo he explicado a Keira, y le estamos buscando.

Mi mundo empieza a girar a cámara lenta hasta llevarme a un momento muy concreto. La discusión entre mi padre y Charly que presencié en la fiesta de compromiso de Ástor y Keira…

No miento si digo que me pareció leer en sus ojos que quería matarle de verdad. Aun así, no le di importancia porque hasta yo lo pensaba a menudo, pero al final era mi padre y se lo perdonaba todo. A Charly, sin embargo, le había faltado al respeto de una forma denigrante con… con todo. Con Sofía, con Ulises, con su inclinación sexual, con su madre…, y en su caso no le tenía ningún tipo de aprecio consanguíneo.

Me cuadra que haya sido Charly. Sobre todo después de lo que siguió en esa conversación…

—No le hagas caso. —Frené a Charly cuando sentí que estaba a punto de arrancar la cabeza a mi progenitor. Una madre es sagrada. No podía apartar los ojos inyectados en sangre de él—. Charly, Yasmín está allí… ¿Por qué no vas a verla? Está guapísima, ¿no crees?

Su mirada siguió la dirección de mi dedo y pareció tranquilizarse un poco.

—Primero voy a ver a Héctor… —farfulló a modo de despedida.

—Ni lo intentes con Yasmín —le advirtió mi padre—. Sofía era un primor, pero de barrio, al fin y al cabo. Yasmín es otro nivel... A alguien como tú le viene muy grande. Y a mi hijo también. Pero si ya se abrió de piernas una vez para él, puede volver a hacerlo...

—¡¿Por qué coño te habrán invitado?! —exclamé iracundo con ansias de arrugarle el traje—. Le diré a Keira que o te vas tú o me voy yo. Tu diarrea verbal es cada día más incontrolable, papá, y nadie tiene por qué aguantarla.

—Tú ganas, hijo. Ya me callo...

—Sí, ahora te callas, pero ¿quién nos quita a nosotros la mala hostia que nos has puesto? —lo acusé.

—No sé... A este le gustan los tríos. —Señaló a Charly—. Lo mismo Yasmín se anima... Una vez ya estuvo con varios, ¿no?

La mirada se me desencaja.

—Se acabó, papá. —Me acerqué hasta un centímetro de su cara—. Vete ahora mismo o les digo que te echen. Y lo harán. ¡Vete!

—Ven conmigo, Saúl, anda... —Charly me puso una mano en el hombro y me alejó de mi padre obligándome a andar hacia Héctor.

—Estarás mejor sin él... —farfulló, más para sí mismo, una frase que ahora cobraba todo el sentido para mí.

—¡Hola! —nos saludó Héctor, contento de vernos, cuando llegamos a su lado.

Alzó su puño hacia mí y se lo choqué con pocas ganas.

—¿Qué pasa?

—Que hemos sido testigos de una posesión demoniaca —explicó Charly con humor—. Ha sido muy *heavy*...

—Que no soporto a mi padre —traduje—. Está peor que nunca...

—Lo mejor es ignorarle —recomendó Héctor—, y os va a ser fácil porque me consta que han venido un montón de chicas guapas. Aprovechad, vosotros que podéis...

Que dijera aquello me dio pena. No me acostumbraba a ver a Héctor en silla de ruedas. Me seguía chocando después de tantos años. Tenía un recuerdo de él que no se correspondía con su imagen actual. Antes era un triunfador. Mostraba una conducta de matrícula de honor delante de todo el mundo, a pesar de que en *petit comité* era un sinvergüenza. El accidente truncó sus planes de vida y los reconfiguró por completo. Le costó un par de años resurgir de sus cenizas, pero recuperó su empuje y su buen humor, y cuando descubrí que Carla se había enamorado de él y que había querido entrar en el KUN como Kaissa solo para que se rindiera a su amor, me pareció muy romántico. Los vi juntos un día, semanas después de que se descubriera todo el engaño de Sofía, y por poco me ahogo en mi propia envidia.

Carla era... todo lo que yo buscaba en una chica. Dulce, alegre, un poco infantil, tierna, de trato fácil y absolutamente preciosa...

—Joder, tíos... —protestó Héctor—. ¿Me estoy volviendo loco o Yasmín está que se rompe con ese vestido?

Los tres miramos en su dirección. Por Dios... Estaba tan guapa que el corazón comenzó a hacerme cosas raras, como cuando un aparato se estropea y sabes que su vida útil ha llegado a su fin.

—Está para comérsela —confirmó Charly—. No te tortures por babear. Es una auténtica mojacalzoncillos.

Mis ojos volvieron a repasarla y la verdad me abofeteó. Desde luego que lo era. Siempre lo había sido. Llevaba un vestido metalizado rosa claro con escote palabra de honor y la melena perfectamente lisa recogida en una coleta alta. Prometía ser una visión espectacular esparcida por encima de tu cama.

—No estás loco... Esa chica no es de este mundo —admití a regañadientes.

—Vale... —Héctor se pasó la mano por el pelo, agobiado—. No me dejéis beber o se me puede ir la pinza. Esta semana echo más de menos que nunca a Carla... Ni siquiera he ido a verla... —confesó culpable.

Charly y yo nos miramos extrañados.

«¡¿Por qué nos miramos, si no somos amigos?!», pensé sulfurado.

Pero lo que de verdad me noqueó fue lo bien que me sentí ante esa nueva complicidad. Nunca había visto semejante don para manipular. Para provocar reacciones emocionales sin buscarlas; era fascinante.

No sé cómo lo hace, pero Charly te transforma en la persona que siempre has querido ser y te eleva a una posición en la que te ves más fuerte, en la que te sientes más vivo, y no te queda más remedio que ignorar tus prejuicios y dejarte llevar por él.

—¿Por qué no has ido a ver a Carla, Héctor? —le preguntó Charly con la valentía que yo no tenía.

—Porque la última vez que la vi llevaba a mi hijo dentro... y tengo miedo de que verla sin él haga un daño irreversible a nuestra relación.

Tragué saliva ruidosamente ante esas crudas palabras.

«¡¿Carla estaba embarazada?! ¡¿Y había abortado?! ¡Joder...!».

Estábamos a punto de venirnos abajo, cuando Charly dijo:

—No pienses hoy en Carla... Ni en Yasmín; porque es mía. Mejor vete al otro extremo y busca una morenaza con la que deleitarte la vista... Por ejemplo, la tía a la que está saludando Ástor ahora mismo. Está cañón...

Los tres localizamos el objetivo. Era una mujer muy atractiva que debía de sacarme veinte años, pero ellos me sacaban quince y me sentía muy cómodo a su lado. Supongo que siempre fui un *viejoven*.

—*Mamma mia*... —exclamó Héctor, olvidándose de sus penas momentáneamente.

—No está mal... —corroboré. Parecía una mujer de armas tomar.

—Esa tiene dientes en el coño, os lo digo yo... —remató Charly.

Los tres nos tronchamos de risa y me sentí realmente integrado.

—Mierda... —refunfuñó Héctor—. Voy a tener que saludar a Ástor, aunque solo sea para que me la presente...

—No podéis seguir sin hablaros —le amonestó Charly.

—¿No os habláis? —pregunté extrañado—. ¿Desde cuándo?

—Es una larga historia... —musitó Héctor—. Ya no vivimos juntos.

—¡¿Qué?!

—Yo sobraba en esa casa —declaró Héctor—. Mi hermano vive con Keira ahora.

—¿Y tú dónde vives? —pregunté con interés.

—De momento, estoy con mi madre... No sé qué haré... —dijo deprimido recordando a Carla de nuevo.

«¡Mierda, Ástor...!», lo maldije mentalmente. ¿Tanto había cambiado? Que cuidase de su hermano era lo único que seguía admirando de él todos estos años...

Miré hacia Keira, y justo me miró y me saludó sonriente.

Levanté la mano en respuesta y vi que movilizaba a todo su grupo para acercarse a nosotros. Morena incluida.

—Vienen hacia aquí... —avisé en voz baja—. La morena también...

—¡Hola! —exclamó Keira, afable.

Nos plantó un beso a cada uno, pero se esmeró con Héctor, abrazándolo de forma sentida.

—Muchas gracias por venir... —le dijo afectuosa.

—Gracias a ti por invitarme —musitó su futuro cuñado, ablandado ante semejante despliegue de cariño.

Keira estaba impresionante con la melena suelta y un vestido blanco de tirantes confeccionado con una tela reluciente. La naturalidad con la que lo llevaba, la sensualidad no buscada y su forma de brillar sin necesidad de joyas ni de maquillaje me dejó embobado...

De pronto, sentí una mano apretándome el hombro y oí un «eh, chaval...» inconfundible. El rostro de Ástor apareció en mi campo de visión llenándolo todo de... ¡dolor en el hombro! «¡Au!».

No hizo falta que dijera nada, su sonrisa torcida y su mirada a juego me aseguraron que sabía perfectamente lo que estaba pensando sobre su prometida. Me apresuré a tragar la baba generada.

—Hola... —respondí cortado.

Por fin le llegó el turno a la morena.

—Héctor, Charly, Saúl..., os presento a mi madre —dijo Keira, feliz.

Héctor soltó una carcajada irreverente. No sé si por mi cara de lerdo o por la de póquer de Charly al tiempo que se mordía una sonrisa en los labios y soltaba un «encantado, señora»...

Pero nuestras miradas cómplices junto con la cara de confusión de Ástor merecieron la pena.

Si llego a saber que formar parte del KUN iba a ser tan divertido, lo habría hecho antes...

Charly me guiñó un ojo mientras respondía un «cosas nuestras» a Ástor cuando este le preguntó de qué nos reíamos. Y ahora mismo, pensar en la posibilidad de que haya podido ser él quien ha matado a mi padre zarandea violentamente mi sentido común. Sobre todo, después de haberle pillado enrollándose con Yasmín en mi habitación esta noche...

¿A qué distancia estoy de un tío que aniquila a mi padre y se enrolla con mi primer amor la misma noche? Debo de ser patético...

Volviendo a la fiesta de compromiso de Ástor y Keira, cuando llegó el momento de saludar a Yasmín y a sus intensos ojos dorados, recordé nuestra última conversación en la universidad. Yo le había preguntado que por qué no acudió a mí después de que la violaran, como siempre había hecho cuando estaba en problemas, y lo que me contestó me dejó lo suficientemente frío para no dignarme saludarla nunca más. Maldita fuera...

—¿Cómo iba a hacerlo después de la puñalada que me diste, Saúl...? —respondió dolida.

La miré de hito en hito.

—¿Que yo te di una puñalada?

—¡Sí! Te faltó tiempo para ir corriendo a contar a todo el instituto que nos habíamos acostado... ¿Qué pretendías? ¿Querías ser popular a mi costa o solo hundir mi reputación?

Me quedé con la boca abierta.

Que me dijera eso después de lo mal que lo pasé por ella me dejó mudo. ¿Creía que lo había hecho para «chulearme»? ¡A mí ese encuentro sexual me dejó traumatizado de por vida!, y que se enterara todo el instituto todavía más. Ni siquiera había empezado a gestionarlo.

Solo sabía que detuve mi vida por completo cuando vino a pedirme ayuda para estudiar mates. Si estuve un poco seco fue porque no quería que se me notara que pasar tantas horas a su lado era un sueño hecho realidad para mí.

Poder contemplarla, enseñarla, olerla... Pero percibir que mi padre quería forzar la situación para que pasara algo entre nosotros me puso nervioso y, por consiguiente, esquivo.

Cuando Yasmín volvió al día siguiente con una falda y una camiseta de lo más provocativa, supe que iba a ser un día «duro» en todos los sentidos. Había estado dudando entre hacerme una o dos pajas en la ducha aquella mañana. Y menos mal que cayó la segunda... o no habría soportado todos los vistazos a su canalillo desde mi privilegiada posición superior.

Estudiamos toda la mañana, y durante el descanso charlamos un poco de nuestras cosas. Las miradas y sonrisas que nos lanzamos en ese *impasse* aumentaron mi tensión arterial de forma peligrosa.

Sentía una fuerza extraña atrayéndome hacia Yasmín como si fuera mi nuevo centro de gravedad. Tuve que hacer verdaderos esfuerzos para mantener las distancias.

—¿Es así? —me preguntaba esperanzada tras resolver un problema. Y yo me derretía ante sus ganas de no decepcionarme.

—Sí... Te está entrando genial... —respondí ingenuo.

Me puse rojo al momento al darme cuenta del posible doble sentido de ese verbo, «entrar». Mi estúpida reacción le hizo captarlo. Fue horrible...

—Eres un profesor realmente bueno —señaló pasándolo por alto—. Contigo todo parece muy fácil, Saúl...

«¡¿"TODO"?!». Dios... Sospechaba que tener la manía de extrapolar cualquier comentario al terreno sexual me convertía en un paranoide incipiente. Estar con Yas era a la vez lo mejor y lo peor del mundo.

A mediodía mi padre nos interrumpió:

—Voy a pedir comida a tu restaurante favorito, hijo. Yo ya he comido algo. Vosotros hacedlo cuando queráis...

Estaba encantado con que nos estuviera dejando a nuestra bola, porque, conociéndole, podría haberse puesto muy pesado.

—Gracias, señor Arnau —formuló Yasmín.

—Estás en tu casa, querida...

Durante la comida, me habló de sus planes para estudiar Psicología.

—¿En serio? Yo creo que tienes más potencial como paciente... —la piqué.

—Idiota... —Sonrió—. En realidad, lo que quiero es estudiar Criminología, pero resulta que me convalidan muchas asignaturas.

—Me sorprende que tus padres te dejen estudiar lo que te plazca —comenté asombrado.

—¿Por qué? ¿El tuyo no?

—No. Me dio a elegir entre tres o cuatro opciones... Poco más...

—¿Por qué?

—Porque según él, un marqués no puede ser cerrajero, periodista o pescadero. Ni siquiera médico..., eso sería demasiado altruista.

Yasmín se rio.

—Bueno, lo mío es peor... —alegó con un mohín—. Me dejan estudiar lo que quiera porque confían en que jamás trabajaré de ello. Mi marido no me lo permitirá. Tendré que quedarme en casa, asegurándome de que no hace falta comprar más toallas de Armani con nuestros nombres bordados y vigilando que las flores del jardín combinen entre sí con la ropa de los niños...

—Entiendo. —Sonreí—. ¿Y cómo le sienta eso a una chica como tú?

—¿Como yo? ¿Qué quieres decir?

—Ya sabes, mandona, testaruda, peleona, posible villana Marvel...

Yas se partió de risa y me miró con un cariño especial.

—¿Te doy esa impresión?

—Sí. Y me gusta que seas así conmigo. Es tu parte oculta. La verdadera...

Nos miramos intensamente. ¿Había dicho que me gustaba? ¡Ouch!

—Me tienes calada, Saúl... —admitió halagada—. ¿Cómo me hace sentir que mis padres o cualquiera quiera dominarme? Me da igual... A los once años ya tenía claro que podían decir misa, que si me apetecía una almendra garrapiñada me la comería. Si me la hubieras dado, claro...

—¡Sabía que me guardabas rencor por eso! —exclamé divertido.

—Me pareciste un repelente de mierda...

—No te conocía. Pensaba que acto seguido irías corriendo a chivarte de que te la había dado. Parecías una maldita policía infantil. Lo que no sabía es que eras de las corruptas...

Nos reímos tanto y nos miramos de una forma tan peligrosa que cuando llegó la noche y nuestros padres insinuaron de nuevo que Yasmín se quedara a dormir en mi casa para aprovechar más horas de estudio intenté escaquearme. No me responsabilizaba de en qué me convertiría a partir de las doce de la noche...

—También puede volver a las siete de la mañana —propuse nervioso.

—¡Eso no tiene sentido! —rebatió mi padre—. Sería irse tan solo para dormir. Mejor que se quede y se ahorre el viaje.

—Pero... igual está más cómoda en su cama... —insistí.

—Estaré bien —repuso Yas—. Gracias, señor Arnau.

—Llamaré a tus padres y les diré que yo te llevaré al examen.

—Gracias, es usted muy amable.

¿Amable? ¡Y un cuerno...! Me estaba poniendo a prueba y su sonrisa malévola daba fe de ello, prometiendo que, si no pasaba nada, se metería conmigo a muerte durante el resto de mi vida. Pero no pensaba darle esa satisfacción...

Eso sí, ella no me lo puso fácil. Condensé tanto calor en el último repaso que tuve que encender el ventilador del techo. Lo usaba para dormir a gusto en verano. El aire acondicionado me parecía horrible incluso con regulador.

Pero la brisa del aparato hacía que su sedoso pelo revoloteara como en un jodido anuncio, y Yas no dejaba de tocárselo para apartárselo de la cara. Me imaginaba besándola mientras su melena escondía a los ojos del mundo nuestras bocas entreabiertas.

Mi padre me mandó un mensaje de buenas noches que ponía que me había dejado preservativos en el cajón de la mesilla. Por poco colapso al leerlo... Me costó Dios y ayuda seguir centrado en la lección.

Terminamos sobre las dos de la madrugada.

—Deberías dormir bien hoy, Yasmín —le aconsejé—. Ya te lo sabes todo...

—No sé cómo darte las gracias, en serio... ¡Creo que voy a sacar un sobresaliente!

—Me alegra haberte ayudado...

Hui de su lado, dejando que corriera el aire entre nuestra joven y adolescente piel.

—Querré darte las gracias, Saúl... Aún no sé cómo, pero lo haré.

—No es necesario... —repetí nervioso—. Vamos, te acompaño a la habitación que ha acondicionado mi padre para ti.

Cuando llegamos todo estaba dispuesto. Mi padre le había dejado incluso una camiseta mía, que a Yas le quedaría por la rodilla, para que durmiera con ella.

—Me la ha birlado del armario... —me quejé al verla.

—Está bien, en verano suelo dormir en ropa interior —apuntó Yasmín.

Me quedé sin respiración al imaginarla.

—Vale, me acabo de escuchar. —Se rio—. Olvídalo, Saúl. Lo digo porque cuando hace mucho calor me molesta cualquier prenda de ropa.

—A mí también... Hay pocas cosas más placenteras que dormir desnudo... —Y pensé: «¡Cállate, Saúl!»—. Bueno, que yo sepa, claro...

«Joder... ¡No lo empeores!».

¿Acababa de reconocer mi limitada experiencia sexual? Fantástico.

—Este es el mando del ventilador del techo. —Lo encendí y se lo di.

—Gracias. Hoy dormiré con la camiseta... Si me la dejas, claro...

—Toda tuya. —Carraspeé—. Eh... Bueno, descansa. Hasta mañana —dije retrocediendo en silencio.

Me parecía tan íntimo que Yasmín estuviera en mi casa... Significaba tantas cosas para mí... Al menos, que éramos buenos amigos. Su mirada acarició la mía sintiendo lo mismo.

—Muchas gracias otra vez... —repitió.

—Deja de decirlo… No es necesario.

—Para mí sí. ¡Siento que te debo mucho…!

—Eso es porque no estás acostumbrada a pedir favores, ¿a que no?

—No. Me gusta que me los pidan a mí, pero no pedirlos yo…

—Me pasa lo mismo…

Nos miramos en silencio.

—Detesto sentirme en deuda con alguien, ¿sabes? —repuso.

—Sí, pero de verdad, lo he hecho encantado, Yasmín. Me flipan las Matemáticas… De hecho, quiero estudiar eso, Económicas.

—Se te dará genial.

—Gracias. Eh… En fin…, que descanses.

—Saúl, ¿me dejarías darte un abrazo para compensártelo?

—¿Qué…? —balbuceé conmocionado.

—Un abrazo. De amigos. Me sentiría mucho mejor…

Aquello me pareció una trampa mortal para apuntarme con el dedo cuando me creyera que quería algo más conmigo. Si se fundiera en mis brazos, ya no podría soltarla… y su olor me narcotizaría hasta tal punto que podría hacer alguna tontería. Los efectos resaltarían en mi anatomía, en mis ojos y en mis labios entreabiertos de deseo por…

—No me parece buena idea… —zanjé con sinceridad.

—¿Por qué no? —preguntó confusa.

—¿De verdad tengo que explicártelo? —Subí las cejas perspicaz.

Si se hubiera hecho la tonta en ese momento, habría sido muy decepcionante. Pero en vez de eso, musitó con cierto resquemor:

—Vale, pues nada…

—Sentirte entre mis brazos haría que mi cuerpo reaccionara de un modo muy concreto, Yas…

—Vale, vale…

Las comisuras de su boca apuntaron hacia abajo con fuerza y me sentí fatal. Porque sonó a que ella era una calientapollas y yo un pervertido.

—Buenas noches… —me despedí pesaroso.

—Buenas noches... —respondió mirando hacia otro lado.

—Te va a salir genial, estoy seguro.

—Gracias...

Me fui antes de que su decepción me asfixiara por completo.

¡No podía hacerlo! Todo adolescente tiene un límite... y el mío era abrazar a Yasmín de la Torre.

Me puse el pijama, me lavé los dientes y empecé a sentirme cada vez peor. ¿Qué tipo de monstruo era si ni siquiera podía abrazar a una «amiga»?

Cuando quise darme cuenta, estaba volviendo a su habitación.

No llamé. Se me olvidó... Encendí la luz a tiempo de ver cómo se incorporaba de golpe en la cama. No estaba tapada, solo llevaba mi camiseta y tenía las piernas al aire —¡qué cagada!—, pero ya era tarde para echarse atrás.

Me acerqué a ella, me senté en la cama y la abracé como si se tratara de una antorcha humana. El impacto de cada centímetro cuadrado de su piel en la mía me abrasó. Sentir cómo se relajaba contra mí y disfrutaba de mi cercanía fue mágico.

Sin embargo, se acercaba el momento más duro: separarnos de nuevo...

Lo hice lentamente, y me quedé atrapado en sus ojos como ya me temía. Tenía el pelo despeinado, y aun así perfecto, y supe que acariciarle la cara sería un error. De todos modos, lo hice. Tocaba decir algo... Y solo cabía la verdad.

—Haría cualquier cosa por ti, Yasmín... —confesé—. Te ayudaré encantado siempre que lo necesites. La deuda es mía..., pero con el universo, por dejarme disfrutar de tu compañía...

Su reacción fue mirarme los labios alucinada como si quisiera que la besara. Y quería. Pero me aterrorizaba que se apartase de golpe y me preguntara si estaba loco...

—Buenas noches... —Me levanté con rapidez—. Descansa, ¿vale?

—Vale... —murmuró impactada todavía.

Por la mañana se me dio genial hacer como si nada hubiera pasado. Porque no había pasado. Y me alegré de que así fuera. Le deseé suerte y le dije adiós.

No tardó en escribirme en cuanto salió del examen.

Yasmín:
Tengo un nueve!
GRACIAS! GRACIAS! GRACIAS!

Saúl:
Toma! Me alegro mucho

Yasmín:
Hay que celebrarlo!
Déjame invitarte esta noche a mi restaurante favorito.
Yo he probado el tuyo, y el mío te va a gustar aún más!

No pude negarme.

Tenía que verla otra vez como fuera. Tres horas sin Yasmín después de huir de esa mirada que rogaba un beso habían sido mortales. No podía seguir viviendo con la incertidumbre. Necesitaba que volviera a tratarme mal para sentir que no había ninguna posibilidad. Que me lo había imaginado todo...

Esa noche sí que me arreglé. Esto es: me puse mis mejores vaqueros y ese polo que reservaba para lucirme en alguna ocasión especial, y me pasé treinta minutos frente al espejo para conseguir el pelo de una estrella del rock. Luego llegué diez minutos antes a la puerta del restaurante para torturarme un rato haciendo conjeturas sobre qué se pondría ella.

Cuando se bajó del coche que la llevó, casi hago una genuflexión. Esperaba que viniera vestida para la alfombra roja, y me sorprendió con un conjunto juvenil nada presuntuoso con el que estaba asombrosa. Tenía miedo de que apareciera con un escote generoso que me dificultara poder mirarla a los ojos, pero nada más lejos. Era un conjunto ibicenco de una sola pieza formado por un pantalón corto y un top que dejaba entrever su vientre suave y bronceado. También llevaba unas graciosas mangas abultadas que cubrían sus bíceps, dejando al descubierto sus deliciosos hombros.

—¡Hola! —exclamó con una sonrisa.

Era la más grande que le había visto nunca. Y cuando vino a abrazarme al grito de «¡He aprobado!», la recibí entre mis brazos.

—No has aprobado, has sacado un sobresaliente, Yasmín —le recordé.

—¡Ya...! ¡Qué fuerte! ¡Y todo gracias a ti! —Me miró embelesada.

Hice un gesto para quitarle hierro y la solté. Por el bien de los dos.

—Espero que el restaurante lo valga... —bromeé.

—¡Desde luego! Confía en mí. Te va a encantar.

Me cogió de la mano y tiró de ella para entrar. La gente nos miraba preguntándose qué coño hacíamos juntos. Muy halagador... aunque yo también me lo preguntaba. ¡Estaba flipado!

Nos comportábamos como si fuéramos más mayores de lo que éramos. Como si nuestra vida fuera otra. Una libre. Normal. Y aquello, lo más natural del mundo... Nos sirvieron las bebidas y hablamos de nuestros planes de verano hasta que llegó la pregunta que lo cambió todo.

—¿Has salido con alguna otra chica antes?

Incluso ahora mismo, con Yasmín asegurándome que Charly es el artífice de la muerte de mi padre, siento esa fuerza de atracción que emana de nosotros y que, de algún modo, me sostiene para no desmayarme.

—Quizá Ástor haya contado a Charly lo de la nota y por eso lo sabía —sugiero. Porque no quiero creer lo que insinúa.

—Lo dudo... ¡Tiene que haberlo hecho justo antes de que nos pillaras en tu habitación! —alega pensativa—. ¡Y yo debía ser su maldita coartada!

Recordar la imagen de verles juntos hace que me separe de ella emocionalmente. Porque ese fotograma ha dolido demasiado. ¿Tenían que liarse justo en esa habitación? ¿En serio...? ¿Entre esas cuatro paredes?

Al verlo, he reaccionado fatal, pero eso no significa que la quiera... Simplemente, ha ensuciado un recuerdo que guardaba como lo único bueno que me había pasado en la vida.

 saúl

13
Gracias

—No lo veo claro, Yas… —repito, incapaz de creerlo.

—¡Hazme caso! ¡Ha sido Charly…! ¡Y se ha ido por eso!

«Y vas tú, y lo besas…», pienso para mis adentros, cabreado. ¿Por qué lo ha hecho?

Es conmigo con quien ha estado tonteando toda la semana. Fue a mí al que llevó a su restaurante favorito hace unos años y tuve que ganarme a pulso un beso, intentando capear todas sus preguntas indiscretas como:

—¿Has salido con alguna otra chica antes?

—En plan… ¿salir, salir? —respondí cortado.

—En cualquier plan, Saúl.

—No. Ya sabes que no soy muy popular en el instituto…

—Todo el mundo tiene su público. ¿Paula no estaba coladita por ti en primero? ¿No llegasteis a nada? Y te vi mucho con Carlota en tercero…

—Solo eran amigas mías, Yasmín…

—¿Por qué? —preguntó sin anestesia.

Y me tomé mi tiempo para contestar.

—Prefiero no complicarme… Entre los estudios, las actividades extraescolares y mi padre, no tengo tiempo para nada más…

—Menuda excusa —se mofó ella—. Siempre hay tiempo para eso, Saúl…

—Pues supongo que no me he topado con nadie que me gustara lo suficiente como para lanzarme…

Yasmín me atravesó con la mirada tildándome de mentiroso, porque siempre notó lo mucho que me gustaba ella.

—¿Nadie?

—No —respondí certero—. Nadie que fuera una posibilidad real…

La sonrisa que le nació dio a entender que supo leer entre líneas.

—Entonces ¿nunca has besado a nadie? Tienes diecisiete años…

—Tú me besaste una vez… —le recordé.

—¡Eso no cuenta!

—¿Por qué no? —Sonreí. Por no llorar…

—¡Porque no fue un beso de verdad!

—Vaya… Gracias…

—¡No…! —Volvió a reírse, avergonzada.

Estaba tan guapa y exultante que no me importaba quedar como un pringado. No podía dejar de mirarla; rebosaba vida y dulzura.

—Muchos matarían por haber rozado sus labios con la futura reina de la promoción —me chuleé—, así que me doy por satisfecho…

—Y… ¿no sientes curiosidad por saber cómo es un buen beso?

—No… No tengo prisa —mentí, haciéndome el interesante—. Y por tu beso diría que tampoco me estoy perdiendo mucho…

—¡Oye…! —se quejó divertida, y me atizó en el brazo.

Ahí sí que me reí con ganas. Sabía por mi mirada que solo estaba bromeando. Y también que no iba a sonsacarme una confesión sobre mis deseos más oscuros hacia ella… Eso quedaba entre la ducha y yo.

Claro que había tenido oportunidades de «experimentar» y de curiosear con otras, pero mi lado perfeccionista me había llevado a esperar por algo que mereciera la pena y, como bien me dijo Ástor, el año siguiente en la universidad todo sería diferente. Podría reinventarme, conocer gente nueva y…

—¿Y tú qué? —ataqué—. ¿Vas en serio con Santi? ¿Le has entregado ya tu flor o se la darás en la fiesta de fin de curso?

—¿Mi flor? Joder, Saúl... ¿Estás seguro de que el sexo con el que naciste coincide con tu identidad de género?

—Solo intentaba ser fino. Pero si quieres puedo no serlo...

Me miró con una sonrisa que prometía consecuencias catastróficas.

«Yo que tú, no miraría así a nadie...», le advertí con los ojos.

—Con Santi, nada —desmintió—. Soy bastante exigente y tampoco tengo prisa. El concepto de virginidad está obsoleto. No dejo que ese tema me presione ni condicione mi vida. La sexualidad es mucho más que el coito, ¿sabes?

—Si tú lo dices...

—No es que yo sea una experta, pero... Seguro que tú has visto más porno que yo.

¿Qué hacíamos hablando de porno? Pfff...

—Mi problema es que soy tímido —me excusé.

—A algunas chicas les gusta eso. Te crea un aura interesante...

—Ya, pero en el último momento siempre me echo atrás...

«Como ayer», pensé mirándola. Y creo que me entendió.

—Pues no deberías reprimirte, solo hacer lo que sientas.

—Gustavo no quiso reprimirse contigo...

—Eso es distinto. En cuanto te dicen «No», no hay más que hablar.

—Quizá ese sea mi problema, el miedo al rechazo...

—Puedo ayudarte con eso —dijo enigmática.

—¿Cómo?

—Quitándote la vergüenza. Cogiendo rodaje... Practicando...

—¿Qué insinúas? —pregunté como si me pareciera una locura.

—Esa podría ser mi forma de agradecerte lo que has hecho por mí. Ya sabes, un conocimiento a cambio de otro... Darte seguridad para entrarle a una chica el día de mañana.

—¿Estás de coña...? —pregunté perplejo.

—Para nada...

Me quedé sin habla. Parado, esperando a que estallara en carcajadas por habérmelo creído por un instante, como solía hacer mi padre cada vez que confiaba en algo que parecía decirme en serio.

—¿Qué van a pedir? —nos interrumpió un camarero.

—Pide tú —le rogué.

—¿Te fías de mí?

—Del todo —dije sin pensar.

—Yo también de ti... —añadió clavándome una mirada confiada, como si hablara de otra cosa.

«¡Joder...!».

Ese domingo por la mañana, mi padre y yo habíamos ido a las caballerizas de la finca de los De Lerma para montar a nuestros sementales y me había topado con Ástor. Me leyó en la cara enseguida que había aparecido alguien especial en mi vida, y recordé sus palabras:

«Si confía en ti, ya tienes lo más importante. Ahora solo te falta conquistarla...»

«¿Cómo?».

«Con sinceridad».

¡Sí, claro...! ¡Qué fácil!

Cuando el camarero se fue, seguimos hablando e intenté ser lo más sincero posible.

—¿Qué vas a hacer este verano con tanto tiempo libre, Saúl? —me preguntó Yasmín de pronto.

—¿Quién tiene tiempo libre existiendo las redes sociales?

—¡Es verdad! —Se rio—. ¿No te da a veces la sensación de que vivimos más a través de una pantalla que en la realidad?

—Totalmente. Odio que la gente grabe con su móvil los momentos estelares de su vida en vez de disfrutarlos en vivo y en directo.

—Yo también, pero creo que lo hacen porque sienten la necesidad de compartirlos después...

—Me gustaría más que lo contaran con pasión mirando a cámara. No creo que una imagen valga más que mil palabras...

—¿En serio? Vivimos en un mundo cada vez más visual.

—Sí, pero cualquier anuncio que contenga a una persona comunicándose y transmitiendo algo con palabras ganará siempre de calle a cualquier imagen impresionante en silencio. Estamos diseñados para conectar con otros humanos, más que con cualquier otra cosa.

—¿Y qué famosa te gusta? —preguntó de pronto—. ¿Quién es tu *crush*?

—Me gustan Maléfica, Cruella de Vil, Harley Quinn... Chicas así...

Más sincero y directo no pude ser. Y acerté, porque le entró un ataque de risa.

—¿Qué pasa? ¿Te ponen las villanas?

—Bastante... —Me sonrojé como si hubiera dicho su propio nombre. Y por su forma de mirarme, sé que lo pilló al vuelo.

—Bueno, Wonder Woman también está muy buena —añadí para relajar el ambiente—. Me encanta el mundo de los superhéroes. Es uno de los pocos recuerdos que tengo de mi madre. De pequeño, siempre me compraba cómics... Mi padre decía que eran basura y que debería leer *Moby Dick* en vez de tantas patrañas, pero mi madre le contestaba que los superhéroes enseñaban valores y que obsesionarse con una ballena asesina no llevaba a ninguna parte. —Sonreí nostálgico—. Era la mejor...

—¿De qué murió tu madre?

—De cáncer de mama.

—Lo siento mucho...

—Gracias... Pienso en ella todos los días. Me ha faltado tanto... Guardo todo lo que tengo de ella como oro en paño en un cofre debajo de mi cama, y muchas veces, en mi tiempo libre, lo saco y me quedo horas ojeando sus recuerdos. No quiero olvidarla...

—¿Un cofre?

—Sí, es como un tesoro para mí.

—Me gustaría verlo algún día... —Sonrió enternecida.

—Cuando quieras te lo enseño.

Seguimos hablando, y cuando llegó la comida aluciné en colores. Creo que me supo mejor todavía por ver la cara de satisfacción de Yasmín cuando la probé. Como si para ella fuera importante que yo tuviera un criterio parecido al suyo.

—Bueno, muchas gracias por esta espléndida cena… Y por la compañía acorde —le dije cuando salimos del local. Ya eran las once menos cuarto.

—Gracias a ti por ayudarme a graduarme.

—Ya sabes… No tienes más que pedir por esa boquita… Al parecer, no sé decirte que no…

Sonrió de tal forma que me quedé perdido en sus labios. Eran tan jugosos y apetecibles…

—El chófer debe de estar a punto de llegar —pronunciaron esos labios.

—Eh… Ah…, vale. Esperaré aquí contigo hasta que venga.

—Podemos llevarte a tu casa, si quieres…

—No. No te preocupes, me cojo un taxi… No te pilla de paso.

—No me importa llevarte, Saúl. Es pronto.

—Vale, gracias… Y gracias otra vez por invitarme. Ahora cuando alguien me pregunte si he salido con una chica, podré decir que sí.

—Esto no era una cita —se burló Yasmín.

—Ah, ¿no?

—No. Solo lo sería si terminara en beso. —Sonrió coqueta.

—Ah, ya, claro…

—Mi oferta sigue en pie, Saúl.

Se volvió divertida hacia mí. Y aparté la vista abochornado.

«¿Te imaginas…?», fantaseó mi cabeza, ilusionada.

—No bromees con eso… —repliqué serio.

—No es ninguna broma. Si te incomoda dar ese paso, a mí no me importa que lo superes conmigo. Te lo debo…

—No me debes nada… —contesté azorado.

«¡Dios, mátame ya! ¡Haz que me parta un rayo o algo así!».

Lo último que quería era que una chica me besara por lástima o porque me considerara un cobarde. Y menos, ESA chica…

Por suerte, el chófer llegó poco después y los dos nos sentamos atrás en el coche.

Durante el trayecto nos miramos varias veces en la oscuridad. La cara de Yasmín estaba sutilmente iluminada por el reflejo de la luna, y gracias a alguna farola perdida la vi humedecerse los labios como si los estuviera preparando para la despedida. Como si no pensara dejar que me fuera sin sellar el acuerdo...

«Madre mía...». Tragué saliva, acojonado.

Sentir que posaba su mano en la mía fue algo indescriptible. Me di cuenta de que nunca había estado realmente nervioso. Aquello era una emoción adulta y letal. «Hostia puta». Pero por una vez, no me aparté y me dediqué a recrearme en aquello. No sabía lo que implicaba o significaba. ¡Yasmín de la Torre estaba jugueteando con mis dedos!

«Se los besaré y le diré "Adiós". Nada más», intenté tranquilizarme.

Pero cuando llegamos a mi casa, no quise despedirme de ella. Y tampoco iba a darle un morreo delante del chófer, un desconocido para mí. De pronto, recordé que mi padre se había ido a Barcelona porque tenía una reunión a primera hora de la mañana en la Ciudad Condal, y me salió sin pensar:

—Mi padre no está... ¿Quieres que te enseñe el cofre ahora? Solo será un momento. Di al chófer que te espere...

—Vale... —aceptó convencida—. Aguarda, Toño. Ahora vuelvo.

—Sí, señorita.

Soltarle la mano me dio vértigo. Temía no poder regresar a ese punto de intimidad. Pero tuve que hacerlo para abrir la puerta de la mansión.

Al entrar, la casa parecía un sitio completamente distinto. ¿Qué había cambiado? Ah, sí, que ya no teníamos excusa para estar allí juntos y solos.

Ya no había nada que estudiar. Y entrar en mi habitación, un lugar que había soportado una tensión sexual inaguantable escudada en las Matemáticas, despertó por decimoquinta vez esa noche una erección en mi pantalón. La ignoré, y me lancé al suelo para sacar el cofre de debajo de la cama.

Me encantó que Yasmín se agachara a mi lado con agilidad. No era una de esas chicas de cristal. Y el gesto hizo que su olor me llegara como un tsunami.

Abrí el cofre y le enseñé su contenido.

—Era guapísima... —balbuceó asombrada al ver una fotografía.

—Sí...

Podía haberle dicho: «Como tú...», mirarla, cogerle la cara y
besarla. Pero qué va... ¡Era tonto del culo!

En vez de eso, le relaté cada recuerdo que veía, y podía sentir
cómo la complicidad crecía entre nosotros hasta volverse asfixiante. Necesitaba tanto abrazarla...

—Gracias por enseñarme todo esto... —musitó gentil—. Es
algo muy personal, Saúl...

—Nunca se lo había enseñado a nadie —confesé.

Yasmín me miró halagada. Era el momento de ser sincero.
No podía soltarle un «te quiero» en la primera cita a lo *Como
conocí a vuestra madre...*, pero podía demostrarle que no era el
pelele que ella creía. Ni por el que yo me tenía.

—Te lo he enseñado porque tú eres especial para mí, Yas...
—solté.

—¿Lo suficiente para arriesgarte a besarme? —me provocó.

Esa frase fue como quitar la anilla a una granada.

Tic, tac, tic, tac...

Sentí que iba a morir de un instante a otro de pura vergüenza, y decidí hacerlo en sus labios.

Su boca encajó en la mía como si lo llevara haciendo toda la
vida. El roce de nuestras lenguas me dejó fuera de juego, fue una
sensación muy dulce y agradable seguida de una súbita presión
en mi entrepierna.

«¡Joder!».

Era la misma tensión y electricidad que me embargaba cuando estaba a punto de correrme.

Le cogí la cara y ahondé en el beso como si su boca fuera
agua en el desierto. Yasmín ladeó la cabeza de forma que nuestros labios encajaran mucho mejor aún, y entendí que sería incapaz de parar aquello.

Yo no podría ponerle fin... y me atravesó la certeza de que
no sería solo un beso. Su forma de besarme me lo confirmó.

La agarré y la subí sobre mí como pude. Necesitaba estar
más cerca de ella, más en contacto todavía. La reacción de su

cuerpo cuando mi mano acarició su muslo fue presionarse más contra mí.

¿Quién cojones iba a parar aquel delirio?

Supe que Yasmín no lo detendría cuando su mano fue directa a palpar mi dureza a punto de explotar. Gemí en su boca de pura desesperación.

Con un movimiento casi animal, le bajé el top sin saber que me estaba llevando por delante también un sujetador sin tirantes. Iba a ciegas. Y cuando rocé sus pezones enhiestos, los dos temblamos de placer. Los acaricié como si se tratara de la piel de un recién nacido, y Yasmín se echó hacia atrás para que se los besara.

Ver sus pechos fue... como estar en presencia de la octava maravilla del mundo. No daba crédito. Mi boca aterrizó sobre ellos por puro instinto y empecé a lamerlos haciendo que mi sexo se humedeciera sin remedio. No sabía si me había corrido ya porque saborearla estaba siendo como un eterno orgasmo.

Su mano desabrochó mi pantalón y accedió a una zona declarada como incendio descontrolado. Que sorteara mis calzoncillos y llegara a lo que me parecía una vara ardiendo a mil grados de temperatura terminó de volverme loco.

—Dios... —rogué cerrando los ojos con fuerza cuando Yas deslizó la piel hacia abajo y empezó a bombear. Hice un esfuerzo por no correrme en el acto.

—Tócame... —la oí entre jadeos.

La propia Yas llevo mi mano hacia su pantalón, y supe que si la metía ahí eyacularía en un chasquido de dedos. De todos modos, me dije, iba a hacerlo igualmente si no dejaba de tocarme, así que no quise perder la oportunidad.

Sumergí la mano y encontré sus bragas completamente encharcadas, como si se hubiera hecho pis encima, pero al esquivarlas y ver lo que ocultaban sus pliegues me quedé de piedra. Fue exactamente igual que meter la mano en mermelada... Y seguro que sabría aún mejor.

Yasmín ahogó un gemido que denotaba un grado de excitación imparable. Quería hacerlo todo. Volver a sus labios, que me tocara, tocarla yo, pero en el suelo la postura no era la más adecuada.

No deseaba despegarme de ella para ponernos de pie y tumbarnos en la cama, y tampoco podría moverme mientras su mano siguiera en mi miembro, de manera que la obligué a apartarla y le di la vuelta, pegando su espalda a mi pecho para levantarme con ella colocando un brazo por debajo de sus senos sin tener que sacar la mano de su néctar.

La hice caminar hasta la cama, conmigo a su espalda, y la obligué a volver la cabeza para atrapar su boca de nuevo. Pude sentir cómo ese doble asedio en sus principales cavidades la derretía entre mis brazos como un maldito helado al sol.

Coló su mano hacia atrás y encontró la bragueta abierta de mi pantalón, lo que le permitió hallar lo que buscaba y hacerme gruñir de gusto.

No sé cómo la ropa terminó en el suelo y nosotros tumbados en la cama, el uno sobre el otro, encajando nuestras bocas con una necesidad enfermiza, pero así fue. Juro que yo solo quería besarla, pero resultó que mi cuerpo también quería besar el suyo por todas partes, y cuando mi dureza se encontró con su centro abrimos los ojos para descubrir el anhelo prendido en nuestros iris.

—¿Tienes condones, Saúl? —preguntó excitada.

«¡Me *cagüen* la leche…!». Ni lo sabía. Miré hacia el cajón de la mesilla y avancé el cuerpo para abrirlo. Estaban allí de puro milagro.

Ninguno de los dos dijo nada. No podíamos razonar ni hablar en ese momento, estábamos hipersensibles, solo queríamos rozarnos y continuar.

Abrí uno y la miré para que me detuviera, pero al no hacerlo me lo coloqué no sé si del derecho o del revés.

Volví a besarla con la devoción de una declaración de amor. Cada lengüetazo le aseguró que bebía los vientos por ella, que la veneraba más que a ninguna otra, que aquello era lo mejor que le había pasado en la vida a un chico como yo, y sentí que sus piernas se abrían dejándome paso, como si hubiera dicho mentalmente las palabras mágicas. Me entraron ganas de llorar cuando sentí que se ofrecía a mí. No me lo creía… Sin perder un instante, avancé con pasión y noté perfectamente cómo se tensaba al romperse una barrera de piel entre nosotros.

Dejé de besarla para concentrarme por un segundo en la cohesión de nuestros cuerpos. Quería tratarla con cuidado, con respeto y con todo el amor que siempre le había tenido. Pero, sobre todo, quería que disfrutara, y sus gemidos empezaron a demostrarme que lo estaba consiguiendo.

No sé si alguien ha muerto por intentar aguantar un orgasmo, pero estaba convencido de que me estallaría un testículo... Cuando ya no pude más, caí por un barranco de placer tan oscuro que pensé que nunca podría regresar al mundo real.

Al terminar, nos relajamos en silencio. Tampoco sabía qué decir. Ese beso se nos había ido completamente de las manos, y los dos deseábamos perdernos de vista y no hablar de ello jamás. O esa sensación me dio. Que nadie debía saberlo, ni siquiera nosotros...

Yasmín recogió su ropa y se metió en el cuarto de baño. Me fijé en que la cama estaba manchada de sangre y mi mente cortocircuitó. Mi padre no podía enterarse de aquello; tendría que tirar las sábanas a la basura esa misma noche.

Yo también estaba manchado, pero me puse los vaqueros y la camiseta de nuevo, y esperé a que saliera del cuarto de baño. Estaba superpreocupado.

Cuando Yas apareció, la miré expectante.

—¿Estás bien? ¿Necesitas algo...?

—No... Toño me está esperando. Tengo que irme...

«¡Reacciona, Saúl! ¡Haz algo! ¡Di algo!», me gritó mi sentido común.

Pero no hubo suerte. Yasmín abandonó la habitación y la seguí escalera abajo. Ella misma abrió la puerta de mi casa, pero yo no quería que se marchara. De repente, se volvió para despedirse con una mirada vulnerable que no pude ignorar y la atraje hacia mí con cuidado para abrazarla. Ella se dejó.

—Eres increíble... —susurré simplemente.

—Tú también.

Sentí su mano en mi espalda y me separé un poco sin soltarla.

—¿Seguro que estás bien, Yasmín?

—Sí, tranquilo. Tengo que asimilarlo. Ni siquiera sé qué somos...

—No hace falta etiquetarlo... Solo quiero seguir viéndote...

—Nos veremos. —Sonrió—. Eso, seguro...

—Vale —respondí aliviado.

Tomé su boca para dejar un suave beso que ella me devolvió casi con pena, acariciándome la mejilla a su vez. No supe captar que aquello era una despedida para siempre.

—Hasta mañana.

—Hasta mañana...

Me quedé de pie en el porche, de brazos cruzados, sufriendo su despiadada ausencia. Pero cuando me miró justo antes de subirse en el coche y me sonrió, el alivió recorrió mi sistema.

Volví a la habitación totalmente superado por los acontecimientos.

Intenté revivir en mi cabeza lo que acababa de pasar, pero me fue imposible. Solo lograba juntar retazos del mayor subidón que había experimentado en mi vida. Recogí todo y fui reticente a ducharme entero, solo me lavé las partes indispensables para seguir oliendo a Yasmín toda la noche.

Dormí como un lirón y me desperté en un nuevo mundo en el que, si bien seguía siendo yo, todo era distinto. Me alegraba pensar que solo quedaban unos días de instituto y nos imaginaba pasando juntos todo el verano. Nuestros padres estarían encantados con la idea. Creía que me esperaba la mejor época de mi vida... Pero no podía estar más equivocado... Fue la peor. No me quedaron ganas de nada después de aquello.

Mi padre me martirizó como si supiera cada puto detalle de lo acontecido. Hasta que un día me confesó que las cámaras que tenía instaladas en casa lo habían grabado todo en su ausencia.

—¡Eres un cabrón! —me desgañité—. ¡Un enfermo depravado!

—¡Se grabó sin querer! —se defendió—. ¡Yo no sabía que pasaría!

—¡No te creo! ¡Bórralo ahora mismo, joder, delante de mí! ¡Vamos!

Corrí hacia su despacho, muy cabreado, y me siguió alucinado.

—No pienso borrarlo, Saúl. Tú imagínate que la niña ahora

dice que la forzaste... ¡Esto es una prueba en tu defensa, y no es ilegal!

—¡No pienso formar parte de tu colección de vídeos porno caseros!

Tenía un sofisticado programa de grabación conectado a todas las estancias de la casa. Si quería masturbarme, debía meterme en el cuarto de baño, no podía hacerlo cuando me diera la gana en la intimidad de mi habitación. En la actualidad, tenía sexo en hoteles o en casa de las chicas porque sabía que de hacerlo en casa mi padre lo visualizaría todo a través de su programa de mierda que a veces hacía «grabaciones aleatorias para mantenerse activo», según él.

—Bórralo ahora mismo, papá, no te lo voy a repetir —le amenacé rudo.

—Saúl, deja de comportarte como un crío...

«¿Crío?». Cogí la silla de oficina con ruedas a peso, y se asustó cuando amenacé con lanzarla contra la pantalla de cristal ultramoderna desde donde lo gobernaba todo.

—O lo borras o te rompo el chiringuito ahora mismo...

—¡Bien! ¡Lo borro! Pero si esa zorra te busca las cosquillas, será problema tuyo.

Si supiera que Yasmín lo negó todo con vehemencia tratándome de mentiroso cuando salió a la luz...

Mi único problema en la vida es que tenía a un maniaco viviendo conmigo... Un maniaco que lo grababa todo y que probablemente hacía copias. Un maniaco que...

Dios... Un momento...

A mi padre lo único que le ponía en órbita era acusar con el dedo a los demás y regodearse con su dolor. Le apasionaba contar secretos ajenos para sembrar el caos. Y si los tenía grabados, mejor que mejor...

De hecho, este último verano me reconoció que fue él quien capturó mi beso con Keira durante el torneo de ajedrez del año pasado y él mismo lo hizo rular entre los alumnos para joder a Ástor... Por eso en la maldita fiesta de compromiso, tras hablar con Yasmín de su violación, fui directo a preguntar a mi padre si había sido él quien hizo correr el famoso rumor por nuestro instituto...

Su sonrisa diabólica contestó por sí misma. Y añadió: «Para una cosa que hacías bien, tenían que saberla, hijo...».

—¡YASMÍN! —exclamo de repente volviendo al presente.

Ella se asusta porque la agarro con fuerza y la miro con los ojos desorbitados. Acabo de caer en la cuenta de algo...

—¿Qué ocurre, Saúl?

—Quizá mi padre tenga grabado su asesinato...

—¿Cómo...?

—¡Lo grababa todo, joder! ¡Lo que pasaba en cada maldita habitación de esta casa! ¡Y en una fiesta así, seguro que tenía el circuito activado para pillar in fraganti a cualquier pareja espontánea que quisiera montárselo en algún espacio apartado...! ¡Puede que esté grabado!

—¡Madre mía...! ¡Vamos a buscar a Keira! ¡Rápido, Saúl!

 yasmín

14
Contigo no

Corro en busca de mi compañera con la respiración acelerada y el corazón desbocado sin dejar de pensar en la última frase de Saúl:

«¿Una pareja montándoselo en algún espacio...?». ¡Presente! Dios..., no me extraña que Saúl me odie...

En la fiesta de compromiso de Ástor y Keira ni siquiera quiso saludarme cuando me vio. Apartó la vista y me esquivó. Me parecía increíble que siguiera afectándome tanto, pero me resultaba imposible ser inmune a él después de todo lo que habíamos compartido.

Yo intentaba luchar contra el destino, imponiendo mi voluntad, pero cuando fui a saludarlo, Charly me interceptó con un «estás preciosa», que sé que Saúl oyó, aunque fingiera ignorarnos.

Cinco minutos después, no había cejado en mi empeño y lo busqué por el salón. Finalmente, lo encontré apartado en una barra.

—Hola, ¿eh? —lo saludé insinuando lo maleducado que resultaba.

—Hola —contestó seco, sin dejar de mirar hacia su copa.

Bebió un gran trago, y lo solté sin más:

—Necesito un favor...

Su reacción fue sonreír con desidia y mirarme moviendo la cabeza.

—Sigues siendo la misma de siempre... ¿En qué puedo serviros, alteza?

Fruncí el ceño ante el jocoso apelativo.

—No soy la misma de siempre ni de lejos.

—Pues a mí me parece que sí. Me tratas a patadas y luego vienes a pedirme favores... Exactamente igual que en el instituto.

—¡¿Cuándo te he tratado yo a patadas?! —dije alucinada.

Su cara de póquer me hizo pensar que lo había olvidado.

Bueno... quizá le traté un poco mal el otro día en la universidad, ¡pero se lo merecía! Debería estar besando el suelo que piso, joder...

—Esto es serio, Saúl. Estoy trabajando y tengo que...

—Bonito uniforme —murmuró fijándose en mi escote con descaro.

El estómago me hormigueó sin permiso.

Él había amasado mis pechos con fruición en otra vida, se los había metido en la boca con una devoción casi enfermiza, y ahora sentía su desprecio por ellos abofeteándome en la cara.

—Necesito quitarme a Charly de encima...

Esa frase llamó su atención y me miró.

—¿Por qué?

—Está muy pesado conmigo, Saúl, y se me ocurrió decirle que tú y yo estábamos saliendo... ¡Y no mentí! Salimos el viernes...

Arrugó la cara.

—¿Por qué tienes la necesidad de mentir, Yas? Déjale claro que no te interesa y punto.

—¡Se lo he dicho por activa y por pasiva! Pero pasamos mucho tiempo juntos por culpa de Ástor y Keira y es... complicado.

—Contigo siempre lo es...

Lo miré con odio. Como muchas veces había hecho en el pasado cuando me criticaba. En una ocasión me dijo que mis enfados eran como un piropo a su inteligencia.

—El problema es que te gusta, ¿no? —saltó de repente—. Y como estás trabajando, claro..., no sería muy ético liarte con él.

—¡No es eso...! —exclamé sin convicción. ¿Por qué era tan listo?

—No te avergüences, Yasmín. Acabo de vivir en mi propia piel lo atrayente que puede llegar a ser el gilipollas de Charly. Hace diez minutos estábamos lanzándonos pullas en la sala de televisión y hemos terminado uniéndonos contra mi padre y partiéndonos de risa junto a Héctor. Eso me ha hecho entender una cosa: no importa cuánto creas odiarlo, estar con él es emoción asegurada. Es improvisación, y te hace sentir vivo. Al menos, hasta que te mata, claro...

NO. ME. LO. CREÍA...

¡¿Por qué coño Saúl era así?! Odiaba que me diera mil vueltas.

—No pongas esa cara, Yas, lo supe en cuanto me dijiste que ibais tras la pista de alguien muy cercano a Ástor en nuestra no cita.

—No se lo digas a nadie —dije con avidez, temerosa—. La vida de Carla depende de ello, y sé que es tu amiga. Estamos investigando a Charly a saco. Keira cree que mató a Ulises y a Sofía, y yo tengo miedo, sí... Miedo a que mi objetividad se vea alterada por su puto embrujo...

Saúl se rio jactancioso.

—Lo sabía...

—No te rías, estoy en plan «mátame, camión». Y, además, tampoco es seguro al ciento por ciento que sea el culpable.

—Eres transparente para mí... Y ambas habéis subestimado a Charly desde el principio. Sus tentáculos llegan muy lejos...

—Presta atención. ¿Has escuchado lo de que «no es seguro»?

—¿Y por qué quieres hacerle pensar que estamos saliendo si ya te has liado con él? Charly me lo ha contado, Yasmín.

—¡¿QUÉ?! —dije con un chillido incrédulo, y me sujeté la cabeza.

«¡¿Se lo ha contado?!».

Intenté mantener la calma y usarlo en mi beneficio.

—No cuenta, Saúl. Iba muy borracha —me justifiqué—. Y me había dado pena porque cuando Ástor y Keira se besaron, supermonos, Charly dijo que mataría por un beso así y... lo cierto es que yo sentí lo mismo. Hacía mucho que no besaba a nadie. De hecho, al último al que besé fuiste tú...

Saúl me miró con la cara desencajada.

Al fin un poco de ventaja.

Me dio la sensación de que el traje lo sujetaba a él y no al revés. Incluso se apoyó en la barra para asimilar esa información. Era muy fuerte, sí, pero quería que lo supiera, porque era la jodida verdad.

—¿Soy el último chico al que has besado? —repitió estupefacto.

—Bueno..., ahora ya no... Pero no puede volver a pasar nada entre Charly y yo. ¡Necesito tu ayuda, Saúl! Solo tienes que fingir que salimos. Te prometo que será poco tiempo...

—Ya es tarde, Yas... Hace quince minutos le he dicho que no me interesabas en absoluto...

Me quedé superplanchada. «¿"En absoluto", acababa de decir?»

«Ni se te ocurra ponerte a llorar», me amenacé al sentir que me temblaba la barbilla. Me tragué la humillación como si fuera ácido sulfúrico y respiré profundamente.

—¿Y por qué le has dicho eso, Saúl? —pregunté manteniendo el tipo a duras penas.

Se encogió de hombros.

—Porque Charly ha venido a chulearse de que te besó. Supongo que sabe por Ástor que hubo algo entre tú y yo en el pasado... Y le he respondido que felicidades y que sois el uno para el otro, porque ninguno tenéis corazón.

«Ahora sí que sí...», predije con miedo.

Mis ojos se empañaron contra mi voluntad y aparté la vista hacia el suelo para que no lo viera. Lo mejor que podía hacer era largarme de allí antes de estallar en llanto. Pero cuando intenté huir, Saúl me retuvo contra su cuerpo para susurrarme algo al oído:

—Y aun así, te voy a ayudar, Yasmín, maldita sea... Todo lo que no me dejaste ayudarte en el pasado lo voy a hacer ahora...

Lo miré anonadada, desvelándole mi brillante mirada.

Sabía a qué se refería. A la violación. Quería investigarlo.

—No puedes ayudarme, Saúl, no hay pruebas...

—Subestimas el poder del KUN —apuntó altanero—. No te preocupes, diré a Charly que he cambiado de opinión al verte tan guapa esta noche... Aunque te advierto que generar una competición por ti con él puede incentivarlo a perseguirte todavía más. Y si de verdad está loco, puede ser peligroso para ti...

Mi cuerpo me gritó que me apartara de su toque, ¡estábamos demasiado cerca!, pero no podía. Su fuerte envergadura varonil junto con ese matiz olfativo que me ofrecía seguridad me embriagaron de tal forma que tuve un flash muy vívido de la noche que me dijo que haría cualquier cosa por mí.

—Me arriesgaré —musité en respuesta—. Le volaría la cabeza antes de que se le ocurriese hacerme daño...

Saúl sonrió como si le encantara esa faceta de mí. ¡Dios, qué sonrisa!

Me humedecí los labios inconscientemente y él supervisó el gesto.

—Fui a ver a Gustavo el lunes... —confesó de repente.

—¡¿Cómo?! ¿Crees que fue él? ¿Por qué?

—Porque siempre te tuvo entre huevo y huevo, Yas...

Tragué saliva, asustada.

—¿Y qué le dijiste?

—Le di un ultimátum. O confiesa o se arrepentirá...

—Por Dios... ¿Amenazaste con matarle?

—No. —Saúl sonrió con maldad—. Hay cosas peores que la muerte, cielo...

Me quedé sin habla ante su actitud. Y más cachonda que nunca.

Pero todo aquello me sonaba a locura. No quería que revolviera el pasado. Me daba vergüenza y pánico. No quería que nadie lo supiera. Ya se sabe: «En casa del herrero, cuchara de palo». Me costaba considerarme una víctima.

—¿Y si te pido por favor que no hagas nada más, Saúl? —supliqué mirándole con intensidad.

Me sostuvo la mirada durante un instante y después la apartó, turbado.

—No puedo dejarlo pasar, Yas...

—¡¿Por qué no?! ¡Hacerte el héroe es peligroso! Ya te lo dije una vez...

Me miró como si no entendiera por qué me preocupaba por él después de lo mal que se había portado conmigo tras estar juntos.

«¡¿Y por qué coño seguimos tan cerca? Por el amor de Dios...!».

—Eres tú la que debe tener cuidado con Charly —musitó separándose de mí lentamente como si me hubiera leído el pensamiento—. ¿Qué quieres tomar? —preguntó solícito.

—Una botella de agua —respondí sin pensar. Tenía la respuesta automatizada.

—Agua no. ¿Qué quieres de verdad? —insistió adusto.

Lo miré fijamente con osadía.

—No quiero nada.

Supe lo que iba a oír de sus labios antes de que lo pronunciara.

—Dijiste que nunca bebes nada que no esté embotellado, Yas. ¿Crees que alguien te puso algo en la bebida aquel día?

—Estoy convencida... Porque fue de repente. Estaba bien y, de pronto, tuve un fundido a negro. No estaba nada borracha. Lo poco que bebí se me bajó cuando discutimos...

Porque menuda discusión fue aquella. Me sentía tan traicionada...

Al besarme en el suelo de su habitación no se me pasó por la cabeza que llegaríamos a acostarnos. Fue como si sus labios desprendieran una sustancia química que activó mis instintos más primarios y sexuales. Los sonidos que hacía, las caras que ponía, su halagadora incredulidad... me hicieron desearle hasta un punto que jamás creí posible.

Lo cierto es que veníamos acumulando ganas desde el viernes. Desde que le pillé un par de veces conteniendo la respiración cerca de mí y relamiéndose la baba inconscientemente. Al anochecer tenía las pupilas tan dilatadas que estaba segura de que intentaría algo, pero al final se rajó. ¿Qué clase de adolescente masoca era?

El problema era que cuanto más se alejaba Saúl de mí, más cerca lo quería yo. Por eso le pedí ese abrazo, para que rompiéramos esa barrera física imaginaria que parecía frenarle conmigo, pero cuando se negó reconociendo su aprensión, me sentó fatal. Y no me esperaba que apareciera quince minutos después, sorprendiéndome en bragas, demostrando que no podía negarme nada.

Buf...

Y cuando pensaba que iba a besarme, volvió a apartarse de un salto y me dejó vendida. Para tener tan poca experiencia, era experto en volver loca a una chica...

Que acudiera a la cena guapísimo terminó de matarme. Nadie se arreglaba tanto para no conseguir nada al final de la noche, ¿no? Incluso intenté servírselo en bandeja ofreciéndome a besarle como si fuera una transacción comercial, pero ni con mi mano sobre la suya en el coche rodeados de oscuridad se lanzó.

Ya había perdido toda esperanza cuando sentí sus labios sobre los míos en el suelo de su habitación... El resto es historia. Cualquier día aparece una foto mía en el diccionario al lado de la expresión: «Se le fue de las manos».

¿Cómo terminé desnuda en su cama con él entre mis piernas? Es un misterio que nunca alcanzaré a entender, pero por primera vez en mi vida tuve claro que quería hacerlo. Que lo necesitaba. Y me pareció poético que fuera con él. Un chico bueno e inteligente en vez del guaperas de turno del equipo de fútbol con el que me habría pasado la cena hablando de su tanto por ciento de grasa corporal.

Saúl siempre había sido alguien especial para mí. Casi un reto. Porque sentía que me despreciaba, pero a la vez captaba señales de que le gustaba.

Pensaba que era diferente, sinceramente... Aunque la forma en la que me enteré de que estaba equivocada no pudo ser más terrible.

Fue en mitad de clase de Lengua.

Santi me mandó una notita que ponía: «¿A mí me rechazas y te tiras al friki? Qué bajo has caído...».

Lo miré alucinada y me di cuenta de que todo el mundo me observaba de reojo y cuchicheaba con risitas.

—Tía... —comenzó Estela cuando me encontró en el aseo en los cinco minutos entre clase y clase—. ¿Es verdad? ¿Te has acostado con Saúl Arnau? —preguntó con pitorreo.

—No... —contesté instintivamente al sentirme juzgada.

—Pues es lo que va diciendo por ahí. Que lo hicisteis a tope...

Se me paró el corazón al oírlo. Porque sí..., fue a tope, joder. Todavía sentía sus salvajes embestidas arrancándome descargas de placer. Su boca jugueteando con mis pezones, provocando que mi entrepierna se inundara ineludiblemente. Sus manos apretándome contra él como si quisiera estar todavía más dentro de mí.

¡Y el tío lo estaba anunciando a los cuatro vientos!

Me puse verde. De ira. De odio. De dolor.

—Es mentira, Estela —masculle con convicción—. ¿Quién va a creerle?

—Vuestras familias se conocen, ¿no? ¡Si hasta querían casaros...!

—Saúl siempre ha estado obsesionado conmigo y no sabe qué más hacer para llamar la atención...

Fue decirlo y que me doliera el estómago. Porque había sido más bien lo contrario. Era el tío que más había pasado de mí en la vida con diferencia... Y cualquier gesto, por pequeño que fuera, que indicara que yo podía gustarle lo analizaba con esmero y le daba mil vueltas.

Pero imaginarlo disfrutando de su momento de gloria gracias a su plan maestro y sonriendo a los demás cerdos cuando le decían «¡Bien hecho, tío!» me hizo odiarlo profundamente.

No es de extrañar que cuando me lo encontré de frente, rodeado de chicos envidiosos, estallara el apocalipsis.

En cuanto grité, una decepción horrible rasgó sus ojos del color de la miel como si le hubiera fallado por no corroborar la verdad, pero me parecía increíble que no se diera cuenta de la falta de respeto que suponía hacia mí. Acababa de demostrar que se había acostado conmigo no por lo que sentía por mí, sino para ganar posición social.

Si te importa una chica, no la exhibes como a un trofeo, la guardas como un tesoro, como hizo con su madre.

Ignoré sus ojos brillantes por tirar por el suelo su gran triunfo y me fui directa a casa. No podía estar ni un segundo más en el instituto.

No sé si Saúl trató de ponerse en contacto conmigo porque lo bloqueé. Y al día siguiente, quien no apareció por clase fue él. Gracias a eso, las aguas volvieron a su cauce rápido, y me vi obligada a parecer disponible para Santi para clavar los últimos clavos en el ataúd de ese rumor.

No hicieron falta más que un par de besos y darle una débil esperanza de terminar en su casa el día de la fiesta para que me creyeran, pero en el momento de la verdad, cuando obtuvo una negativa, el cabrón de Santi buscó conseguir su premio de otro modo... Y compartirlo con testigos, supongo.

Quizá nos escuchara discutir a Saúl y a mí en la fiesta, a la que acudió con el único fin de aclarar las cosas conmigo.

—¿Por qué has mentido Yas? —me preguntó ofendido—. ¿Es porque reniegas de mí? ¿O reniegas de ti misma por sentir algo por mí?

—¡Reniego de haberme acostado contigo! Pensaba que eras diferente... ¿Por qué lo has contado, Saúl? Me has utilizado...

—Si crees que sería capaz de ir presumiendo por ahí de eso es que no me conoces en absoluto... —contestó herido.

—Sí que te conozco, eres un chulo y siempre lo has sido. Pero en el instituto no destacabas, y claro, esto te ha venido genial para hacerte un nombre... Es lo malo de algunos superhéroes, que se les sube a la cabeza querer ser una leyenda.

—¡Yo no soy el problema aquí! ¡Lo eres tú! ¡Te avergüenzan tus sentimientos por mí...! Te dejaste llevar en mi casa siendo tú misma y ahora tus acciones no encajan en tu doble vida de mierda. No soportas descubrir que no eres tan diva como quieres aparentar ser, ¿eh?

—¡Tú no sabes nada de mis sentimientos! ¡Sentía que te lo debía!

—¿Perdiste la virginidad conmigo para pagar una deuda? —exclamó incrédulo.

—No. Lo hice porque me apetecía. Ya te dije que para mí solo era un trámite. He tenido encuentros sexuales más satisfactorios sin necesidad de penetración... Lo que no me esperaba es que se lo contaras a todo el mundo como si eso significara algo más...

La mirada que me lanzó fue lo más parecido a ver morir a alguien. Sentí cómo le partía el corazón por la mitad, igual que él a mí. Pero no pensaba darle la satisfacción de pensar que me había engañado del todo.

Cuando se marchó, fui directa a la barra a tomarme un par de chupitos. Necesitaba algo fuerte para dejar de sentir tanta angustia. Fue lo último que recuerdo esa noche... Ese dolor intenso por Saúl. Me bebí todo lo que me pusieron por delante...

—¿Seguro que no estabas borracha, Yas? —insistió Saúl en el KUN.

—Por muy borracha que vaya siempre tengo flashes, pero esa vez perdí el conocimiento por completo hasta que volví en mí a la mañana siguiente andando por la calle, medio moribunda...

Saúl guardó silencio imaginándolo hasta que se repuso de nuevo.

—¿Tienes flashes del viernes pasado? —preguntó de repente—. De cuando te llevé a casa...

—Sí. Alguno... Sé que intenté besarte, Saúl... Y lo siento, ¿vale? —dije avergonzada.

Me miró fijamente y aparté la vista.

—¿Por qué lo hiciste?

—¿Qué quieres que te diga? —respondí borde—. ¿Que soy joven y tengo mis necesidades? ¿Que me apetecía?

—No. Porque no es la verdad. Solo quiero demostrarte que sigues siendo la misma de siempre, Yas. Me besaste por puro agradecimiento. Me diste las gracias por llevarte a casa y luego te lanzaste sobre mí. Y tienes que dejar de hacer eso con todo el mundo... De besar a Charly por pena, de intentar besarme a mí por ser tu custodio... y de liarte con Santi porque era el rey del instituto. Porque luego te arrepientes de haberte dado como moneda de cambio... Deberías besar a quien te plazca, por lujuria, por amor, por diversión..., pero no por pena ni por saldar una deuda. Coge las riendas de tu vida...

Intenté disimular lo perturbada que me dejaron sus palabras. ¿Eso hacía?

—Y ahora dime qué quieres tomar, porque no puedes seguir alimentando tus miedos con agua embotellada... —masculló furioso.

—Yo no tengo miedo...

—Ah, ¿no? ¿Vas armada ahora mismo?

—Soy policía —rezongué.

—Vienes armada a una fiesta de compromiso —confirmó sardónico—. ¿Y dónde coño la llevas, Yas? ¡Porque en ese minivestido no cabe ni un alfiler!

Me pegué a él, obstinada, cogí su mano y la introduje entre mis piernas hacia el interior de mi muslo.

Me gustó que abriera mucho los ojos y se le cortara la respiración. Le hice palpar la prenda elástica amarrada a mi pantorrilla y sentir el objeto duro.

—Joder... —Alucinó—. ¿Por qué lo haces?

—Por si acaso, Saúl...

—Aquí no te va a pasar nada —me aseguró como si fuera a morir antes que permitirlo.

—Para mí ya ningún sitio es entorno seguro...

—Esta barra, ahora mismo, lo es —dijo tajante—. Así que, ¿qué quieres tomar, Yas?

—Un gin-tonic. Pesado...

Levantó un dedo, y un camarero vino enseguida a atenderle.

—¿Qué ginebra prefiere, señorita? —me preguntó el barman.

—Me da igual.

—No le da igual —rebatió Saúl con tirantez—. Póngale Brockmans, por favor. Con tónica Fever-Tree.

—Enseguida, señor.

—No vuelvas a decir que una ginebra te da igual en mi presencia —me amenazó en tono neutro.

Mi boca fabricó una sonrisa de satisfacción.

—¿Qué más da, Saúl? Saben todas igual...

Me miró horrorizado y disfruté de su desconcierto. Provocarle era adictivo. Siempre lo había sido.

—¿Cómo aprobaste la entrevista personal para ser policía? ¡Si no tienes ni pizca de sentido común...!

Solté una risita contra mi voluntad sin perder detalle de la preparación de mi copa. Una vez en mi poder, la probé y...

—¡Joder, está buenísima...!

—Mejor que el agua, ¿no?

—Gracias, Saúl.

—No se merecen...

Ya empezábamos... Pero sí las merecía.

—No me refería a la bebida en concreto, sino a lo que intentas hacer por mí.

Saúl me sostuvo la mirada, y vislumbré un alto muro emocional en sus iris a pesar de haber avanzado bastante ya.

—Guárdate tus «gracias», Yasmín. Son demasiado dolorosos...

Qué valor...

—No recurras a la autocompasión —mascullé seria—. Aquí la víctima soy yo. Si no hubieras contado a nadie que nos acostamos, mi vida no se habría ido a la mierda...

—Yo no presumí de ello delante de nadie —aseguró.

—Pero se lo contaste a alguien, Saúl... No mientas.

—Solo a un amigo que me juró que no había dicho nada.

—Pues te mintió.

—¡Hola, chicos! —interrumpió Keira de repente—. ¿Ya le has contado a Saúl el favor que tiene que hacernos?

—Más o menos... —murmuré.

—¿Ástor no sabe nada de lo que os traéis entre manos? —preguntó él a Keira.

—No. Y no puede saberlo, por favor, Saúl...

—No me gusta... —disintió preocupado—. Cuando se entere, se sentirá traicionado por ti, Keira, ya sabes cómo es...

—Ya hemos superado esa fase, y creo que entenderá que se lo oculté por su bien y el de Carla. Además, es muy temperamental y no quiero que sufra antes de tiempo...

—Las mujeres siempre os escudáis en el «por su bien», como si fuerais unas santas, pero lo único que hacéis es complicarlo todo más.

—Admite que el tema es peliagudo, ¡se trata de Charly! —susurró.

Y claro que lo era.

De hecho, estábamos a punto de descubrir hasta qué punto…

—¡Keira! —grito al encontrarla en los pasillos de la mansión de los Arnau.

—¡¿Ha aparecido Charly?! —me pregunta esperanzada.

—No. Pero… ¡escucha!, Saúl dice que quizá su padre lo grabara todo. ¡El asesinato puede estar grabado en el circuito de cámaras que tenía!

Antes de que termine de hablar, Keira ya ha echado a correr. Y la seguimos.

 yasmín

15
Contigo sí

Entramos en el despacho de Xavier a la carrera y encontramos al menos a cinco personas recogiendo huellas.

A Saúl se le descompone la cara nada más traspasar el umbral de la estancia, a pesar de que el cuerpo ya no está allí.

—¡Ayala! —llama Keira al inspector—. ¡Puede que lo tengamos!

—¿Qué?

—La víctima tenía un circuito de cámaras de seguridad en el interior de la casa y es posible que estuviera activado al tratarse de una fiesta. Saúl, ¿cómo funciona? Siéntate, por favor...

El aludido se acomoda y comienza a manejar el sistema.

—Si se ha grabado, tiene que estar aquí...

Miro a Keira con los nervios a flor de piel.

«Por favor, Dios..., que esté».

—Joder... —musita Saúl.

—¿QUÉ? —exige Keira.

—Está grabado... De hecho, ¡sigue grabando ahora mismo...!

Todos gritamos eufóricos.

—¡Búscalo! ¡Rápido! —le apremia el inspector.

—Acabo de pararlo, tarda unos minutos en organizarse por carpetas y horas...

En ese momento, Keira recibe una llamada.

—Dime. Sí. Perfecto. Gracias, sí, un Mercedes GLE Coupé azul eléctrico. En busca y captura, sí.

Me sorprende saber que ya había ordenado su seguimiento.

Cuando cuelga, acaricia el hombro a Saúl, que ha apoyado los codos en la mesa y la cabeza en sus manos mientras esperamos a que se descargue el vídeo.

De pronto, nuevas carpetas aparecen en pantalla. Saúl selecciona la del despacho y clica dos veces para que empiece. Corre el cursor hasta que ve entrar a su padre en el despacho para sentarse justo donde está él. Se pega un buen rato solo, trasteando en el ordenador y en su teléfono. Adelanta el visionado hasta que se ve entrar a Charly en la estancia con una copa en la mano.

Keira y yo nos mirarnos en tensión. ¡Me va a dar un jodido ictus...!

—Saúl... —dice Keira con suavidad—. Es mejor que no lo veas. Deja que nosotros lo hagamos primero...

—Quiero verlo.

—Espera un momento. —Le mueve la cabeza para que la mire—. Por favor, hazme caso... Eres muy joven para...

—¡No me jodas, Keira...! Quiero verlo. Necesito verlo. No puedes impedírmelo... Estoy en mi derecho.

La grabación continúa mientras hablan de varios invitados a la fiesta, y sé lo que tengo que hacer.

Salgo disparada en busca de Ástor. Porque es el único que podrá convencer a Saúl.

—¡Ástor! —grito al llegar a la salita en la que los hermanos De Lerma estaban hablando por primera vez en muchos días, pero lo siento—. ¡Keira, te necesita!

—¡¿Qué pasa?! —pregunta alarmado poniéndose de pie.

—¡Está todo grabado! ¡El asesinato está grabado y tienes que impedir que Saúl lo vea! ¡Date prisa!

—Joder...

Los hermanos se miran angustiados.

—¡Ve! ¡Corre! —le insta Héctor, sabiendo que él no puede seguirle.

Ástor sale corriendo y volvemos al despacho de Xavier juntos.

Al llegar, oigo que Keira sigue intentado convencer a Saúl.

—¡Por favor, no te hagas esto…!

—¡Déjame! —vocifera desquiciado—. ¡No me toques! ¡Voy a verlo!

La tensión es máxima cuando Keira descubre nuestra presencia.

—¡¡¡SAÚL!!! —grita Ástor desde lejos a pleno pulmón.

La cara del aludido cambia por completo al oír su voz como si fuera la llamada de un ser al que está vinculado.

Ástor se planta a su lado en tres zancadas y se lo lleva con él a la fuerza.

—No… —balbucea Saúl débilmente cuando nota que lo aleja del monitor—. ¡No, por favor…! —estalla, y Ástor lo agarra desde atrás para contenerlo en su resistencia—. ¡Suéltame!

Yo no puedo mirar hacia la pantalla, que sigue en marcha, solo puedo observar su sufrimiento desesperado. Y se me encharcan los ojos al verlo fuera de sí, al borde de las lágrimas.

—¡Saúl…, para, escucha! —le habla Ástor con pesar—. Podrás verlo en otro momento. ¡Está grabado! Es por tu bien… Es muy reciente…

—¡No quiero…! ¡¡¡No quiero que lo mate…!!! —suelta con un alarido.

Ástor lo retiene contra sí y le da la vuelta para abrazarlo.

—¡Tranquilo…! Ya está… —susurra, afectado, cuando se derrumba entre sus brazos.

Intento concentrarme en el vídeo con el llanto de Saúl de fondo. Charly está muy cerca de Xavier, pero decido que yo tampoco quiero verlo.

Voy junto a Saúl, que sigue lamentándose efusivo, y veo que Ástor intenta calmarlo.

Yo no sé qué hacer por él.

Ástor ve en mis ojos mi necesidad de ayudar y que me sienta cerca, pero duda, al igual que yo, de que nuestro vínculo sea lo suficientemente fuerte en este momento. Al fin y al cabo, llevamos cuatro años sin vernos, y ellos llevan viéndose a diario en la universidad. Forjando una rutina, mejor o peor avenida, pero rutina. Y eso es justo lo que necesita ahora. Un amarre fijo.

—Joder... —suelta Keira observando la pantalla. Todos lo oímos.

Saúl hunde más la cabeza si cabe en el pecho de Ástor y yo me aferro a su mano instintivamente.

Sentirlo le hace abrir los ojos y mirarme. Los tiene enrojecidos y encharcados, y entiende que prefiero estar con él que ver el vídeo.

Su cara vuelve a arrugarse y suelta a Ástor para abrazarse a mí en un impulso. El gesto me hace llorar al instante. Y él llora más todavía.

Ástor intenta dejarnos intimidad. Sin embargo, yo sola no puedo con un Saúl desmadejado, y se derrumba por mis piernas, quedando de rodillas para llorar agarrado a mi cintura.

Ástor se dispone a levantarlo, pero no quiero que lo separe de mí y bajo al suelo con él, sentándome sobre mis talones para que Saúl se apoye en mí.

Mis manos surcan su pelo suave mientras siseo que se tranquilice, pero al momento soy consciente de que he cometido un error porque Ástor va hacia Keira y hacia la pantalla, y lo que ve... lo que ve lo deja petrificado.

Keira se da cuenta y se preocupa por su reacción inmediata al entender quién es el ejecutor.

Ástor se dobla sobre sí mismo, apoyándose en la silla, como si no soportara la verdad.

Ella lo abraza, sentida, sin decir nada. Solo tratando de absorber su dolor y su tormento contenido. Su derrumbamiento al descubrir que su mejor amigo es un jodido asesino nos duele a todos.

Pasan minutos hasta que uno de nosotros vuelve a hablar y a moverse. El primero que lo hace es el inspector Ayala.

—Hay que encontrarle... —farfulla.

—¿Dónde está Charly ahora? —pregunta Ástor con la voz rota.

—Tengo a medio Madrid buscándolo... —responde Keira.

Dejo de mirarles porque Saúl se incorpora y se limpia la cara con el dorso del antebrazo. La tiene muy roja y congestionada, pero percibe que no quiero dejar de abrazarlo.

Me mira como si no supiera qué decir ante mis muestras de cariño, aunque, después de todo lo que ha hecho por mí estos últimos días, me resultaría imposible no consolarlo.

En el fondo, guardábamos la esperanza de que pasara algo entre nosotros en esta fiesta. Sin embargo, verme besando a Charly lo ha echado todo por tierra. ¡Pero tenía un buen motivo! Y sé lo que tengo que hacer para disipar sus dudas.

—Sé cómo dar con Charly... —digo de pronto, y todo el mundo se vuelve hacia mí.

—¿Cómo? —dicen a la vez Ástor y Keira.

Saco mi teléfono del bolsillo y se lo muestro.

—Mediante una aplicación móvil. Le regalé un cargador portátil en el que instalé un GPS. Lo lleva siempre en el coche...

—El GPS de su teléfono no da señal y el del coche tampoco. Seguramente lleve un inhibidor de frecuencia —ataja Keira.

—¿Por qué iba a llevarlo? —pregunta Ástor, perdido. Y las dos lo miramos con pena, incapaces de explicárselo.

—Porque esto no es un crimen pasional aislado, Ástor... —le responde Saúl—. Creen que Charly mató a Sofía y a Ulises, y que lo tenía todo previsto para huir en caso de que Keira lo descubriera. Llevan semanas investigándole...

Ástor mira a Keira como si no se creyera lo que oye.

—No quería alertarte... —se defiende ella—. No era seguro...

—¿Por qué sospechabais de Charly? —pregunta Ástor, anonadado.

—Le pusimos una trampa y picó —admito. Esa información le hace abrir los ojos como si le acabaran de clavar un cuchillo en la espalda—. Ha matado a Xavier para inculpar a alguien de la muerte de Ulises. Tenía todo el sentido, el inspector Ayala se lo habría creído... —Aprovecho para señalar su incompetencia—. Pero cuando me ha dicho que se iba a casa, ha mencionado la nota. Se le ha escapado porque él ni siquiera la había visto. Por eso se ha ido rápido. Porque se ha dado cuenta de que ha metido la pata. Por otro lado..., creemos que mató a Ulises porque este descubrió una pista que indicaba que Charly había matado a Sofía...

—¿Cómo pudo ser él? ¡Si estaba jugando al squash en ese momento!

—Quizá no —dice Keira de repente teniendo una premonición—. El día que Ulises murió estuvieron en la escuela de squash, y a lo mejor allí descubrió que en realidad Charly no había jugado ese día...

La miré alucinada.

—¡Tenemos que comprobarlo cuanto antes!

—Sí —confirma Keira—. Tenemos que pedir que nos muestren las cintas del día de la muerte de Ulises... Ver lo que hizo exactamente para averiguarlo. Y volver a revisar las del día del asesinato de Sofía.

—¡Joder! ¡¿Cómo no se nos ha ocurrido antes revisar la grabación del día de la muerte de Ulises en la escuela de squash?!

—¡Porque era imposible pensar que hubiera sido Charly! —grita Ástor, enfadado—. ¡Él lo quería! ¡Estoy segurísimo! ¡Ni siquiera me lo creo ahora mismo con la prueba delante...! —dice sujetándose la cabeza.

—Ástor... Hay más... —le informa Keira con cautela.

«¡Hostias...! ¿Le va a decir que son hermanos ahora? ¿Pretende matarlo de un infarto o qué?».

Miro a Keira alarmada y niego con la cabeza sutilmente.

«¡No lo hagas! —intento transmitirle—. No es el momento, Kei».

Ella capta mi aprensión y duda.

—¿Qué más hay? —pregunta Ástor, impaciente.

Keira traga saliva y reformula lo que iba a decir. Menos mal...

—La chica que iba de copiloto en tu coche el día del accidente... —sale por peteneras, y flipo. ¡Es un maldito genio!—. Puede que Charly la matara a ella también... Olalla Jiménez Espiga. ¿Sabías que se conocían de antes?

—Sí... Él me la presentó como una de sus amigas del colegio. ¿Está muerta?

—Sí, murió atropellada un año después del accidente y el culpable se dio a la fuga.

—Eso es una locura... —jadeó Ástor apoyándose en la mesa—. ¿Por qué iba a matarla?

—No lo sabemos todavía, pero son demasiadas coinciden-cias... Tenemos que cogerle como sea —dice Keira mirándome fijamente—. Es probable que cambie de coche pronto porque sabe que lo estamos buscando. Con suerte, cogerá el cargador que le regalaste para cargar un posible segundo teléfono irras-treable. Iremos probando por si da señal. Has sido muy hábil, Yas...

—Por eso le hice creer que me gustaba... —dije mirando ha-cia Saúl—. No quería que desconfiara de mí. Y a la vez, le hici-mos pensar que Saúl y yo teníamos algo para mantenerlo a raya... Pero nada ha sido real...

Las caras de todos exudan un desacuerdo de lo más embara-zoso, porque el abrazo que acabamos de darnos Saúl y yo ha sido bastante real.

Al instante, Saúl me coge de la mano y me mira agradecido.

—Gracias por arriesgarte tanto para atraparlo...

—No, gracias a ti por cubrirme... —respondo cortada.

—¿Podemos hablar un momento a solas? —me pregunta con suavidad.

Todas las miradas rebosan ternura, como si estuvieran segu-ros de que Saúl va a declararme sus verdaderos sentimientos.

Tira de mi mano y salimos del despacho. Curiosamente, va-mos a parar al mismo banco colonial donde he dejado antes a Charly. Y os lo dice alguien que no cree en las coincidencias.

—Necesito saber una cosa... —empieza, cohibido—. Cuando os he pillado antes en mi habitación a Charly y a ti...

—Te he escrito para que vinieras y nos interrumpieras a pro-pósito —corroboro.

—¡Joder, Yas...! —Cierra los ojos abatido—. He estado a punto de no subir, ¿sabes? ¿Qué habrías hecho si no llego a apa-recer?

—No sé... ¿Fingir un ataque de tos?

—No tiene gracia... ¿Por qué no me aclaraste desde el prin-cipio que estabas tonteando con él por mera estrategia? ¿Por qué me hiciste creer que te gustaba de verdad?

—Porque tus celos eran importantes para dar credibilidad a todo.

Su cara se pone seria al desafiar su pundonor.

—No eran celos, Yas... Solo estaba preocupado por ti —se defiende, abochornado—. Lo que sentía por ti se apagó hace mucho tiempo, pero te conozco desde que éramos unos críos y te prometí que siempre podrías contar conmigo. Te veo casi como a una hermana pequeña...

«¡Dios santo!».

No es que me haya lanzado de una patada a la *friend zone*, ¡es que me ha lanzado de cabeza hacia la *family zone* y me he roto el cuello al aterrizar!

—En ese caso, Saúl, nuestra relación habría sido un poco incestuosa, ¿no te parece?

—Ya sabes lo que quiero decir... —Pone los ojos en blanco—. No confundas mi ayuda con amor romántico. Te tengo aprecio, Yas... Hemos vivido muchas cosas juntos y ahora que nuestras vidas se han cruzado otra vez podemos intentar ser amigos... ¿Qué opinas?

¿Amigos? Claro... En el mundo real, ahora le quedo pequeña.

Ahora que él está de vuelta de todo y yo soy el último mono, podemos ser... amigos. Ahora le gustan más las inspectoras guapas y condecoradas prometidas con duques...

El interés que parecía tener por mí estos días ha sido totalmente platónico. Sin embargo, en mi tripa han revoleteado más mariposas que nunca. Sobre todo en mitad de la fiesta de compromiso de Keira y Ástor, cuando nada hacía presagiar que mis padres se presentarían allí por sorpresa.

Al verlos, escupí todo el líquido que tenía en la boca en ese momento. No entendía nada. ¿Qué hacían en una fiesta privada? Los más de cuatro años que llevaba sin verlos pasaron ante mis ojos como si fuera a morir. Todas las malditas noches que tuve miedo. Todas las que me dormí llorando por su culpa...

Se emocionaron tanto de verme que tardé en reaccionar unos segundos. Sus caras de incredulidad con lágrimas en los ojos mientras se mordían los labios esperanzados me incomodaron mucho.

—Yasmín, cariño... —sollozó mi madre, aliviada—. ¡Estás preciosa!

¡Por favor! ¡Como si eso fuera lo único importante en esta vida!

¿Su mayor miedo? Que me hubiera vuelto fea y usara chándal...

—¿Qué hacéis vosotros aquí? —conseguí decir, alucinada.

—Ástor nos ha invitado... —contestó mi padre.

Lo busqué por la sala para taladrarlo con la mirada. «Maldito...».

¡¿Cómo coño se le había ocurrido, al muy alcornoque, hacerme esa encerrona...?!

—Yasmín, hija... —continuó mi madre, agradecida—. Llevábamos mucho tiempo esperando este momento.

—¡Te hemos echado tantísimo de menos...! —apostilló mi padre—. Nos alegra que hayas vuelto...

—No he vuelto —aclaré severa—. Solo estoy en la celebración de una amiga que casualmente se casa con un miembro del KUN. Eso es todo. Y vosotros no deberíais estar aquí...

—Queríamos pedirte perdón, cariño —farfulló mi padre, victimista.

Lo miré con desconfianza. ¿Ahora, perdón?

—No hace falta. Nunca os perdonaré...

Me fui de su lado y caminé directa hacia Ástor para cantarle las cuarenta en bastos y exigirle que los echara de inmediato. Por suerte, en ese momento no tenía a Keira alrededor y al captar mi mala leche me miró asustado. «Bien».

—Gracias por joderme viva, Ástor... —susurré en su oreja para que nadie más lo oyera—. ¿Por qué has invitado a mis padres? Están en plan Gusiluz pidiéndome que les perdone, y no pienso hacerlo...

—Lo siento mucho, Yasmín —respondió apocado—. Todo es cosa de Saúl. Me suplicó que les invitara, y le debía una. Lo siento, de verdad... Le avisé de que querrías asesinarle, pero...

—Joder... —Me cagué en él—. Ya veo que te tiene comiendo de la palma de su mano. Verás la que te cae cuando se lo cuente a Keira...

—Ella estuvo de acuerdo —añadió locuaz.

¡Alta traición!

Debí de poner cara de loca, porque Ástor adoptó su pose solemne de los discursos y torció la cabeza, obligándome a ser realista.

—Piénsalo un momento, por favor... Deberías hablar con ellos...

—No me interesa lo que tengan que decir. ¿Lo sienten? Más lo sentí yo, que tuve que marcharme de casa para no ver cada día que habían canjeado su integridad moral por no armar un escándalo.

—Diles cómo te sientes, te sentará bien. Yo nunca pude decírselo a mi padre; su lenguaje eran los puños. Pero si pudiera, le hundiría en la miseria en un cara a cara verbal. Hazles ver lo fuerte que estás... Tienes una profesión, una mentora y pretendientes a mansalva...

—No estoy nada fuerte, Ástor —confesé vulnerable—. Vivo con miedo de todo. Soy una novata, estoy sola y tomo muy malas decisiones sentimentales...

Que me mirara con algo de pena me hizo sentir a salvo. Como si no fuera a dejarme caer porque era importante para Keira. Y por extensión, para él.

—Todos estamos solos, Yasmín... Y tú has llegado más lejos de lo que crees. Eres muy competente, tienes una gran intuición y eres una profesional; Keira me lo ha dicho. Ella te aprecia muchísimo, y te puedo asegurar que eso no es muy común... Te aconsejo que, en vez de huir de los problemas, los afrontes. Y ya verás qué diferencia... Yo tardé años en comprender que es imposible huir de tu pasado.

Suspiré profundamente, grabándome sus palabras a fuego, y asentí.

Ástor me acarició el hombro, paternalista, y me sorprendió que no me diera un calambre como me ocurría con la mayoría de los hombres que me tocaban.

Miré hacia mis padres y vi que estaban hablando con Saúl.

«¡La madre que lo parió...!».

Achiqué los ojos y volví allí tras disculparme con Ástor.

Ya me imaginaba a Saúl con su típico discurso de niño bueno diciendo: «Señor De la torre, es un honor volver a verle...».

Pero cuando me acerqué, escuché algo muy distinto:

—... Y creo que deberían haberlo denunciado. ¿Son ustedes conscientes de que tapando estos sucesos lo único que hacen es permitir que se sigan cometiendo?

—Hola —interrumpí cortada.

Saúl me miró y carraspeó, recatado.

—Hija... —farfulló mi padre, inquieto—. ¿Tú quieres denunciar?

—Ya es tarde para eso... —dije apartando la vista—. No hay pruebas con las que acusar a nadie...

—Nosotros te apoyaremos en lo que sea —convino mi madre.

—A buenas horas... —mascullé seria—. Ya no os necesito. Ahora soy policía y tengo amigos muy poderosos dispuestos a ayudarme...

—¿Eres policía? —preguntó mi padre, atónito.

—Sí. Alguien tiene que hacer justicia...

—¡Oh, cariño! Pero... ¡eso es increíble! —exclamó mi padre.

—Lo increíble es que quisieras hacer como si nada, papá...

Le clavé una mirada feroz, y su silencio conmocionó a Saúl. Lo noté.

—Creímos que sería lo mejor para ti... —agonizó—. De verdad...

—¿Para mí o para vosotros? —Sonreí con inquina—. Desde entonces vivo rodeada de armas, los hombres me dan pánico y no puedo dormir si no hay cuatro cerrojos echados en la puerta de mi casa. Y tú te limitaste a decir que «si no lo recordaba, no había pasado nada...». Pero lo recuerdo muy bien, papá. Recuerdo lo que me dolía el cuerpo al despertar después de la violación. Y recuerdo tu poca empatía conmigo...

—Lo siento mucho...

—Ese día moristeis para mí. Así que idos y no volváis a acercaros a mí nunca más. ¿De acuerdo?

—Yasmín, tu padre y yo solo intentábamos...

—Ya la han oído —intervino Saúl con rigidez—. Váyanse, por favor.

Me costó disimular lo mucho que me sorprendió su apoyo.

Y cuando obedecieron y se largaron, todavía aluciné más.

—Muchas gracias, Saúl... —musité a su lado.

—Por nada...

—¿Por qué pediste a Ástor que los invitara...? —le amonesté.

—Porque quería que te quitaras esa espinita de una vez. Y la única forma de deshacerse de ella era enfrentándote a ellos y explicándoles lo mal que te hicieron sentir. Tu padre tenía previsto un viaje, pero lo canceló por verte hoy. Les dije que era muy importante para ti que vinieran...

—Joder... ¿Los engañaste?

—Ellos eran los que vivían engañados pensando que algún día te recuperarían. Y consideré importante que te vieran para dejarles claro que nunca los perdonarás. Sé que esperaban que les dijera: «Tranquilos, Yasmín no habla en serio, terminarán consiguiendo su perdón», pero hay cosas que no lo tienen... —sentenció resentido—. Existe un dolor que solo un padre es capaz de provocar... Porque son los únicos que deberían quererte por encima de todo. Que se jodan, Yas...

Lo miré atónita.

La dureza de su rictus me puso a cien. Gritaba venganza, honor y lealtad. Era una actitud que le había visto en contadas ocasiones a lo largo de su vida, demostrándome que había algo más bajo esa timidez y corrección. Había justicia.

Esos fogonazos fueron los que hicieron que me enamorara de él en el pasado. ¡Y ahora era así el noventa por ciento del tiempo!

«OH... DIOS... MÍO...».

—Gracias por hacer esto por mí, Saúl —musité derretida.

—Solo quería ayudar.

—¿Por qué? —pregunté esperanzada. ¿Por qué quería ayudarme después de todo...?

—Porque me siento culpable de lo que te pasó... Si nadie hubiera sabido que tuvimos sexo, no se habrían encaprichado de ti... Pero como yo lo tuve, pensaron que ellos también lo merecían.

—Pienso lo mismo. Y te he odiado mucho por ello. Si no se hubiera corrido la voz... —dije apenada.

—Yo no la corrí, Yas. Alguien lo hizo por mí... —masculló dolido.

Y por eso no podía dejarlo pasar. No porque sintiera nada especial por mí, sino por su intrincado deber de superhéroe.

Recordando sus palabras en este puto banco de madera colonial entiendo que sus miras a nivel romántico siempre han estado muy lejos de mí.

Yo ya no le hago palpitar el corazón; no como el mío sigue haciéndolo por él. Y acaba de dejármelo cristalino al decirme que podemos ser «amigos». No me quiere. No sé si alguna vez me quiso...

¿El problema? Que ahora soy yo la que está loca por él.

ástor

16
Hablar de nada

La imagen de Charly colgando el cuerpo inconsciente de Xavier ha hecho trizas mi sistema nervioso.

Verle parado contemplando los espasmos que sufrió y que no hiciera nada hasta que dejó de moverse me ha recordado lo que yo viví con mi padre... Y ahora por fin me doy cuenta de la diferencia. Él lo provoco. Como quien provoca un incendio y se queda inmóvil viendo todo arder.

Para mí ha sido tan chocante como ver a un zombi asesinando a un humano. La misma terrorífica incredulidad atravesando un rostro que tiene que afrontar una realidad que nunca creyó posible.

A partir de ese momento, tu mundo ya no vuelve a ser el mismo. Es otro. Y una familiar sensación de bienestar muere para siempre.

Me hago cargo de lo que le habrá costado a Keira ocultarme esto.

Muchas actitudes han cobrado sentido de golpe, y una parte de mi inseguridad por notarla a disgusto en mi vida ha desaparecido, porque ahora sé que no era por mí, sino por Charly.

«Héctor...», recuerdo de repente.

Hemos dejado a mi hermano en la otra sala, y un miedo atroz me cala hasta los huesos al pensar que ha estado en manos de un psicópata todo el último mes.

Voy a buscarlo a paso rápido y noto que Keira me sigue de cerca.

¿Acaba de dejar que el inspector Ayala asuma el mando?

Será hipotéticamente, porque sé que para ella esto no ha hecho más que empezar. No parará hasta ver encerrado a Charly. Ya es algo personal.

—¡Ástor! —grita mi hermano con expectación desde el sofá.

El pobre ya estaba preparándose para alcanzar su silla de ruedas.

Llego a su lado y lo abrazo con fuerza. Nunca he necesitado tanto hacerlo, y Héctor se deja sin entender nada.

—¡¿Qué ha pasado?! ¿Había un vídeo?

—Sí... —musito sin soltarle.

—¡¿Quién ha sido?! ¡¿Quién ha matado a Xavier?!

Me separo y lo miro serio mientras acopio fuerzas para revelarlo.

—Ha sido Charly...

—¿Qué...? —balbucea desconcertado.

Su dolor me deja sin palabras al recordar lo que he sentido al descubrirlo. Héctor mira a Keira en busca de explicaciones racionales.

—Ha dejado una nota para incriminar a Xavier por la muerte de Ulises... —explica ella—. Pero estoy convencida de que Charly mató a Ulises cuando este descubrió que él era el asesino de Sofía.

Héctor se tapa la boca con un gesto que no denota sorpresa, sino un «lo sabía» enorme. Quizá esa posibilidad hubiera pasado por su mente varias veces, pero estoy seguro de que la rechazó con dolor, como hicimos todos.

—Joder... —Se pinza el puente de la nariz—. ¿Y de dónde vas a sacar pruebas que lo demuestren, Keira?

—Las encontraré, Héctor —sentencia ella con firmeza—. No dormiré hasta dar con algo...

Esas palabras me preocupan.

—Keira... —farfullo—. Para rendir, necesitas descansar, llevamos toda la noche despiertos y...

—¡¿Quién coño puede pensar en dormir ahora?! —exclama

Héctor—. ¡Es el momento de destapar la verdad! ¡Por favor, piensa en Carla!

Lo último que quiero es volver a discutir con Héctor sobre eso, pero...

—Hay mucha gente trabajando para encontrar a Charly en este momento —expongo—. No viene de unas horas... Si Keira no descansa, a mediodía será un trapo. Tú mismo has pasado mucho tiempo pegado a Charly últimamente y no te ha hecho nada.

—Charly es capaz de todo, pero nunca nos haría daño a nosotros... —dice Héctor, convencido—. Lo que no entiendo es por qué incriminó a Carla, joder... ¡¿Por qué?!

—Por pura conveniencia —responde Keira—. Hizo lo necesario para que no se descubriera su secreto, incluso matar al tío del que estaba enamorado... —susurra compungida.

—¿Qué puto secreto es ese? —pregunto ya de mala hostia.

—Uno que nos atañe a nosotros —le recuerda Héctor.

—Yo sé cuál es —resuelve Keira de repente—. Al parecer, su madre chantajeaba a vuestro padre y no quería que lo supierais...

El corazón se me para por milésima vez esta noche.

No puede ser verdad... ¿La madre de Charly chantajeaba a nuestro padre? ¿Y él lo sabía?

Los dos la miramos sin poder creerlo, y ella inspira hondo para explicarlo.

—Descubrimos que Sonia Ochoa, la madre de Charly, cobraba un dinero fijo de vuestro padre al mes y fuimos a hablar con ella... Terminó revelándonos que lo tenía coaccionado...

Me llevo la mano a la frente. IMPOSIBLE.

—¿Qué coño dices, Keira...? —oigo a Héctor.

Yo no puedo ni hablar.

—¿Por qué no me lo contaste en cuanto lo supiste? —pregunto al borde del desmayo.

No sé cómo sentirme con ella. Solo sé que estoy furioso...

Después de la que me montó ayer, ¿ahora me viene con esto?

Bueno, fue la noche del viernes, más bien...

Desde que nos acostamos el sábado de los margaritas parecía

que todo estaba volviendo a la normalidad. Sabía que le costaría superar el mal trago de mis fotos con Olga, pero confiaba en que la sangre no llegaría al río.

No dejó de ser una semana de trabajo muy intensa para ella y para mí.

Estaba acabando la época de las cubriciones de yeguas y me pasaba el día en la finca. Entre eso, hacer de matón —ya os contaré— y organizar nuestra fiesta de compromiso en el KUN, apenas había tenido tiempo de nada.

Solo por la noche, bajo las sábanas, volvíamos a ser los de siempre, como si ese colchón fuera una realidad alternativa en la que amarnos y gemir juntos. Donde cargar pilas para afrontar un nuevo día.

El viernes por la mañana comenté a Keira que sería buena idea salir a cenar los dos solos a algún restaurante de moda. Ya se habían filtrado las fotos de la fiesta de compromiso a las redes sociales, pero vendría bien una confirmación.

Aunque a ella no le hizo mucha gracia, la convencí de que nadie podría dudar de nuestro amor si nos veían juntos cenando.

Estuve a punto de subrayarle que tenía que ponerse especialmente guapa, pero me callé a tiempo. Yo mismo me di cuenta de lo estúpida e innecesaria que era la frase. Porque lo nuestro nunca fue una pose. Se pusiera lo que se pusiese, Keira me dejaría alelado, como siempre; todo el mundo a mi alrededor se percataba de lo que me hacía sentir. Sobre todo cuando no se arreglaba, paradójicamente.

De hecho, cuando se presentó en aquel bar con vaqueros en mitad del torneo casi me muero. Cuando apareció en el escenario del crimen de Sofía también. Y cuando bajó con su abrigo de plumas al portal de su casa para mandarme a la mierda definitivamente más todavía. Daba lo mismo verla enfundada en un pijama con la cara roja de pena o en mallas el día que me pidió matrimonio en el hospital... Ningún vestido de gala había sido necesario en esos momentos, y eran los más importantes de mi vida.

Además..., nunca se va lo bastante elegante para que te humillen en público...

Llamé al Mystik, el sitio más cool del momento según mis fuentes, y me aseguraron que tendrían una mesa para nosotros en hora punta.

Era como cenar en medio de Pandora, el planeta de la película *Avatar*. Había mucha vegetación iluminada con luces led fluorescentes. El ambiente era exótico y exclusivo, y me sorprendió que fuera un espacio tan grande.

Durante un rato, pudimos relajarnos.

Allí tenías la tranquilidad de que nadie mostraría el mal gusto de sacar su móvil y hacerte una foto, aunque lo estuvieran deseando, y me permití ser más cariñoso de la cuenta con Keira. Me nació así.

Cuando ella ya me estaba mirando de un modo que prometía terminar amarrada a mi cama con velcro, oí una voz.

—¿Ástor?

Con cierta aprensión, me volví al reconocerla. Era la última que me apetecía escuchar en ese instante...

—Olga..., hola.

—¡Qué alegría encontraros aquí!

Su efusivo saludo, de entrada, ya me dio pánico.

Iba acompañada de otra chica.

—He venido con mi amiga Ginger a cenar. ¡Llevo meses esperando este día! ¿Qué tal habéis comido?

—Bien... —contesté reticente, y Keira me imitó sin saber adónde mirar.

—Siento mucho el malentendido que hubo con las revistas —se disculpó con Keira como si fuera el pan de cada día—. Hicieron esas fotos en un momento en el que me desmoroné. ¿Ástor te lo ha contado?

Keira se quedó muda, y contesté por ella.

—Sí, se lo conté todo... —admití.

—No espero que comprendas mi necesidad de ser madre. Ástor me dijo que tú no querías tener hijos...

Me cagué en todo lo cagable al oírlo.

Keira me miró en plan: «¿Contando intimidades, Ástor?».

Me mordí los labios y ella guardó silencio ante la clara provocación; me daba la sensación de que si empezaba a hablar explotaría.

No ayudó que Olga fuera vestida de una forma muy sugerente aquella noche. Ya dije una vez que era de las que necesitaban destacar de manera superficial, y era muy buena haciendo su trabajo... Llevaba un vestido amarillo con un generoso escote y su melena color fuego suelta con ondas grandes y salvajes.

Keira también llevaba el pelo suelto, un vestido negro palabra de honor y un ceño que se fruncía por segundos...

Creo que solo de pensar que yo había estado a solas dos días enteros, a más de cinco mil kilómetros de distancia, con esa juguetona mueca en los labios de Olga, mi chica se estaba envenenando sin remedio.

—¿Y qué más te contó Ástor? —preguntó de pronto mi prometida en un tono que me dio pavor.

—¡Muchas cosas!

—No creo que sea necesario hablar de eso ahora... —la corté adusto—. ¿No tenéis hambre? —Señalé al camarero, que las esperaba junto a su mesa.

—Ya acabo, gruñón —me contestó Olga con familiaridad, y volvió a mirar a Keira—. Sobre todo hablamos de embarazos. Y me explicó que Héctor y su novia habían abortado... Qué pena...

Cerré los ojos compadeciéndome de mí mismo. Porque aquella conversación no podía acabar bien.

—Le dije que tendrían que habérmelo dado a mí... ¡Estoy deseando tener un hijo! Y también ofrecí a Ástor la posibilidad de ser la madre del suyo cuando desee tenerlo en un futuro...

«¡No, por Dios...!», maldije para mis adentros.

No quise ni ver la cara que puso Keira. Pero debió de ser grotesca para que Olga se diera tanta prisa en explicar a lo que se refería.

—¡Como me dijo que él seguramente terminaría teniendo uno con un vientre de alquiler, me ofrecí para que fuera con una amiga! ¡Mucha gente lo hace! No tenemos por qué tener una relación amorosa ni nada...

Junté las manos como si fuera a rezar y las apoyé en mi boca.

—Olga... —Hablé con mi voz pasiva-agresiva—. ¿Te importa dejarnos solos?

Nos miró asustada como si no fuera consciente de que había metido la pata hasta el fondo. Pero ya no me engañaba... Charly tenía razón: Olga se hacía la tonta.

—Perdón... Yo... pensaba que se lo habías comentado...

—Ástor nunca me cuenta nada —escuché el tono neutro de Keira, ese que usaba cuando desaparecía su humanidad.

—Olga..., márchate —dije severo—. Ya hablaremos...

—Vale. Lo siento mucho... Pero es una oferta legítima. Sin pretensiones. Firmaré todo lo que me digáis, y no tiene fecha de expiración... Bueno, mi menopausia, pero...

—Olga...

—Me voy, me voy... —dijo nerviosa.

Inspiré hondo, armándome de valor para mirar a Keira.

—Lo siento —dije derrotado.

—¿Qué sientes?

—No lo sé... Todo.

—¿No haberme contado que Olga te propuso tener un hijo juntos?

—¿Debía contártelo?

—Tú sabrás... —contestó estática.

—A mí me parece una locura que no merece ni mención...

—¿Por qué, Ástor? Viendo lo confidentes que sois, no me parece tan descabellado. Hablas más de tus preocupaciones con ella que conmigo.

—Keira, por favor...

—¿Qué?

—No digas eso.

—¿Sigues pensando en lo del vientre de alquiler?

—Ya lo habíamos hablado. Pero no es para ahora, sino para un futuro. Cuando Carla y Héctor decidieron abortar, volví a poner la idea sobre el tapete; eso es todo. Yo no estoy tan seguro de no querer ser padre nunca. Tampoco significa que lo quiera ahora. Pero tranquila, tú no tendrás que ocuparte de nada...

—Olga te ha hecho una oferta magnífica —dijo dolida—. Qué buena amiga es...

La miré sabiendo que no hablaba en serio. No podía hablar en serio.

—Seguro que te propone concebirlo a la vieja usanza... —continuó—, por ahorraros el dinero, claro...

Cerré los ojos con pesar.

—Y ya sabes —añadió maliciosa—, si a la primera no va la vencida, podéis seguir intentándolo ininterrumpidamente...

—Ya basta —la corté serio.

—Me parece increíble que Olga todavía trate de acercarse a ti —masculló furiosa—. Ya no sabe qué más inventarse para atraparte. Dime una cosa, Ástor, ¿me puedes jurar que en Nueva York no intentó nada contigo?

Mierda de pregunta...

Claro que lo intentó. Con su discreción habitual, pero no piqué.

Utilizó el clásico truco de «Estoy muy deprimida y necesito emborracharme», sabiendo que en la exaltación del alcohol cualquier cosa está permitida.

Insistió en tomar algo después de la cena, para que se le pasase el sofocón. Pero en cuanto se puso más cariñosa de la cuenta le dije que deberíamos volver al hotel porque al día siguiente teníamos reuniones. Mágicamente, al irnos, apenas podía caminar y me vi obligado a llevarla hasta su habitación.

Me propuse no pasar de la puerta. Una vez allí, sin embargo, escudada en su ebriedad, Olga probó suerte y lanzó los dados; siempre podría alegar después que no recordaba nada de lo sucedido esa noche.

No dudé ni por un segundo. Más bien, estaba preocupado porque vi claro que era imposible que continuáramos siendo amigos. Había pecado de ingenuo...

Tampoco me queda ninguna duda de que la propia Olga avisó a los periodistas para que nos sacaran fotos cuando la vi sonreír en Barajas. Pero lo dejé pasar...

Y ahora esto...

Puede que Keira tuviera razón y ya no supiera qué hacer, porque yo mismo le comenté que quería probar ese restaurante a mi regreso. Quizá tuviera comprado al de las reservas para que la avisara cuando apareciera y presentarse aquí para joderme la vida...

—Responde —insistió Keira—. ¿Olga intentó algo en Nueva York?

—No pasó nada, te lo juro. Necesito que me creas.

—Y te creo. Pero si me dices que intentó algo, nada me impide levantarme de la silla ahora mismo, ir hasta su mesa y arrastrarla del pelo hasta la salida.

Subí las cejas alucinado.

—¿Harías eso, Kei?

—Como poco —dijo con una mirada mortífera—. Estamos prometidos, y Olga sigue dando por culo y poniéndote las tetas en la cara. Tengo un límite, Ástor...

—¿Quieres salir en las revistas como una mujer celosa?

—No, como una mujer que patea a una rompefamilias...

—Nosotros no somos una familia...

Nada más decirlo me quemó en la garganta. «¡Mierda...!».

La vi bajar la cabeza y tragarse mi acusación velada. Y mi voz no pudo sonar más desesperada al añadir:

—No quería decir eso... Lo único que importa es que me creas... No dejes que Olga nos joda la noche; es lo que se proponía desde el principio. ¿No lo ves?

—Pues lo ha conseguido...

—¿Por qué? —pregunté dolido—. ¿Por qué dejas que esto te afecte?

—Porque no es solo que me restriegue la sensualidad con la que te provoca, sabiendo que ya habéis estado juntos, es que le has contado cosas muy íntimas de la familia que deberían quedar en *petit comité*...

—¿Como qué?

—¿El aborto de Héctor y Carla? ¿Que no quiero tener hijos? Y todo me ha sonado a reproche. Pensaba que respetabas mi decisión, Ástor...

—Lo hago.

—¿Y por qué su oferta sigue en pie? ¿Por qué no la rechazaste de inmediato cuando te lo propuso?

—Por no ser descortés...

—O porque no tenías motivos para rechazarla... Seguro que te habló de lo poético que sería crear juntos una vida con el nombre de su hermana muerta tras ser el responsable de arrebatársela... ¿Me equivoco?

Abrí mucho los ojos.

«¡La leche...!». ¿Cómo había llegado a esa conclusión? Porque es exactamente el chantaje emocional que Olga me hizo. Fue algo más sutil, pero vino a decir lo mismo para que no pudiera echarle en cara que se le había ido la cabeza.

Nunca tendría un hijo con Olga. Primero, porque eso haría sufrir mucho a Keira; y segundo, porque cada día me parecía más extraña.

Cuando eres duque, la amistad es solo una ilusión. Olga y Charly eran dos personas en las que confiaba a ciegas, y la sensación de desengaño al ver el vídeo de la muerte de Xavier ha sido abominable. Con ellos y conmigo mismo. Me han hecho sentir vacío. Y últimamente es algo recurrente.

Anteayer no fue noche de velcros. Ni siquiera hubo beso de felices sueños. El karma había vuelto a salirse con la suya.

Tenía la impresión de que vivía esposado a mi título. Mi vida era una cárcel donde todo el mundo intentaba agarrarme a su antojo a través de los barrotes para obtener algo de mí. Pero ninguno podía alcanzarme. Ni siquiera los que deseaba que lo hicieran.

No es que me molestara que Keira no quisiera ser madre, me molestaba que no quisiera serlo conmigo... Y también que se enfadase por no contarle detalles que sabía que podían hacerle daño cuando acababa de descubrir que ella me escondía cosas peores por el mismo motivo.

No pongáis esa cara. ¡Para mí es el mismo motivo!, no herir sentimientos. Aunque en la balanza parezca que lo que ella me oculta a mí sea simple información policial y en la mía, una relación personal, no lo es. Todo es la misma mierda. Porque no haber compartido esta información conmigo, como siempre ha hecho, es una falta de confianza clarísima hacia mi persona. O hacia mi temperamento o mi forma de ser. Sea como sea, duele, porque siento que hemos dejado de estar en el mismo equipo.

Me importa un carajo el secreto de sumario policial. Nosotros estamos por encima de eso desde que murió Sofía. O eso me gustaba pensar...

Para mí, el problema es que seguimos dudando el uno del otro. No somos capaces de confiar del todo en otra persona.

Desde luego, nadie puede decir que no somos tal para cual.

ástor

17
Hablar de algo

—¿Por qué no me contaste lo de la madre de Charly? —formulo de nuevo en un tono aún más severo ante el silencio de Keira.

—¡No podía explicártelo, Ástor...!

—¡¿Por qué no?!

—Sonia nos dijo que Charly no sabía nada y nos persuadió de que esa información influiría en vuestra amistad. ¡Y yo no quería crear problemas entre vosotros! Me convenció de que vuestro vínculo era real y de que las repercusiones serían horribles.

—Esto es surrealista... —musita Héctor, anonadado.

—Pero ahora creo que Charly lo ha sabido siempre —añade Keira.

—Si eso es cierto... —amenazo, sin saber qué agregar.

Siento tanta impotencia que nada parece suficiente castigo. Han sido unas semanas de mierda: estar sin Héctor, las discusiones con Keira... Y Charly también estaba raro, deprimido, ansioso.

Cuando he visto muerto a Xavier, por un momento no me ha extrañado en absoluto, porque no pudo tocarme más los cojones en la fiesta de compromiso. A mí y a todo el mundo...

—Recuérdame por qué tenemos que invitarle —increpé a mi madre, irritado, dos días antes de la fiesta.

—¡Porque es tu padrino! Xavier es como de la familia.

—Pues menuda familia...

—Haz el favor, Ástor... Le estoy diciendo a tu hermano que no puede faltar y ¿tú quieres dar carta blanca a los demás?

—Lo que no quiero es que nos joda la fiesta. Y es demasiado pequeña como para ignorarle... Además, está volviendo loco a Saúl desde que se enteró de que Yasmín de la Torre es la compañera de Keira, ¡y el chaval lo paga conmigo!

—Habla con Saúl de una vez, Ástor. Lleváis años así... Y habla con Xavier con una buena actitud, verás como te responde mucho mejor.

—Prefiero arrancarme los pelos de la nariz. Hablar con él es agotador...

—Los buenos consejos siempre molestan, hijo —dijo con inquina mi madre.

Nunca había sido fácil lidiar con Xavier. Ni por las buenas ni por las malas. Tenía una mente enfermiza y por su culpa había echado a perder mi relación con Saúl hacía años...

Que el chaval ingresara por fin en el KUN podría haber sido una agradable novedad, pero desde entonces estaba más borde que nunca conmigo.

Yo lo achacaba a las mujeres de su vida, que resultaban ser también las de la mía: Sofía, Carla y Keira. No podía culparle por haberse encoñado de la última tras los litigios con las dos primeras...

Cada una de ellas había sido importante para mí, y a Saúl, quizá por tenerme en su punto de mira, también le habían afectado.

Traté de protegerle de Sofía, pero no me hizo caso. Saúl ya no era un niño; sin embargo, todavía no era un hombre. Y mi único pecado fue intentar ayudarle a ser uno mejor que su padre.

El verano previo a que entrara en la Universidad de Lerma quedé varias veces con él para animarlo debido al desengaño amoroso sufrido con Yasmín. Le prometí que todo cambiaría pronto, pero fue entrar en la UDL y sentir que nuestro vínculo se debilitaba sin remedio.

Creo que ninguno de los dos consideró que aquí tendríamos un enemigo común.

Me encontré a Saúl un par de veces por los pasillos, pero llevaba prisa y puede que se sintiera un poco ignorado. En cualquier caso, tenía que entender que aquello no era el patio de mi casa, era mi nuevo trabajo, y debía marcar las distancias con los alumnos si quería que me respetaran.

Además, era tutor de varios que realmente me necesitaban. Y uno de ellos era Sofía.

Saúl me vio un par de veces con ella, pero no se nos acercó a pesar de que le llamara expresamente para que lo hiciera. Días más tarde los vi charlando, o más bien tonteando, y no tardé en advertir a Saúl de que Sofía no era una chica para él...

Ese comentario no pudo sentarle peor.

—¿Por qué no? —preguntó, a la defensiva—. ¿Detrás de qué chicas, según tú, debería ir, Ástor?

—De las que quieras, Saúl, pero Sofía no es para ti...

—¿Y para quién es? ¿Para ti?

—No, joder... Me refería a que es demasiado para un chico como tú. Ella ya tiene experiencia y ha vivido mucho la noche...

—Comprendo... No estoy a su nivel, y terminará renegando de mí, igual que hizo Yasmín, ¿no?

—¡No, Saúl! ¡No digas tonterías! Simplemente no estáis en el mismo punto...

Pero ya se había largado de mi vista, y maldije en voz baja sabiendo que no serviría de nada seguirle.

Todo aquello coincidió con que Xavier me insistió mucho en que invitara a su hijo a formar parte del KUN.

Saúl me había dicho en repetidas ocasiones que no le interesaba, solo por no ver a su padre. Y lo entendía. Porque yo pensaba igual. Aun así, pasó por el proceso con buena cara y con Sofía agarrada de su brazo. Xavier se obsesionó con ella, y Saúl cada día llevaba peor el acoso a su novia. Al final, se me ocurrió una idea para calmar las pretensiones de Xavier: insistir en el hecho de que Saúl no estaba listo. Desacreditarle. Decirle que le avergonzaría dentro del KUN. Que todavía no tenía lo que había que tener para entrar a formar parte de ese ambiente y que mejor que no ingresara de momento...

A eso es a lo que se refería Saúl en la gala benéfica de Reyes: «Te escuché, joder... Te oí hablando con mi padre un día, diciéndole todo lo que pensabas realmente de mí...».

Fue mala suerte que lo oyera. No eran más que patrañas para terminar con el sufrimiento de todos.

Después de esa acusación en el torneo de Reyes estuve semanas buscando un hueco para hablar con él, pero siempre me ponía excusas.

—Algún día tendremos que hablar...

—Por mí podemos correr un tupido velo —zanjó Saúl cuando pasó por mi lado en el KUN sin intención de pararse.

—¡Dije todo lo que dije para que tu padre te dejara en paz! —vociferé, obligándole a escucharlo—. Xavier quería meterte a toda costa en el KUN y yo sabía que no era lo que deseabas, Saúl...

Solo entonces se detuvo y se dio la vuelta. Tenía la esperanza de que dijera «¡Ah, vale! Entonces, muchas gracias...», pero su rictus no cambió ni un ápice. Al contrario, se mantuvo más duro todavía.

—La cuestión es que te pareció que ese discurso funcionaría. Que era una idea creíble. Porque, en el fondo, tú también lo pensabas, Ástor. Eres igual que mi padre... ¡Te has vuelto como ellos!

—Te equivocas —dije con la mandíbula apretada—. Yo nunca seré como ellos, ¡y tú tampoco, Saúl! Lo hice por ti. Para librarte. A mí no me quedaba más remedio que aguantarlo, pero tú no tenías por qué... ¡Solo intentaba ahorrártelo!

—El simple hecho de que lo aguantes ya dice mucho de ti, Ástor... —soltó con desprecio—. Nunca entenderé por qué la gente con poder agacha la cabeza... Eso os convierte en cómplices, ¿sabes?

De repente, apareció Ulises justo a tiempo para cruzarse con su gesto airado huyendo de mí.

—¿Qué tenemos hoy en el capítulo semanal de *Hermano mayor*? —dijo con una sonrisa socarrona.

El comentario instaló una mueca graciosa en mi boca, aunque no estuviera para chistes.

—Ese crío me saca de quicio…

—Por eso mola tanto. Tiene un punto tocacojones muy chulo.

—Sí… Me recuerda mucho a ti, Ulises…

—Es decir, que es un puto crack. —Mi guardaespaldas sonrió.

Puse los ojos en blanco, pero callé otorgando con mi silencio.

No tuve que decirle nada para que me siguiera instintivamente como si fuera mi jodida sombra. Era una sensación tan increíble sentirme protegido por Ulises… Era casi como sentirse amado. Y en ese momento me hacía más falta que nunca.

Una semana después, murió. Y me dejó solo con todos mis demonios. Sin su mordacidad. Sin su apoyo. Sin sonrisas que te ayudan a que lo malo parezca menos malo. Sin esperanza, joder…

Tuve que ir solo a su entierro. Héctor no pudo acudir porque se vio afectado por un dolor lumbar agudo que le daba frecuentemente; Charly estaba catatónico, y me encontré perdido en el cementerio entre tanto policía.

Conocía a un puñado de ellos de verlos en el cumpleaños de Ulises, pero todo el mundo estaba muy afectado. Keira no parecía ella; iba totalmente anestesiada. Estoy casi seguro de que ni se enteró de que le di el pésame. Estuve a punto de largarme, pero quería estar cerca de Ulises hasta el final. Acompañándolo. Hasta que ya no quedara nada de él… Se lo debía.

Salí del crematorio hecho un asco. Fue el peor momento de todos. Y de repente, lo vi. Era Saúl, con las manos en los bolsillos, apoyado en una pared.

Cuando me vio, vino hacia mí con gesto serio.

—Hola…

—Hola.

Me salió una voz ronca de no haber hablado en más de un día. Me había quedado mudo ante los acontecimientos. No tenía palabras para expresar lo que sentía.

—He venido por Keira —se justificó Saúl—, pero ni la he saludado… La he visto muy grogui. Es como si no estuviera aquí.

—Ya...

Entonces ¿por qué se había quedado?

—¿Te apetece ir a tomar algo y no hablar de nada? —se ofreció.

Me pareció una idea cojonuda porque no quería volver a casa y sentirme como el culo. Le dije que me siguiera, y terminamos en el *irish pub* en el que había estado con Keira hacía unos meses. Puestos a ser masoca, sentados a la misma mesa.

—Ulises me caía bien... —acertó a decir Saúl.

—Tú a él también, milagrosamente. Le gustaba que me odiaras...

El comentario evocó una sonrisa en Saúl. Pero era una triste.

—Yo nunca podría odiarte, Ástor...

El silencio que siguió a esa frase me abrazó el corazón en un momento crítico. Los demás me daban igual, de hecho, mucha gente me odiaba, pero descubrir que Saúl no lo hacía me dio fuerzas para seguir adelante. Y esas no te las da cualquiera.

—¿Sabes algo de Yasmín? —le pregunté entonces.

—No. Ni ganas... ¿Y tú de Keira? ¿Has podido hablar con ella?

—No. Mañana iré a verla a su casa. Al parecer, ahora viven juntas...

—¿Y si comemos algo? —preguntó Saúl visualizando la carta—. Me apetecen unas costillas a la barbacoa...

—Pide lo que quieras, Saúl. Yo no tengo hambre...

El muy cabrito pidió media carta.

—¿Algún problema? —preguntó cuando puse cara extraña.

—No, es que... no sabía que tuvieras tanto saque...

Y no lo tenía. Solo era un ardid para obligarme a picar porque sabía que nunca he soportado tirar la comida. Aun así, al empezar me di cuenta de que tenía más hambre de lo que pensaba. No sé ni cuánto tiempo llevaba sin meterme algo sólido en la boca.

No sacamos el tema de nuestro enfado. En realidad, estaba todo hablado; al menos por mi parte. Esperaba que le hubiera quedado claro que no pensaba nada malo sobre él. Al revés. Me estuvo contando que no sabía muy bien hacia dónde tirar al terminar la carrera y le dije que le ayudaría en lo que pudiera. Como si fuera mi nuevo proyecto personal.

Quince días más tarde, cuando se enteró de que estaba en coma en el hospital, Héctor me contó que le había asfixiado a mensajes. Estaba en plenos exámenes, y mi hermano le ordenó que no fuera a verme porque estaba inconsciente. Pero cuando desperté se presentó en mi habitación una noche.

—¡Hola...! ¿Cómo estás? Lo siento, no he podido venir antes...

—No tenías que venir, Saúl.

—Dicen que casi te mueres...

—Solo he gastado una de mis siete vidas...

—Me alegro de que estés bien, Ástor.

—Gracias. Estoy más que bien... —Sonreí enigmático.

—Pues que sepas que las vendas no te favorecen nada —bromeó.

—No todo el mundo piensa igual —me chuleé—. Estoy prometido.

—¡¿Qué?! ¿Con quién...? —preguntó confuso.

Subí las cejas canalla y lo pilló al vuelo.

—Nooo... ¡¿Con Keira?!

Mi sonrisa se amplificó.

—¡Serás cabrón...! ¡¿Cómo ha pasado?! ¡¿Por qué?! —Pero sonrío.

—Al día siguiente del entierro de Ulises fui a su casa, y Yasmín no me dejó entrar. Un par de días después, volví a intentarlo y lo conseguí. La novata no es tan dura como parece...

—No, solo tiene escorpiones por dentro...

Me reí, y me dolió todo el cuerpo. Maldije en voz baja.

—¿Y qué? ¿Os volvisteis a liar? —preguntó intrigado.

—Sí... Apenas sin mediar palabra. Fue la hostia...

—Joder... ¡Tendría que haber ido a verla yo...!

—Acércate, por favor... No llego a darte una colleja.

Saúl sonrió pícaro.

—¿Se lo has pedido porque has estado al borde de la muerte?

—Me lo ha pedido ella a mí, chaval... —dije vanidoso.

Lo vi cerrar los ojos con mucha envidia y también con aprobación.

—Están los que tienen suerte y luego estás tú, Ástor...

Mi sonrisa de satisfacción fue total.

—Gracias por venir a verme, Saúl...

—De nada... —contestó mirando mi mano.

No hizo falta que me la tocara. Me bastó con leer en sus ojos el deseo de hacerlo.

En el último mes hemos tenido más interacción que en el último año. Incluso me llamó por teléfono hace dos domingos por la noche, y me sorprendió tanto que pensé que había pasado alguna desgracia. Y así era. Me contó que su padre se había empeñado en que tuviera una cita con Yasmín a cambio de ver su testamento...

—¿Solo te dejaba la legítima? —pregunté alucinado.

—Sí, al parecer no soy digno del resto de sus cosas... Se venderá todo y construirán una clínica oncológica con su nombre para hallar de una vez por todas una cura contra el cáncer. Así su apellido será inmortal y recordado por los siglos de los siglos... —Chascó la lengua—. Que conste que me parece de lujo. Que haga lo que quiera... No necesito su dinero. Ni a él. Y como no espera nada de mí, tengo libertad total para hacer lo que me dé la gana... Creo que me iré a Malasia en cuanto termine el curso, o a Singapur, y que le den por saco a todo. No le deberé nada...

En su voz había mucho resentimiento. Y la acusación velada de que su padre sí le debía muchas cosas que ahora sabía que ya no le daría jamás.

Su aprobación.

Su cariño...

Pero me alegré de que por fin fuera libre para ser quien quisiera ser. Para mí, no había nada más valioso. Eso es ser verdaderamente rico. Mi ansiada libertad.

Después me preguntó por el tema peliagudo.

—Necesito saber una cosa... —comenzó con cautela—. En la cita, Yasmín se emborrachó y me pareció oírla decir que la habían violado... ¿Keira te ha comentado algo sobre eso...?

Le conté todo lo que sabía. Y no porque le debiera nada, sino porque noté en su voz que le importaba mucho esa chica.

—Me cago en la puta... —respondió al oír la verdad—. Por eso desapareció... ¡Por eso se fue de casa! Era menor de edad, joder, ¡y sus padres no denunciaron su desaparición por no mencionar el motivo! Es para matarlos, de verdad...

—Ya han pasado cuatro años... Y al final se abrió camino.

—¡Estuvo sola, Ástor! Sola en el mundo... ¿Por qué no me llamó? —se preguntó herido—. Esto es increíble... No sabe quiénes fueron, pero pienso averiguarlo. Tuvieron que ser chicos de mi antiguo instituto. De mi curso. Y quiero dar con ellos como sea...

—¿De qué va a servir eso, Saúl? No tienes pruebas...

—No las necesito. O admiten lo que han hecho o pienso hacerles la vida imposible. Imagino quiénes son y por qué lo hicieron... ¡Y fue por mi culpa, Ástor! Porque se enteraron de que había estado con ella...

—Cálmate, Saúl... ¿Quieres que quedemos en persona?

—No... —contestó acelerado—. Seguramente a la cara no podría contarte todo lo que te voy a contar por teléfono... —dijo avergonzado.

Volvió a relatarme la historia con mucho más detalle.

La primera vez, con diecisiete, se había dejado matices importantes, como que él era un marginado en el colegio y que lo tenían por el defensor de los débiles. Etiquetas que odió pronunciar pero que eran las responsables de que la pobre Yasmín fuera víctima de algo tan inherente al ser humano como querer conquistar el territorio que tu enemigo ha conquistado antes...

Cerré los ojos lamentando oírlo y entendiendo cómo se sentía.

—Creo que sé quiénes fueron, Ástor. Al menos un par de ellos... Y pienso ir a verles.

—Te acompañaré.

—Admito que esperaba que dijeras eso... —musitó aliviado.

—Cuenta con ello.

—Igual yo todavía no puedo hundirlos, pero tú sí...

—Si Ramón de la Torre, el padre de Yasmín, no hizo nada sería porque se trataba de chicos de familias bien posicionadas.

—Por supuesto... —dije con rencor—. Ramón de la Torre no

hizo nada porque era gente cercana a él, como Gustavo García. El padre de Gus y el de Yasmín tenían una empresa juntos, y ya hube de salvarla de sus garras de violador una vez…

—Iremos a verle, Saúl, pero esto tiene que quedar entre nosotros… A Keira no le gustará nada que nos tomemos la justicia por nuestra mano.

—Hecho.

El martes Saúl se saltó las clases para acercarnos a la universidad donde Gustavo García estudiaba para ejercer la abogacía —tócate los huevos—, y pillarle de improviso.

En cuanto vio a Saúl, le cambió la cara como si fuera un demonio que venía a buscarle desde el inframundo. Supongo que no era el chico escuchimizado que Gustavo recordaba. Ahora Saúl era casi tan alto como yo y había ensanchado mucho este último año.

—Hola, Gus… —lo saludó de forma siniestra.

—Saúl…, hola… ¿Qué… qué haces por aquí?

—Visitarte… Resulta que me he enterado de lo bien que os lo pasasteis en la fiesta de fin de curso con Yasmín hace cuatro años…

El pánico cruzó sus ojos confirmando sus premoniciones. Sin embargo, dijo:

—No sé de qué me hablas…

—Chaval, vas a tener que mentir mejor si quieres tener un futuro como abogado… —murmuré yo, posicionándome al lado de Saúl.

El chico tragó saliva.

—Sé que tú estabas entre ellos —continuó Saúl—. Pero, claro, tu padre y el de Yasmín eran socios de una empresa… ¿Tus padres llegaron a enterarse de que tenían a un violador en casa?

—¡Yo no hice nada! —se defendió con rudeza.

—Sí, ya me sé tus frasecitas… Yasmín tropezó y dio contra tu polla, ¿no, Gus?

Saúl se acercó a un centímetro de su nariz con ganas de darle una paliza si volvía a negarlo.

Estuve a punto de intervenir; no era el plan llegar a las manos.

—Estás loco, Saúl… —sentenció el chico—. ¡Eso nunca pasó…!

—Claro que pasó. Y seguramente no fuera idea tuya, como siempre. ¿Por qué te dejaste convencer por Santi?

—Santi tampoco hizo nada...

—¿Seguís viéndoos?

—Sí. También estudia aquí...

—¡Oh, mira qué bien! —Saúl sonrió, sardónico—. ¿Y continuáis violando a chicas juntos mediante sumisión química?

—¡Ya basta, Saúl! ¡Te lo estás inventando todo! Ni siquiera hay una sola denuncia interpuesta...

—No hace falta —musitó con frialdad—. Así es más divertido. En el Supremo te caerían diez o doce años a lo sumo... Mi condena para vosotros va a ser de por vida.

La cara de Gustavo se quedó sin sangre. Y Saúl aprovechó su miedo.

—Os voy a joder a cada paso que deis en adelante. Si buscáis trabajo, ahí estaré yo para impedirlo. Si pretendéis comprar una propiedad, ahí estaré yo para que no quieran vendérosla. Si vais a casaros, contaré a vuestra futura esposa qué clase de mamarrachos sois. Con una confesión, sin embargo, seguramente en seis años seríais libres por un delito de atentado a la integridad física y moral. Estúdialo en tus apuntes, Gus. Coméntalo con tus colegas. Habla con tus padres... Y ya me comunicarás tu decisión. Vámonos, Ástor...

Saúl se fue y, antes de seguirlo, me acerqué al chico para dedicarle unas últimas palabras:

—Yo a los veintisiete me morí y volví a nacer... Está muy bien, te lo recomiendo.

De vuelta en el coche, felicité a Saúl por su impresionante actuación, y volvió a hacerlo un par de días después en la fiesta de compromiso cuando plantó cara a los padres de Yasmín. Ya no era el niño perdido que yo recordaba y me sentí muy orgulloso de él.

—¿Estás seguro de que quieres que invite a sus padres? —le dije alucinado—. Lo más probable es que Yasmín saque una de sus armas y te pegue un tiro...

—Me arriesgaré, Ástor. Necesita verlos... Yas está muy jodida. Y tiene que ir paso a paso quemando todas las etapas que le impiden volver a llevar una vida normal... Y una de ellas es la interacción con sus padres.

—Te importa mucho, ¿no?

—Si no nos hubiésemos acostado, no le habría pasado nada...

—No te engañes, Saúl. No se trata solo de culpabilidad... Sigues sintiendo algo por ella.

—No es eso —zanjó tozudo. Como cuando intentas convencerte a ti mismo de algo que no quieres creer ni por asomo—. Yasmín ya no me interesa. ¿Sabes lo que me dijo ayer cuando me la encontré en la universidad con Keira? Que yo le había dado una puñalada por contar lo nuestro para presumir en el instituto. ¿Y sabes cómo me sentó?

—Fatal.

—¡Fatal! —gritó ignorando mi acierto—. Que piense así significa que no me conoce en absoluto. «Cree el ladrón que todos son de su condición...». Pensaba que era más lista. ¡A la mierda...! No me interesa, en serio...

—Te entiendo muy bien... Es justo el motivo por el que yo quise cortar con Keira. Cada vez que discutíamos, pensaba mal de mí y me decía a mí mismo: «¿Cómo va a quererme si no entiende cómo soy?».

—Exacto.

—Pero a menudo ese tipo de reacciones no significan que no te vean, sino que revelan un trauma personal de su pasado. En el caso de Keira, su miedo al abandono saboteaba todas sus relaciones. Y puede que a Yasmín le ocurra algo parecido. La concepción que los demás siempre han tenido de ella: ser la reina del baile, la hija perfecta, la guapa..., todo eso la lleva a temer que nadie la querrá como realmente es, sino por lo que representa.

—Cabrón... Acabo de entender cómo te has ligado a Keira... —masculló Saúl con admiración—. Menudo piquito de oro tienes...

Sonreí halagado.

—Que te obsesione mi mujer también tiene que ver con bloquear tus sentimientos hacia Yasmín...

—Futura mujer —corrigió con guasa—. Y no están bloqueando nada. Es que Keira es la hostia...

Me eché a reír.

—Quítale tus pensamientos de encima ahora mismo, Saúl...

—Ni de coña. —Cerró los ojos con regocijo—. Oh, sí, Keira... —musitó sugerente. Y le arreé la colleja que estaba deseando sentir por mi parte. Fue la primera vez que lo mucho que echaba de menos a Ulises dejó de presionarme la garganta.

Pero yo también tenía mis propios trucos para lograr mis objetivos. Y puede que manipulara un poco a Charly para que se interesara por Yasmín y que los celos demostraran al idiota de Saúl lo equivocado que estaba...

—¡¿Que Héctor ya no vive contigo?! —Me asaltó el chaval en la fiesta de compromiso—. ¡¿Cómo no me has contado nada?!

Y me hizo gracia su indignación. Como si fuera imperdonable dada nuestra nueva fase de confianza.

—Ya tienes suficientes problemas como para cargar con los míos...

—¿Estás bien, Ástor...? —preguntó Saúl rebajando su enfado—. Me ha dicho que ahora está viviendo en casa de tu madre.

—Sí... Ahí lo cuidarán estupendamente...

—No me jodas... Ahí no está tan a gusto como contigo.

—¿Te lo ha dicho el propio Héctor?

—¡Se le nota en la cara...!

—No quiero que viva solo. Puede tener alguna complicación, y si no hay nadie cerca, podría ser arriesgado...

—Le ofrecería mi casa, pero vivo con Gargamel —suspiró Saúl.

Me partí de risa. En ese momento me recordó tanto a Ulises...

—Mi hermano debería vivir con Keira y conmigo. —Inspiré hondo. Últimamente me costaba hacerlo. No me llegaba el puto aire.

—Me ha dicho que en tu casa sobraba...

—Joder... ¡De verdad...! —me sulfuré—. Señor, dame paciencia...

—Te ha dado algo mejor... A mí. —Saúl me palmeó el hombro, sonriente.

En ese momento entendí el dicho «Dios aprieta, pero no ahoga».

Yo había perdido mucho, pero había recuperado a Saúl justo cuando nos necesitábamos más que nunca.

 keira

18
Toda la verdad

No sé si he hecho bien en destapar la relación que existía entre la madre de Charly y el padre de Ástor y Héctor, pero creo que es mejor ir soltando perlas poco a poco, no vaya a ser que el secreto muera conmigo...

Consulto el reloj. Las ocho de la mañana.

Llevo veinticuatro horas sin dormir, pero Héctor tiene razón, me sería imposible hacerlo ahora mismo. Estoy en estado de alerta. Sin embargo, ellos...

—Lo mejor es que os vayáis a casa —aconsejo a los De Lerma.

—No queremos dejar solo a Saúl —responde Ástor.

—Seguro que Yasmín se queda con él... —apostillo.

—¿Creéis que es buena idea que se quede aquí? —alega Héctor—. ¿En el lugar del crimen? Yo lo alejaría unos días de esta casa...

—Que se quede en la nuestra —le dice Ástor, como si todavía vivieran juntos. Y al darse cuenta, implora—: Necesito que te quedes con él en el chalet, Héctor... Yo tengo que encargarme de todo lo demás.

—Bien... Si no molesto...

—Nunca molestas —contesta Ástor, tajante.

Se crea un silencio, y justo aparecen Yasmín y Saúl por la puerta.

Ástor les hace partícipes de la decisión que acaban de tomar.

—Yo puedo quedarme con Saúl, si queréis —se ofrece Yasmín, atenta.

—No hace falta... —contesta el aludido—. Estaré bien con ellos...

Hay un cruce de miradas entre todos. ¿La está echando del círculo de confianza?

—Lo mejor es que os vayáis ya a descansar... —digo apaciguadora.

—¿Y tú? —me pregunta Ástor, preocupado.

—Yo tengo que ir a un sitio antes...

—Te acompaño —se ofrece.

Tuerzo la cabeza con pena por mi inminente negativa. Noto que Ástor está muerto de miedo. Que se imagina que me veré envuelta en una persecución de película con tiroteos y me perderá para siempre.

—As..., alguien tiene que acomodar a Saúl y a Héctor en nuestra casa.

—Yo puedo conducir... —salta Saúl.

—No, no puedes —decimos Ástor y yo al unísono. Y nos sonreímos el uno al otro. Quizá seríamos buenos padres, después de todo.

—Yo iré con Keira... —propone Yasmín—. Y si hace algo kamikaze, te aviso, Ástor, no te preocupes...

—Una que me entiende. —Ástor la señala—. ¡Gracias, Yas!

—¿Adónde se supone que vais así vestidas? —pregunta Saúl, extrañado.

Yasmín y yo nos miramos de arriba abajo.

«Joder... ¿Llevo todo este tiempo dando órdenes con este modelito propio de la nochevieja?».

—Si vuelvo a casa a cambiarme, ya no saldré... —admito—. Nos llevará poco tiempo hacer una simple comprobación.

Nos ponemos en marcha, y Ástor me frena para decirme algo en privado.

—¿Adónde quieres ir que no pueda esperar?

—A la escuela de squash. Necesito comprobar la grabación del día que murió Ulises... Si no la veo, no pegaré ojo.

—Prométeme que después vendrás directa a dormir un poco.

—Depende de lo que encuentre...

—Keira...

—¡Esto es importante, Ástor!

—Lo sé, pero tú lo eres más. ¿De acuerdo?

Lo beso por decir eso y nos abrazamos. No sé muy bien en qué punto estamos, pero la realidad ha sepultado nuestros problemas amorosos por el momento. Está preocupado por mí.

¿Podría mandar a otro en mi lugar? Sí.

¿Tengo derecho a irme a dormir? Sí.

¿Voy a hacerlo? Ni de broma...

En el mundo hay dos tipos de personas: las que pueden dormir después de no haber hecho todo lo que han podido y las que no. Tengo claro que solo los que no se rinden cuando están cansados consiguen grandes hazañas. En ocasiones, intentarlo una vez más puede marcar la diferencia de toda una vida.

—Te escribiré, ¿vale? Tú, descansa...

—Si quieres te voy a buscar después, Kei...

—No te preocupes. Alguien me llevará a casa.

No se queda muy convencido, pero tiro de él y, una vez en el exterior, consigo que se meta en su coche y nosotras en el de un compañero de la base, sin que rechiste. El simple hecho de que no me lo discuta es de agradecer. A veces es en esos pequeños detalles cuando entiendes que tu pareja te respeta.

Yasmín se une a mí.

—¿Llevas la placa? —me pregunta en cuanto nos subimos en el coche—. Porque yo no, y creo que así vestidas nos ignorarán directamente. Si fuéramos hombres, sería más fácil...

La miro y me digo: «Cómo he cambiado». Porque yo solía pensar así. Me refiero a dar por sentado que vayas adonde vayas te van a desprestigiar por ser mujer, y creo que eso denota un espíritu combativo y amargado que no es útil para normalizar las cosas. Porque cuanto más señalemos esas diferencias, más fuertes se harán.

—¿De verdad crees que se tomarían en serio a dos tíos vestidos de esmoquin que dicen ser policías? —le pregunto perspicaz.

—Estoy segurísima —sentencia irascible.

Sonrío ante su empeño. Y Yasmín me mira sin entender.

—¿Qué pasa, Kei?

—Nada… Solo que creo que he cambiado, y me gusta.

—¿En qué sentido?

—Por un lado, pienso que sí podrían tomarnos en serio vestidas así, igual que a dos tíos con esmoquin; y por otro, creo que no nos tomarían en serio a ninguno de los cuatro —digo divertida—. Lo gracioso es que ya no estoy segura…

—No te entiendo…

—Da igual, Yas. Llama a la base y diles que manden una unidad de apoyo a la escuela de squash.

—Vale, pero explícamelo, quiero entenderlo… —insiste con avidez.

La miro con orgullo. Porque ya lo decía Einstein, esa curiosidad, ese empeño, es el máximo símbolo de inteligencia que hay. Porque el saber no ocupa lugar; en todo caso, hace más sitio todavía.

—Está bien, Yas… La cosa es que yo antes opinaba como tú. No dejaba de pensar en «el malvado patriarcado», pero he descubierto que aún queda gente decente en el mundo. Incluidos hombres. Buenas personas dispuestas a ayudar a otro y no atacarlo por el color de su piel, su género u orientación sexual. Y te aseguro que es una gran revelación para mí. Me he dado cuenta de que todo ese odio proviene del mismo sitio y que solo puede combatirse dándole con la verdad en las narices con la máxima calma y normalidad. Así que llama. Llama a la base y hagamos la prueba, solo por diversión. Y si no nos creen, se lo demostraremos cuando llegue el apoyo. Pero no voy a presuponerlo de entrada. Ahí está la diferencia. ¿Entiendes? Ya no soy como ellos…

Yasmín me mira estupefacta. No sé si por admiración o porque se teme que estoy loca. En cualquier caso, no me importa, porque pensar así implanta una dulce sensación en mi mente que no quiero volver a perder nunca más. Estoy aprendiendo a disfrutar de la vida, antes solo me limitaba a existir.

Espero a que obedezca y sigo interrogándola.

—¿Tú estás bien, Yas? Pareces triste… ¿Todo en orden con Saúl?

—Sí, es solo que… creía que cuando descubriera que mi interés por Charly había sido puro teatro se dejaría de juegos conmigo…

—Su padre acaba de morir… No está por la labor…

—¿Eso crees? Porque cuando Ulises murió, Ástor y tú le dabais al asunto que daba gusto…

—Eso fue diferente.

—¿En qué?

—Nosotros sabíamos que nos queríamos. Vosotros no sabéis nada. Lo único que sabéis es que hace cuatro años follasteis una vez y que os culpáis mutuamente de que todo acabara mal. Por otro lado, los encuentros que habéis tenido ahora no son como para decir «Ah, ¿que lo de tontear con Charly no iba en serio? ¡Pues te quiero!», porque no estáis en ese punto para nada, Yas…

—Ya… Saúl me lo ha dejado bastante claro. Dice que me quiere en su vida, que soy como una hermana para él… Perdona, tío, pero yo no haría «eso» con un hermano…

—Ten paciencia. Empezad a ser amigos otra vez y ya se verá…

—Yo creo que el problema es que le gusta otra…

—¿Otra? ¿Quién?

—¡Pues tú!

—¡Qué dices, loca!

—Solo me lo ha remarcado unas cien veces, pero lo que tú digas, Kei…

—Yas… —me quejo—. Estoy cansada y muy nerviosa. Lo último que necesito ahora mismo es sentirme mal por ti y por Saúl. Solo quiero que suene el teléfono y que me digan que han cogido a Charly; lo demás puede esperar. Mi propia vida amorosa está en *stand by*…

—Vale. Lo siento. Olvídalo todo. Tú has preguntado…

Suspiro cansada. Vaya par…

—¿Sabes qué creo? —declaro—. Que estás muy acostumbrada a que te lo den todo hecho… Y la vida no es así.

—¡¿Todo hecho?! —repite Yasmín, atónita—. ¡Llevo fuera de casa desde los dieciocho años! Llevo cuatro años sola, haciéndomelo todo yo misma.

—No me refería a eso. Me refiero al amor. Tu corazón lleva tiempo en «modo avión», pero esto ya no es el instituto, pequeña... En la vida real no chascas los dedos y los hombres que merecen la pena caen a tus pies. Esos son mucho más complicados de lo que crees... Sofía lo sabía muy bien. Me dijo que estaba harta de salir con chicos más inteligentes que ella, que habrá pocos, y se refería a Saúl.

—Detesto su cerebro matemático...

—A mí me encanta. —Sonrío satisfecha—. Saúl es un amor, pero no es fácil. Y también es bastante rencoroso...

—Ya me he dado cuenta...

—Es selectivo con la gente en la que deposita su confianza, y si le fallas, ¡agárrate que vienen curvas! En eso se parece mucho a mí.

—Qué bonita complicidad tenéis... —replica con sarcasmo.

Cuando llegamos a la escuela de squash me alegra ver que mis compañeros ya están allí, pero les digo que esperen fuera un momento para averiguar la resolución del experimento social.

Me presento en la recepción para comprobar mi teoría. Les comunico que somos policías y les pido ver las grabaciones del 16 de febrero por la tarde. Asienten sin dudar de mi palabra, y miro a Yasmín subiendo las cejas divertida.

«¿Has visto, Yas? No todo el mundo es como crees...».

Sé que habrían estado en todo su derecho a pedirnos las credenciales, es más, deberían haberlo hecho, pero me gusta sentir que todavía existe cierta benevolencia o tendencia a pensar bien, a ayudar, a confiar. Es una maldita gozada.

—Di al apoyo que entre ya —pido a Yas, y obedece sin rechistar.

Cuando Charly y Ulises aparecen en pantalla me muerdo los labios. Por eso no quería saber nada del caso de Ulises... Sé que me voy a poner mal.

Se les ve entrar juntos sobre las siete y media pasadas. Luego van a jugar a la cancha cinco. Peletean bastante rato hasta que paran. Hablan un poco. Charly le pone una mano encima y se dirigen al vestuario donde no hay cámaras. Adelantamos la cinta y espero verles salir juntos de allí, pero de pronto aparece Ulises en recepción, él solo, en el mismo sitio donde estamos nosotros ahora. Y trago saliva.

Parece hacer una consulta y espera. Se fija en los monitores y se toca la nariz, como solía hacer cuando se sorprendía por algo. Se fija mejor y se va con una cara de circunstancias horrible.

¡Seguro que Ulises estaba revisando la coartada de Charly!

No sé por qué motivo, pero quiso volver a verla y comprobar algo.

—Enséñeme el vídeo del veinticinco de septiembre a las cuatro de la tarde, por favor —le pido al responsable.

Es la hora a la que Carla y Sofía habían quedado.

Lo ponen, y Charly aparece en la pista jugando. Frunzo el ceño. «¿Qué vio Ulises que tanto le afectó?».

Partiendo del supuesto de que el propio Charly matara a Sofía…, concluyo que el que está en la pista no puede ser él.

Maldigo porque no tengo forma de confirmarlo. Aquel día Ulises acompañó a Charly a la taquilla del vestuario a por sus cosas, pero tuvo que regresar a por su móvil en algún momento después de matarla, porque cuando comprobamos su GPS no se había movido del sitio. Sin embargo, cuando lo vi en el escenario del crimen lo llevaba… Tuvo que volver a entrar a buscarlo por narices. Y no justo después del crimen, sino bastante rato después. En ese tiempo se ocultaría, quizá en su coche, donde pudo esconder también los guantes con los que manipuló el trofeo.

—Adelante la cinta, por favor… —pido al encargado—. Unos diez minutos.

Lo hace, y no sale nada. Charly sigue jugando en la pista asignada. Marcan las cuatro y diez. A esa hora Sofía ya estaba muerta. Si fue Charly, estaría fuera del edificio…

«Pero tuvo que entrar a por su móvil, joder…», me repito.

—Adelante despacio —murmuro concentrada. Nosotros llegamos a las cuatro y veinticinco al escenario del crimen… y Charly ya se encontraba allí.

«Tiene que aparecer algo…».

—¡Alto! —grito cuando veo entrar a un chico con una gorra

calada y la camiseta de un color distinto de la que lleva «el otro Charly» que juega en pista.

Fuerzo la vista. Estoy casi segura de que es él, aunque no se le vea la cara. Reparo en su complexión. En sus brazos. En el pelo que sobresale de la visera... Estoy casi segura de que es él.

—Póngame de nuevo la cinta del día 16 de febrero...

El encargado me mira tedioso, pero lo hace.

—Ese no es Charly —digo con la mirada clavada en el monitor.

—¿Cómo lo sabes? —pregunta Yasmín.

—Fíjate en sus piernas y en los brazos. No están tan moldeados. El pelo es muy parecido, pero no es Charly. Mira sus codos...

—¡Ostras! ¡Es verdad! ¡No es él...! —exclama Yasmín, alucinada.

—Ulises debió de darse cuenta. Lo que no sé es a raíz de qué.

—Eso no importa, Keira. ¡La cuestión es que vino a comprobarlo!

—¿Por qué no me avisó enseguida? —maldigo en voz alta.

—Estaría en *shock*...

—¡Era policía!

—Y también estaba enamorado de Charly...

—Ulises era muy honorable para estas cosas... Por eso Charly lo mató, ¿no lo entiendes, Yas? Seguro que quería detenerlo. Joder. ¡Mierda...!

Se me encharcan los ojos.

De repente el recepcionista habla:

—Recuerdo que ese día, cuando se fueron, uno de ellos volvió a llamar para preguntar si el otro había pedido ver una grabación. Lo recuerdo porque me pareció raro...

Yasmín y yo nos miramos alucinadas. ¡Charly lo sabía!

Cierro los ojos con dolor. Tuvo tiempo de sobra para preparar lo de la bomba de camino al restaurante...

Pido a uno de los agentes que nos acompañan que tome declaración al recepcionista y confisque todas las cintas como pruebas. Arrastro a Yasmín hacia la calle con prisa, totalmente eufórica.

—¡JOOODEEER! —Le cojo la cara con fuerza—. ¡¿Te das cuenta de lo que significa esto, Yas?!

—¡¡¡SÍ!!! ¡Que Carla va a salir de la cárcel! ¡Lo tenemos, nena, lo tenemos!

Vuelvo a chillar, y rompo a llorar a la vez. Estoy desbordada.

Siempre he sentido mucha satisfacción al resolver un caso, pero este me atañe personalmente y no puedo contenerme. Muestro mis antebrazos a Yasmín y de manera instintiva sabe que debe chocármelos. Lo hacemos hasta tres veces y después nos abrazamos con fuerza, muy emocionadas.

Es increíble...

«Gracias, Ulises», pienso mirando al cielo y apretándome los ojos para evacuar las lágrimas.

Saco el teléfono de mi bolsillo con rapidez y busco el contacto de Gómez. En cuanto pronuncia mi nombre contesto certera.

—Lo tengo. Fue Charly. Charly mató a Ulises. —Suelto el aire que estaba reteniendo. Y mi cara se congestiona por la tristeza.

—Hijo de puta... —escucho su voz resentida.

—Ulises revisó las grabaciones y descubrió que el de su coartada no era Charly. Por eso acabó con él. ¡Fue él, Nacho!

—Buen trabajo, Keira —musita intentando mantener el tipo, pero sé que está tan afectado como yo—. Vamos a atrapar a ese cabrón aunque sea lo último que haga, ¿me oyes? Te lo prometo.

—De acuerdo... —contesto evitando un plañido.

—Tenemos que cogerle vivo. Descubrir cómo lo hizo y condenarlo.

—Sí. Se le ve entrar y salir de la escuela. Voy a avisar a los De Lerma. Carla lleva meses en la cárcel siendo inocente, joder...

—Hazlo. Luego te llamo.

—Bien —respondo mirando a Yasmín, que sigue alterada.

—¡Llama a Héctor ahora mismo! —me apremia en cuanto cuelgo.

Seguramente Ástor y él estén durmiendo, pero esto es demasiado gordo. Los De Lerma llevan mucho tiempo esperando este momento...

Aguardo los tonos con el corazón dando tumbos por mi caja torácica.

—Kei... —contesta mi cuñado con aprensión.

—La tengo, Héctor... Tengo la prueba para sacar a Carla de prisión.

—¡Sí! ¡Sí! ¡Síííí! —grita, y creo que golpea algo con fuerza a la vez. Acto seguido, noto que se echa a llorar—. ¡Gracias, Keira! ¡Gracias...! ¡GRACIAS!

Oigo barullo y otro golpe, como si se le hubiera caído el teléfono.

—¿Keira? ¡¿Qué pasa?! —Es la voz de Ástor, con el llanto de Héctor de fondo.

—Carla va a ser libre, As. Tengo pruebas de que Charly mató a Sofía...

—Joder... —exclama conmocionado—. No me lo puedo creer...

—Pues sí... ¿Cómo está Saúl?

—Eh... Bien... Está a mi lado, loco de alegría, como todos...

—Dile que esto también es gracias a su padre... Te quiero, Ástor. Luego nos vemos.

—Yo también te quiero, Kei...

En cuanto cuelgo consulto los mensajes que han ido pitado en mi oreja a medida que hablaba. Deben de ser noticias de la base. Los leo con premura.

—¡Ha aparecido el coche de Charly! —comunico a Yasmín.

—¿Dónde?

—En un polígono cercano. Habrá ido por carreteras secundarias.

—¿Qué hacemos ahora? Aparte de parar a comprar un Red Bull... —Se frota los ojos y se cruje el cuello.

—Ir al depósito adonde lleven el vehículo. Quiero registrarlo cuanto antes, a ver si hay algo. Y comprobar si Charly ha cogido el cargador que le regalaste, Yas...

—De acuerdo. ¡Vamos!

Nos dirigimos a la localización que nos indican, y pido que un equipo de la Policía Científica acuda para recoger huellas y captar cualquier mancha de sangre que pueda haber en el interior del coche. Por microscópica que sea, la encontraremos; aunque si es listo, Charly le habrá hecho una buena limpieza al interior del vehículo.

—Keira... —empieza Yasmín con cautela durante el trayecto—. No nos habremos precipitado al afirmar que esas grabaciones van a sacar a Carla de la cárcel, ¿no? A ver, nosotros lo vemos muy claro, pero no sé si un juez, con un buen abogado haciendo las preguntas adecuadas, lo verá del mismo modo. Charly mintió en su coartada, cierto, pero eso no prueba que él matara a Sofía. O sea, que sí, pero no... ¿Entiendes lo que quiero decir?

—Sí. Ya lo sé. Una cosa es demostrar que lo hizo él y otra demostrar que no fue Carla. Sin embargo, existiendo esa duda razonable, tienen que darle, como mínimo, la libertad condicional a Carla, pendiente de la celebración de un nuevo juicio.

—Ah, vale...

—Pero estando seguras de que fue él, tenemos que encontrar algo, Yas.

Me sonríe y asiente convencida.

Pasa casi una hora hasta que llegamos frente al coche de Charly, y el equipo inspecciona el interior centímetro a centímetro.

—Está limpio, inspectora Ibáñez...

Era de esperar. No iba a dejar su ropa manchada y los guantes que usó en la guantera todo este tiempo, pero tuvo que venir a ocultarlos aquí. Quizá haya algo.

—La buena noticia es que el cargador no está —añade Yasmín—. Pero sigue sin dar señal. —Me muestra el móvil.

—Tendrá activado el inhibidor. Hasta que se organice y lo quite pueden pasar días...

—Pues la carga solo dura treinta y seis horas...

—Tengamos fe. A ver, déjame pensar... Soy Charly. Vengo de matar a Sofía, probablemente salpicado de sangre. Me meto en mi coche de cristales tintados... —Me subo al vehículo imitando el movimiento que supongo que Charly haría y muevo las manos para averiguar hasta dónde llego—. Si hubiera sido más lista y menos ingenua, habría registrado el vehículo del novio de la víctima en ese mismo momento... si no fuera el mejor amigo de mi exnovio, claro —me hostigo—. Pero tampoco creo que hubiésemos encontrado nada porque lo habría escondido muy bien... —discurro en voz alta.

—Esconderlo... ¿dónde? —pregunta Yasmín.

—En un lugar que no sea obvio.

Busco en el techo, en las alfombrillas y por todas partes. Solo podría quedar oculto en el esqueleto del coche, o dentro de los propios asientos...

Me agachó y comienzo a palpar por debajo del mismo. No hay nada. Toco la tela y de pronto noto algo raro. Tiene un reborde en el que descubro una cremallera oculta. Saco la mano de inmediato.

—¡Carolina! —llamo a la agente de la Científica encargada de la inspección—. He encontrado algo... Una cremallera.

La especialista se agacha y lo revisa con pinzas y guantes.

—Es como un compartimento secreto —informa—. Pero está vacío. Espera, Keira... Voy a buscar indicios con luminol.

—Eso es lo que se aplica para detectar la presencia de sangre, ¿no? —pregunta Yasmín.

—Exacto.

—Nunca lo he visto.

—Es un espray de efecto casi instantáneo que detecta cantidades de sangre muy bajas en superficies lavadas, aunque hayan pasado años.

—Guau...

—¿Ves algo, Carolina? —la azuzo, impaciente, al aplicarlo.

—No hay sangre, pero hay restos de un producto químico muy potente. Lo han limpiado a fondo. Lo que sí se ven son algunas partículas de polvo dorado adherido en las esquinas.

—¿Polvo dorado? —repito confusa. Y se hace la luz—. ¡¡¡El trofeo de Miss Madrid de Carla!!!

—¿Qué? —pregunta Carolina, perdida.

—¡Los trofeos con baño de oro terminan soltando partículas! ¡Coge una muestra, por favor! Dios mío... ¡Ya está, Yas! Se desprenderían del guante que Charly llevaba puesto cuando golpeó a Sofía con el trofeo, y este material no se disuelve como la sangre. Al limpiar el compartimento, lo arrimaría hacia las esquinas y… ¡No me lo puedo creer! ¡Solo hay que comparar estas muestras con la pintura del trofeo y le tendremos!

—Alucino… —musita Yas, pasmada.

Sin perder ni un momento, vuelvo a llamar a Gómez. Le informo de las pistas descubiertas en el coche y vuelve a darme la enhorabuena, maravillado.

—Mis chicos te llevarán las pruebas directamente a tus manos —le digo—. Agiliza todo lo posible los trámites para sacar a Carla de la cárcel, por favor…

—Intentaré que sea rápido. Mientras tanto, vete a descansar, Keira, te necesitaré muy pronto. Mañana habrá una montaña de datos sobre tu mesa para encontrar a Charly… Ahora vete a casa, es una orden.

—Sí…, «papá».

Nos oímos sonreír mutuamente y colgamos. A pesar de todo, me embarga una extraña calidez. ¡Todo está saliendo bien! Tanto que me escama…

Yas y yo abandonamos el depósito con un optimismo ciego. Poco después, Carolina se ofrece a llevarnos a casa, y quedo con Yasmín en que un coche la recogerá más tarde para que cene con nosotros esta misma noche. Por mucho que nuestro turno termine, vamos a seguir buscando por nuestra cuenta.

Llego a casa de Ástor, bueno, a la mía, cansada pero entusiasmada.

Aún no me lo creo… Carla va a ser libre, ¡por fin!

Uso mis llaves para entrar y me interno en una calma inusitada en la que se adivina que están todos dormidos. Intento llegar hasta mi habitación sin hacer ruido, me desnudo y me tumbo en mi lugar feliz en el mundo: la cama de Ástor.

Todavía no nos hemos recuperado de la experiencia psicodélica que sufrimos el viernes al encontrarnos con Olga en ese restaurante. Todo ha sido tirante entre nosotros hasta que a las cuatro de la madrugada nos ha dado un arrebato sexual en uno de los cuartos de baño de la mansión de los Arnau. Después todo se ha precipitado con su muerte y hemos firmado una especie de tregua.

Soy sutil como una gacela, no hago movimientos bruscos ni lo toco y, aun así, cuando siente mi presencia, Ástor se da la vuelta y me abraza desde atrás con un alivio que me derrite. Cierro los ojos agotada pero feliz.

—Te quiero tanto... —musita más allá que acá.

—Yo también...

Nos quedamos encajados y traspuestos, y entiendo que el amor no es solo desear acostarse con alguien, sino querer dormir a su lado.

No tengo un sueño tranquilo.

Recuerdos reales se mezclan con imágenes oníricas, y veo a Charly poniendo en marcha un plan de contingencia para conseguir sus fatales propósitos. Me da la sensación de que no es de los que renuncian una vez que han perdido, sino de los que intentan hacer todo el daño posible antes de irse.

En la fiesta de compromiso terció entre los hermanos de forma asombrosamente eficaz. Ástor llevaba casi un mes sin ver a Héctor, y estuve atenta a su conversación.

—Eh... Gracias por haber venido —empezó Ástor con cautela.

—De nada.

—¿Cómo te va?

—Estoy bien. Como siempre... ¿Y tú?

—Yo te echo de menos —soltó mi chico, directo.

Me encanta cuando se pone en plan «Toma mi corazón, es tuyo, rómpelo, si quieres». Es jodidamente irresistible que un hombre tan poderoso se exponga a eso por alguien.

Como era de esperar, la cara de Héctor se transfiguró al oírlo. Ya lo confesó en su día, desde el accidente la ternura le ganaba la partida en cualquier ocasión, y ya le brillaban los ojos.

—Yo también... —admitió—. E... Espero que Keira y tú seáis muy felices.

Se mordió en la lengua un «vosotros que podéis». Por eso estaba ansiosa porque descubriera que Carla no había abortado y demostrarle que todavía podía recuperar todo lo que creía perdido.

En algún momento de la tarde me despierto con los labios de Ástor pegados a mi cuello y sus manos acariciando mi tripa. Que merodee con sus dedos el borde de mis braguitas me da una pista de lo que quiere «desayunar».

Muevo la cabeza para rozar mi mejilla contra la suya, y nuestras bocas se atrapan despacio, comiéndose tres o cuatro veces con delicadeza.

—¿Has descansado? —murmura en mis labios.

—Sí...

—Pues sigue haciéndolo mientras rezo a mi dios particular...

Una sonrisa se estira en mi boca cuando lo veo sumergirse por debajo de las sábanas y atacar mi ombligo sin piedad.

Después de pelearse con él por la posesión de mi piercing, noto que sus dedos arrastran mi ropa interior hacia abajo y que se toma su tiempo para que mi centro se tense deseando que escriba un «buenos días» a lametazos.

—Ástor, no... —gimo—. Hace muchas horas que no me ducho...

—Mejor...

—Eres un cerdo. —Me río, y me muerdo los labios cuando los suyos empiezan a absorberme donde más me gusta.

Qué puñetera delicia...

Cuando me hace sexo oral me encanta deleitarme en el comportamiento de sus manos. Su forma de agarrarme y de acercarme más a él me pone como nada. Adoro sentir que necesita que me rinda al placer de sus labios y me enloquece percibir su ansiedad por llegar a lo más hondo de mí.

Cuando no aguanta más, repta por mi cuerpo para colonizarlo por completo, introduciéndose entre mis piernas hasta el fondo.

Se abre paso en mi carne y gimo al sentir un placer tan intenso que hace un año ni imaginaba que existía. Su vigor parece multiplicarse al saber que su hermano va a recuperar su felicidad, o igual está cabreado con Charly por su traición, no sé lo que es, pero...

«¡¡¡Ay, Dios...!!!».

Me sube las rodillas para que lo sienta todavía más profundamente enterrado en mí y no deja de embestir cada vez con más brío.

Me quedo encanada por un momento, incapaz incluso de gemir.

—¡Me corro…! —consigo exclamar para que Ástor también se deje ir. Y lo hace con un gemido sordo de lo más sexy.

Hacía mucho que no me sentía tan bien.

Nos duchamos juntos entre besos lánguidos mientras le cuento lo increíble que ha sido descubrirlo todo. Abrazo su conmoción al saber que Charly ha matado a Sofía, a Ulises, a Xavier… A pesar del agua de la ducha, me parece distinguir sus lágrimas, y nos abrazamos durante mucho tiempo bajo el chorro de agua caliente.

Cuando salimos al salón, Saúl y Héctor nos están esperando con las sobras de la comida a domicilio que han pedido hace horas.

Lo primero que hago es acercarme a Saúl y achucharlo de lado.

—¿Cómo estás?

—Bien… Un poco descolocado, pero bien…

—Sabes que estás en tu casa, ¿no? —Vuelvo a abrazarlo, sentida, mientras escucho un «gracias» bajito y pienso en Yasmín.

Quiero hablar con Saúl sobre ella, pero no es el momento.

También doy un achuchón a Héctor, que me mira con una sonrisa espléndida.

—¿Cuándo crees que soltarán a Carla? —me pregunta impaciente.

—No lo sé… Me tienen que llamar, Héctor… Sin embargo, te advierto que es un proceso tedioso. Ahora mismo está en manos de Penitenciaría. Aun así, tranquilo, que ya se están encargando de todo. Hay que presentar nuevas pruebas al juez y que revoque la sentencia. Mi jefe lo va a agilizar, pero hay que tener paciencia, ¿vale?

—Entonces ¿la obligarán a dormir otra noche en la cárcel siendo inocente? —pregunta indignado.

—Las cosas de palacio van despacio, debemos seguir el proceso y compadecer ante un juez. Será dentro de las próximas setenta y dos horas, como mucho… Pero he pedido que lo aceleren. Y le darán una buena indemnización…

—Estaba tan feliz, Keira… Si no la sueltan, quiero ir a verla mañana sin falta… Me muero por celebrarlo.

—Claro que iremos, Héctor. —Le sonrío.

Hablamos de Charly y de miles de detalles que ahora cobran sentido, pero en el aire flota una sensación agridulce por la reciente muerte de Xavier. Por no hablar de la pérdida de Charly tal como lo conocíamos...

Porque, a pesar de todo, sé que le echarán de menos.

Es un sentimiento difícil de digerir para ellos. Y más para mí, sabiendo que además es su hermano.

saúl

19
La carta

¿Cuánto tiempo ha de pasar para que una muerte deje de doler?

Si es la de alguien imprescindible en tu vida, nunca. Pero la creencia popular sostiene que el duelo amaina después del primer año. Dicen que es el más duro porque hay que enfrentarse a muchas primeras veces sin esa persona y es una sensación desgarradora. Es como si tu vida ya no fuera tuya, sino la de un desconocido.

La primera Navidad, el primer verano… Su cumpleaños. El tuyo. Y otras situaciones vitales donde dolerá especialmente que no esté… Pero nunca creí que un par de días después de la muerte de mi padre estuviera tan entero. ¿Tan poco le quería?

¿Tanta indiferencia sentía hacia él?

Yo no usaría esa palabra. Porque verle me provocaba toda clase de emociones, solo que no eran muy positivas.

Tampoco puedo decir que hubiera buenos momentos. Digamos que había algunos… menos malos.

Cuando estaba cansado o enfermo me ignoraba, y yo daba gracias a Dios. Esos eran los mejores días. Nada de «Oye, hijo, ¡mira qué vídeo más gracioso!». Siempre era «Mira esto… Qué vergüenza. Son unos indecentes… Espero que tú no hagas nunca nada parecido, aunque tampoco me sorprendería».

Si estaba contento, estaba cruelmente contento.

Si estaba triste, se multiplicaba su nivel de maldad.

«Confiesa, joder… ¿Te alegras de que haya muerto?».

Y así andaba mi cabeza, dando vueltas a cavilaciones parecidas mientras los minutos y las horas pasaban en casa de Ástor fingiendo que me había ido a echar una siesta.

Yo no diría que me alegrase de la muerte de mi padre… Porque no era alegría lo que sentía al pensar en ello. Aun así, debo admitir que se parecía a una especie de liberación. Un remanso de paz. Era como si alguien hubiera encendido una luz en medio de la oscuridad. Una luz cegadora e incómoda porque ya me había acostumbrado a sus tinieblas. Y ahora mismo me siento muy expuesto y liberado a la vez. Es una sensación extraña. Como si pudiera empezar a ser yo sin presiones ni justificaciones.

Encontré el cuerpo sin vida de mi padre a las cinco de la mañana y nos marchamos de la mansión tres horas después.

Me hice una mochila para un par de días con lo mínimo, y aquí sigo, en casa de Ástor. Imagino que cuando se me termine la ropa limpia, será el momento de marcharme…

A media tarde me llega un wasap de Yasmín.

Yasmín:
Cómo sigues?

Saúl:
Bien…

Sé que suena falso, pero no voy a confesarle que estoy demasiado bien… Seguro que espera que le diga que estoy tan mal que necesito volver a derrumbarme sobre su vientre…

¿Por qué coño lo hice?

Supongo que Yasmín es lo más parecido a un «familiar» que me queda en el mundo. No cuento con mis abuelos por parte de madre, que en vez de volcarse conmigo cuando ella murió se desentendieron de mí, y todavía no han contestado a mis llamadas de ayer.

Yasmín:
Si necesitas algo, cualquier cosa, no dudes en decírmelo

Saúl:
Tranquila, no me hace falta nada

Yasmín:
Dijiste que podíamos ser amigos…
Y yo ayudo a mis amigos.
Tú me estás ayudando con lo de la violación
y yo te quiero ayudar con esto. Vas a dejarme, por favor?

Sonrío agradecido, pero tengo tanto miedo de que Yas se haga ilusiones conmigo que no sé cómo actuar con ella.

Desde que en la fiesta de compromiso de Ástor y Keira me pidió que fingiera que estábamos saliendo, nuestra relación adquirió un cariz preocupante. Yo tenía muy claro lo que era fingido y lo que no, pero su lenguaje corporal me chivaba que ella estaba bastante confusa al respecto.

Quizá suene presuntuoso, pero hoy por hoy estoy curtido a la hora de notar cuándo una mujer está receptiva a algo más… Son señales sutiles que he ido aprendiendo a base de repetición. La atracción es el lenguaje universal, y cuando echamos a sus padres de la fiesta, Charly la buscó con intención de terminar con ella en la sala de los tapices.

No tuve más remedio que intervenir al ver que prácticamente estaba comiéndole la oreja a Yasmín en una de las barras.

—¿Podemos hablar un momento, Charly? —los interrumpí.
Él miró su reloj con parsimonia.

—Pensaba que a estas horas los niños ya estaban en la cama…

—Por eso vengo, para llevármela a la cama…

No pudo evitar soltar una risita ante mi sugerente declaración.

—Antes has dicho que no te interesaba —declaró delante de Yasmín.

—¿Y te lo has creído? —Sonreí bravucón—. Pero ¿la has visto bien?

Las dilatadas pupilas de Yasmín se clavaron en mis ojos anhelando que esa frase fuera cierta.

Primera señal.

¿Acaso dudaba de su belleza? Para mí era tan jodidamente hipnótica como el fuego, pero sabía lo que ocurría cuando lo tocabas...

—Pues me ha parecido que lo decías muy en serio.

—Es lo que quería... Como siempre vas corriendo a por todas las chicas que me interesan, quizá si creías que ella no, la dejarías en paz...

Charly sonrió reconociendo nuestra legendaria rivalidad por Sofía.

—Sofia le gustaba a todo el mundo, chaval... A mí, a ti, a tu padre, a Ástor en cuanto la vio por primera vez, y por supuesto, a Héctor..., gracias a lo cual acabó muerta —manifestó agrio—. Así que no te montes películas. Pero adelante —dijo apartándose de Yasmín—. Toda tuya. No tengo ninguna prisa... Intenta ganarte la aprobación de tu padre conquistándola. No voy a impedírtelo, porque cuando ella vea la diferencia entre nosotros, volverá a mí, como hacen todas... —Guiñó un ojo a Yasmín.

—Te lo tienes un poco creído, ¿no? —replicó Yas, fascinada.

Charly volvió a sonreír con una seguridad en sí mismo envidiable.

—Ay, cariño... Tu forma de besar es de las que prometen que saldrá una buena paella el día que yo ponga el arroz y tú el conejo... Mientras tanto, seguiré haciendo hambre. —Le besó la mano y se fue sin más.

Yasmín y yo nos miramos, y acto seguido empezamos a reírnos.

—¡¿Qué coño ha dicho de un conejo?! —repitió muerta de risa.

—No sé, pero ¡a mí me ha entrado antojo de paella valenciana!

A carcajada limpia ante un asesino, así estábamos... Aunque en el fondo, creo que nadie piensa que alguien con el que tratas a diario sea capaz de cometer un crimen. Que esas cosas solo pasan en la tele y que Charly era demasiado gracioso para matar a nadie... Ese era su mejor disfraz, sin duda.

—¡Qué tío! Es la puta monda... —opinó Yas ladeando la cabeza.

—¿Has oído lo que ha dicho sobre Sofía? —pregunté incrédulo—. Si de verdad fue él, es un auténtico cínico… —«Y te desea, Yasmín», pensé aterrado—. Tenías razón… Deberemos convencerlo de que estamos juntos hasta que encontréis más pruebas. ¿Qué bebes?

—Nada…

—¿Otra vez con lo mismo?

—Joder… ¡Entiéndelo, Saúl! ¡Me da miedo beber cualquier cosa! No quiero que me vuelva a pasar… Y si me pido algo, estoy todo el rato vigilando mi copa en estado de alerta y no puedo hablar con nadie, porque en cuanto la descuido un momento, no la cojo más. Y paso de andar así toda la noche…

—Conmigo estás a salvo —le aseguré—. Tómate algo. El plan es quedarnos en la barra un buen rato y luego desaparecer juntos.

—¿Desaparecer?

—Sí, en estas fiestas la gente se pierde por las salas contiguas para tener encuentros amorosos desde hace más de cien años… Si nos vamos, se imaginarán de todo.

Yasmín asintió y se pidió otro gin-tonic de Brockmans. Sonreí complacido.

Bebimos, nos reímos, charlamos, y pude ser testigo de cómo todo el mundo se fijaba en nosotros y se preguntaba qué se cocía en nuestras sonrisas cómplices. Evite mirar hacia mi padre para no toparme con su cara de satisfacción. El puto Charly había dado en el clavo, pero satisfacerle era lo último que quería. Puede que parte de mi reticencia hacia Yasmín proviniera de ahí.

Por suerte, con la cantidad de gente que conocíamos en común, Yas y yo teníamos tema de conversación para rato, tanto del pasado como del presente.

Poco después, escapamos del ojo público con muy poco disimulo.

—Charly pensará que nos estamos enrollando fijo —le aseguré.

—No solo Charly. ¡Tooodos! Y Keira me preguntará…

—Pero Keira sabe la verdad, ¿no?

—Sí, sí…, la sabe.

Segunda señal.

¿De qué verdad hablaba? Porque sonó a que sabía la verdad de lo que realmente sentía por mí. Y el hecho de que el otro día tratara de besarme borracha denotaba que, de hecho, quería hacerlo, como bien señaló mi padre...

El problema fue que, estando un poco achispado y sintiéndola tan cercana, accesible y preciosa..., yo también lo deseaba. Sobre todo cuando entramos en la sala de los tapices y me preguntó:

—¿Qué harías si vinieras aquí con una mujer que realmente te interesara? ¿Dónde te colocarías? Lo pregunto por si entra alguien y nos pilla de lleno haciendo... nada.

Subí una ceja juguetona y sentí que mis ascuas comenzaban a avivarse ante una chica que tenía frío...

Tercera señal...

—Probablemente, la besaría contra esa pared. —Señalé el lugar—. Luego la arrastraría hasta ese mueble y me apoyaría en él, dejándola entre mis piernas.

Caminé hasta un mueble bajo con la altura perfecta para que dos personas se encajaran la una en la otra y me senté.

—¿Ella sobre el mueble o ella sobre ti? —cuestionó, acercándose para estudiarlo.

—Me da igual... ¿Cómo preferirías tú, Yas? —la piqué.

—No sé... —Se sentó a mi lado para comprobar la estabilidad de la pieza y rumió la respuesta—. Supongo que al llevar vestido, preferiría quedarme de pie, así él tendría libre acceso a todas partes...

—Me gusta cómo piensas...

Nos miramos por un instante y aparté la vista al imaginar el roce de mis dedos sobre la piel de sus muslos en dirección ascendente.

Estábamos a punto de comprobar si Newton tenía razón al decir que dos cuerpos, por el simple hecho de tener masa, experimentan una fuerza de atracción denominada fuerza gravitacional. Es decir, me gustaba pensar que si fuera cualquier otra chica seguramente nos juntaríamos, atraídos de forma natural, y ocurriría lo inevitable...

Pero mi corazón había aprendido a no ver a Yasmín de ese modo nunca más. Sin embargo, mi cuerpo iba por su cuenta y tuve que concentrarme para dominarlo.

Para mí sorpresa, Yasmín se quedó quieta a mi lado. Casi tensa. Y me pregunté qué le ocurría. Era la misma expresión que le había visto cuando Charly invadía su espacio vital en la barra. Un gesto casi de desagrado.

—¿Te pasa algo?

—No... —contestó veloz.

—¿Qué es? Cuéntamelo.

—Nada, solo que... este silencio me pone nerviosa. Me cuesta estar a solas con un hombre desde aquello... Es superior a mis fuerzas.

—¿Te sientes tensa por mí ahora mismo?

—No... Bueno, sí. Aunque sepa que no vas a hacerme nada, siento una presión en el estómago. Es algo en lo que estoy trabajando día a día... En la cita que tuvimos lo pasé muy mal...

—¿En serio? —pregunté dolido, y me sentí fatal por ella. ¿No iba a poder llevar una vida normal por... por algo que le pasó por mi culpa o la de mi padre?

—¿Y cómo lo estás «trabajando»? —pregunté interesado.

—Aún no lo he puesto en práctica, pero supongo que es ir cogiendo confianza con un chico, poco a poco...

—Lo veo difícil si ni siquiera puedes estar conmigo, sabiendo que no va a pasar nada entre nosotros y que estás a salvo...

Se encogió de hombros y se mordió los labios, apurada.

—Ven aquí, anda, vamos a hacer terapia de choque, Yas...

—¿Qué?

—Terapia de choque. Comprueba por ti misma que no ocurre nada por tocar a un hombre. Domina tu miedo. Ponte delante de mí y afróntalo.

Obedeció casi sudando y con la respiración algo acelerada.

—Confía en mí... —susurré ante su estado de tensión.

De pronto, cogió mi mano y la posó sobre la piel de su esternón, justo encima de la curvatura de sus pechos. Me di cuenta de que intentaba mostrarme sus atronadores latidos retumbando en la penumbra.

—Joder... —dije sorprendido—. Tampoco quiero que te dé un infarto, ¿eh?

—Tranquilo... —Tomó aire y lo soltó—. Voy a intentar controlarlo. Eres tú... Es solo Saúl... —se repitió a sí misma—. Solo Saúl...

No se movió en un rato, así que la acerqué a mí con suavidad y la abracé, quedándose embebida entre mis piernas. Puso las manos en mis hombros como si fuera a apartarme, pero no lo hizo. Se quedó quieta y la sentí temblar. Mi respuesta fue acariciarle la espalda con suavidad.

—Confía en mí, Yas —le susurré al oído—. Nunca te haría daño...

—Pues me lo hiciste... —replicó bajito, y tragué saliva, fulminado.

¿Debería contarle que acababa de descubrir que fue mi padre el que hizo rular la noticia y que nos tenía inmortalizados en una grabación?

No... No podía.

Me separé un poco de ella y la miré.

—Tú también me lo hiciste a mí cuando me gritaste todas esas cosas en el pasillo del instituto, Yas... Yo no había hecho nada y me pilló por sorpresa.

—Lo siento —musitó vulnerable entre mis brazos, y la tentación que sentí fue tan grande que creí que no podría resistirme.

Mi vista aterrizó en sus labios y humedecí los míos en un acto reflejo.

Yasmín lo captó y esperó a que moviera ficha. Fue un momento crucial. Me vi haciendo malabares en la cuerda floja de la ética a punto de caer en el lado oscuro. Si satisfacía mis deseos tendría que dar muchas explicaciones que ni yo mismo entendía, lo único que sabía con certeza es que no quería soltarla.

—Yo también lo lamento, Yas... —murmuré—. Odio que te pasase eso y que ahora te sientas así. Deberías poder estar a solas con un chico... No sentirte violenta cuando alguien haga esto...

Mis labios fueron a parar a su cuello, y su cuerpo se arqueó con una mezcla de decepción y placer. Me pareció que quería entregarse a mí, y las ganas de poseerla por poco me ganan la partida. Aun así, me dominé. No podía ceder a mis bajos instintos. Y creo que ella tampoco habría podido dejarse llevar, aunque me lanzara. Le quedaba mucho camino por recorrer en ese sentido. Los histéricos latidos de su corazón lo demostraban. No había vuelto a estar con un hombre desde...

«Pero besó a Charly», recordé.

Seguro que el muy canalla no le dejó opción... ¿Tendría razón mi padre y estaría tan excitada por la borrachera que su propio cuerpo había ganado terreno a sus traumas mentales momentáneamente?

De repente, la puerta se abrió arrojando un halo de luz artificial y oí una risita femenina. Paul acababa de entrar con una tal Lidia. Llevaban meses jugando a ponerle la cola al burro con idas y venidas.

Todavía no nos habían visto, y no me lo pensé dos veces. Era nuestra oportunidad.

Agarré la barbilla de Yasmín y encajé nuestras bocas con firmeza.

Ni viéndolo venir me esperaba un beso tan jugoso...

Su reacción fue instantánea. Arrulló mi lengua triturándome el cerebro, y sus manos me rodearon el cuello para anclarse más a mí. Sus dedos resbalaron hasta el inicio de mi pelo, y gimió al sentir que los míos la presionaban donde la espalda pierde su nombre.

—¡Oh, perdón! —se oyó de pronto, lo que nos obligó a romper el contacto de nuestros labios de golpe—. No sabíamos que había alguien más aquí...

—¡Esto está muy concurrido! —exclamó Lidia, jovial.

—Disculpad... —dijo Paul retrocediendo y cerrando la puerta rápido.

La mirada que me lanzó Yasmín a continuación fue la cuarta señal. Y que no se apartara de mí de un salto, la quinta.

Dejó en mis manos la decisión de callar y seguir besándonos o restablecer la normalidad, sin más.

Los segundos se hicieron eternos como en una batalla épica entre el bien y el mal.

—Misión cumplida... —zanjé cortado. Y Yasmín bajó la cabeza—. Ahora esperemos que llegue a oídos de Charly y se mantenga alejado de ti...

—Vale... —respondió cohibida, despegándose de mí.

—¿Te has sentido mal al besarme?

—No... La verdad es que no. Pero ya sabes, eres tú...

«Soy yo».

«¿Y qué significa eso? ¿Qué soy yo para ella?».

Descubrir una inoportuna tensión en mi pantalón me hizo levantarme de un brinco para caminar un poco por la estancia. Teníamos que hacer tiempo...

—Deberíamos salir mañana por la noche —propuso Yas de repente, tambaleando mi férrea determinación de poner tierra de por medio entre nosotros.

—¿Mañana?

—Sí. Es viernes. Y seguro que Ástor propone un plan para juntarme con su amiguito del alma. Está muy celestino... Lo ideal y lo lógico, si queremos hacer creer que estamos liados, sería salir juntos otra vez, Saúl. Además, me debes una cena en condiciones —dijo burlona—. El otro día me timaste. Te salí muy barata...

Una sonrisa se dibujó en mis labios, pero por dentro no dejaba de insultar a Ástor mentalmente.

«¡Será idiota...!». ¡¿Por qué trataba de juntarles?! Sabía lo que Yasmín significaba para mí. O significó... En el pasado.

¿No se daba cuenta de que ella no estaba preparada para una relación?

No podía abroncar a Ástor porque empezaría a sonreír como siempre hacía, crispándome los nervios al sugerir que estaba celoso. Y me jodía, porque si alguien podía entender lo lejos que estaba de volver a tener sentimientos románticos por Yasmín, era él, que me vio sufrirla en primera línea hace años.

—Vale... Pues mañana quedamos para cenar, Yas. Te llevaré a mi nuevo restaurante favorito.

—¿Has cambiado? —preguntó extrañada.

—Sí. La gente cambia de gustos, ¿sabes?

Y al decirlo nos miramos con intensidad, sabiendo que no estábamos hablando solo de comida.

Al final fue mejor idea de lo que creía, porque al día siguiente Charly le tenía preparada una emboscada con un plan espectacular y pudo contestar sin atisbo de duda que ya había quedado conmigo. Me gustaría haberle visto la cara al imbécil...

Quería cazarla y no iba a rendirse. Y el pequeño detalle de que ella quisiera ser cazada me ponía todavía de más mala hostia. Sentía que debía protegerla de su capricho, igual que yo debía protegerme a mí mismo del mío con ella. A ninguno nos convenía hacer tonterías con alguien peligroso...

Mi padre siempre dijo que «quien tuvo, retuvo». Y era evidente que físicamente a mí Yasmín nunca me sería indiferente. No me lo era ni cuando pensaba que era una loca que quería alquilar un patín de pedales solo para hacerme sufrir.

Lo que me enamoró de ella fue su mirada...

Cómo cambiaba cuando miraba a los demás y después a mí. Nadie lo veía, pero cuando el resto apartaba la vista ella me dejaba leer en el espejo de su alma que era una chica decidida y valiente. Y el hecho de que a mí no quisiera ocultármelo me hacía sentir especial. Esa sensación de notar que no le era indiferente, que se tomaba muy en serio lo que yo opinaba de ella, me llevaba a pensar que, en el fondo, sentía algo por mí.

Es cierto que apenas me miraba en el instituto, pero cuando lo hacía el tiempo se detenía.

Creo que no importa cuánto tiempo pases con una persona; si es detallista, puede cautivarte con un par de gestos de forma irremediable. Gestos que llegan al alma y te hacen sentir el ser más importante del mundo.

Y no hay nada más doloroso que alguien te suba la autoestima —que tienes bajo mínimos por culpa de un padre cabrón— y poco después te la arranque dejándote totalmente vacío y dolorido.

No permitiré que nadie vuelva a hacerme daño así... Ahora tengo el arca de mi autoestima bien llena, y un paso en falso con Yasmín podría arruinarlo todo.

Contesto a su wasap de si la voy a dejar ayudarme afirmativamente y le mando un emoji lanzándole un beso.

Sobre las ocho, Keira recibe una llamada interesante. Al parecer han encontrado algo en casa de mi padre. Una carta dirigida a mí.

¿Una carta de despedida por si un día moría de repente?

Se me cae el mundo encima. No sé si estoy preparado para unas últimas palabras malévolas...

Keira va a recogerla a la comisaría antes de ir a buscar a Yasmín para traerla a cenar.

Cuando llegan, no puedo disimular que estoy nervioso.

—Démosle intimidad —pide Ástor a los demás.

Sin embargo, no sé si la quiero. Me gusta que Yasmín me mire como si esperara cualquier señal por mi parte para venir corriendo si lo necesito.

Me dejan en el sofá, aislado, y ellos se van a la mesa de comedor que hay entre el salón y la cocina abierta. Esa es toda la intimidad que van a darme, y me parece bien.

Desdoblo la carta y empiezo a leerla atemorizado.

Querido Saúl:

Si estás leyendo esto, es que mi plan ha tenido éxito.

Este verano me diagnosticaron cáncer de páncreas...

—Joder... —suelto sin poder evitarlo.

—¿Qué pasa? —pregunta Ástor, preocupado.

Lo miro y decido leerla en voz alta desde el principio.

Querido Saúl:

Si estás leyendo esto es que mi plan ha tenido éxito.

Este verano me diagnosticaron cáncer de páncreas.

Como suele ocurrir, me lo detectaron tarde porque no presentaba síntomas y había empezado a hacer metástasis en hígado y pulmón. Me dieron una esperanza de vida de seis a nueve meses, como mucho.

No le vi sentido a contarte nada... Prefería que me siguieras odiando.

Hago una breve pausa, sentida, y sigo.

Ya sabes que cuando mataron a Sofía me cabreé mucho. Ella no merecía morir. No es un secreto que sospechaba de sus novios, pero cuando murió el policía me convencí de que Carlos estaba detrás de todo. Vi claro que era un viudo negro obsesionado con los De Lerma por algún motivo, aunque desconocía cuál.

En cuanto constaté que Keira había llegado a la misma conclusión e iba tras su pista con Yasmín, supe lo que tenía que hacer: tender una trampa a Carlos. Provocarle y hacerle pensar que sabía algo, a pesar de que no sabía nada.

Keira me comentó que irían a ver a su madre, y cuando empecé a investigarla me llevé una buena sorpresa... Resulta que era una antigua Kaissa de Guillermo de Lerma. El padre de Ástor y Héctor estuvo con ella un tiempo. Poco después, saltó la noticia de su compromiso con Linda y, como no quería complicarse, acalló con dinero la relación con esa mujer.

Sofía no me contó nada antes de morir, vino a verme dos veces aquella semana porque justo le expliqué lo de mi enfermedad y le dije que quería dejarle un dinero para que no tomara a la ligera la decisión de casarse. Pero en la fiesta de compromiso de Ástor y Keira hice pensar a Carlos que me había contado algo sobre él. Se lo tragó porque también le confié que había chantajeado a Yasmín con darle información crucial para el caso con tal de que saliera contigo, hijo. Y le encantó oírlo.

Me humedezco los labios, alucinado. «¡Charly sabía que Yasmín y yo éramos una farsa! Por eso no dejó de insistir con ella». Continúo leyendo.

No pongas esa cara, Saúl. Necesitabas competencia para darte cuenta de lo que...

Dejo de leer.

«¡Mierda! Ha sido una pésima idea leer esta carta en voz alta», pienso, y leo solo para mí:

... darte cuenta de lo que querías. Siempre has sido un poco lento en el entorno sentimental.

Lo que pretendo es que Carlos venga a por mí en mi cumpleaños. Espero que lo haga. Le he cabreado mucho esta semana.

Cojo aire y reanudo la lectura en voz alta.

Lo que pretendo es que Carlos venga a por mí en mi cumpleaños. Espero que lo haga. Le he cabreado mucho esta semana. Y espero poder grabarlo todo. Quería que pudierais vivir todos tranquilos sin él, y quizá que tú ocuparas su lugar en el seno de los De Lerma...

«¡Me cago en...! ¡¿Por qué he continuado leyendo para todos?!».

... como siempre quise para ti.

Reanudo la lectura en voz alta.

... como siempre quise para ti.
Mi muerte será un final de velada inolvidable, ¿no crees?
Respecto al testamento, sé que te llevaste una desilusión, pero también la necesitabas para emprender el rumbo hacia tus verdaderos sueños, hijo...

Me quedo sin habla. ¿Lo hizo para ayudarme a decidirme? Hago un esfuerzo sobrehumano por seguir.

La vida es corta, Saúl, no la desaproveches haciendo lo que crees que debes hacer, sino lo que deseas. Si quieres irte vete, no dejes que nada ni nadie te lo impida.

Las últimas palabras suenan demasiado llorosas como para que continúe leyendo. Agacho la cabeza y me tapo la cara con una mano.

Percibo movimiento a mi alrededor. Alguien se sienta mi lado y me frota la espalda. Es Yasmín. Reconozco sus pequeñas y dulces manos. No he tenido ni que hacerle señales...

Oigo más movimiento.

—Ya la terminarás de leer en otro momento, Saúl... —me dice Ástor—. Tranquilo... No tienes que hacerlo ahora.

—Era un cabrón... —murmullo enfadado—. ¿No podía tener esta conversación conmigo en vida? No me habló del cáncer. No... no lo entiendo... ¿Por qué no me dijo esto mismo a la cara en vez de hacerme sentir mal con el puto testamento?

—Era un hombre muy complicado... —explica Ástor.

—Sigue leyéndola tú, por favor... —le pido.

—¿Estás seguro, Saúl? ¿No sería mejor dejarlo para luego...?

—No. Quiero acabar con esto ahora... —sentencio.

Ástor coge la carta que le tiendo y se lo piensa un instante. Pero lee, al fin.

Y ahora el plato fuerte...

Se detiene, intrigado. Y se hace un silencio entre todos.

—Joder... —suelta al leer para sí la frase siguiente.

—¿Qué pone? —pregunta Keira, ansiosa, quitándome las palabras de la boca.

Ástor carraspea y prosigue.

Tienes un hermano por ahí, Saúl. Todo sucedió antes de conocer a tu madre, pero hice la promesa de que nunca revelaría su identidad, y la palabra de un hombre es lo más valioso que tiene. Puedo ser un cabrón, pero nunca miento. Con mi muerte esa promesa no queda liberada, sigo sin poder decirte quién es, aunque espero que algún día él te encuentre a ti.

Desde que murió tu madre no he hecho las cosas bien contigo, pero tranquilo, seguro que me patea el culo si llegamos a encontrarnos. Espero que mi sacrificio de última hora me redima de todas las molestias que te haya podido causar y me catapulte a su lado sin juicios previos.

No sientas pena por mí; en realidad, llevo esperando este momento desde que su corazón dejó de latir hace trece años...

Cuídate mucho, hijo.

Lucha por lo que quieres. Y con más fuerza contra ti mismo.

Solo puedo mirar hacia un punto fijo del suelo mientras la mano de Yasmín intenta reconfortarme. Esto es demasiado...

—¡Esto es increíble...! —corrobora Héctor—. ¡¿Xavier se sacrificó para cazar a Charly?! Siempre fue un grandísimo estratega...

—Pues se ha lucido... —le concede Ástor.

—Lo hizo porque iba a morir —señala Keira, racional.

—¿Tengo un hermano por ahí? —pregunto anonadado.

—Olvídate de eso, Saúl; es un callejón sin salida —resuelve Héctor—. Si tu padre hubiera querido contarte quién era lo habría hecho. Te toca esperar a que él te encuentre. Tampoco es que tengas datos para buscarlo.

Levanto la vista y miro alrededor.

Unos cuantos ojos que me brindan su apoyo incondicional...

¿Quién necesita un hermano?

 yasmín

20
Estás viva

«¿En qué jardín te estás metiendo, Yas?».

¿Cuántas veces habré pensado esto en mi vida? Demasiadas; soy de las que prefieren quedarse con la culpa antes que con las ganas.

Siempre he sido muy impulsiva. Y para sobrevivir en mi mundo tuve que aprender a desarrollar un autocontrol envidiable. Hasta que un día me mutilaron emocionalmente y decidí dejar atrás esa parte de mí. La atrevida. La que no teme a nada. La chulita que tanto idolatraba Saúl.

La cosa es que él parece reactivarla de algún modo.

Cuando leyó la carta de Xavier nos quedamos todos atónitos y me resultó imposible no ir a consolarle. Tenía tal soponcio al oír por primera vez en su vida frases bonitas de la boca de su padre que no podía cerrar el grifo. Así que le cogí la cara para limpiarle las lágrimas con los pulgares y empecé a darle besos en la mejilla para que dejara de pensar en ello.

Lo alucinante es que cerró los ojos y se dejó. Parecía que aquello lo calmaba de verdad y terminó reclinándose hacia atrás contra el sofá. Y yo… yo no paré. Le acariciaba la cara, dándole un ligero masaje en sus facciones congestionadas, y luego le aplicaba un dulce beso cada vez en un lugar distinto. Perdí la cuenta de las ocasiones en que lo hice, hasta que se quedó medio amodorrado y traspuesto.

Solo entonces oí un carraspeo.

Héctor, Ástor y Keira estaban mirándome desde la barra de la cocina con una expresión extraña. Fui hacia ellos y, a medida que analizaba sus caras, me iba sintiendo más tonta.

—¿Qué pasa? —pregunté incómoda.

—Nada... Solo nos estábamos preguntando qué hay entre vosotros —atajó Keira, expectante.

Me encogí de hombros algo avergonzada.

—Nada... Somos amigos. De la infancia...

Se miraron de reojo sin estar muy de acuerdo.

—Se rumorea que os vieron muy juntitos en la sala de los tapices... —formula Héctor.

—Eso fue un montaje. Keira, díselo.

—¡Fue un montaje! —Y sonó tan falso que los De Lerma sonrieron a la vez ante su tono guasón.

—Lo fue —sentencié enfadada—. Y lo de Charly también. No fueron más que un par de besos inocentes, no os vayáis a imaginar nada subido de tono...

«Cómo si fuera capaz de llegar más lejos...», pensé asqueada.

Si lo hiciera, creo que me pasaría como a Rachel en *Friends*, que cada vez que besaba a Joey le calzaba una hostia sin querer. Si alguien me metiera mano, creo que le pegaría un tiro en un pestañeo...

—¿Y no crees que vuestra actitud significa que...?

—Perdonad... Tengo que ir al baño —interrumpí a Keira. Y hui rápido de ese tercer grado. No quería escuchar nada más.

Me tomé mi tiempo en el aseo, y cuando volví el ambiente ya era más distendido. Habían encendido la tele, sacado bebidas y algo para picar, y todos hablaban animadamente.

Llamaron por teléfono a Saúl y nos vocalizó que eran sus abuelos.

Se fue a hablar a su habitación, y cuando las pizzas llegaron Keira dijo que iba a avisarle. Creo que quería hablar con él a solas y..., lo sé..., el Sombrero Seleccionador de Hogwarts me diría que tengo alma de Slytherin, pero la seguí.

Encontré la puerta de la habitación entreabierta y me quedé escuchando en el pasillo.

—¿Estás bien, Saúl?

—Sí...

—¿Qué te han dicho tus abuelos?

—Están horrorizados, Keira, aunque creo que en el fondo les ha importado bien poco...

—Las pizzas han llegado, pero si te apetece quedarte aquí lo entenderemos... Tienes todo el derecho del mundo a sentirte mal. Yo me encerré durante días cuando murió Ulises...

—Para mí es diferente... Tú estabas apenada, pero yo no sé ni cómo me siento, Kei... Estoy hecho un lío. Supongo que reaccionaré cuando se me pase el *shock* inicial y me vea completamente solo...

—No estás solo —se afanó en señalar Keira—. Nos tienes a nosotros y también a Yasmín...

Pronunció mi nombre de una forma cargada de significado.

—No sé qué insinúas, pero Yas y yo no somos nada... —murmuró Saúl.

—No es cierto. Fue tu primer amor y ese nunca se olvida...

—Ya no queda nada de eso. Sabes que todo ha sido un montaje...

—Sí, ya... ¿Y por qué la besaste cuando fuisteis a cenar el segundo viernes? Ahí estabais solos. ¿Para quién estabas fingiendo en ese momento?

—Eso fue solo... la demostración de una teoría.

A mí no me lo pareció, pero...

—¿Y no sentiste nada al besarla?

Contuve la respiración para oír mejor su respuesta.

—En realidad, no. Creo que estoy inmunizado a Yas, en serio... Me hizo demasiado daño en el pasado.

—¡Venga ya! ¡Nadie es inmune a Yasmín...! Ni siquiera yo. ¡Es genial! Me conquistó por completo, y es muy guapa...

—No digo que no lo sea, pero llevaba años sin verla y creo que, de algún modo, esa chica murió para mí, ¿entiendes, Kei?

Escuchar eso me desgarró el corazón. Sentí un dolor tan intenso... Más que el de su traición en el instituto. Porque en ese momento sabía que me quería, pero ahora...

—Siempre puedes desenterrarla —lo vaciló Keira—. Los Addams lo hacen constantemente...

—Sabía que había un alma sádica dentro de ti... —bromeó Saúl, y oí su risita musical.

Pero yo no me reía. Me había quedado helada al oír eso.

Caminé hacia atrás, sin dejar de sentir un dolor profundo en el pecho, y anduve despacio de vuelta al salón.

A medida que notaba cómo mis ojos se inundaban de lágrimas, iba ralentizando mis pasos. No quería aparecer así. Tenía que ir al cuarto de baño primero.

Me detuve en medio del pasillo y me limpié las mejillas con la intención de que no se notara que algo me había afectado. No podía quedar rastro de llanto. Con no mirar directamente a los ojos de nadie durante unos minutos bastaría.

Hice inspiraciones profundas y volví a secarme la cara. Pero cuando levanté la vista tenía a Ástor plantado delante de mí.

—¿Va todo bien? —preguntó extrañado.

—Eh... ¡Sí, sí...! —dije sin mirarle.

—¿Ha pasado algo?

—No, no... —Parpadeé mucho, cohibida.

—Mi madre suele decirnos que sabe cuándo mentimos porque repetimos dos veces las cosas..., y tú lo haces casi siempre.

—Ah, vaya... No. Estoy bien, de verdad...

—Veo que sigues huyendo de lo que te hace daño en vez de afrontarlo...

—En todo caso, él huye de mí... —Intenté esquivarle.

—Yas... —Ástor me agarró del brazo con cuidado—. No sé qué habrás oído, pero no te rindas. A Saúl le importas mucho...

—Pues acabo de oír justo lo contrario. Que estoy muerta para él y que no sintió nada cuando me besó el otro día. Dice que es inmune a mí.

—Joder... ¡Es el maldito Pinocho!

—Lo dice en serio, Ástor... —musité casi sin voz, con los ojos cargados de lágrimas de nuevo.

«¡Mierda!».

—Es mentira, Yasmín. Lo conozco muy bien, y sé que en todo caso es lo que quiere pensar, pero habla así por miedo. No te rindas... Yo no lo hice con Keira cuando trató de echarme de su vida. Son los dos igual de cuadriculados, joder...

—Acaba de decir que no me quiere…

—No le creas. ¿Sabes por qué estoy tan seguro? Por cómo le habló el otro día a uno de los chicos que presuntamente te atacó… Un tal Santi. Nunca le había visto así… Le importas mucho más de lo que piensa, Yasmín.

Me quedé impactada.

¿Habían ido a ver a Santi? ¿Los dos? Dios santo…

—¿Tú fuiste con él, Ástor?

—Sí… Saúl está dispuesto a hundirles la vida. Y eso no se hace por nadie que esté muerto para ti…

Permanecí en silencio absorbiendo sus palabras.

—Voy a avisarles de que se enfría la pizza —añadió—. Tú ve a lavarte la cara, anda…

—Vale… —balbuceé.

Continuó andando y lo llamé:

—Ástor… Gracias.

Asintió y emprendió la marcha sin regodearse. Ese hombre era el Dalai Lama reencarnado…

Me dirigí al cuarto de baño con renovadas esperanzas, dando vueltas a cuanto había pasado.

Saúl acababa de decir que no sintió nada al besarme, pero su forma de apretarme contra él lo desmentía…, aunque no por eso dolía menos. A fin de cuentas, no sé qué es peor, que no te quieran o que no quieran quererte.

Para mí, volver a besarle en la sala de los tapices fue tan perturbador como la primera vez que lo hice en el suelo de su habitación. Sentí que mi libido se reactivaba. Fue casi sobrenatural.

Y cuando al día siguiente me llevó a cenar y me dio otro beso, casi me muero.

En toda la cita no dejé de rememorar la última vez que cenamos en un restaurante. Saúl estaba tan cambiado… Su forma de hablar era tan distinta… Mucho más experimentada y sabia. Al menos, todo lo sabia que se puede ser a los veintidós, pero si para algo sirve la universidad es para curtirte. Se aprende mucho observando a los demás. Y algo me decía que Saúl se había fijado mucho en Ástor. Su templanza, su porte, su mirada… Se daban un aire. Me encantaba la honorabilidad que destilaban.

Saúl estuvo atento y caballeroso en la cita, pero una de las veces le pillé observando mi vestido en vez de a mí.

Era un conjunto que me llevé sin estrenar de casa de mis padres. Recuerdo haberlo comprado pensando en él, pero nunca llegué a ponérmelo. Todo fue a raíz de un comentario suyo sobre una obra de arte de Mondrian, ese pintor cuya estética se hizo famosa por conjugar planos geométricos rectangulares con líneas negras, rellenando algunos solo con colores primarios. Y al verlo, me recordó mucho a ese estilo.

Era blanco con rayas negras y los tres colores elementales del universo: rojo, azul y amarillo, repartidos de forma aleatoria.

—Me gusta tu vestido —comentó Saúl cuando se hizo evidente que no dejaba de mirarlo.

—Gracias. Tú también estás guapo.

—Lo sé —bromeó chulito.

—Gracias por librarme de Charly...

—Bueno, según él, querrás volver corriendo a sus brazos... No sé cómo debiste de besarle, chica...

—Lo besé igual que a ti, Saúl.

«Más que nada porque pensaba en ti mientras lo hacía», me dije.

Bueno, pensaba en él y en su despecho al rechazarme un beso en mi casa.

—¿Te pareció igual besarme a mí que a Charly? —preguntó indolente.

—Fue diferente...

—¿En qué?

—Bueno, sentir que él me deseaba me dio miedo... Lo tuyo fue puro teatro... Es decir, me besaste para dar que hablar, no porque quisieras...

Saúl se quedó pensativo.

Sujeté mi lengua para no decir nada más. La pelota estaba en su tejado. *Keep calm, Slytherin!*

—Pero... ¿te gustó besarme, Yas? —preguntó atrevido.

¿Cómo lo hizo? Me refiero a colar la pelota de nuevo en mi tejado.

—Supongo... —contesté cortada.

—¿Supones?

—¡No sé! —Sonreí—. Fue muy rápido... Apenas pude saborearlo...

Por suerte en ese momento, el *maître* nos interrumpió.

Le pregunté por sus planes al terminar el último curso, y Saúl me contó que dudaba entre hacer un máster aquí o en el continente asiático.

Cuando me acompañó a casa con su impresionante A8 esa vez paró frente a mi portal para despedirme.

—Espero a que entres. Escríbeme cuando estés dentro de casa y hayas corrido los veintisiete cerrojos de la puerta.

—No te burles de mí... —lo amonesté.

Saúl sonrió un poco.

—No me burlo. Quiero que me avises de verdad, así me quedo tranquilo...

—Vale.

En ese instante cometí el error de mirarle los labios y me cazó de lleno. ¡Como para convencerle de que no me interesaba! Iba lista...

Lo vi apretar los dientes reteniendo un impulso.

—En fin, buenas noches, Saúl... —me despedí—. Gracias por todo...

—Buenas noches, Yas... —murmuró algo alicaído.

Justo cuando iba a abrir la puerta del coche, me frenó.

—Espera...

El corazón comenzó a bombearme frenético antes de mirarlo extrañada.

La intensidad de sus ojos me dejó paralizada. ¿Qué iba a hacer?

—Quiero que tengas con qué comparar...

Se acercó a mi cara lentamente, puso una mano en mi mentón para subirla hacia la suya y sus labios se posaron sobre los míos con una suavidad irresistible.

No me lo podía creer...

¡Me estaba besando!

Volver a sentir su lengua acariciando la mía con esa nueva maestría hizo que me diera un pequeño vahído. Añadidle que su sabor era enloquecedor, y el roce de sus labios, el maldito nirvana.

Estaba agilipollada cuando finalmente los despegó de mí.

—Buenas noches... —repitió seductor.

Pero fui incapaz de contestar.

—Espero que puedas venir mañana al cumpleaños de mi padre... —expuso—. Estará todo el mundo.

—Ya te diré algo... —balbuceé, todavía consternada.

No sé ni cómo abrí la puerta del coche para bajarme.

Me sorprendió que me funcionaran las piernas porque las sentía de gelatina. Y cuando estaba entrando en casa me llegó un mensaje suyo.

Saúl:
Ya estás dentro?

Yasmín:
Sí...
Lo siento.
Es que ese beso ha sido como un concurso de paellas

Saúl:

Gracias. Acabas de salvar mi hombría

Yasmín:
Menudo arrebato te ha dado...
Qué infantiles sois los hombres!

Saúl:
Perdona, pero ese beso no ha tenido nada de infantil

Yasmín:
Pero sí mucho de orgullo.
Y madurar es dejar el orgullo a un lado

Saúl:
Yo pensaba que madurar era atreverse
a dormir con el brazo colgando
por un lado de la cama

Yasmín:
Ja ja ja!

Saúl:

Yasmín:
Me ha escrito Charly

Saúl:
Joder. El tío es implacable!

Yasmín:
Me pregunta si iré mañana
a la fiesta de tu padre

Saúl:
Dile que sí.
Si estamos saliendo, lo lógico es que vengas

Yasmín:
Vale. Iré.
Muchas gracias por ayudarme
Con... todo

Saúl:
No es nada.
Y lo he pasado muy bien

Yasmín:
Yo también

Saúl:
Nos vemos mañana

Yasmín:
Lo estoy deseando

¡¿Por qué leches le puse eso?!

Intenté borrarlo, pero los tics azules se marcaron al instante y grité.

¡Maldito fuera mi dedo de gatillo rápido!

Saúl me mando un emoji guiñándome un ojo y se desconectó.

Quise morirme.

Blanco y en botella que estaba coladita por él... ¡Mierda!

Por suerte, me distraje de mi patética cita hablando con Keira. Al parecer estaba encerrada en el cuarto de baño de su habitación tras discutir con Ástor por la supuesta futura paternidad del duque. No sabía ni qué decirle sobre eso. Lo que estaba soportando era, como se diría vulgarmente, «para mear y no echar gota».

Me sorprendía que estuviera aguantando tanta tontería y sabía que tarde o temprano estallaría. En eso era como yo. Cabezota. No le daba la gana de dar su brazo a torcer cuando todo el mundo cargaba contra ella. Resistía con ahínco. Con la nariz sangrando y la mirada fiera como haría Once de *Stranger Things*. Era un coraje desconocido que tenía poca gente, propio de los que no sabían rendirse. De los que desafiaban a lo imposible. Un auténtico superpoder, el de creer en ti mismo.

Al día siguiente, estuve toda la mañana nerviosa pensando en qué ponerme para el dichoso cumpleaños y volví a llamar a Keira por teléfono.

—¡Será que no tienes ropa en el armario, Yas! —se burló—. ¿Sabes algo más de tu novio ficticio? No me creo que Saúl te besara al despedirse...

—No sé nada... Y has sonado celosa, Keira.

—¡¿Yo?! —Se rio—. Qué va. Pero al parecer Ástor tenía razón: Saúl siente algo por ti...

—No es cierto, solo lo hizo porque... Da igual, Kei. Déjalo...

—Por Dios... ¿Por qué todo el mundo esconde tantos secretos? ¡Me estoy volviendo loca! Se supone que Xavier sabe algo y que Charly no sabe nada, pero estoy empezando a pensar que es al revés...

—¿Y si Charly es inocente? —dije por primera vez, y sé que a Keira le impacto oírlo, pero habría que tenerlo en cuenta, por si acaso—. ¿Y si no sabe nada de que es un De Lerma y su madre lo está manipulando? ¿Y si fue ella la que mató a Sofía?

—¿Y entró a por el trofeo a casa de Carla? No lo veo...

—¿Por qué no? Si Charly se lo cuenta todo, como parece ser el caso, esa mujer pudo pensar en cargarle el asesinato por celos. Un momento... ¡¿Y si también mató a Ulises porque no quería que su hijo tuviera esas parejas porque ha tramado algo mejor para él?!

—No me jodas, ¿eh...? —soltó Keira, nerviosa—. Ya lo había pensado, pero...

—Ni siquiera sabemos si la madre de Charly tiene coartada... ¿Dónde estaba el día que mataron a Sofía y a Ulises? ¡Hay que comprobarlo! Porque igual acusar a Charly es lo más fácil, pero... ¿y si nos equivocamos?

Solo ahora, mirando atrás, entiendo que ese tipo de conjeturas son pura ilusión de lo que tu mente quiere pensar, no de los hechos reales. Y quizá a Saúl le estuviera pasando lo mismo conmigo... ¿Podía ser?

—De acuerdo. Lo investigaremos, Yas. Ahora elige un maldito vestido y procura no quedarte a solas con Charly esta noche. ¿Me oyes?

—Sí.

—¿Cómo te besó Saúl? ¡Cuéntamelo, por favor!

Puse los ojos en blanco y aterricé con la cara en mi almohada para ahogar un grito.

¿Cómo no iba a hacerme ilusiones con el pedazo de morreo que me había plantado y ese emoji guiñándome el ojo en respuesta a mi frase de que estaba deseando verle otra vez (y volver a besarle, claro)?

Porque lo hizo.

No sé por qué, pero me besó a conciencia. Dándolo todo.

Quizá fuera solo por renovar el podio de «mejor beso» conmigo.

Saúl creía que me encontraba entre dos aguas, y lo cierto es que tenía que seguir bailándosela a Charly porque me daba la sensación de que en cualquier instante cometería un error y se nos escaparía.

Keira y Ástor pasaron a recogerme para ir a la fiesta de cumpleaños de Xavier, donde Charly, más guapo que nunca, desplegó todo su ingenio para arrinconarme en cuanto notó que entre Saúl y yo existía un preludio sexual con miradas que decían: «Cada vez me pones más difícil fingir que esto no es real».

En un momento dado, Saúl colocó una mano en mi cintura y

no supe distinguir si fueron mis hormonas o mi trauma lo que me provocó un escalofrío.

—Charly nos está mirando... —justificó su gesto—. ¿Estás bien?

—Sí... Lo siento, Saúl. Siempre me asusto cuando me tocan de repente.

Me miró con pena.

—No me gusta sentir que me tienes miedo —susurró en mi oído.

—No es por ti, es que me has sorprendido. Quiero pensar que algún día, si tengo una relación de verdad, estaré más tranquila...

—Y mientras tanto, puedes ir acostumbrándote conmigo... Sabes que puedes confiar en mí, ¿verdad?

Fue oírlo y pensar que podría llegar a acostumbrarme a que me tocara algo más que los labios... Pero solo asentí, y él sonrió.

Al cabo de un rato, su padre se acercó a nosotros sibilino.

—Cómo me gusta veros juntos, chicos... Sabía que congeniaríais.

Saúl respiró hondo.

—Cuando tienes razón hay que dártela, papá... —le concedió—. Pasa tan pocas veces que... —remató socarrón.

—He invitado a tus padres, Yasmín, espero que no te importe, pero quería que vieran con sus propios ojos este milagro. —Nos señaló—. ¡Es lo que siempre hemos deseado para vosotros!

—Echa el freno, no estamos prometidos ni nada parecido... —se afanó en remarcar Saúl.

Y una vez más, me sentó fatal.

—Ya, bueno, no tengo más que veros para saber que estoy en presencia del amor verdadero.

Volvimos a mirarnos cohibidos.

«¿Confirmamos que está loco? Confirmamos», pensamos a la vez.

Aunque fue Nietzsche el que dijo que siempre hay un poco de razón en la locura.

Vale que era ver a Saúl y sentir que no había otro como él en el mundo. Y que ese traje le quedaba de muerte. Y que me arañaba el corazón cada vez que una chica lo saludaba con una significativa caída de pestañas, dejando claro que habían estado juntos o que querían estarlo... Pero lo de «amor verdadero» era pasarse de la raya.

No me preguntéis cómo, pero Charly consiguió llevarme hasta la habitación de Saúl bajo un pretexto *random*. Me cogió de la mano y me aseguró que debía enseñarme algo muy importante en ese lugar. Tenía un extraño magnetismo que impedía que le dijeras que no.

Tuvo que ser justo después de matar a Xavier... Darse el lote conmigo era su brillante y agresiva coartada.

Al llegar, me entró un escalofrío por sentirme a solas con él, precisamente lo que Keira me dijo que no hiciera...

—¿Por qué querías venir aquí? —le pregunté intrigada.

—Mira. —Charly señaló un aparato circular en el techo. A simple vista, parecía un detector de humos—. Eso es una cámara.

—¿Y...?

—Y que el cerdo de Xavier me ha dicho que me alejara de ti porque tú y su hijo estabais destinados... blablablá, y como es un *bocachancla*, me ha confesado que tenía grabada vuestra primera vez aquí...

—¡¿CÓMO DICES?! —Abrí mucho los ojos.

—Fue en esta habitación, ¿verdad, Yasmín? Y ahí está la cámara.

Esa información me desestabilizó por completo.

«Dios santo...», pensé asqueada.

Y conociendo a Xavier, no me cupo duda de que había sido él quien filtró la información a todo el instituto.

«¡JODER!».

—Quería que lo supieras —dijo Charly con inocencia—. Grabar a terceros es ilegal. Una cosa es que se grabe a sí mismo con las mujeres a las que paga, pero a dos menores... ¡Vaya tela! —exclamó, como si su moral fuera intachable.

En ese momento, me pareció menos culpable que nunca y sentí que podía relajarme con él. Además, en sus ojos había ternura y pena, no eran los de un lobo hambriento de paella...

—Gracias por decírmelo… —balbuceé consternada.

—Los Arnau son mala gente, Yasmín. Desde que los conozco me han parecido unos interesados. Y yo solo quiero una cosa de ti… Tus labios.

Le continué el beso porque… ¡No sé por qué!

Quizá porque quería compararlos una última vez y aclarar si eso del «amor verdadero» era una patraña o no. Además, estaba muy sorprendida de que mi trauma no estuviera saliendo a la luz con él.

Eso me hizo consciente de que era algo que estaba solo en mi cabeza y en mi corazón. Y como la actitud de Charly, siempre con ese *flow* elegante, no era para nada la de un pervertido, no me sentí amenazada en absoluto.

La pillada por parte de Saúl fue monumental; apenas recordaba que le había avisado por puro miedo.

Para colmo, cuando la puerta se abrió, no me aparté de golpe de Charly.

—¿Qué coño hacéis aquí? —preguntó Saúl, ultrajado.

Me sentí morir, lo juro. Con la Y, ¿joven y estúpida? ¡Yasmín!

Una hora después, en la que yo prácticamente estuve escondida en un cuarto de baño para no verles, descubrieron el cadáver de Xavier y Saúl me dijo que me fuera de su casa.

Quizá Ástor tuviera razón y Saúl hubiera dicho a Keira que no estaba interesado en mí por miedo a volver a encariñarse conmigo…

Solo había un modo de averiguarlo.

Keira insistió en que fuera a cenar a su casa sin mencionar a Saúl, solo me aseguró que era vital que permaneciéramos juntas para volver a repasar las notas de Ulises y comprobar a cada hora la aplicación que tenía asociada al GPS que había regalado a Charly.

Empezamos a cenar e intenté ignorar a Saúl después de escucharle decir que era inmune a mí. El problema fue que él no lo era para mí…

Los ojos de Ástor me atraparon en mitad de un discurso de odio hacia mí misma en mi interior:

«Olvida lo que has oído y sé simpática con Saúl…», me aconsejó.

«¡No puedo! Estoy muerta para él».

«Eso no cambia el hecho de que te necesite, Yas. O a tu fantasma».

Me reí sola, y Ástor también esbozó una sonrisa. Keira nos cazó.

Después de cenar, dejamos a los tres chicos en el sofá para escabullirnos al despacho y trabajar un rato. Era genial ver a Ástor y a Héctor reunidos de nuevo. Se notaba que se habían echado mucho de menos porque no dejaban de tocarse y de gastarse bromas, o quizá solo lo hicieran para dibujar una sonrisa en la boca a un Saúl que había vuelto a enterrarse entre los cojines con un aura fúnebre. Pero, de vez en cuando, media sonrisa iluminaba su rostro; no podía negar que disfrutaba oyendo y viendo a los De Lerma tan bien avenidos.

Nuestra mirada coincidió por un momento y nos acariciamos con ella de forma natural. En ese instante pareció recordar por qué estaba teniendo el privilegio de sentirse acogido por una familia de verdad, y una mezcla de tristeza y anhelo invadió sus ojos. No me dejo otra opción que acercarme a él por detrás, abrazarlo y darle otro beso en la mejilla, aunque no se lo mereciera.

Saúl cerró los ojos, agradecido, y me agarró el antebrazo que bordeaba su cuello con cariño.

Todos se quedaron en silencio ante el gesto y le eché morro.

—Anímate, Saúl… Keira y yo nos vamos a trabajar un rato. Si te aburres de estos dos, vete a la cama. Deberías descansar un poco…

—Gracias —contestó sinceramente al notar mi energía sin pizca de ese «me muero por ti» tan evidente.

Le acaricié el pelo y me fui. No le di tiempo a replicar nada ni a que hubiera silencios incómodos.

Quizá por eso terminé durmiendo con él…

Héctor se recogió pronto, pero Ástor y Saúl se quedaron viendo la tele un par de horas más.

Cuando Keira y yo volvimos al salón, ella llevaba las sábanas para que yo durmiera en el sofá. Al vernos, Ástor se levantó para ayudarla a colocarlas como buen anfitrión y Saúl no tardó en darse cuenta de que eran para mí.

—Puedo dormir yo aquí... —se ofreció, cohibido.

—No hace falta, tú ya has dormido en la cama una noche y no vamos a hacerles usar más sábanas —le expliqué.

—Puedo colocar aquí mis sábanas y tú dormir en la cama...

—Es trabajar dos veces, Saúl. No hace falta, de verdad. Este sofá es la mar de cómodo... —dije como si nada.

Guardó silencio sin estar del todo conforme.

Creo que hasta se le pasó por la cabeza la idea de compartir su enorme cama de matrimonio conmigo, pero se calló. Sin embargo, cuando las luces se apagaron y cada mochuelo se fue a su olivo, apareció en el salón. Según él, para beber agua. Pero no tardó en decir:

—Me siento mal por que tengas que dormir en el sofá... ¿Por qué no duermes conmigo?

Me quedé callada, disfrutando de su proposición. Y del rechazo que recibiría de la misma.

—Estoy bien aquí, Saúl...

—No quería decirlo delante de ellos, para evitar que lo sacaran de contexto, pero tú sabes, Yas, que entre nosotros no hay nada y que puedes confiar en mí por completo, ¿no?

—Sí, pero no hace falta, en serio... —Me resistí, aunque muerta de ganas.

—Por favor, Yasmín... Me sentiré mejor si vienes. ¿Somos amigos o no?

—Lo somos.

—Pues vente...

Lo que yo decía... «¿En qué jardín te estás metiendo, Yas?».

 yasmín

Sigo a Saúl con el pijama que Keira me ha dejado. Es una camiseta de raso de color beis, de tirantes, y un pantalón corto a juego.

Al llegar a su cuarto nos metemos en la cama y nos volvemos el uno hacia el otro. En la mesilla hay una lampara con regulación que ofrece un tono tenue de luz. No estamos a oscuras.

—¿Cómo te sientes? —pregunto expectante. Porque los dos sabemos que esto no va de dormir.

—No lo sé, Yas… Es como si no fuera real. De repente, me acuerdo de que está muerto y de que no volveré a verle ni a oír su voz cargada de malicia, y noto una presión en el pecho…

Mi mano viaja sola hasta el lugar mencionado y se lo acaricio.

«¿Qué estoy haciendo? Sería mejor que me las atase…».

—Es normal.

—A la vez, me siento aliviado… —confiesa mirándome como si se considerara la peor persona de la Tierra—. Y es una sensación horrible…

—También es normal, si te hacía la vida imposible…

—Era mi padre.

—¿Qué significa eso en realidad? Porque mi padre también era mi padre… y me jodió la vida.

—No, Yas, te la jodió el mío…

—¿Qué quieres decir? —Me hago la tonta.

—Fue él quien hizo correr el rumor por el instituto… ¿Sabes el circuito de seguridad de grabación? Pues mi padre nos grabó cuando estuvimos juntos en mi habitación…

Le quito la mano de encima y parece lamentar la pérdida de mi toque.

—¿Desde cuándo sabes esto, Saúl?

Lo veo suspirar pesadamente.

—Me enteré en la fiesta de compromiso de Ástor y Keira…

—¿Y por qué me lo desvelas ahora?

—Porque está muerto. Y porque quería que supieras que yo no fui. Nunca quise presumir delante de nadie. Apenas me lo creía yo… Cada vez que pienso en los cabrones que te atacaron quiero matarlos a todos… ¿Qué clase de ser humano hace algo así?

—Que murieran, ¿te parecería un castigo justo o desmedido?

Lo veo morderse los labios ante ese famoso dilema tan mundano y tan humano. Polémicas como la pena de muerte, el ojo por ojo y la venganza siempre están en boca de todos.

—¿Cómo se mide lo que te han hecho? —dice retórico—. No te mataron, pero han condicionado tu vida para siempre. Y no me refiero a que te fueras de casa, sino a las secuelas psicológicas que te han ocasionado. ¿Tú te mereces vivir así? No me parece suficiente castigo que vayan a la cárcel… Se haría justicia con ellos, pero ¿y contigo?

—Eso es lo malo de la justicia, que nunca es justa —rezongué—. Como mucho, me indemnizarán para que me pague un psicólogo… Pero te aseguro que no me aportaría nada que murieran.

—Entonces ¿qué te ayudaría?

—Lo único que deseo es dejar de tener miedo de las personas.

—Pues en menuda profesión te has ido a meter, Yas…

—En la mejor. Me encanta pensar que protejo a la gente buena. Que saco de la calle a los zumbados y así evito que se crucen con ellos. Además, me gusta la caza, ya lo sabes, Saúl…

—Lo sé… —Sonríe en la penumbra—. Cuando quieres, puedes ser letal, pequeña.

—Solía serlo…

—Sigues siendo valiente, o no te habrías arriesgado a intimar con Charly…

—O igual es que estaba cachonda… —suelto sin pensar.

Nos quedamos callados. Dado mi nulo historial, es posible que fuera todo un poco.

—La verdad es que se te veía muy a gusto entre sus brazos cuando os pillé en mi habitación… —admite Saúl a regañadientes.

—Lo hizo a propósito para cubrirse las espaldas en el asesinato. Llevábamos allí dos minutos…

—Lo sé…

—Pues eso…

—Y… no contestes si no quieres, pero… ¿con Charly no te afectó tu miedo a los hombres…? Es decir, ¿estabas tensa o te gustó?

—Me gustó —confieso con un hilo de voz. Lo veo apretar ligeramente la mandíbula.

—¿Más que conmigo?

No me creo que haya preguntado eso…

¿No es consciente de que la respuesta me obliga a mojarme demasiado…?

—Sois diferentes, Saúl…

—Empezamos mal… —murmura cómico.

—¡Los dos besáis bien…! —Sonrío vergonzosa.

—¡¿Te das cuenta de que eso es lo que se le dice al perdedor?! —exclama abochornado.

—¡Esto no es ningún juego! —protesto divertida.

—Más bien era un reto contra el novio de mi exnovia. Y he perdido…

—Charly te saca quince años de experiencia.

—No sigas, por favor… —Se cubre la cara maldiciendo.

Suelto una risita y me animo.

—¡Es la verdad, Saúl! Charly y tú no estáis en igualdad de condiciones. En este mundillo la experiencia es un grado, por eso yo soy tan mala…

—No eres mala… Y yo tampoco lo di todo el otro día en mi coche, que conste…

—¡Deja de poner excusas! —le pico.

—¡No son excusas, Yas! —Se incorpora ofendido—. Fui con pies de plomo porque no quería asustarte, pero Charly, seguramente, desplegaría todo su arsenal de seducción sin tener en cuenta tus traumas.

—Oh, qué considerado eres... —digo vacilona.

En un parpadeo, lo tengo encima, pegado a mi cara y hablándole a mis labios.

—Me obligas a demostrártelo...

No es una pregunta porque no espera respuesta. Basta con que no me aparte de él para que elimine la distancia entre nuestras bocas.

Nos quedamos sostenidos en el contacto entre nuestras lenguas. No sabría decir qué matiz es el que me vuelve una yonqui de sus besos, pero es real. Puede que sea su adictiva saliva, la calidez de sus labios o la forma de absorberme con ellos... Pero le he mentido. Los besos de Charly están bien; los suyos, sin embargo, son sublimes...

Saúl se esmera tanto en demostrar su valía que creo que voy a desmayarme. Sus manos sobre mi carótida tienen que haber notado cómo se han disparado mis pulsaciones.

Parte de su cuerpo me tiene atrapada contra el colchón, y sentirlo tan cerca y tan duro hace que el mío se hinche sin poder remediarlo.

Mis pezones se yerguen reclamando atención y noto un calor insólito entre mis piernas. Como si lo hubiera oído, Saúl desliza las yemas de los dedos por mi hombro para bajarme un tirante y rozar con los labios la piel desnuda que deja. Su boca termina posándose sobre el inicio de un pecho que asoma por mi camiseta, ahora suelta.

Mi respiración se acelera exageradamente de pura anticipación, y me mira sorprendido.

—Lo siento... —digo ahogada—. ¡No sé qué me pasa...!

—¿No lo sabes? —pregunta ladino—. ¿Cuándo fue la última vez que te masturbaste, Yas?

—Eh... ¿Nunca?

—¡¿Cómo que nunca?!

—Ese lugar y yo no nos llevamos demasiado bien... —jadeo nerviosa. Mi necesidad de frotar las piernas entre sí hace que él trague saliva, excitado.

—Yas..., tu cuerpo te está mandando señales muy claras de que necesitas terminar...

—¡No...! No puedo. Nunca he tenido un orgasmo...

—¡¿Qué?!

Mira hacia todas partes menos a mí, buscando qué sé yo...

—¿No te corriste cuando lo hicimos hace cuatro años? —pregunta con culpabilidad.

—No... Pensaba que nadie se corría en su primera vez...

Lo veo morderse los labios, abochornado, y tomar una decisión.

—Déjame ayudarte, Yas... Será rápido. Te lo prometo...

—¿Qué vas a hacerme? —pregunto asustada.

—Nada. Solo... tocarte... Confía en mí, por favor...

—Yo no...

Pero Saúl ya ha hundido la cabeza en mi cuello para empezar a besármelo de nuevo, y pongo los ojos en blanco al sentir sus músculos oblicuos clavándose en mi cadera.

«¡Oh, Dios...!».

Su otra mano, cual Houdini, opera misteriosamente para bajarme el otro tirante y que mi fina camiseta de raso rompa filas de su posición. La imagen de mis pechos casi al descubierto hace que mi ansiedad aumente deseando el húmedo roce de su lengua en ellos.

Su boca vuelve a la mía para apagar mis jadeos y obligarme a respirar por la nariz.

Buena idea..., así disimulo mejor mi desesperación.

Sin esperarlo, sus dedos arrastran mi camiseta hacia mi cintura y reúne su boca con su mano en uno de mis pechos para devorarlo. El espasmo que me sacude al sentirlo es increíble.

No deja de lamerlos, tirar de ellos y apretarlos con la mano. ¡Creo que me va a dar algo!

—Saúl... —me quejó sin saber lo que quiero, y vuelve a mi boca.

—Chist, tranquila, Yas... No pasa nada. Mira...

Sus manos deslizan mi pantalón de raso hasta medio muslo junto con mis bragas, y me pongo a temblar de forma exagerada. Ya no distingo si esto es excitación o miedo.

—Esa zona, no, por favor... —suplico aterrada.

—Confía en mí... No voy a tocarte...

De pronto, coge mi mano y la lleva hasta mi centro. Una humedad sin igual me da la bienvenida. Estoy tan resbaladiza que me avergüenzo y la aparto al momento.

—¿Estás lista para sentir lo mejor de este mundo, Yas? —susurra embaucador.

En mi fuero interno pienso que no, pero no digo nada.

Saúl se aproxima a mi cara para observarme de cerca mientras manosea mi vientre, tensándome por completo. Gimo desesperada al sentir la insoportable presión que me provocan sus caricias.

—Relájate... —me pide justo antes de volver a besarme.

Sus lengüetazos me marean tanto que, por un momento, no sé ni dónde estoy.

De repente, lo oigo soltar una imprecación cuando su mano roza ligeramente mi centro para comprobar mi excitación.

—¡No me toques...! —exclamo sin pensar, separándome de él, y me mira asustado.

—Está bien, tranquila... Pero te juro que vas a disfrutar de un orgasmo alucinante, Yasmín. Estás muy lubricada...

—No quiero sentir nada entrando en mí —le explico—. Solo quiero que me beses por todas partes como estabas haciendo ahora...

Se queda pensativo, haciéndose cargo de la impresión que me causa sentir algo entrando en mi vagina.

—No vas a llegar al final solo si te beso...

—No importa... Me gusta...

—¿Y si te beso ahí abajo? ¿Me dejarías?

—¿Sexo oral?

—Sí, solo besarte por fuera, no introduciré nada, Yas. Confía en mí y verás...

Me quedo en blanco. Me horroriza pensar que vaya a poner su boca ahí...

Antes de que me raje, se dirige a mi entrepierna con decisión.

—Saúl, espera…

—Solo déjame besarte una vez, por favor… Lo he hecho en muchas ocasiones. No te sentirás invadida, confía en mí…

Me abre las piernas de par en par y me siento superexpuesta.

«¡JODER!».

Se hunde entre mis muslos, y cuando noto su boca rozando mi zona más sensible, suelto una exclamación que me deja sin aire.

—¡¡¡Dios…!!!

Se me pone el vello de punta como si acabara de electrocutarme.

No podría apartarlo de mí aunque quisiera. Esto es demasiado. No está dentro, solo está jugando con la parte superior, haciéndome ver las estrellas cada vez que la absorbe y se recrea en ella.

Los dedos de los pies se me retuercen de puro placer.

Los de las manos se cierran sobre el pelo de Saúl cuando siento que algo en mi interior se tensa tanto que está a punto de romperse.

Darse cuenta de mi estado hace que él se enardezca todavía más. ¡No puedo soportarlo! En cuanto me rindo y me abandono a mi suerte, una llama explota dentro de mí liberando una energía sin precedentes que se propaga como una onda expansiva por todas mis terminaciones nerviosas.

«¡Por el amor de…!».

«¡¡¡HOSTIAS!!!».

Cuando el fenómeno termina, lo miro alucinada y él me sonríe con suficiencia.

—¿Quién es el mejor ahora, Yas?

Suelto una risita histérica, muerta de vergüenza, y Saúl hace lo mismo.

—Madre mía… —Me tapo con las sábanas y él se levanta para desaparecer un momento.

Creo que ha ido al cuarto de baño, y aprovecho para colocarme bien la ropa de nuevo.

Cuando regresa y se tumba a mi lado, no tengo palabras.

—¿Cómo estás? —pregunta interesado.

—Bien… No sé cómo darte las gracias, Saúl…

—No tienes que dármelas —dice con una sonrisa vanidosa.

—Es que ha sido… ¡Dios! Sin ti nunca habría podido llegar…

—¡Claro que sí! Pero me ha encantado poder ayudarte…

—Me has ayudado mucho. ¡No sabes cuánto! —digo eufórica—. Y por favor, Saúl, no te sientas raro… Tengo muy claro que solo somos amigos y… ¡ha sido genial! ¡Siento que estoy un paso más cerca de ser normal!

La lástima apenas cruza un segundo su rostro, pero enseguida reacciona.

—¡Guay…! Me alegro de haber podido hacer esto por ti. Ahora me siento un poco mejor. Me estaba odiando a mí mismo… por si creías que entre tú y yo había algo…

—No pienso eso, tranquilo. Ahora mismo no quiero estar con nadie. Tengo mucho que aprender hasta ponerme al día y poder mantener una relación importante, pero esto es un buen inicio. Eso sí, estoy que me muero… Me siento tan agotada…

—Son los efectos secundarios del orgasmo —resuelve ducho—. Somnolencia, hambre… Te puede dar por cualquier cosa. Incluso por repetir…

Se hace un silencio tenso ante esa tentadora posibilidad.

—Que sepas que ha sido muchísimo mejor que un beso de Charly.

Saúl se carcajea.

—¡Genial! Por fin podré dormir tranquilo… —bromea.

Apaga la luz, y me permito el lujo de sonreír anchamente en la oscuridad.

—Buenas noches, Yas…

—Buenas noches, Saúl…

A la mañana siguiente, cuando me despierto estoy sola en la cama.

Caigo en la cuenta de que mi ropa está en el salón y maldigo.

Aparezco por allí despeluchada, con un «buenos días» tímido en la boca. Es pronto, pero ya están todos a pleno rendimiento. Menos Héctor, que está desaparecido.

—¡Buenos días! —grita Ástor con una expresión burlona que me gustaría borrarle de un manotazo.

Saúl me mira y me lanza una sonrisa comedida.

—¿Qué quieres desayunar? —me pregunta Keira, servicial—. Debes de tener hambre...

Esa frase, seguida de otra sonrisa socarrona, me mata.

«¿Qué pasa? ¿Saúl les ha contado algo?».

Me pongo como un tomate.

—Solo un café. No me entra nada a estas horas...

Saúl levanta una ceja divertida, y analizo lo que acabo de decir.

«¡Mejor cállate, Yasmín...!».

Desayuno rápido, cojo mi ropa, me ducho y, en poco tiempo, Keira y yo estamos listas para irnos a la comisaría.

Los prometidos se despiden con un beso digno de una luna de miel; parece que han firmado la paz. Y Saúl y yo nos miramos en un intento de actuar con naturalidad.

—¿Cuándo volverás a tu casa? —indago.

—Supongo que hoy...

—Puedes quedarte un día más aquí —le ofrece Ástor—. Hoy va a ser un día de muchos trámites. Te ayudaré, Saúl...

—Gracias... —musita agradecido.

—Bueno, escríbeme luego si quieres que te acompañe —zanjo quitándole importancia—. ¡Adiós!

Les planto un beso a cada uno en la mejilla y salgo del chalet con fingido aire despreocupado.

En cuanto nos subimos en el coche, Keira no puede evitarlo.

—Sois taaan monos —suelta, más ñoña que nunca.

—No digas ni una palabra más. ¿Adónde vamos ahora?

—A Tráfico. A comprobar todo lo que elucubramos anoche repasando la carpeta roja de Ulises.

—Bien.

—¿No piensas contarme nada de esta noche, Yas?

—¿Qué quieres que te cuente?

—¡Has dormido con Saúl! Cuando nos hemos levantado y hemos visto que no estabas en el sofá nos ha entrado un ataque de risa. ¡Sois de lo más predecibles!

—Vino a buscarme. Se sentía culpable de que durmiera en el sofá.

—Ya, ya… ¿Y habéis dormido algo o…?

—¡Pues claro que hemos dormido!

—¿Me estás diciendo que no pasó nada? ¿Y qué eran esas miraditas del desayuno…?

—No hay nada entre nosotros, Keira…

—Pues el gemido que oímos anoche no parecía «nada».

«¡Maldita sea!».

—Le expliqué que nunca había tenido un orgasmo y me lo quiso dar. Dijo que me lo debía de nuestra primera vez…

—¡¿QUÉ ME ESTÁS CONTANDO?! —exclama alucinada.

Me río de sus ojos saltones y le ordeno que se calle ya.

No voy a darle más explicaciones. Primero porque me muero de vergüenza, y segundo porque no hay nada que contar tipo «¡Uuuh! ¡Nos gustamos mucho y nos hemos liado por fin!». Es todo producto de una enorme bola de culpabilidad y orgullo. Yo solo lo he simplificado.

 keira

22
La otra verdad

Entramos en Tráfico como quien entra en un bar del Oeste buscando provocar un duelo, pero lo siento, necesito respuestas.

Anoche pedí a Yasmín que se quedara en casa, además de para potenciar su interacción con un Saúl hecho un lío y muerto de pena, para repasar juntas el cuaderno de notas de Ulises.

Las había ojeado mil veces, pero cabía la posibilidad de que con las novedades lo viéramos todo con otros ojos. También podía haber alguna pista de su paradero actual.

¿Qué se le estaría pasando por la cabeza a Charly lejos de sus preciados De Lerma?

Cuando nos escabullimos al despacho estuvimos hablando sobre la carta de «suicidio» de Xavier. Tenía sentimientos encontrados respecto a ella. Es cierto que, de un tiempo a esta parte, había percibido un notable deterioro en su salud, pero no pensaba que podría ser cáncer, sino un catarro mal curado del pasado invierno.

Si le contó a Sofía que estaba terminal en septiembre significaba que ya habían pasado casi ocho meses... Quiero pensar que su sacrificio le ahorró un último mes de sufrimiento agónico a cambio de encerrar a una persona que no merecía pasearse por el mundo con total impunidad. No después de matar a mi mejor amigo...

Tuve un pequeño ataque de ira al pensar en ello, pero Yasmín supo capearlo a la perfección a pesar de su extrema juventud.

Intento imaginar cómo sería la vida con Uli estando presente. Lo más seguro es que nada de esto hubiera ocurrido. Probablemente, la que estaría muerta sería yo y él seguiría feliz con Charly en su ignorancia.

Ástor se moriría de la misma pena y Charly saltaría a la palestra como el nuevo e inesperado heredero De Lerma...

Películas aparte, anoche vi una anotación en el cuaderno de Ulises que siempre había pasado por alto: «Accidente de Héctor (parapléjico). ¿Quién chocó contra ellos?».

Supongo que Ulises la descartó porque era un suceso muy remoto como para pensar que alguien buscaba venganza desde entonces, pero hoy por hoy, sabiendo quién es el psicópata que vigila sus vidas, podría ser un dato relevante.

En Tráfico nos informan de qué vehículo tenía Ástor hace ocho años. Vehículos. En plural. Y en los informes de atestados rastrean el suceso hasta dar con el otro vehículo implicado.

—Aquí está. La matrícula que buscáis es 6279 FMT.

—¿A quién pertenece? —pregunto con avidez.

Mete los datos en el ordenador y nos da un nombre.

—José Ramón Gutiérrez Quevedo.

Sacó mi móvil y mando un audio.

—Ali, quiero información sobre José Ramón Gutiérrez Quevedo. Antecedentes, si está casado o tiene hijos. Su vida laboral. Quiero saber en qué trabajaba justo hace ocho años. Gracias, guapa.

Suspiro hondo y descubro a Yasmín mirándome embobada.

—¿Qué?

—Nada, nada... —Se recompone—. Solo que acabo de entender que te conocí en un momento muy raro de tu vida. Es como si ahora fueras otra. Más tú de verdad...

—Esta es solo una parte de mí, Yas; soy muchas más cosas. Ahora lo sé. Y desde que mi universo es más grande, los problemas se han hecho más pequeños.

Cuando salimos de Tráfico, siento que el sol brilla con fuerza y me pongo mis gafas ahumadas.

—¿Qué hacemos ahora? —pregunta Yasmín, inquieta.

—Esperar y rezar —contesto lacónica—. Mientras, tomemos algo.

Quince minutos después, Alicia me devuelve la llamada con novedades jugosas.

—¿No jodas? —le respondo a la información que escucho, y Yasmín me mira intrigada—. Gracias, Ali. Sí, al e-mail. ¡Muchas gracias!

—¿Qué?

—Adivina… —digo enigmática—. El tío está en prisión. ¡Lleva entrando y saliendo de la cárcel desde los dieciséis años!

—Menudo figura…

—Vamos a verle —digo apurando mi café.

En treinta minutos estamos aparcando en la penitenciaría donde lo tienen encerrado. Pedimos verle, y un hombre fornido se sienta al otro lado del cristal con una expresión desconfiada.

—Buenos días. Soy la inspectora Ibáñez. Necesito que me dé información sobre un accidente de tráfico que tuvo hace ocho años, ¿lo recuerda?

—¿Qué pasa con eso?

—Señor Gutiérrez, la persona que le contrató para hacerlo ha sido detenida. En su casa había un diario donde narraba todos sus asesinatos. Pone que le pagó para chocar contra el modelo y la matrícula que dispuso.

El hombre arruga la cara como si le hablara en otro idioma.

—¿Qué coño está diciendo…?

Yasmín me mira extrañada. Error de novata. Todavía no ha aprendido a seguirme el juego como hacía Ulises.

—Será mejor para usted que diga la verdad.

—Esa noche bebí más de la cuenta y me dormí al volante. ¡Fue un accidente!

—Eso no es lo que revela el diario.

—¿Trata de colgarme el marrón? ¡¿Qué clase de maricón escribe un puto diario?!

—Carlos Montes.

Es solo una milésima de segundo, pero la cara de José Ramón Gutiérrez no puede ocultar un ligero asombro, que camufla rápidamente con enfado.

—¡No conozco a nadie con ese nombre!

Y suena a mentira pura y dura.

—No hace falta que se moleste en negarlo.

—¡Se lo está inventando todo, inspectora! —insiste furioso.

—Tranquilo, Carlos Montes ha confesado el encargo...

—¡Eso es mentira porque no hay nada que confesar, maldita chula!

—Adiós, José Ramón —digo levantándome con parsimonia.

—¡Quiere engañarme! ¿Es eso? ¡¿De qué va?!

Nos largamos de allí oyendo todavía sus gritos.

—Madre mía... —comenta Yasmín de camino al coche—. ¡Cómo se ha puesto...!

—Porque tengo razón.

—¿Cómo estás tan segura? Parecía indignado.

—La norma número uno en su oficio es negarlo todo siempre, aunque te lo estén mostrando grabado en vídeo. Si hablara, se quedaría sin trabajo de por vida. Pero cuando he dicho el nombre de Charly he visto que lo conocía.

—Tu percepción no vale como prueba en un juicio, Kei.

—Ya, pero me vale a mí. Solo tenemos que averiguar la conexión entre ellos. Buscar coincidencias. Vamos a comisaría y lo estudiamos.

—¿No es un poco arriesgado contratar a alguien que te conozca para este tipo de encargos? Charly es muy listo... ¿Cometería ese error de principiante?

—No es un error. El crimen perfecto no existe, Yas, lo sabes muy bien, y ¿a quién le encargas algo así? Los sicarios no tienen Páginas Amarillas. ¿Qué es mejor, un desconocido que te vendería a la mínima o a alguien de confianza que sabes que no te va a fallar?

—Visto así...

—Charly debió de pagar a Gutiérrez mucho dinero por estrellarse contra un vehículo de frente. Y si es un desconocido, ¿quién arriesga primero? ¿El que paga o el que mata? Si José Ramón Gutiérrez acumula tantos delitos leves es porque este es su negocio... Provocar accidentes camuflando un asesinato en un homicidio imprudente.

—Me parece increíble...

—¿El qué?

—¡Todo! Que Charly provocara ese accidente, que haya estado tantos años al lado de Ástor y Héctor guardando el secreto. ¡¿Por qué lo haría?!

Me quedo pensativa porque ese es el quid de la cuestión, y de repente me entra un miedo terrible al llegar a una conclusión.

—Quería matarlos y quedarse con todo —digo en voz alta con la mirada perdida.

—¿Y por qué no lo ha vuelto a intentar durante todos estos años? —pregunta Yasmín.

—Porque no le convenía —respondo cayendo en la cuenta—. Pero ¿por qué? Él se habría quedado el legado De Lerma... Eso es lo que quería... ¡Pero estaba arruinado!

—¡Y su madre había dejado de cobrar la manutención!

—Charly los necesitaba —concluyo con firmeza—. Para meterse en el negocio de la web SugarLite y meter también a su madre, alegando, como buen abogado, que precisaban una cabeza de turco visible en la empresa.

—¡Cuadra perfecto...! —exclama Yasmín, maravillada.

—Y probablemente, muy a su pesar, se encariñara con ellos... Son sus hermanos y vive realmente bien a su vera. Le han dado una buena vida. Quizá ya no quisiera hacerles daño...

—¿Sigues pensando que los aprecia?

—Me cuesta mucho pensar lo contrario. Nadie puede fingir tanto tiempo. Creo que sí le importan, Yas. Charly mató a Sofía para proteger el secreto... Y ahora estoy segura de que Sonia Ochoa, su madre, nos mintió. ¡Él lo sabía todo desde siempre! No sé cómo lo descubrió Sofía, husmearía en su casa, pero a Charly no le quedó más remedio que matarla antes de que ella lo contara. Porque si los hermanos llegaran a enterarse, no tardarían en deducir que el accidente en el que murió una chica y Héctor se quedó parapléjico fue provocado...

—¡Todo esto es muy fuerte, Keira! —exclama Yasmín.

—Intentó matar a Ástor y Héctor, no lo consiguió y poco después, su padre murió... En ese sentido, todo le salió mal. ¿Y para qué quería un legado arruinado? ¡Es jodidamente increíble, joder...!

—¿Vas a contárselo a Ástor? —me pregunta Yasmín, seria.

La miro y no sé qué contestar a eso. Me aterra la idea de decírselo, pero...

—Tendré que hacerlo, Yas. No puedo cargar con un secreto así de por vida por mucho que le hiera. Además, saber que el accidente no fue culpa suya lo compensará todo...

—Va a ser un palo muy grande para ellos, igualmente...

—Lo sé... Y seguro que para Ulises también lo fue enterarse de todo, pobre mío...

Los ojos se me encharcan de pena de nuevo. ¿Cuándo dejará de dolerme tanto su pérdida?

Antes Ulises era todo mi mundo, pero con su marcha, me regaló otra vida. Una más plena. Solo espero que sepa lo muchísimo que lo añoro. Únicamente a él, no a mi vida de antes. En realidad, empecé a echarle de menos incluso antes de que muriera...

Cuando quiero darme cuenta, estamos entrando en comisaría.

Trabajamos durante horas con toda la información recopilada.

Estamos tan inmersas que se nos pasa la hora de comer y nos apañamos con unos sándwiches de la máquina. El tiempo es oro.

Descubrimos que José Ramón Gutiérrez está casado y tiene dos hijos. Casualmente, su mujer está desempleada y ha estado en varios centros de desintoxicación. Estoy segura de que si hacemos una redada en su casa aparecerá el dinero negro del que tiran para vivir. O quizá lo tengan bien escondido... Pero su situación será una de esas en las que puedes tirar del hilo y encontrar de todo. Incluso lanzarles a Hacienda encima para que investigue con qué ingresos pagan el alquiler. Es gente que no usa tarjetas ni cuentas corrientes. Que ni siquiera paga internet; se busca la vida para piratearlo. Es gente de la que solo puedes rastrear su infancia...

—¡LO TENGO! —grita Yasmín, dándome un susto de muerte.

—¿Qué tienes?

—Colegio de Nuestra Señora de Eulalia. ¡Charly y José Ramón Gutiérrez Quevedo fueron al mismo colegio!

—¡Ahí está la conexión!

—En todos los centros hay alguien que acaba descarriado. Y termina siendo un contacto muy útil para los que llegan al poder...

—¿Lo has buscado en Facebook? —pregunto intrigada.

—No tiene —repone Yasmín—. Joder, ¡la gente joven que no tiene redes sociales me da yuyu!

—Pues yo no tengo —repongo divertida.

—¿Cómo que no?

—Prefiero jugar al ajedrez que navegar viendo vídeos de chorradas.

—¡No me lo creo, Kei!

—¡Qué sí!

—Madre mía... ¡Pues no sabes lo que te estás perdiendo!

—¿El qué? Yo no quiero airear mi vida. Ni seguir a famosos...

—Eso me parece respetable, pero hazte un perfil falso para ver algo que te interese y estar conectada con el mundo, mujer. Yo veo cosas asombrosas todos los días... Otras que me hacen reír y llorar. ¡Las redes emocionan de mil formas distintas! Por eso son tan adictivas. Yo no habría sobrevivido tanto tiempo sola sin ellas... —confiesa Yasmín, recordándolo—. Es como una gran comunidad de la que formas parte. Es el mundo en tu mano...

—Tengo una cuenta espía. Se llama *DiNoALaMostaza*.

—¿Qué...? No me vaciles... —dice de guasa.

—¡Es verdad!

—¡Estás peor de lo que pensaba! —Yasmín se echa a reír, encantada.

Y sé que podría acostumbrarme a esto. A lo que nunca me acostumbraré es a la maldita prensa rosa que espera a la salida de mi casa. A veces incluso me siguen hasta la comisaría. Un día freno en seco y les pongo una multa por tocahuevos.

De pronto, a Yas le suena el teléfono. Lo revisa y sonríe.

—¿Quién te escribe?

—Nadie..., «mamá».

—Estás sonriendo.

—Es Saúl.

—¡Bingo! ¿Qué te pone?

—Te has vuelto una alcahueta, Kei, ¿lo sabías? Y Ástor, otro...

—¡¿Qué te pone, coño?!

—Me pregunta a qué hora termiiino... —dice a regañadientes—. Quiere que le acompañe a su casa a recoger algunas cosas.

—Puedes pasar la noche en nuestra casa hoy también, así dormís juntitos otra vez... —la pico.

—No flipes...

—¡Pero quiero que estés conmigo, Yas!

—No cuela. Si te llaman, me pasas a buscar y listo. Para dormir no me necesitas.

—Pero Saúl sí te necesita —sentencio con intensidad.

Yasmín se me queda mirando con la cabeza torcida y le señalo el móvil.

—Acaba de escribirte. ¿No vas a ayudar a un amigo en el peor momento de su vida?

—Escuché lo que te dijo, Kei... —confiesa abochornada—. Estoy «muerta» para él. No sintió nada al besarme. Todo lo que hemos hecho ha sido por competir con Charly, o porque se siente culpable de que me violasen. Lo que no entiendo es por qué me empujas hacia algo que me acabará haciendo daño...

La dureza con la que habla me pone seria.

Me da mucha pena ver lo que le han hecho. Y no me refiero a la violación, sino a arrebatarle la confianza y la seguridad de la juventud para cometer esos necesarios errores de los que luego aprendes.

—Yas...

—No quiero hablar más de este tema —me avisa—. Me pone triste.

—No sabía que te sentías así, y te pido perdón por vacilarte tanto. Pensaba que estabas disfrutando de volver a tener a Saúl en tu vida. Si suelto que sois monos es porque me lo parecéis... Y que sepas que todo lo que me dijo en su cuarto ¡me entra por un oído y me sale por el otro...! Yo me rijo por el lenguaje corporal. Y si a Saúl no le viera muerto por tus huesos, no te empujaría hacia algo que te «acabará haciendo daño». ¡Él está así, precisamente, por eso! Por miedo a que le vuelvas a romper el corazón. Porque déjame decirte que sí cabe la posibilidad de que antes fueras una arpía...

—No lo era.

—Una hipócrita, entonces. Elige, Yas. Pero algo eras. Y Saúl no sabe que has cambiado. ¡No tiene pruebas! Pero lo que te pasó y la propia vida te hicieron cambiar. Y él también cambió. ¡Solo tenéis que daros cuenta! ¡Los dos! Por eso quiero que vengas a mi casa a dormir esta noche, por nada más.

—¿Por nada más? —pregunta sonriente—. Dime la verdad... Inconscientemente, ¿no sientes que necesitas apoyo femenino ante tanto rabo suelto por tu casa?

Dejo ir una carcajada que termina en una de esas epifanías de vida.

—Joder, llevo necesitándote tanto tiempo, Yas... Y ahora que por fin te tengo, quiero aprovecharlo. No sabía que me gustaría tanto tener una mejor amiga...

Me emociono visiblemente. «¡Si mi antigua yo levantara la cabeza...!».

—Keira... —dice solemne.

—¿Qué?

—Que te va a pasar lo mismo con las redes sociales... ¡Luego no podrás vivir sin ellas!

Nos reímos a carcajadas, y le digo que se largue ya con su querido y confundido Saúl.

Me quedo un rato más pensando dónde diantres puede haberse escondido Charly y en lo que yo haría si fuera él. Ir hacia la Sierra. Hacia un pueblo perdido... Y alquilar una cabaña a través de un e-mail falso. Pagar en efectivo. Cambiar de móvil y pensar en cómo salir del país. ¿Qué digo? ¡Eso ya lo tendría pensado de antemano! Pero no creo que Charly se vaya hasta que todo se tranquilice. Mientras, estará escondido. Y pronto le picará de nuevo el vicio...

La pregunta del millón: ¿Cuál es su vicio, su adicción?

¿El sexo en grupo? ¿Los De Lerma? ¿Matar...?

Cuando llego a casa, nadie acude a recibirme a la puerta y me quedo triste. Me había acostumbrado a que Ástor viniera cual perrillo que se alegra en exceso de verme después de lo que he tenido que soportar últimamente por ser quien es.

Sí… Hablo de la jodida Olga…

¡Qué rápido se olvidan de todo los humanos!

Busco indicios de vida, y oigo una música proveniente del gimnasio.

Paso de largo la habitación de Héctor, aunque me fijo en que no hay nadie dentro. Volvemos a estar solos… Llego al gimnasio y me recibe una imagen que me enciende entera.

«¡Madre de Dios…!».

Ástor está sentado, solo con el pantalón negro de yoga, y el cuerpo girado hacia un lado. Está levantando una mancuerna enorme con un solo brazo, e inclinado un poco hacia abajo ofreciendo la imagen perfecta de un maldito dios griego… O sea… Si alguien le inmortalizara así en una fotografía y saliera a la luz, reinaría el caos por un desequilibrio hormonal sin precedentes entre las féminas.

—Hola, guapo…

—¡Kei…!

Me acerco a él en busca de sus labios, pero espero a que termine el ejercicio y deje la pesa en el suelo.

—¿Dónde está Héctor? —pregunto antes de lanzarme en plancha.

—Ha ido a casa de mi madre, volverá para cenar… A ver cómo lo convencemos para que se quede cuando Saúl se marche…

—Lo haremos.

Me integro entre sus piernas y me siento sobre uno de sus férreos muslos.

—Sigues sin ser acolchable… —digo divertida.

—Las quejas al buzón de sugerencias que tengo entre las nalgas, por favor…

Me río y le fabrico una sonrisa tan chula que no puedo evitar besarla.

—Estoy muy sudado, cariño… —se disculpa ruborizado.

—¿Quieres ducharte conmigo? —le propongo sensual.

—Prefiero bañarme contigo.

—¡Vale! —exclamo contenta, y nos besamos de una forma tan lasciva que certifica lo que va a ocurrir entre nosotros dentro del agua.

Enciendo todas las velas mientras Ástor se ducha antes de entrar en la bañera.

Se adentra con cierto respeto, pero conseguimos acomodarnos juntos.

Intento no pensar en todo lo que he descubierto hoy y en que tengo que decírselo cuanto antes, pero sus labios me convencen de que no es el momento. Este momento es nuestro.

—Nos falta la pizza… —susurro melancólica.

—Mi pizza eres tú.

—Creo que es lo más bonito que alguien me ha dicho.

Nos reímos en la boca del otro y nos comemos durante un buen rato de forma lánguida y lenta hasta que, ignoro cómo, termino encajada en su cuerpo y él en el mío, como la primera vez.

No sé por qué no habíamos vuelto a hacerlo aquí, pero me alegro de que esté pasando. Necesitaba sellar ese mal recuerdo. Y lo estamos haciendo con placer…, con estocadas profundas que demuestran que esa dictadura social tradicional que una vez nos dejó fríos ya no nos afecta.

He pensado mucho en lo que me dijo Carla en la cárcel…

«¿Tengo derecho a quitarle la oportunidad de ser padre?».

«Todo el derecho», me respondería mi antiguo yo sin titubear, y añadiría: «Tu vida. Tu cuerpo. Tus responsabilidades. Tu felicidad…».

Al fin y al cabo, es la filosofía de hoy en día, pensar solo en nosotros mismos.

«No necesites a nadie».

«Confía solo en ti».

«Quiérete».

Pero ¿qué pasa si quiero a otra persona más que a mí misma? Como mucha gente quiere a sus hijos, por ejemplo. ¿Por qué la sangre ata y perdona ese sacrificio, cuando la decisión de hacerlo sin ese hándicap es mucho más significativa y bonita? Es la familia que se elige.

Una vez escuché que la diferencia entre amar y querer, es que si la quieres, matarías por esa persona, pero si la amas, morirías por ella.

¿Qué pasa si yo estuviera dispuesta a dar mi vida por Ástor? Si adoro verlo sonreír. Si me hace feliz hacerle feliz... ¿Qué pasa si quiero casarme por el compromiso que representa? ¿No puedo hacerlo porque ya no está de moda atarse a nada?

Yo pensaba que ser libre era tener la libertad de elegir lo que quieres sin sentirte juzgado por ningún bando, no morir a un concepto de vida radical que me acusa de haberme ablandado por hacer concesiones por amor.

¿Qué pasa si quiero cambiar de opinión?

Ocurre a menudo cuando te topas con algo que te hace reflexionar. Que cambia tu perspectiva. Y como bien dijo Charly, desde que los conozco mi forma de actuar ha sido, cuando menos, errática...

¿Y no es ese el viaje?

¿El cambio que se espera de todo ser humano en el transcurso de su vida? ¿Errar y aprender de los errores para evolucionar?

No miento si digo que este soliloquio culmina en un orgasmo brutal. ¡Buf!

Nos da tiempo a arreglarnos y a estar un rato tirados en el sofá, pelando la pava, antes de que lleguen los demás. Esquivo el tema de adónde hemos ido hoy Yasmín y yo hablando de alternativas de la luna de miel, y Ástor parece olvidarse.

Pronto van llegando nuestros huéspedes. Primero Saúl y Yasmín, y más tarde Héctor.

Mi amiga tiene cara de necesitar hablar urgentemente a solas, y la adrenalina corre por mis venas cuando nos trasladamos a la cocina para que me cuente sus avances con Saúl.

Ya os contará ella, pero... *Oh my God!*

En mitad de la cena, mi móvil suena estridente y me extraña.

Si me llaman a estas horas, tiene que ser importante. La expectativa se revuelca en el silencio que se crea cuando lo cojo.

—¿Gómez...?

—Keira... Hay un problema...

No me gusta cómo ha sonado eso e intento mantener una

expresión estoica porque cuatro pares de ojos me miran superatentos.

—¿Qué problema? —digo en voz alta para que se vayan haciendo a la idea de que no son buenas noticias.

Sus caras se tiñen de preocupación.

—Ha pasado algo en la cárcel...

—¡¿Qué?! ¡¿Qué ha pasado?!

Me pongo de pie de un salto y Ástor me imita, alarmado.

—Ha habido una pelea después de comer y... han tenido que trasladar a Carla al hospital.

—¡¿Cómo que está en el hospital?!

Miro a Héctor aterrada, dejándole claro de quién hablo. Él se cubre la cara con las manos como si no fuera a suceder si no lo ve.

—¿En qué hospital? —susurra Ástor a mi lado.

—¡¿En qué hospital?! —repito nerviosa.

—En el Provincial... Dicen que ha perdido mucha sangre... Prepáralos para lo peor.

—Dios mío...

Y sé que acabo de sembrar el pánico con esa última frase. Lo veo en sus caras. La esperanza se escurre por sus ojos.

Saúl se levanta con brío y se va. He visto muchas veces ese arrebato. Es la prisa por ir a vomitar, superado por las circunstancias. Otro de los famosos formatos del estrés: revolver el estómago a lo salvaje.

—Vamos ahora mismo... Nos vemos allí...

Cuando cuelgo, abrazo a Ástor compungida.

—¿Qué te ha dicho tu jefe, Keira? —pregunta Héctor con el corazón en un puño.

—Ha habido una pelea en la cárcel a mediodía. Carla está herida...

—¿Te ha contado cómo está?

—Solo que ha perdido mucha sangre... —confieso angustiada. Estoy harta de ocultar cosas—. Tranquilo, Héctor, seguro que se pone bien... Es fuerte. Venga, vistámonos y vámonos ya.

Pero Héctor no se mueve. Se queda con la vista fija en un punto inexistente, y Ástor se agacha para hablarle de cerca con cautela.

—Eh... Se va a recuperar. Ya lo verás...

—¿Qué cojones pasa conmigo? —lamenta Héctor retóricamente—. ¡Estoy gafado, joder...! ¡Y le rebota todo a ella! Debería alejarla de mí...

—No digas eso —lo riñe Ástor.

—Mateo Ortiz tenía razón, nada bueno crece a nuestro lado...

—Héctor... —se queja Ástor—. ¡Por favor, esto no es culpa tuya...!

—Es de Charly —sentencio, cayendo en la cuenta—. Esto no puede ser casual... ¡Ha tenido que ser él! Ha podido hacer una llamada a la cárcel desde cualquier parte y... ¡Joder, un momento...!

Entro en mi teléfono a toda prisa y vuelvo a llamar a Gómez.

Me apuesto lo que sea a que, si lo comprueban, descubrirán que una presa ha tenido que recibir una llamada justo antes del suceso en la que le daban órdenes exactas.

Hay que averiguar de dónde procedía esa llamada.

 héctor

23
Colorín colorado

Me rindo.

Me la devuelven, sí, pero medio muerta. ¡No es justo!

Contaba con que Carla saliera de la cárcel psicológicamente jodida, pero no también a nivel físico. En ese terreno estoy anulado; no tengo capacidad de maniobra. Sus padres la alejarán de mí y...

Y puede que eso sea lo mejor para ella.

Inspiro hondo y me centro. Analizo por qué tengo estos pensamientos fatalistas y asumo que es el clásico «Deja antes de que te dejen». Porque cuando Carla se entere de que todo esto es por Charly, e indirectamente por nosotros, huirá despavorida de mi vida...

Entramos en el hospital, bueno, entra Ástor empujando mi silla para que no tenga que impulsarme yo mismo, y nos encontramos con los padres de Carla. Es muy mala señal que parezcan consternados. Hay varios policías con ellos.

—Hola. ¿La habéis visto ya?

—No. Todavía la están operando... —responde su padre, ofuscado.

—¿Operando de qué?

—Ha recibido varios navajazos...

Oírlo me duele como si me los hubieran clavado a mí.

Keira se tapa la boca y siento la mano de Ástor apretando mi hombro. Mis ojos se nublan, y no puedo hacer otra cosa que aceptarlo y esperar.

Acumular desgracias te enseña una verdad indiscutible: que todo podría ser mucho peor; Carla podría estar muerta ya, por ejemplo...

Si no dependiera de una silla de ruedas, probablemente ya estaría dando un espectáculo lamentable, golpeando las paredes y agrediendo a los médicos para que la salvaran sí o sí; porque, claro, en mi maravillosa y perfecta vida no encajaría que me pasasen cosas así. Pero siendo mi vida como es, no me queda otra opción que ser paciente y callarme...

Cuando llega la Policía Judicial, Keira se levanta como impulsada por un resorte y va hacia ellos. Un hombre entrado en la cincuentena parece estar al mando de todo.

Poco después, se acerca a hablar con nosotros, bueno, con los padres de Carla principalmente. Les explica lo que ya sabemos: Carla no volverá a prisión porque ya han solicitado audiencia con el juez para aportar las nuevas pruebas que justifican que está exenta de responsabilidad. Sin embargo, cuando oímos que la reclusa que la ha atacado era una antigua clienta de Charly no doy crédito... ¿Qué gana él haciendo esto?

El comisario sigue dando explicaciones sobre la burocracia para sacarla de la cárcel y, en un momento dado, un médico sale preguntando por los familiares de Carla Suárez.

Me duele no poder gritar: «¡Aquí! ¡Ella lo es todo para mí!».

—Está fuera de peligro... Hemos podido detener las hemorragias...

—¡¡¡Gracias a Dios!!! —grita su madre por todos.

Yo junto los puños en mi frente más agradecido que en toda mi vida.

—La mala noticia es que no hemos podido hacer nada por el bebé... Lo ha perdido.

Todos nos quedamos petrificados al oír esa información.

Keira es la única que estalla en un sollozo y se cobija en el pecho de Ástor, que la abraza sin entender nada.

—Pero... Se supone que abortó hace quince días —alude su madre.

—Al llegar al hospital detectamos latido fetal, aunque muy débil. Además, Carla había perdido mucha sangre... No hemos podido hacer nada por él. A su hija están realizándole un legrado en este momento, señora...

Keira levanta la cabeza y me mira con los ojos llenos de lágrimas.

—Fui a verla hace dos semanas... —balbucea con cautela—. Le dije que estaba muy cerca de coger a Charly y le pregunté si tendría al bebé si supiera que iba a salir en un mes. Me respondió que sí... Como podía abortar hasta la semana catorce, la convencí de que esperase. Y ahora... —Se le corta la voz y vuelve a resguardarse en Ástor, que la abraza mientras me mira conmocionado.

«¡Seguía embarazada! Y yo... Yo no fui a verla porque...».

La situación me supera.

Resoplo con fuerza para impedir que me dé un ataque de ira, pero es en vano. Un grito horrible escapa de mi garganta y asusta a todos los presentes. Por suerte, en ese momento no hay nadie más en la sala salvo nosotros. La cosa empeora cuando me descubro golpeando con violencia una silla de plástico que tengo cerca, llevado por la desesperación, pero enseguida siento que alguien me separa de ella para impedir que la rompa o que me haga más daño. Es Ástor, que me amonesta alterado.

—¡Para, Héctor! ¡¡¡Por Dios...!!! ¡¿Quieres que nos echen de aquí?!

Pero no puedo parar. Era mi hijo y seguía vivo...

Somos energía, y necesito disiparla para aplacar mi furia, así que agarro a Ástor de malas maneras, dispuesto a destrozarlo porque ya no razono. Lo único que entiendo es que jamás conoceré a mi hijo y no puedo soportarlo...

—¡¡¡Ese niño ya no existía!!! —exclama Ástor con afán de evitar mi golpe—. ¡Ya habíais tomado la decisión de no tenerlo! ¡No tendría que estar aquí!

—¡Pero estaba!

—¡Por Keira! ¡Si fuera por ti, ya no estaría, Héctor...!

—¡Accedí al aborto por Carla! ¡Yo no quería! No podía obligarla y me resigné... ¡Pero yo no quería...!

Soy consciente de que todo el mundo me mira como si estuviera loco. El médico, los padres de Carla, mi familia... Siento que no me llega el aire y empiezo a asustarme.

—Tienes que calmarte... —me aconseja Ástor al verme respirar como un animal acorralado.

¿Que me calme? No puedo hacer eso... ¿Quién podría en mi lugar?

—No he sido capaz de protegerlo... —digo casi sin voz—. No pude antes y no he podido ahora. ¡Y nunca podré...!

—No vayas por ahí —me advierte mi hermano sin soltarme, pero ya no me retiene, más bien me está abrazando—. No culpes a tu estado de tus equivocaciones porque me trasladas la culpa a mí y no pienso comérmela de nuevo, Héctor... No quisiste escucharme. No tuviste fe. Si lo hubieras hecho, te habría frenado, ¡pero la verdad es que tenías miedo...! Miedo de enfrentarte a la paternidad en tu estado. Admítelo.

Sus palabras me calan hondo inundando mi organismo con la fría verdad. Con cobardía, vergüenza y alivio a la vez. Porque Ástor tiene razón. Si renuncié a ese niño sin luchar fue porque, en el fondo, me aterraba ser padre. Me sentía indigno de él. Y no quería perder a Carla...

—Podría haberla matado... —simplifico mi agonía.

Y por fin llego al quid de la cuestión: que no entiendo nada. Estoy tan furioso con Charly que...

—Han dicho que Carla se pondrá bien —me recuerda Ástor—. No vuelvas a pensar en lo que pudo ser y no fue, solo agárrate a la valiosa certeza que te ha dejado el hecho de que fuera a tener a tu hijo...

—¿Qué certeza?

—Que Carla te quiere, Héctor. Que, aunque en circunstancias normales no entraba en sus planes ser madre, iba a serlo por ti... Solo porque confiaba en que serías un padre magnífico...

«¿Yo? ¿Un lisiado? ¿Cómo es posible?».

—En un futuro podréis volver a intentarlo. Carla por fin es libre. Piensa solo en eso, ¿vale?

—Quiero verla... —suplico al médico con los ojos acuosos.

—Ahora mismo está muy sedada. Podrá verla en un par de horas...

Ástor me trae algo de beber para que me tranquilice un poco. En cuanto me veo con fuerza ruedo mi silla en dirección a Keira y la descubro sentada lejos de los demás, perdida en sus pensamientos junto a Saúl.

Al llegar a su lado, me mira apenada.

—Lo siento mucho... —musita resignada.

Nos abrazamos sin decir nada y la oigo sorber las lágrimas por la nariz.

—Iba a ser una sorpresa... Te merecías esa alegría después de tantos meses de sufrimiento, Héctor. Sé que, en el fondo, querías tenerlo, aunque te diese miedo.

—Sí, pero también pienso en que Carla se merece ser madre como y cuando ella quiera, igual que tú, si no deseas serlo. Me equivoqué en decir lo contrario... Porque traer a una persona al mundo implica una responsabilidad que se debería tener el derecho de elegir. La vida es una constante elección, y esta tendría que ser siempre libre. La maternidad también.

—Me alegro de que pienses así...

—Gracias por todo lo que has hecho por mí, Keira. Me la has devuelto...

Nos apretamos la mano y se la beso, emocionado y feliz. Los dos sabemos que debemos estarlo solo por el hecho de que Carla siga viva.

—Mi jefe está intentando rastrear la llamada de la cárcel... Voy a cogerle, Héctor, te lo juro...

Y esta vez, la creo.

Ástor se reúne con nosotros, y pregunto en general:

—¿Por qué lo ha hecho? ¿Por qué coño ha ido a por Carla?

Keira niega con la cabeza y resopla, abatida.

—Hay algo que no os he contado... —confiesa de repente.

El gesto de Ástor anuncia que esas palabras no le han gustado nada. Creo que está harto de secretos. Y yo también, porque todos terminan con marrones que se come mi novia.

—¿Qué es? —la presiono para que hable.

—Charly es vuestro hermano... —dice dejando una estela de asombro a su paso—. Su madre no hacía chantaje a vuestro padre, sino que él le pasaba una pensión para su manutención...

Si no estuviera sentado, me caería redondo al suelo.

La cara de Ástor se desfigura por completo y temo por él.

—No dije nada porque Sonia me aseguró que Charly no lo sabía... —se justifica Keira antes de que la acuse—. Habían pactado que os conocierais de forma natural, sin rencillas, pero ahora sé que me mintió. Charly lo sabía todo... Sofía lo descubrió cuando la llevó a su casa para comunicar el compromiso a su madre y la mató para que no lo contara.

—La hostia... —balbucea Ástor, totalmente descolocado.

—Si eso es así, ¡¿por qué quiere matar a mi novia?! —insisto.

—Porque quiere destruiros —sentencia Keira, tajante.

—Y una mierda... —digo incrédulo—. ¡Es imposible! Pudo haberlo hecho muchas veces a lo largo de estos años, si es lo que quería...

—Quería el ducado de Lerma, pero rebosante de poder, no arruinado.

Veo que Ástor cierra los ojos y se apoya en una pared.

No sé cómo sigue en pie. Si yo fuera él, ya me habrían fallado las piernas.

—El día que vuestro padre murió, a Charly dejó de llegarle dinero y necesitaba un plan B. Os necesitaba para salir adelante y subirse al carro de lo que fuera... Al final, fue la web.

—No puede ser... —farfulla Ástor, agónico.

—Charly solo estaba esperando el momento adecuado —me aclara Keira—. Y Carla era un objetivo porque podía aportar otro heredero al título cuando Charly hubiera acabado con vosotros...

—¿Acabar con nosotros? —pregunta Ástor con agresividad—. ¡Charly nos adoraba, joder! ¡Y nosotros a él! ¡Si me lo hubiera pedido, le habría regalado encantado el puto título! ¡¿Por qué no me lo dijo?! ¡Que seamos hermanos es algo bueno! ¡¿Por qué ocultarlo?! ¿Por qué matar a Sofía? ¡¡¡POR QUÉ, JODER!!!

Es su turno de perder los papeles.

Da una palmada horrible en la pared que no imagino cuánto le habrá dolido. Los de arriba deben de haber sentido hasta un temblor. Si llega a dar el golpe con el puño, se rompe la mano...

¿Y lo que me jode no poder hacer nada para detenerlo como él ha hecho conmigo? No os hacéis una idea. Estoy condenado a sentirme inútil para siempre…

Saúl se levanta y se interpone entre el cuerpo de mi hermano y el hormigón. Es casi tan alto como Ástor y tiene buena musculatura para su edad. Me recuerda mucho a mí en mis mejores años…

Keira también se pone de pie, alertada, pero se queda cerca de mí.

—Yo sé por qué os lo ocultó… —dice cohibida.

¿Qué coño le pasa? Si no la conociera bien diría que está temblando.

—¿Por qué? —pregunta Ástor, más que enfadado.

Keira aguanta el tipo ante la dureza de su mirada.

—Porque era el móvil perfecto…

—¿Qué móvil? ¿Para qué?

—Para provocar el accidente que tuvisteis hace ocho años…

Esa frase es un puñetazo de los que te dejan fuera de combate.

Ástor ni siquiera se mueve. Lo asimila y, acto seguido, se coge el pecho, preocupado por un inminente infarto.

Noto perfectamente cómo se encierra en sí mismo y cómo Keira reprime sus ganas de ir a consolarlo sabiendo que en ese momento no puede tocarlo o estallará como una maldita granada.

Yo soy incapaz de concebir que Charly provocó nuestro accidente.

IMPOSIBLE…

Miro mis piernas inertes…

No… No.

Ástor se sienta. Apoya los codos en sus rodillas y se coge la cabeza, hundido. No me imagino lo que estará sintiendo. Tantos años culpándose por ello… Dios santo…

Siento que tengo que hacer algo. La rabia me hierve dentro, pero, una vez más, la aplaca el sentimiento de que podría ser peor. Podría habernos matado en ese accidente. Mató a una chica, de hecho. Un vehículo se lanzó de frente contra nosotros como si fuera a adelantar. Era una furgoneta y eso le proporcionaba la seguridad de la altura.

Ástor intentó esquivarla para no chocar frontalmente, pero...

—Ástor... —musita Keira, preocupada, agachándose delante de él sin llegar a tocarlo.

—¿Desde cuándo sabes todo esto? —pregunta él en tono acusador.

—Desde ayer. Estuve todo el día siguiendo la pista del conductor de la furgoneta que chocó contra vosotros... Es un hombre con antecedentes que acumula delitos imprudentes por los que creo que cobró un dinero a cambio. Conocía a Charly del colegio... Fui a verle a la cárcel y lo negó todo de forma rotunda. Pero cuando mencioné el nombre de Carlos Montes, le cambió la cara por completo.

Ástor guarda silencio y habla como si le faltara el aire.

—En mi vida me he sentido así... —dice con un hilo de voz—. Tan traicionado y decepcionado con todo el mundo...

Keira me mira triste, entendiendo que eso va también por ella. Ninguno sabemos qué hacer y, para mi sorpresa, es Saúl quien toma las riendas de la situación.

—Ástor, no dejes que te haga esto... —dice, imitando a Keira al agacharse a su otro lado—. No dejes que Charly se salga con la suya... Solo quiere hundirte en una aflicción que te incapacite, pero el que ha perdido es él... ¿No lo ves?

Le pone una mano en la rodilla, y Keira y yo nos quedamos sin respiración temiendo una reacción airada por parte de Ástor.

—He sido un estúpido... —murmura cabizbajo.

—Te equivocas. Eres una buena persona... Y para mí no hay mayor signo de superioridad.

Ástor lo mira conmovido.

—Tú eres el único que ha sido franco conmigo todos estos años, te admiraba por tratarme tan mal, ¿sabes?

Saúl sonríe melancólico.

Keira le acaricia la pierna pidiendo audiencia, y Ástor la mira como si no supiera qué hacer con ella y su traición.

Saúl le presiona la rodilla, animándolo a que no sea tozudo.

—Os dejaremos solos… —dice el chaval, levantándose y empujando mi silla lejos de ambos.

Veo que Keira se sienta al lado de Ástor, pero él no vuelve la cara. No sé si podrá sacar nada bueno de él en este momento. A veces callar es la peor mentira de todas. Y una mentira es pan para hoy y hambre para mañana. Salva y condena al mismo tiempo. Nunca sale gratis.

Se me hace eterno hasta que nos dejan ver a Carla.

Entro con sus padres a la habitación donde reposa y los demás se quedan fuera.

Me impresiona ver la fragilidad de su cuerpo vendado, pero su mirada es lo peor. Es demasiado joven para destilar tanto pesar. ¿Se recuperará algún día de haberme conocido?

Sus padres la abrazan y lloran junto a ella mientras cierra sus ojos, ya húmedos.

Hablan del miedo que han pasado, y cuando llega mi turno me acerco todo lo que puedo a Carla y extiendo la mano para que me la coja. Ni ella puede incorporarse más por sus heridas ni yo tampoco por la silla de ruedas. Es una jodida desgracia detrás de otra.

Siento que sus padres dejan la habitación para darnos un poco de intimidad.

—Se acabó… —pronuncia. Y el corazón se me parte en dos.

—Lo siento mucho… —digo sincero—. Siento que hayas tenido que pasar por todo esto por el hijo de puta de Charly. Entiendo perfectamente que quieras dejarme… No te preocupes por nada…

—¿Qué?

—Has dicho «Se acabó…».

—¡Se acabó la pesadilla, Héctor! ¡Nadie va a volver a separarnos nunca más! —Me aprieta la mano con fuerza y mi pecho explota de emoción.

Me llevo su mano a la cara y rompo a llorar muerto de alivio, expulsando toda la presión que he sentido durante estos meses sin ella.

—¿Te han contado lo del bebé? —pregunta con una tristeza palpable.

—Sí... —Vuelvo a apretar su mano. Y la miro compungido.

—Lo habría tenido, Héctor... Confiaba en Keira. Pero al final...

—No pienses más en eso, Carla... —Le beso la mano de nuevo—. Lo único que me importa es que estés bien. Me siento fatal por todo... Yo...

—Héctor...

Su dulce voz me doblega, y sigo sin dar crédito a que este ángel me quiera a mí. A lo fuerte que es. A lo valiente...

—Dime... —acato como si sus deseos fueran órdenes.

—Cuando salga de aquí, no quiero ir a casa de mis padres... —dice decidida—. Quiero estar contigo. Nos han robado demasiado tiempo.

Los ojos se me llenan de lágrimas. Pero son de pura alegría.

—Sí, mi amor... Haremos lo que tú desees. Ahora mismo estoy en tierra de nadie, pero buscaremos un sitio para...

—De eso nada —irrumpe Ástor, que acaba de entrar en la habitación—. Aún tienes tu casa, Héctor. Nuestra casa. Dejadme cuidar de vosotros hasta que Carla esté bien del todo. Por favor, os lo suplico... —y suena tan implorante que me desarma.

Me limpio las lágrimas que ya caen por mi cara con insolencia. Carla también me las limpia con un cariño infinito.

—Ástor... —pronuncio su nombre como si fuera mi jodido salvador. Siempre lo ha sido. Es increíble cómo ha cuidado de mí, a pesar de ser el pequeño de los dos. Yo no cuidé de él cuando me necesitó—. Por favor... —le suplico sin voz.

—¿Qué quieres? —pregunta solícito, conociendo mi tono de necesidad implacable.

Keira se queda atrás, agarrándose los brazos ante la íntima escena.

—Quiero acercarme a Carla... Necesito abrazarla... Ayúdame, por favor. Yo solo no puedo, As...

Mi hermano se mueve metódico sin decir nada y se coloca donde necesita para cogerme a pulso. Justo delante de mí.

—Keira, cariño, retira la silla cuando lo levante para que pueda rodearle —le pide, y ella obedece, precisa.

Ástor me aúpa contra él con agilidad, como si no pesara nada, y me rodea para situarse detrás de mí, como si estuviera sosteniendo una peonza gigante.

Me apoyo en la cama con las manos y él me arrima al lado de Carla. La abrazo con cuidado de no hacerle daño, confiando en que Ástor sujete mis piernas para que no cedan, metiendo una de las suyas entre las mías para fijarlas. Cualquiera que nos viera pensaría que me está dando por culo... Pero sé que tiene el cuerpo ladeado, como hizo mil veces cuando durante el primer año nos vimos en situaciones mucho más comprometidas porque yo no tenía fuerza para nada.

Tengo una mano apoyada en la cama y con la otra acaricio la cara de mi novia.

—Mi niña... —susurro justo antes de besarla.

Se me caen las lágrimas mientras beso su libertad. La de los dos.

«¡Por fin, joder!».

La abrazo, y Carla me acaricia la espalda con debilidad.

—Quiero dártelo todo... —le juro—. Y lo voy a intentar, aunque necesite ayuda. Te lo prometo...

—Yo solo quiero tu corazón, Héctor... Y lo tienes en los ojos.

Nos miramos, y sé que siente que la amo inmensamente. Volvemos a besarnos y el gesto se alarga un poco.

—Termina, cabrón... ¡Me estoy poniendo cachondo! —murmura Ástor.

Carla y yo cortamos el beso con una risita. Y volvemos a darnos uno corto de despedida.

—Pronto estarás mejor y podrás volver a saltarme encima —la animo.

—No te quepa duda. No te vas a librar de mí...

Me doy la vuelta hacia Ástor para que me deje en la silla de nuevo y le doy las gracias.

—Me alegro de que estés bien... —dice mi hermano a Carla.

Keira se acerca a la cama y la abraza con cuidado.

—Lo siento mucho... —se disculpa—. No pensé que ocurriría esto...

—No podías saberlo. Y ahora… ¿me vais a contar qué ha pasado? Porque solo me han dicho que iban a revocar mi prisión provisional, pero no el porqué.

Le contamos lo acontecido en la fiesta de cumpleaños de Xavier y no sale de su asombro con todo lo que escucha.

—Dios mío… ¿Y dónde está Saúl ahora?

—En la sala de espera, con Yasmín.

—Madre mía… ¡Qué fuerte!

—Sí, es increíble… —responde Ástor, todavía impactado pensando en mil cosas más.

No tardan en echarnos de la habitación alegando que Carla necesita descansar de sus heridas. Si pudiera me quedaría con ella. Si no tuviera esta jodida lesión…

«¿Qué coño…?».

—Quiero quedarme —digo obstinado.

—Héctor… —se queja Ástor—. No es bueno para tu circulación. Además, esta noche apenas has descansado. Te traeré mañana temprano, te lo prometo.

—Si pudiera andar, nadie pondría en duda que me quedase… No pienso dejar que nada me limite…

—Héctor… —me pide entonces Carla—. No seas cabezón. Vete a casa. Descansa bien y espera a que me cure. Además, quiero hablar con mis padres a solas…

Asiento como un tonto.

Es oficial… Creo que no voy a poder negar nada a Carla mientras viva.

 saúl

24
Desahógate

Veo que Ástor, Keira y Héctor vuelven a la sala de espera y me pongo de pie de golpe.

—¡¿Cómo está Carla?!

—Mejor de lo que pensábamos —responde Ástor, más sereno.

Me alegra verlo mejor. Por un momento pensé que lo perdía otra vez. Ha sido demasiada información de golpe para él.

—¿Puedo verla un minuto? —suplico.

Se miran entre todos unos segundos y Héctor asiente. Creo que me lo permite porque mi padre acaba de morir.

—No tardo nada. Solo quiero darle un beso...

—Che... Sin besos, que nos conocemos, chaval... —replica Héctor, bromista, y Ástor sonríe un poco.

—Habitación veintinueve —susurra Keira, amorosa.

—Ahora vuelvo...

—Voy contigo —se suma Yasmín.

No tengo claro si me convence o no que me acompañe a los sitios. Porque siempre termina pasando algo inesperado...

La invité a dormir conmigo porque me sentía mal de que durmiera en el sofá y terminó corriéndose en mi boca... ¿Hola? Mi vida es como una peli de Almodóvar.

¿Qué coño significó aquello?

¿Que tengo una vena competitiva insaciable o que no puedo resistirme a Yasmín? Una de dos.

O igual son las dos... Pero cuando me dijo que nunca había tenido un orgasmo por poco me da un infarto.

Me señalé con el dedo mentalmente y grité «¡Vergüenza!». Porque vergüenza debería darme no haberme preocupado de que la chica llegara antes que yo en nuestra primera vez; ahora es como una norma sagrada para mí.

Por otro lado, quiero ayudarla a que tenga una vida lo más feliz posible, se lo merece, y está claro que el tema sexual la condiciona por completo.

Con ese pensamiento ha pasado lo que ha pasado en mi casa esta tarde...

No me juzguéis, por favor...

La he llamado porque esta mañana me ha dicho que la avisara si iba. Bueno, y porque no quería volver a pisar esa casa yo solo...

Ástor se ha ofrecido a acompañarme, pero tengo los niveles de dignidad por los suelos con él... y con Yasmín por los cielos después del impresionante orgasmo que le di. ¡Fue increíble!

No daba crédito a cuánto se estaba excitando en mi cama. Verla en ese estado me condujo a querer hacer lo que fuera necesario para aliviarla.

Su coño me pareció... Bueno, diga lo que diga, me sentiré un cerdo, pero esta mañana en la ducha ha sido el protagonista indiscutible de mis fantasías. No sé cómo pude dormirme con semejante dolor de huevos...

Y todavía no ha desaparecido.

Toda la puta mañana he tenido flashes de su cuerpo desnudo... Era incapaz de pensar en otra cosa. Tengo sexo asiduamente, pero estas últimas semanas no ha sido así. Desde el día de aquella maldita cita, cuando me enteré de que la habían violado, mi libido pasó a un segundo plano.

Las veces que me he excitado han sido con Yasmín en momentos puntuales, y ahora a mi cuerpo no le motiva hacerlo con nadie más. Es un cabrón de ideas fijas...

Por eso le he escrito como un jodido desesperado para quedar...

¿Con qué intención, si ella no está lista para nada? Solo con la de tenerla cerca y calmar una inquietud latente por que me acaricie otra vez, aunque solo sea la cara. ¡Soy lo peor! Ya lo sé.

Al final, hemos quedado en el exterior de la mansión.

Ástor ha insistido para que me quede con ellos hasta después del entierro de mi padre, pero quiero coger mi coche y algo de ropa.

Cuando Yasmín se ha bajado del taxi a cámara lenta, el corazón me ha dado un vuelco. (Ya le he reñido por ello).

—¡Hola! —Ha sonreído y ha venido a darme un cariñoso beso en la mejilla.

A esto me refería... «Oh, sí...». Necesitaba su contacto como si fuera un maldito cargador de móvil magnético.

Me ha encantado que me pregunte «¿Qué tal?» como si nada. Se le da de lujo disimular que ha leído en mis ojos lo mucho que la he echado de menos.

—Tirando... Y tu día, ¿cómo ha ido, Yas?

—¡Genial! Ha sido muy productivo... —Ha sonreído de medio lado.

—Supongo que no puedes contarme nada.

—Te enterarás muy pronto, Saúl. Ahora vamos a centrarnos en la misión que nos ocupa. —Señala la casa.

—Me han llamado antes de la morgue... —le he informado—. El cuerpo de mi padre está listo para ser entregado. Ástor se ha encargado de todo... El funeral será mañana por la mañana.

—Vale... —Me ha acariciado el brazo sin saber qué más decir.

—Necesito coger un traje...

—Está bien... Pues vamos.

Hemos entrado en la mansión y la calma que se respiraba me ha dado escalofríos. Estaba tan limpia y ordenada como si no hubiera pasado nada. Ástor contrató a un equipo de limpieza y han estado aquí esta misma mañana.

Hemos recorrido todas las estancias, una a una.

—¿Sabes que oficialmente esta casa ya no es mía, Yas? —le he confesado a media voz.

—¿Cómo que no?

—No. Mi padre solo me ha dejado en herencia la legítima en efectivo. Ordenó en su testamento que todas sus pertenencias fueran vendidas para destinar el dinero a una nueva clínica de investigación contra el cáncer.

—Madre mía... ¿Y no se dio cuenta de que de un día para otro no tendrías donde dormir?

—Creo que es justo lo que pretendía... Que me largara de aquí, como siempre deseé. Sabía que quería irme... Y no es como si no pudiera pagarme un hotel mientras pienso qué hacer con mi vida...

—Ya, pero... es un poco frío.

—No dejo de pensar que él sabía cómo me sentiría después de su muerte... Chocado pero aliviado. De todos modos, yo preferiría que estuviera vivo y hubiera sido sincero conmigo.

—Las cosas nunca son como queremos, Saúl... Puedes venir a mi casa si necesitas tiempo para decidirte. Acojo a cualquier animalillo que lo necesite. Con Keira lo hice. —Me ha guiñado un ojo.

—¿Al Museo de las Armas? No, gracias...

—Si te molestan, puedo quitarlas.

—Deberías quitarlas aunque yo no viviera allí, Yas...

—Son bonitas.

—A la gente normal le dan inseguridad, no seguridad.

—Yo no soy normal.

—En eso estamos de acuerdo...

Nuestras miradas se han besado y mis labios se han relamido con envidia.

Correcto, se me va la pinza.

Al ir a entrar en el despacho, ella me ha frenado.

—¿Estás seguro de que quieres pasar?

—Sí... Lo necesito.

Yasmín no parecía muy convencida de entrar en el despacho, pero ha cedido y me ha dejado observarlo todo con calma. Recuerdo acceder la noche de la fiesta a la voz de «Papá, ¿estás aquí? La gente te está buscando para despedirse...», y verlo colgado a quince centímetros del suelo de una cuerda arriostrada a la viga de madera que cruza el espacio en perpendicular.

Mi primer instinto fue ir corriendo y levantarlo a pulso, pensando que quizá seguía vivo.

—¡¡¡AYUDA!!! —grité varias veces, y no tardó en acudir alguien del servicio.

—Por Dios santo... —oí.

—¡Coge una de las catanas y corta la cuerda! —ordené.

Mi padre tenía dos o tres espadas japonesas expuestas de su viaje al país nipón. Cuando el chico lo hizo, el cuerpo cayó como un fardo y no tuve fuerza para sujetarlo. Nos fuimos juntos al suelo y allí nos quedamos.

—¡Papá! ¡Papá...!

Aflojé la soga de su cuello y le palmeé la cara como si estuviera desmayado. Acerqué mi oreja a su nariz y busqué el pulso en su muñeca haciendo presión con el pulgar. Pero nada...

Mi instinto fue abrazarlo con fuerza como si acabara de perder algo muy valioso y automáticamente me sentí culpable por saber que no era así. Por un momento, creí que se había suicidado por uno de sus berrinches, porque a menudo usaba esa expresión:

«Como pierda el Madrid, me ahorco».

«Como no haya una mesa a la sombra, me ahorco».

«Como se hayan agotado las manitas de cerdo, me ahorco».

Le pegaba mucho hacer algo así para llamar la atención y joderme. Lo imaginaba desde el techo, señalándome con el dedo y riéndose de mi desconcierto, pero cuando encontramos la nota supe que no había sido así, y también sentí cierto alivio de que no hubiera tomado la decisión de dejarme solo en el mundo.

—¿Qué pasará con todas sus cosas? —me ha interrumpido Yasmín mientras rememoraba todo eso—. Con su ordenador, por ejemplo... ¿Es ahí donde guardaba nuestro vídeo porno?

—Supongo que sus cosas personales me las darán a mí...

—Me gustaría verlo... —ha soltado Yasmín de pronto.

—¡¿Cómo dices?!

Mis cejas han subido hasta el nacimiento de mi pelo.

—Quizá verlo me ayudaría a normalizar el sexo otra vez, Saúl...

—¿Hablas en serio?

—Muy en serio.

—¡Joder, Yas...!

—¿Qué pasa? ¿Te da vergüenza que te vea después de lo de ayer?

—Bueno, ayer tú no me viste nada en realidad...

—¿Eso es un reproche?

—¡No! Me imagino que tienes aprensión a esa zona en concreto de la anatomía de los hombres, ¿me equivoco?

—No te equivocas. Por eso verlo en vídeo igual me ayudaría... Además, no creo que se vea demasiado, no es como si fuera una peli porno de verdad, donde se enfoca todo de cerca...

—¿Tú ves porno? —he preguntado sorprendido.

—No, pero a veces me salta alguna página en el ordenador.

—Preferiría que no vieras ese vídeo, Yasmín...

—Pues intenta localizarlo para borrarlo, por lo menos.

—Ya obligué a mi padre a hacerlo en su momento. Aunque el otro día me amenazó con enseñártelo si no salía contigo, así que tendrá copias... Pero hay muchísimos, y seguro que le ha cambiado el nombre. Va a ser imposible encontrarlo...

—No si buscamos por fecha de creación.

Yasmín se ha sentado en la silla de mi padre y me ha pedido la contraseña de inicio.

No entiendo cómo ha filtrado la búsqueda hasta quedar solo siete posibilidades, y ha ido abriéndolos uno por uno hasta que...

«Dios... ¡Es ese!».

El vídeo ha comenzado con nosotros entrando en mi habitación y revisando mi cofre de los recuerdos. Un cofre que terminé guardando en el trastero solo porque me recordaba demasiado a Yasmín...

—Ya lo has encontrado. Bórralo y listo —me he afanado en decir.

—Espera, Saúl... Deja que mire un poco, por favor...

He resoplado sabiendo que era una pésima idea.

Debería haberme apartado para que lo mirara sola. Sin embargo, me he quedado apoyado en el respaldo tras ella, sin poder apartar los ojos como si fuera un jodido morboso.

He rememorado tantas veces aquella situación que me la sé de memoria, pero el visionarlo ha sido demasiado.

Había olvidado pequeños detalles. Y oír cómo se le cortaba la respiración a Yasmín en algunos instantes ha terminado de ponerme enfermo.

Al no haber sexo oral, los movimientos no eran demasiado explícitos, y aun así recordar lo que sentí al hacerlos ha sido la hostia... Verla bombear mi miembro ha hecho que se despierte cierta actividad no autorizada en mis calzoncillos.

El momento de la penetración se apreciaba claramente, y no he podido evitar morderme los labios al revivir cómo la traspasaba.

Todo terminó vergonzosamente rápido. ¿Cómo iba a correrse?

Al final, he parado el vídeo, que continuaba grabando cuando nos levantamos de la cama, y le he dado a «botón derecho, borrar».

—¡No lo borres! —ha exclamado Yasmín súbitamente—. Mándamelo a mi e-mail...

—¿Qué dices? ¡Ni de broma!

Vuelta hacia mí como estaba, mi paquete le quedaba a la altura de los ojos y no ha podido evitar fijarse en lo abultada que tenía esa zona del pantalón. He creído morir.

—Por favor, Saúl... —ha empezado—. Puede que sea la única vez en toda mi vida que haga el amor y deseo tenerlo de recuerdo.

—¡Pero ¿qué dices?! ¡Esa no va a ser tu única vez!

—Hoy por hoy, lo pienso de verdad. Por favor, mándamelo, no quiero perderlo.

—¡Joder, Yas...! —Me he pasado la mano por el pelo porque he sentido que iba a ceder—. Pero no se lo enseñes a nadie nunca, ¿vale?

—Te recuerdo que soy policía.

Se lo he enviado y, acto seguido, he borrado todo rastro, incluso de las papeleras.

—Listo. Ahora vámonos de aquí...

Hemos subido a mi habitación, y al abrir la puerta he tenido un *déjà vu* de ver a Yasmín besando a Charly en la fiesta. Estaban tan juntos que presenciarlo fue como un latigazo...

He ido directo a mi armario y ella ha ido directa a mi cama...

Mala idea. ¡Ese era el lugar de los hechos!

Cuando he terminado de reunir lo que necesitaba, tras un incómodo silencio, la he mirado para descubrir que no tenía ninguna intención de moverse...

—¿Nos vamos, Yas?

—No.

Juro que una gota de sudor frío ha resbalado por mi espalda.

—Antes te debo una cosa...

—Yas, no empieces... —he musitado cerrando los ojos.

—¡Pero es cierto! Te la debo... Sé cómo sois los tíos. Anoche diste salida a mi excitación, pero no tuviste la tuya. Y ahora te he obligado a ver el vídeo y también te has excitado. Me parece muy injusto para ti, Saúl...

—Déjalo. ¡No me debes absolutamente nada! —he dicho sulfurado.

—Siéntate un momento aquí, por favor... —Ha palmeado la cama, y he obedecido sabiendo que no debería acercarme a la tentación.

—¿Qué quieres?

—Respóndeme a una cosa: ¿tienes ganas de masturbarte ahora mismo?

«Si ella supiera de lo que tengo ganas...».

—No.

—¿Por qué me mientes? No pensaba que fueras de los que mienten sobre temas sexuales...

—¡Bueno, vale...! Claro que me ha excitado ver el vídeo, pero...

—Pues desahógate.

—¿Qué?

—Aquí, delante de mí... Quiero ver cómo lo haces.

—¡¿Te has vuelto loca?! —He exclamado alucinado. Y excitado...

—Para nada. Como has dicho, tengo aprensión a las... pollas —ha dicho esto último sin voz—. Pero igual a la tuya, sabiendo que no tiene intención de meterse en mí, no se la tenga. Creo que me vendría bien verlo... ¡Y tú ayer viste mi entrepierna en todo su esplendor! Así que me lo debes, Saúl...

—¡¿Por qué siempre nos debemos tantas cosas?! —Me he reído. Y Yasmín también.

—Lo digo en serio, Saúl... ¿No querías ayudarme? Dijiste que éramos amigos. Ayer compartí un orgasmo contigo, y ahora quiero ver cómo lo tienes tú. Te lo debo y me lo debes...

—¡Mierda, Yas...! —He echado la cabeza hacia atrás y me he frotado la cara. Pero esa simple conversación ha vuelto a ponerme a cien y mi pantalón ya no ha disimulado—. ¿En serio te ayudaría verlo?

—Te lo estoy pidiendo...

—¿Así? ¿En frío...?

Se ha aproximado a mí hasta quedarse a cinco centímetros de mis labios.

—¿Qué haces?

—Acercarme a ti. Que estés cerca me hace entrar en calor... Igual contigo también funciona.

Ha pegado su mejilla a la mía, y Yasmín me ha empezado a acariciar el cuello con una sensualidad maligna. Las ganas de devorar su boca se me han clavado como agujas en la piel y he pensado que hace quinientos años la habrían colgado por bruja.

—¿Funciona? —ha preguntado con una inocencia masticable.

—No dejes de tocarme... —he musitado haciendo que mis palabras le rozaran la cara como si la estuviera incitando a besarme.

Yasmín ha usado las dos manos para acariciarme el pelo, el cuello y por fin la barbilla...

—Me va a hacer falta algo más que esto... —he susurrado en la comisura de su boca.

Era mentira, ya estaba durísimo, pero quería que se lanzara a mis labios. Se los he mirado hambriento y ella ha pegado su boca abierta a la mía sin titubear.

«¡Guau...!».

«Besarla es una adicción de las que pueden destrozarte la vida, pero todo sea por... ayudarla... a... ¡Dios...!». En ese momento, me he dado cuenta de que no puedo negarle nada. Ojalá nunca lo sepa.

—Desabróchame el pantalón —he ordenado en sus labios, y he seguido besándola con una cadencia desquiciante.

Lo ha intentado, pero al final he tenido que ayudarla porque no atinaba. Falta de costumbre, supongo... Y que estaba totalmente derretida en mi boca, claro.

«Joder... Y seguro que su entrepierna está igual».

No he dejado de besarla hasta que la parte de mi anatomía que más le interesaba ha quedado al descubierto.

«Ten cojones...», me he dicho.

«Trágate la vergüenza y hazlo por ella».

«Deja que lo vea. Que te vea. Y que lo estudie... Tú anoche miraste y saboreaste a tus anchas».

Cuando he visto que miraba mi miembro, no con satisfacción, sino como si fuera un perro a punto de atacarla, se me ha pasado todo el pudor.

—Eh... No pasa nada... —he susurrado para que se relajara.

Lo hinchada que estaba asustaría a más de una, pero la he acogido en mi mano con suavidad, como cuando un dueño te demuestra que el temible animal se deja acariciar y que no muerde aunque no deje de observarla fijamente con un solo ojo...

He gemido bajito para enfatizar que me gustaba ese contacto, que era algo bueno, sin dejar de mover la mano arriba y abajo con lentitud.

—Anoche me supiste a gloria, Yas... —me he sincerado. Ha sido mi forma de empezar mi cometido. Tenía que lograr que su miedo fuera sustituido otra vez por la excitación—. Me encantó comerte... Estabas tan mojada, tan hinchada y tan a punto de explotar..., ¿lo recuerdas?

—Sí... —ha dicho sin quitar la vista de encima a mi falo.

—Pues yo estoy igual ahora... Siento lo mismo.

Tras lamerse los labios, ha tragado saliva como si se le hubiera acumulado en la boca. Ese gesto ha hecho que se me pusiera aún más tiesa y he aumentado el ritmo de mi mano.

Si me hubieran jurado que iba a hacer esto alguna vez en mi vida, los habría tachado de locos. Si me masturbo, es solo. De lo contrario, lo hacen por mí...

He intentado transmitirle mi estado con sonidos y creo que le convencía lo que veía, así que se me ha ocurrido una idea.

De repente, he apartado mi mano y he puesto a Yasmín contra las cuerdas.

—Házmelo tú... Venga, tócame...

—¡No! Yo no puedo... —Su expresión aterrada me ha chivado que he dado justo en el clavo para avanzar.

—Por favor... Necesito terminar como tú ayer. Lo necesito tanto...

He echado la cabeza hacia atrás como si estuviera sufriendo lo indecible. Un poco de escenificación siempre ayuda.

—¡No! ¡Sigue tú, por favor...!

—No me dejes así, Yas... —he insistido, desesperado—. Hazlo...

He cogido su mano con cuidado y la he acercado despacio hasta donde me urgía. Puede que también haya gemido más de la cuenta cuando he notado su toque, pero eso la ha animado.

—Sí..., así —la he alentado, y ha empezado a estimularme despacio.

Que te lo haga otra persona me parece mil veces mejor, porque deja de ser un acto físico y empieza a tener connotaciones emocionales.

—Me estás matando, preciosa... Necesito más velocidad...

Me ha hecho caso y ha empezado lo bueno de verdad.

—Oh, Dios... ¡Sí, joder! —he dicho muy en serio. Y no exageraba esa vez.

Un minuto después, estaba a punto de correrme y me he preocupado por dónde hacerlo.

—Ya sigo yo... Estoy a punto... y no tengo nada con que recogerlo... Usaré mi mano.

Su siguiente movimiento ha hecho que me explote la cabeza. Se ha agachado y mi miembro ha desaparecido en su boca.

Ni siquiera me ha dado tiempo a frenarla. Solo un improperio la ha avisado de que en tres sacudidas más iba a reventar como la maldita presa Hoover.

—¡Jo... der...!

Me he dejado llevar como en mi vida, notando perfectamen-

346

te que le llenaba la boca de éxtasis líquido. La sensación ha sido tan brutal que por poco me desmayo.

—¿Lo he hecho bien?

He abierto los ojos, alucinado, en cuanto he oído la pregunta.

—¿Bien? Por Dios... ¡Claro! ¡No esperaba para nada que hicieras eso, Yas!

—Me ha entrado curiosidad... —Se ha encogido de hombros—. Me preguntaba cómo sería. Y como tú ayer lo hiciste conmigo...

—Pues ha sido la hostia... —admito anonadado.

«Más bien, fulminante...». Lo de enamorarme otra vez de ella, digo.

Porque he tenido otro *déjà vu* tremendo. De cómo era antes. Una chica que te dejaba de piedra en el momento más insospechado. Alguien que hacía lo que quería, cuando quería y como quería. Te pareciera bien o mal. Nadie le mandaba. Y eso era... irresistible para mí.

Una hora después, normalizando la situación como si fuésemos muy maduros y modernos, hemos llegado a casa de Ástor y Keira.

Ástor ha debido de notármelo en la cara, porque cuando he ido a dejar el equipaje a mi cuarto me ha seguido, preocupado.

—¿Qué tal ha ido en tu casa?

—Esa ya no es mi casa...

—Tecnicismos, Saúl. ¿Va todo bien?

—Sí... —he dicho sin estar muy convencido de los extraños fenómenos que han sucedido en ella. La mejor mamada de mi vida, nada menos.

—Habéis entrado con unas caras muy raras... ¿Ha pasado algo?

—¿Te han dicho alguna vez que eres muy pesado?

—Nunca. —Ha sonreído canalla—. A la gente le gusta contarme sus cosas. Al menos a ti solía gustarte...

«¿Tirando de la artillería pesada? ¡Mira que es cotilla!».

—¡No ha pasado nada, Ástor...!

—Me gusta lo caballeroso y reservado que eres.

He guardado silencio confirmando sus sospechas. Y ha sonreído.

—No te preocupes, ya me lo contará Keira cuando se lo son-saque a Yasmín.

—Ha pasado algo —he confesado—. Pero no es lo que crees... Solo intento ayudarla a que pierda el miedo a los hombres... Creo que es lo mínimo que puedo hacer...

—Muy considerado por tu parte...

—¿Te estás cachondeando de mí?

—¡No! —Sonríe como si fuera un sí enorme—. Entonces le estás dando una especie de clases particulares, ¿no?

—Vete a la mierda, As...

—¡Solo que te las paga con orgasmos!

Lo he sacado a empujones de mi habitación mientras se reía. ¡Maldito fuera!

Pero después la noche se ha torcido considerablemente cuando han llamado para avisar del ataque a Carla.

Yasmín tenía razón: no hacía falta que me contase nada. Me he enterado de todas las novedades muy pronto, y me han parecido apabullantes para los De Lerma.

Entro en la habitación veintinueve, y veo a Carla malherida y vendada. Todavía no me creo que la hayan acuchillado.

—Holaaa... —susurra suavemente como si se alegrara de verme.

—Hola, preciosa... Menudo susto nos has dado.

—Me estoy haciendo la fuerte, pero ha sido lo peor que me ha pasado en la vida, Saúl... Pensaba que iba a morir.

—Habrás tenido mucho miedo. —La acaricio.

—Hola, Yasmín... —la saluda afable.

—Hola, guapa... Siento mucho lo que te ha ocurrido...

—Lo importante es que ya estoy fuera, y todo gracias a vosotras...

—Te recuperarás muy pronto, ya verás.

—Siento mucho lo de tu padre, Saúl.

—Gracias, Carla...

—¿Cómo estás tú?

—Está siendo duro...

«Muy duro darme cuenta de lo poco duro que está siendo».
Trago saliva.

—Me alegra que os tengáis el uno al otro. —Carla nos sonríe—. Formáis una pareja perfecta.

—No estamos juntos —me doy prisa en corregir. Quizá demasiada.

Mi amiga se sorprende de oírlo y Yasmín pone mala cara.

«¿Qué he dicho...?».

—Ah, ¿no? Héctor me aseguró que estabais saliendo...

—Aquello fue un montaje —resuelve Yasmín con inquina—. Solo somos amigos, ¿verdad, Saúl?

—Sí... Amigos...

La palabra me quema en la garganta como si fuera azufre.

—Es genial tener un amigo como él... —añade Yasmín—. Ya sabes, de los que te comen el coño como si nada. ¿A ti también te lo comía?

Carla nos mira estupefacta.

—Espero que te cures muy pronto —tercia Yasmín a modo de despedida. Y abandona la habitación sin decir nada más.

Miro a Carla mortificado y me sonríe con una patente diversión.

—¡Recuérdame por qué dejé de ser tu amiga!

Suelto una risita, pero niego con la cabeza, apurado.

Carla me mira con una expresión cargada de sororidad entre mujeres y capto su mensaje: «Eres idiota».

Lo admito. Y sufro en mi piel lo que duele que una boca en la que hace nada has tenido el mejor orgasmo de tu vida te ninguee sin fingir un poquito de cortesía.

ástor

25
De tal palo

Un día después, sigo cabreado.

No hay nada que me reviente más que irme a dormir de mal humor. No descanso bien y tengo pesadillas horribles; no era para menos con las últimas noticias de Charly.

¡Era mi mejor amigo...! Y nuestro hermano. E intentó matarnos provocando un accidente.

No me digáis que no es para perder el jodido juicio...

Dejó a Héctor paralítico y a mí me jodió la cabeza más de lo que ya la tenía después de criarme con un padre que era el diablo en persona.

¿Cómo pudo guardar Charly ese secreto tantísimo tiempo?

¡Han sido dieciséis años de amistad! Hay que estar verdaderamente loco para terminar desarrollando sentimientos reales por gente a la que luego planeas borrar del mapa sin ningún tipo de remordimiento.

¡Mato a Ulises, joder...!

Creía que un ser aleatorio de los muchos que querían liquidarme se lo había llevado por delante por ser el mejor guardaespaldas del mundo, pero que haya sido Charly es una información que no pienso tragarme con cara de cuerdo.

Su madre le soltó la bomba a Keira de que éramos hermanos y ella se lo calló durante días. Estoy MUY cabreado. Entiendo que sea su trabajo y que creyera que era lo mejor, pero no puedo evitar sentirme traicionado por lo que implica: no se fía de mí.

—No podías saberlo... —respondió cohibida a mi pregunta no formulada cuando nos dejaron hablar a solas en el hospital—. Mírate, Ástor... Y ahora imagínate tener que estar con Charly bebiendo margaritas y riéndote... sabiendo todo esto. ¡No habrías podido soportarlo! ¡Tú no sabes fingir!

—Llevo fingiendo siete largos años... —repliqué desabrido—. No me diste la oportunidad, Keira. Me apartaste. Me descartaste como alguien incapaz de ser razonable, cuando la felicidad de Héctor estaba en juego.

—Por lo general lo eres, pero con Charly habría sido arriesgado. Es demasiado listo e intuitivo. Habría sido una cagada decírtelo y, sinceramente, esperaba equivocarme con él, de todo corazón...

—Eso puedo entenderlo, pero entiende tú que ya que esa información repercutía en mi eterna culpabilidad por el accidente de Héctor, debiste decírmelo...

—¡No lo hice porque no quería que sufrieras más!

—¿Y creías que no me haría sufrir descubrir que me has mantenido al margen de la investigación más importante de tu vida?

—Ástor..., tú eres lo más importante de mi vida. ¡Necesito que lo entiendas! —exclamo Keira, desesperada—. ¡No podía correr ese riesgo!

—Lo entiendo —musité afligido—. No podías correr el riesgo de confiar en que actuara con normalidad. Soy guapo y estúpido...

Su silencio otorga y vuelve a doler. Tengo que asimilar que lo más importante para ella siempre será su trabajo, no yo.

—Para Carla, Héctor sí es lo más importante —expuse—. Salta a la vista...

No quería mezclar las cosas, pero si no lo decía reventaba. Tenía el maldito tema martilleándome el cerebro.

—No nos compares... —dijo cabreada—. ¿Eso es para ti el amor de verdad? ¿Ceder a hacer todo lo que desee tu pareja, aunque no te complazca?

—El amor también es sacrificio, Keira. No es perfecto. Y es una forma de querer que persigo y merezco. Una en la que rompes una lanza en favor de la confianza. De buscar una solución juntos, de pasar de prejuicios y oligarquías impuestas por la sociedad, por ejemplo, sobre cómo debería ser la maternidad. Es una forma de querer que tiene en cuenta los sentimientos del otro. Y tú no los has tenido al ocultarme todo esto. Considerabas más importante hacer bien tu trabajo y ser profesional...

—No estoy de acuerdo. Desde que te conozco, he sido una ruina de inspectora. Precisamente porque trato de proteger tus sentimientos...

—Pues te ha salido mal. ¿Sabes lo que me he rayado estas semanas? Te notaba rara, joder... Sabía que te pasaba algo y creía que era por mí. ¡Has dejado que pensara que no estabas segura de nosotros!

—¡Es que no lo estaba! Lo de Olga tampoco ha ayudado mucho a ser sincera contigo... Tú no lo has sido conmigo.

—Yo no he hecho nada con Olga —sentencié endemoniado—. Yo si te lo oculté fue para protegerte y que no sufrieras por algo infundado. ¡Pero lo que tú me has ocultado es cierto! ¡Es real!

—¿Es algo infundado planear tener un hijo con ella a mis espaldas?

—Eso es ridículo, Keira. Puede que algún día quiera tener un hijo, pero tranquila, no será con Olga. Y olvídala ya; no mezclemos temas. Ya he cortado todos los puentes con ella. Lo único que me importa es que esta tarde, en la bañera, sabías todo esto y no me lo has dicho... ¡Estabas como si nada! —La miré dolido.

—Como si nada, no... —balbuceó con los ojos brillantes—. Iba a contártelo, pero intentaba alargar un poco más el no verte tal como estás ahora... Es una información muy dura de oír, y me agarraba al «Ojos que no ven, corazón que no siente».

—¿Recuerdas lo que me contestaste cuando te dije eso mismo al ocultarte que todo el mundo nos vería haciendo el amor en el KUN? Dijiste: «Pues te has equivocado. Sí que siento. Me siento jodidamente engañada...». Igual que yo ahora mismo.

—Lamento que te sientas así. —Sonó incomprendida—. Pero

tienes que entender que no podía poner en peligro la investigación. Soy policía, Ástor... Mi deber es protegeros a todos.

—Bien... Pero admite que la razón es que no confías en mí —musité al borde de las lágrimas—. Y no te engañes más, ese es el único motivo por el que no deseas tener hijos conmigo, porque no confías en mi rol de padre. No confías en que cubra una responsabilidad que tú no quieres adquirir. No confías en mí, Keira... Si no, no te habría hecho tanto daño lo de Olga.

Me levanté iracundo tras ese análisis pormenorizado de nuestra situación de pareja y me fui hacia la máquina de bebidas sin tener sed en absoluto. ¿Cómo iba a tenerla si lloraba ríos por dentro?

Cabrearme es mi modo de camuflar lo triste que estoy. Lo abatido. Lo vencido... Saúl dijo que había ganado, pero yo no lo siento así. Perdí a Ulises y ahora he perdido a Charly. Al menos, a la persona que creía que era; porque para mí ya es otra. Una que me propongo mantener lo más lejos posible de la gente a la que quiero.

Volvimos a casa del hospital a la una de la madrugada.

Lo único bueno fue que Héctor estaba mucho más tranquilo.

Me despedí sombrío de todos y los deje en el salón. Quería estar solo.

Me lavé los dientes, me puse el pantalón negro de yoga y me metí en la cama sin camiseta, pensando: «Mañana será otro día». Y lo es. Uno peor, de hecho... Hoy es el entierro de Xavier.

Ayer me pasé la mañana en su casa con mi madre eligiendo el traje con el que despedirle y recibimos al equipo de limpieza para que lo dejara todo perfecto para cuando fuera Saúl esa misma tarde. También hice un comunicado oficial en el KUN y los del seguro me dijeron que se ocuparían del resto de los trámites.

Me he tomado muchas molestias por los Arnau y he tenido que admitirme a mí mismo que siempre han sido importantes para mí.

Era inevitable que Saúl y yo retomásemos el contacto si nuestras chicas se habían hecho íntimas, pero lo cierto es que llevaba intentando recuperarle desde mucho antes de que muriera Ulises. A su lado, me sentía más yo mismo.

Saúl era una constante en mi vida que me recordaba quién

quería ser. Y gracias a su actual apoyo en el KUN, pronto tendré holgura suficiente para plantear la suspensión de las subastas de Kaissas. Hablando con la gente, he logrado convencer a muchos de que como institución esa práctica nos deja por los suelos. Si lograra abolirla, la dinámica de los *Kampeones* también moriría y podríamos competir por placer. O por prestigio. O por dinero. Pero por nada más.

Estaba boca arriba con los brazos bajo la cabeza cuando Keira se metió en la cama, y noté que me miraba como un cachorro abandonado. Las tornas habían cambiado a raíz de nuestra última conversación.

—Necesito que lo veas, Ástor... —empezó tristona—. Mi intención no era dejarte al margen porque no me parezcas de fiar, fue porque no deseaba que sufrieras... Esa es la verdad. No sé si hice bien o mal, pero necesito que me perdones y vuelvas a quererme... a ser posible antes de cinco minutos, porque estoy que me caigo de sueño.

Quizá hasta habría sonreído de medio lado si descubrir que Charly es mi hermano y que había intentado asesinarnos no me hubiera tocado tanto los cojones.

Quería hablar con mi madre. ¿Sabría ella algo de todo esto? No me había atrevido a llamarla. Todavía estaba digiriéndolo.

No creo que fuera una sorpresa para ella descubrir que mi padre tenía una amante. Seguramente ella también los tuvo, porque no recuerdo que hubiese estado enamorada de su marido nunca.

—Todavía te quiero, Keira... —admití serio—. Y lo entiendo... Pero no me pidas que te perdone. Hoy, no... Ha sido demasiado para mí.

La amargura se coló en mi voz y ella guardó silencio, dolida.

—El ataque de Carla ha sido un buen batacazo... —murmuró—. No me lo esperaba. Charly se ha tomado muchas molestias, llegando incluso a matar, para no quedar mal con vosotros, y ahora hace esto... No me cuadra nada.

—No le busques lógica. Es un maldito enfermo que no sabe ni lo que hace. Y no quiero hablar más de él por hoy, Kei. Ya he tenido suficiente... Solo quiero dormir.

—De acuerdo...

Apagamos la luz y nos acomodamos sin un beso de buenas noches.

En los últimos quince días ya iban muchas veces que no nos lo dábamos. El dolor era real. Me sentía tan vacío..., tan débil, tan engañado y tan poco querido que no tenía fuerzas para perdonarla. No habría sido sincero.

Sentí que se adaptaba a mí en la oscuridad y que pegaba su mejilla a mi espalda desnuda, como si fuera una roca que estaba segura de que no iba a ceder ni un milímetro de cariño, y me escocieron los ojos mientras intentaba dormirme.

Como decía, he dormido fatal.

El día promete ser nublado y taciturno. Ideal para acudir a un entierro, pero tengo algo que hacer antes de ir al cementerio.

Decido levantarme cuando Keira se mete en la ducha. Me pongo un traje negro con camisa gris oscura y corbata a juego con la muerte. Carmen nos facilita un desayuno con varias fuentes de comida dulce y salada como si fuera el bufet libre de un hotel de cinco estrellas.

Saúl aparece todavía sin arreglarse. Hay tiempo hasta las doce.

—Buenos días...

—Hola. ¿Ya te has vestido?

—Sí, tengo que hacer un recado a primera hora —explico seco.

—¿Estás mejor? —me pregunta el hijo del muerto, y me siento ridículo por robarle el papel protagonista un día como hoy. Pero no quiero mentirle.

—No. No estoy mejor...

No añadimos nada.

Hoy no hay lugar para bromas en el desayuno. He dicho que seguía cabreado. Y puestos a pagarlo con alguien, ya sé con quién va a ser... Yo también he estado haciendo los deberes por mi cuenta mientras Keira investigaba por la suya.

La susodicha aparece con una de mis piezas de ropa favorita

suya. Se trata de un mono entero de color negro que le sienta de vicio. Creo que es el mismo que llevó en el entierro de Sofía.

Se ha recogido la melena en un moño austero, queriendo transmitir que no es un día para lucirla suelta, pero creo que no entiende que su cuello despejado es una tentación todavía más provocadora.

Va repartiendo besos a diestro y siniestro en la mejilla a todos, y cuando llega a mí me da otro igual de impersonal. Mis labios patalean rabiosos y empiezan a insultarme, pero mantengo mi rictus serio, apretando la mandíbula.

—¿Ya te has vestido? —me pregunta observadora.

—¿Y tú?

—Yo tengo que pasar antes por un sitio —explica—. Yasmín se viene conmigo. Nos encontraremos allí.

Nos retamos con la mirada, y Saúl nos observa precavido sabiendo que pasa algo raro entre nosotros por el tono que usamos.

—Yo también tengo que hacer un «recadito secreto» antes de ir al entierro, luego vendré a por Saúl y Héctor. Nos vemos allí...

Keira arquea la ceja ante la pulla, pero no pregunta nada.

El desayuno es silencioso. Solo Yasmín parece cariñosa con Saúl, aunque él sigue marcando las distancias con ella. Aficionado... El orgullo le saldrá caro en un día como hoy.

Las policías se marchan, y poco después yo lo hago en mi coche.

De camino a la universidad, llamo a mi madre. Ya hablé ayer con ella para contarle lo que decía la carta de Xavier; está desolada por su muerte. Debía de ser la única persona a la que ese cabrón trataba bien, aparte de a Sofía, claro.

—Oye, Siri: llama a mamá —digo a mi teléfono.

Oigo los tonos por el manos libres, y descuelga.

—Hijo, ¿cómo estás?

—He estado mejor... Ayer me enteré de una cosa y quiero que seas totalmente sincera conmigo, mamá... No me mientas tú también.

—No me asustes, Ástor. ¿Qué pasa? ¿Qué es tan importante

que no puede esperar? Vamos a vernos en un par de horas en el cementerio...

—Allí no podremos hablar de esto... Por eso te llamo.

—¿Qué es?

—¿Tú sabías que Charly es nuestro hermano?

—¡¿QUÉ?! ¡¿Charly?! ¡¿Qué dices?! ¿De dónde has sacado eso?

Se lo cuento todo y, por el tono de su voz, creo que no tenía ni idea, aunque tampoco parece sorprenderle mucho.

—Madre mía... ¡Entonces de tal palo, tal astilla! Tu padre estaba loco y Charly habrá salido a él... Menos mal que vosotros no sois así.

Paso por alto el comentario porque lo que estoy a punto de hacer avala totalmente que la sangre psicópata de los De Lerma también corre por mis venas.

Repito, estoy cabreado.

Aparco el coche en la facultad de Derecho y busco a mi víctima.

—¿Santiago Royo?

—¡Señor De Lerma...! —balbucea sorprendido y acojonado.

—Me recuerdas; mejor para ti... Dentro de unos días te llegará un burofax con un texto admitiendo que participaste en una violación en grupo hace cuatro años. Si lo firmas, te garantizo que la noticia no trascenderá ni afectará al resto de tu vida. Si no, iremos a juicio y, aunque no haya pruebas suficientes para que el tribunal os condene, me encargaré personalmente de que todo el mundo lo sepa y os joderé la vida, a ti y a todos tus amigos. Preferirás estar muerto, créeme... La empresa de tu padre perderá sus mejores contratos. Tus posibilidades de casarte bien se verán arruinadas. Estarás vetado en los mejores círculos. Sin embargo, si vas a la cárcel, es posible que estés en la calle en poco tiempo por buena conducta. Depende de ti.

—Por favor, señor... —suplica aterrado—. Tenga piedad, ¡se lo ruego! Siento muchísimo lo que pasó... ¡No sabía lo que hacía! Había bebido mucho esa noche, ¡y en aquella época era estúpido! ¡He madurado! Pediremos perdón a Yasmín y le daremos dinero, si quiere... Pero por favor, no puedo ir a la cárcel.

¡No soy un asesino! ¡Solo soy un buen chico que cometió un error! ¿Va a dejar que una mala noche arruine el resto de mi vida?

—Abusaste sexualmente de una chica indefensa. Eso no es una «mala noche», eso indica que eres un peligro para la sociedad. Fuiste tú y solo tú el que se arruinó la vida y también a Yasmín. Pídele perdón si quieres, pero te juro que vas a asumir las consecuencias de tus actos, en tu mano queda si de una forma o de otra. Y no tardes mucho en decidirlo, porque si alguien no gana nada con este acuerdo soy yo, y se me está acabando la paciencia...

—No puedo hacerlo... —farfulla ahogado en unas lágrimas que se resisten a aflorar. Le abruma ser incapaz de hacer lo que le pido.

—Hay otra alternativa... —digo de pronto.

—¡¿CUÁL?! ¡Sea la que sea, la cojo!

—Dime los nombres y apellidos de los que participaron aparte de ti y te dejaré al margen, pero alguien tiene que pagar por esto.

—¡Fueron Gustavo García, Nicolás Lanzuela y Pedro Barquín! Pero... por favor..., ¡yo no puedo ir a la cárcel!

Niego con la cabeza, asqueado.

—Qué ruin es dejar que otros asuman la culpa, siendo tú incapaz... Supongo que no se puede pedir a un cobarde que sea valiente, por eso lo he grabado todo —digo sacando el móvil de mi bolsillo—. Nos vemos en los tribunales, chaval...

Me voy sabiendo que me he ganado otro enemigo. Uno más que se suma a mi larga lista. Pero me siento mucho mejor.

Vuelvo a casa satisfecho para recoger a Héctor y a Saúl.

—¿Estáis listos? —vocifero desde la puerta nada más entrar.

Cuando acuden y me preguntan adónde he ido, contestó que tenía que ir a pagar mi cabreo con alguien y luego les enseño la grabación.

—¡Dios mío...! —exclama Saúl, estupefacto. Me mira como si estuviera viendo al mismísimo Dios y estalla en júbilo—.

¡¡¡Esto es genial!!! Madre mía... ¡¿Cómo has conseguido sus nombres, Ástor?! ¡Muchas gracias!

—No me las des. Y vámonos ya, hay que llegar de los primeros.

Nos ponemos en marcha algo más serios. Una vez en el vehículo reina un silencio sepulcral hasta que Héctor dice:

—Hay que pasar por esto, chico... Nosotros lo hicimos con nuestro padre y, por muy cabrón que fuera, va a ser duro...

—Lo sé...

—Oye, Saúl, ¿por qué no te quedas unos días más con nosotros?

Y me alegro de que esta vez sea Héctor quien lo presione para que se quede. ¿Qué cojones va a hacer un chaval de veintidós años solo en ese casoplón?

—No quiero molestaros más...

—No nos molestas —apostillo deprisa.

¿Acaso doy la sensación de que la gente me molesta? Quizá antes fuera así, pero ahora soy diferente. Todo lo es. Yo lo soy. O tal vez esté volviendo a ser el mismo por fin.

—Yasmín me ha ofrecido vivir con ella... —suelta de golpe.

Héctor y yo nos miramos con los ojos muy abiertos. Nos morimos por vacilarle, pero no es el momento y nos mordemos la lengua.

—Es una buena oferta... —opina Héctor con esfuerzo.

Saúl levanta una ceja inquisidora intentando captar algún tipo de ironía en ella.

—Mientras no estés solo... —secundo.

—Yasmín es muy buena compañía —patina Héctor procurando ocultar una sonrisa.

—Muy buena, sí... —lo sigo, y veo que Héctor se pone un puño en la boca para disimular su diversión. Es un cabrito.

—¿Ni siquiera hoy podéis parar? —protesta Saúl, molesto.

—¡Si no hemos dicho nada! —Me hago el inocente. Pero mi sonrisa momentánea me delata y vuelvo a guardarla.

—Te lo estás imaginando todo, chaval... —añade Héctor con su habitual seriedad cómica.

Me muerdo el carrillo por dentro para guardar las apariencias.

—Sois unos cabrones... —masculla Saúl.

Mi hermano y yo estallamos en carcajadas sin poder evitarlo. Nos miramos risueños, y no abarco cuánto lo he echado de menos. Y a Saúl... Quizá no esté todo perdido, al fin y al cabo.

Pero es pensar en Keira y, al instante, una nube negra vuelve a cubrirme.

Llegamos al entierro y saludamos a muchísimas personas por puro protocolo. No se parece en nada al entierro de Ulises, donde todos hablaban sin parar y no escondían sus sentimientos. Esto no deja de ser un escaparate más de la *jet set*. Y me parece penoso e incómodo. Para ellos no es más que otro día de ostentación en el que socializar por interés.

Acude infinidad de gente, Xavier era un hombre muy popular, y todos quieren dar el pésame al hijo del difunto. Me mantengo a su lado como si fuera su perro guardián.

Localizo a las chicas y hago un gesto a Keira con la cabeza cuando me mira. En el interior de la capilla nos buscan en primera fila, y solo cuando la misa empieza me digno mirar a mi futura esposa al notar que ella también me mira.

«Hola».

«Hola...».

Siento que me coge de la mano y me traslado al entierro de Sofía. A aquella tarde en Atienza. A aquella noche mágica y las bromas por la mañana de Charly y Ulises...

Mi corazón vuelve a inundarse de tristeza y consigo dar la imagen perfecta para enterrar al tocapelotas de mi padrino.

Dicen que el karma se ceba con las buenas personas y nunca da su merecido a las malas, pero en mi vida no se cumple esa premisa. A no ser, claro, que la muerte sea un destino mucho más dulce en comparación con lo que me tiene preparado a mí en vida...

De repente, siento que Keira me suelta la mano para atender su teléfono, que está en modo vibración.

—Tengo que cogerlo —se disculpa en voz baja, y sale con rapidez de la capilla.

Poco después, veo que le llega un mensaje a Yasmín, que me mira preocupada. Al momento me llega otro a mí.

Keira:
Cariño, tengo que irme… Han localizado a Charly.
Te llamo en cuanto sepa algo más

Veo que Yasmín dice algo a Saúl. Este asiente y ella le da un efusivo abrazo antes de marcharse a paso rápido.

Estoy en el mejor sitio para rezar con todas mis fuerzas para que atrapen a Charly. Quiero sentarme cara a cara con él y soltarle todo lo que pienso sobre su comportamiento con los adjetivos calificativos más degradantes que encuentre.

 yasmín

26
Situación límite

—¡No me creo que vayamos a cogerle! —exclamo eufórica.

—No cantes victoria. Y tú vas a quedarte en el coche, Yas.

—¿Qué? ¡¿Por qué?!

—Porque lo digo yo.

—¡Joder, Kei...! —rechisto con fastidio—. Yo quería ir contigo. ¡Soy tu escudera! ¡Necesito estar en primera línea!

—Me recuerdas a mí hace unos años... —murmura con media sonrisa.

—Y mira hasta dónde has llegado.

—Tienes que ir poco a poco, Yas. Esto es peligroso.

—¿Peligroso? ¡Si somos cincuenta contra uno!

—Pero ese uno es muy retorcido... Y puede ir armado.

—¿Crees que llevaba armas en el coche, rollo kit de supervivencia, por si tenía que salir corriendo?

—Por supuesto que sí.

—¿Y sobres de comida deshidratada y móviles de prepago?

—Seguro.

—¿Qué tal lo lleva Ástor? —pregunto, sabiendo que la cosa está tensa entre ellos.

—¿Que su mejor amigo sea un puñetero asesino? Mal. ¿Y tú qué tal con Saúl? He visto que anoche tampoco dormiste en el sofá, a pesar de pedirme las sábanas con tanta convicción...

No era un secreto que volví a casa del hospital más cabreada que Ástor, si cabe.

No es plato de buen gusto ver avances con tu objeto de deseo y que, a la mínima oportunidad, aclare con vehemencia que no sois «nada». Una tiene su dignidad, aunque sea tan minúscula que haga falta un microscopio para verla.

Era tarde cuando regresamos al chalet de los De Lerma. Nadie quiso cenar. Ástor se despidió bastante rancio tras los descubrimientos en el hospital y Héctor también desapareció rápido. No tardé en pedir unas sábanas a Keira notando la mirada culpable de Saúl clavada en mí. Pero lo ignoré.

Ni siquiera me moví cuando volvió a por mí en medio de la oscuridad de la noche.

—Yas...

—Regresa a tu gruta.

—Yas..., no seas cabezota.

—¿Yo? Esto es increíble... —refunfuñé, y me tapé de nuevo con ahínco.

—¡Yas, te lo ruego...!

—¡Ni Yas ni leches! Vete a dormir, Saúl. Mañana te espera un día duro.

—Por eso mismo... ¿Duermes conmigo, por favor?

—Muy pronto estás usando la carta del huerfanito desamparado.

—No es eso, es que quiero solucionar las cosas. Mañana tengo que pensar solo en mi padre, y si no hablamos, no podré dejar de pensar en ti.

—Dirás en nuestra amistad...

—¡Yas, joder...! —susurró enfadado—. Hablemos en la habitación, no aquí.

—Bien. ¿Quieres hablar? Hablemos. —Me levanté brusca—. Pero no recojas nada, voy a volver —dije antes de marcharme hacia la habitación.

Saúl entró detrás de mí y cerró la puerta, detalle que no me pasó desapercibido. Me senté en la cama de brazos cruzados.

—¿De qué quieres hablar? ¿Quieres que te perdone? Te perdono. ¿Ya me puedo ir?

—Para el carro... —dijo sosegado—. Primero: ¿me cuentas por qué estás tan enfadada?

—Si te lo tengo que explicar es que eres tonto...

—Pensaba que estábamos de acuerdo en lo que hacemos... Dijiste que no me preocupara...

—Pregunta: ¿haces esto con todas tus amigas?

—Sabes que no...

—¡Yo no sé nada, Saúl! Lo único que sé es cómo me besas...

—¿Y cómo te beso?

—¡Tú sabrás, joder...!

—¡Solo estoy intentando ayudarte, Yas! Porque me siento culpable de tu falta de confianza y de tu inexperiencia...

—Pues tranquilo, ya me buscaré a otro para que me ayude. A uno que no sea tan cobarde...

Me levanté dispuesta a irme, y Saúl me bloqueó el paso con su cuerpo.

—No soy un cobarde —masculló sin separarse de mí—. Lo que soy es listo. No me culpes por no querer ir más allá contigo. Me destrozaste una vez, y no voy a dejar que vuelvas a hacerlo...

—Pobrecito... ¡A mí me destrozas cada vez que dices que solo somos amigos..., cuando es mentira!

—¿Y qué somos?

—¡Más que eso! ¡Y lo sabes! Todo el mundo se da cuenta menos tú. Me pides que confíe en ti y que sea valiente, ¡pero tú no lo eres, Saúl! ¡Tú solo...!

Un segundo después me estaba besando desaforado.

No pude hacer otra cosa que continuarle el beso con pasión y agarrarme a él para no caerme al suelo. Fue un asalto irrechazable.

Prácticamente me empujó sobre la cama y se incrustó en mí, clavándome su «amistad» en el vientre. A esas alturas ya me conocía sus labios de memoria. Y puede plantar cara a sus lengüetazos de un modo que pronto se nos subió a la cabeza. Era como si todo diera igual: quiénes éramos, dónde estábamos... Nada importaba excepto el palpitar de nuestros sexos.

Me quitó el pijama a zarpazos y se acomodó disimuladamente entre mis piernas. Surqué su pelo con mis dedos cuando me lamió un pezón enhiesto y solté un gemido. Yo llevaba unas braguitas negras y él unos calzoncillos elásticos de pernera con goma, y pude notar a la perfección que su miembro ansioso rozaba mi clítoris con alevosía. Mi cuerpo reaccionó dando un respingo.

«Tranquila, joder, ¡solo es una erección! Esa tan mona que antes te has metido en la boca... ¿No sería genial que se colara en algún otro orificio de tu cuerpo?».

Su dureza parecía opinar lo mismo. Sin embargo, Saúl notó mi aprensión y se apartó para tumbarse a mi lado. «Como un buen "amigo" que está intentando ayudar a otro», me convencí. Pero los besos que me brindaba tenían muy poco de amigables.

Su mano amasó mis pechos con cuidado y fue bajando por mi tripa hasta bordear mis braguitas con los dedos.

En ese momento me mordió los labios evidenciando que tenía hambre de mí y sumergió los dedos bajo mi ropa interior para acariciar mi monte de Venus con timidez.

Mis piernas se abrieron de forma casi automática. Quería dejarme llevar, pero a la vez tenía miedo de esa sensación.

Como si me leyera el pensamiento, Saúl empezó a arrastrar mis braguitas por las piernas. Me puse rígida.

—Chist... Déjame intentar una cosa... —musitó.

Con cierta preocupación, le permití que me las quitara, y subió su mano traviesa a mi cara para que me centrara solo en sus besos. Al minuto me tenía derretida y relajada de nuevo.

Cuando volvió a bajarla sin prisa, temí y deseé a la vez que llegara más abajo. Pero cuando por fin parecía que iba a alcanzar la meta, se desvió hacia mi muslo y empezó a acariciarme suavemente por los alrededores de mis ingles.

«¡Maldita sea!». Me puse frenética.

Estaba tan excitada que no dejaba de temblar. No controlaba mi cuerpo...

«¡Joder, qué sensación!».

Quería que me aliviara, pero el miedo persistía.

—No voy a entrar, Yas... Solo voy a tocarte por fuera, ¿de acuerdo? —advirtió en mi boca.

No pude decir que no cuando sentí las puntas de sus dedos

jugueteando con mi humedad. Eso provocó que empezara a respirar como un perro al sol en pleno mes de agosto. Saúl jadeó muerto de deseo.

—¿Puedo meter solo un dedo? —suplicó abatido—. Únicamente quiero recordarte qué se siente...

—No... —gimoteé asustada—. La última vez que me metieron algo por ahí me hicieron mucho daño...

—Te juro que no te va a doler... Confía en mí, por favor...

Los músculos de mi abdomen se tensaron cuando Saúl hizo un amago.

—Yas..., no podré ser valiente contigo hasta que confíes en mí de nuevo.

Fue oír esa frase y mirarnos fijamente.

Quizá le di permiso con los ojos, no lo sé, pero cuando lo atraje hacia a mis labios con vehemencia, su dedo se introdujo en mi interior arrancándome un gemido.

Noté su boca abierta sobre la mía de puro deleite.

Cuando añadió otro dedo y empezó a moverlos más rápido, tuve que dejar de besarle para soportar cada segundo de placer. Volvía a estar a punto de explotar.

—Me muero por follarte, joder... —confesó desesperado.

Mi mano buceó en sus calzoncillos, y cuando lo agarré con fuerza soltó un alarido. Estaba tan firme y húmedo que me parecía imposible.

Por un momento, imaginé que en vez de sus dedos era su miembro el que se deslizaba dentro de mí y recordé nuestra primera vez, pero lo que estaba sintiendo era mucho mejor. ¿Cómo podía ser?

Le bajé los calzoncillos del todo para no tener que luchar contra el elástico y lo vi hacer un esfuerzo por no clavarse entre mis piernas hasta lo más profundo de mi ser. Rememorar esa sensación me hizo explotar en un millón de fuegos artificiales. Grité como si estuviéramos solos mientras él apretaba los dientes conteniéndose.

Poco después, me enseñó cómo bombear su miembro, colocando su mano sobre la mía para terminar vertiéndose sobre su estómago con una expresión en el rostro que me dejó muda.

Después de asearnos, regresamos a la cama con el pijama ya puesto.

Apagó la luz y se juntó a mi espalda para abrazarme desde atrás. Permanecimos un rato sin decir nada y fue maravilloso sentir cómo Morfeo me atrapaba también entre sus brazos.

—Necesito que confíes en mí —susurró en mi oreja, adormilado.

—Y yo que seas valiente, Saúl...

—Estamos en la misma encrucijada —dijo pensativo—. Ambos queremos avanzar, pero un recuerdo doloroso nos lo impide. El miedo se apodera de nosotros y huimos.

—Yo no puedo huir de ti. No me dejas —le recordé, y sentí su sonrisa.

—Me gusta estar contigo —se defendió—. Siempre lo has sabido...

—No siempre. Y cuando sentía lo contrario, dolía.

—No quiero volver a perderte, Yas... —confesó sincero—. Y si empezamos algo, estaremos condenando una posible amistad.

—¿Y si funciona? Tú ya no eres un gilipollas ni yo una arpía...

Me abrazó con fuerza y nos quedamos dormidos en el silencio. Pero esta mañana ha vuelto a estar frío conmigo.

¿Dudas de última hora?

No importa. Le daré tiempo. Como he dicho, he intentado alejarme de él y tampoco me lo permite.

Cuando Keira aminora la velocidad, me pongo en alerta.

El rastro de Charly nos ha traído hasta la localidad de El Molar en la Sierra de Madrid y termina en una casa rural hecha de piedra y madera con una gran extensión de terreno alrededor. Me sorprende que haya elegido una ubicación tan aislada; con tanto espacio abierto no tiene posibilidad de huir. Podemos rodearle fácilmente y abordar la casa por diversos flancos.

Al llegar, vemos que el asfalto acaba a cincuenta metros de la edificación; los coches estacionan y varios agentes, entre los que me encuentro, nos quedamos amurallados tras ellos, cubriendo al equipo de asalto, en el que está Keira, que ya se aproxima a la casa armado hasta los dientes.

La veo imponente con el uniforme puesto. Se ha cambiado de ropa en el coche y lo conjunta con un favorecedor chaleco antibalas y un cinturón de armas. En mi opinión, está más guapa que nunca.

El operativo se lleva a cabo bajo un inusitado silencio que hace que mi adrenalina se dispare.

Acceden al jardín por parejas, en forma de uve como si fueran una bandada de pájaros. Los dos primeros están a punto de llegar al porche de la casa cuando una fuerte explosión me deja sin respiración.

¡¿Qué coño ha sido eso?!

Los dos agentes han salido despedidos por el aire y están en el suelo malheridos.

Un compañero cercano corre a socorrerlos y se oye una nueva explosión que hace que se me gire el estómago.

—¡No os mováis! —ordena Gómez por un megáfono desde uno de los coches patrulla—. ¡Hay minas en el suelo!

Los ojos se me salen de las órbitas. «¿Minas antipersonales?».

¡El muy cabrón nos estaba esperando!

Me fijo en Keira, que está inmóvil, y se me congela la sangre cuando acierto a ver que un láser rojo apunta a su cabeza. Proviene de una mira telescópica.

Quiero gritar, pero soy incapaz. Quiero advertirle que se agache, pero la certeza de que el ataque de Carla no era más que una zanahoria que seguir para tener a Keira justo donde está ahora atraviesa mi sentido común.

«¡Este era el plan de Charly desde el principio! ¡Matar a Keira!».

Aguanto la respiración esperando el amargo final de un momento a otro. Pienso en Ástor y en el dolor que sufrirá cuando se entere. Se me empañan los ojos en medio segundo. No puede ser verdad.

—Yo que vosotros no daría ni un paso más.

La voz de Charly resuena alta y clara en medio del desconcierto. Debe de haber colocado altavoces o tener las ventanas abiertas.

La esperanza renace al saber que no va a abrir fuego todavía. Típico error garrafal de todo villano: posponer el castigo para regodearse en la victoria.

Keira obedece y permanece quieta, aunque es el eufemismo del siglo porque no podría temblarle más el cuerpo. No deja de mirar hacia sus compañeros en el suelo. Uno parece inconsciente, pero los otros dos siguen retorciéndose de dolor.

Soy incapaz de quedarme quieta ante semejante imagen. Siento que tengo que hacer algo.

—¡Carlos Montes, estás rodeado! —grita Gómez—. ¡Sal con las manos en alto!

—Saldré en cuanto haga una llamada, si no le importa...

Cierro los ojos sabiendo de sobra a quién va a llamar. ¡A Ástor!

Tomar conciencia de que Keira está sentenciada me llena la boca de bilis. Me entran unas ganas de vomitar insólitas al entender que quiere que Ástor sea testigo de cómo la abate en directo. ¡Maldito enfermo!

—¡No os mováis! —advierte Gómez a sus agentes por el megáfono.

«Y una mierda...», pienso para mí misma ante su orden.

No voy a conformarme con este final. No, si está en mi mano reescribirlo.

ástor

27
Di adiós

Después del entierro me he llevado a Saúl al único lugar posible.

Sé exactamente cómo se siente y lo que necesita: emborracharse.

Hemos acompañado a Héctor al hospital para dejarlo con Carla y hemos terminado en el *irish pub* donde me trajo él cuando me rescató del entierro de Ulises.

Nos han preguntado si vamos a comer porque es mediodía, pero los dos hemos dado una negativa a la vez. Lo teníamos claro. El estómago se nos ha cerrado cuando hemos visto desaparecer el féretro de Xavier en una estrafalaria tumba de mármol negro en la que no había reparado en gastos. Tras cerrar la lápida, nos hemos quedado hasta que se ha ido todo el mundo.

—Id yendo al coche... —nos ha pedido Saúl—. Ahora iré.

Hemos obedecido sin hacer preguntas.

Cuando ha aparecido de nuevo, su aspecto no invitaba a hablar, pero una vez que se ha bebido media cerveza de un trago se ha aflojado la corbata y ha empezado a preguntar.

—¿No solucionaste las cosas ayer con Keira? Esta mañana os he notado tirantes...

—Es complicado...

—¿No le has perdonado que te ocultara información confidencial de un caso policial con tres asesinatos sin resolver?

—Adoro tu sutileza a la hora de elegir bando, Saúl... ¿Qué día te pondrás de mi parte?

—Cuando el infierno se congele.

Se me queda mirando como si le debiera información. Y carraspeo.

—Es largo de contar... Y tampoco voy a darte detalles íntimos de nuestra relación.

—Pero yo tengo que contártelo todo sobre Yasmín y sus problemas —repone con sarcasmo.

—¿Qué tal la clase particular de anoche?

—Digamos que «progresa adecuadamente...».

—Eres alucinante... —Sonrío con guasa—. No sé cómo te soporta Yasmín.

—No lo hace. Ayer estaba muy cabreada conmigo...

—¿Por qué?

—Es largo de contar, Ástor...

Nos retamos con la mirada, y pongo los ojos en blanco.

—Va a ser mejor que no hablemos de ellas... —convengo irritado.

—¿Crees que ellas hablan de nosotros?

—Por supuesto. Ya puedo ver a Keira defendiéndote a capa y espada como si fueras un santurrón...

—Pues yo no veo a Yasmín defendiéndote a ti, Ástor. Y menos, después de las fotos que aparecieron con Olga...

—Todo mentira —zanjo con aspereza.

—¿Sabes cuál es mi refrán favorito? «Cuando el río suena, agua lleva».

—Pues justo es uno de los que más odio... ¿Has oído hablar de la tergiversación? ¿De sacar las cosas de contexto? ¿De los montajes?

—He oído hablar de «hacerse el tonto» e ignorar las insinuaciones poco sutiles de chicas a las que no quieres disgustar por ser un bienqueda...

—Ya veo que Yasmín te lo cuenta todo a cambio de tus valiosas lecciones... Pensaba que tú eras el fundador de la expresión «Hacerse el tonto». Sobre todo con las polis...

Y ocurre lo imposible. Saúl levanta las comisuras de la boca cuando hace una hora se ha quedado oficialmente solo en el mundo. Y me gana la batalla.

—Yo estoy loco por Keira... —confieso entonces—. Pero loco, loco. Y muchas veces siento que no estoy a su altura y que no sé hacerla feliz.

—Guau. —Abre mucho los ojos—. ¿Y qué altura es esa?

—La de una mujer que no necesita a ningún hombre al lado para ser feliz. Honestamente, no sé qué le aporto... aparte de ser su esclavo sexual, claro...

—¡Tío...! —Se ríe escandalizado—. ¿Hablas en serio?

—Sí...

Saúl niega con la cabeza, molesto.

—Ojalá pudieras verte a través de los ojos de los demás, Ástor... —apunta soñador—. ¿Me estás diciendo que no sabes qué ve en ti? Yo sí. Y no me hace falta preguntárselo, es tan obvio...

—¿Qué es?

—¡¿Me lo estás preguntando de verdad?!

—Sí... —respondo cohibido—. Keira tiene un trabajo muy importante que es su prioridad; tiene sus *hobbies*, tiene a Yasmín, y no le interesa formar una familia... Ni siquiera le hace ilusión la boda...

—Ástor... ¡Keira está obsesionada contigo! No hay más que fijarse en su cara. Y el motivo no tiene nada que ver con tus abdominales o tu polla, ni siquiera le interesa el lujo o la ostentación, ¡a ella le gustas tú! Tu forma de ser.

—¿Gruñón y aburrido?

—Joder..., me parece increíble que tenga que estar aclarándote esto, pero... ¡tú siempre estás cuidando de los demás! Lo llevas dentro. Eres un líder que se vuelca al doscientos por ciento con todo. No puedes evitarlo. Cuidas de Héctor, de tus alumnos, de Olga, de Sofía, de Charly, de mí ahora mismo... Está mañana no has ido a ver a Santi porque estuvieras cabreado, has ido porque siempre estás cuidando de alguien. Y no contento con ello, ¡también necesitas cuidar caballos!

Sonrío avergonzado.

—No te hace falta nada para estar a la altura de Keira... Tus actos lo están de sobra. ¿Lo entiendes?

—Vale… —digo bajando la cabeza, emocionado.

—Vuestra complicidad es envidiable —añade Saúl, admirativo.

—Yo pienso lo mismo de Yasmín y de ti. Tenéis una química muy especial. Espero que eso también sepas verlo, Saúl…

—Siempre la hemos tenido, desde críos…

—¿Entonces…?

—Ese chaval…, el que una vez la perdió, sigue dentro de mí, escondido entre las sombras. Y no quiero que vuelva, As. No puedo arriesgarme a que vuelva…

—No eres un Pokémon, ¿sabes? No puedes involucionar. Ese chaval ya no existe. Y tampoco la Yasmín del instituto.

—Eso mismo me dijo ella ayer por la noche…

—Es una chica muy lista, y Keira lo avala. La conquistó en un periquete, igual que tú, y Keira no es de trato fácil. También tiene sus sombras…

—Pues descubre cuáles son, porque la Keira que conociste también ha cambiado… Sofia me la describió como una feminista radical antiamor y antiniños, ¡y terminó pidiéndote matrimonio!

—En lo de antiniños no ha cambiado…

—¿Tú quieres hijos?

—No es que los quiera. Pero lo querría todo con ella…

—Aún puede cambiar de opinión.

—Eso mismo le dije yo y casi me come.

—Keira no tiene el clásico perfil de la gente que siente aprensión a los niños; quizá no sea muy sociable, pero dale a un ser necesitado de protección y lo tratará mejor que a nada. Es una de esas personas que luego mete a un animal en casa y lo humaniza convirtiéndolo en el centro de su universo. Su aprensión a la maternidad no es pereza, egoísmo o ganas de vivir la vida, es otra cosa, y deberíais desentrañar juntos lo que es, porque estoy seguro de que no es por ti, ni porque te quiera menos que Carla a Héctor…

—¿De dónde has sacado eso? —pregunto abochornado.

—Vi la cara que puso cuando se lo dijiste a Héctor en el hospital… Vino a sentarse a mi lado y le pregunté si estaba bien. No me respondió. No puedes exigirle eso, Ástor… Solo rezar para que supere su aprensión y cambie de opinión.

Me paso una mano por el pelo, nervioso.

Las ganas de verla aumentan y vuelvo a consultar mi teléfono. No entiendo por qué todavía no me ha dicho nada…

De repente, mi móvil empieza a sonar reflejando un número que no tengo registrado en mis contactos.

Lo cojo, convencido de que es ella.

—¿Keira?

—Prueba otra vez —responde una voz que se me clava en el alma.

—¡Charly…! —exclamo descompuesto.

Saúl abre los ojos tanto o más que yo.

—Sorpreeesaaa… Pero tranquilo, Keira no anda lejos de aquí.

—¡¿Dónde estás?!

—¿Eso es lo único que quieres preguntarme, hermanito?

Esa última palabra me deja noqueado y se crea un silencio cortante.

Intento mantener la calma y no gritarle porque su acritud me está dando pánico.

—Es tu última oportunidad para hablar conmigo —advierte con seguridad—. ¿No querrás quedarte con dudas para siempre?

Eso ha sonado muy mal. ¿Lo han detenido o…?

—Solo quiero saber por qué… —digo sin pensar, con el corazón martilleándome en el pecho.

—Por qué ¿qué?

—¿Por qué nunca me lo has dicho? Para mí ya eras mi hermano…

—Porque la cagué. La cagué hace muchos años cuando todavía no te conocía y ya no hubo vuelta atrás…

—El accidente… —farfullo con la esperanza de que lo niegue.

—Exacto. De pequeño os odiaba a los dos. Habíais tenido una vida que yo también me merecía y estaba cegado de rabia…

—Nosotros no teníamos la culpa de eso, Charly.

—Ya, pero no os conocía y no me importabais. Mi madre me convenció de que debería quedarme con todo en compensación, pero me salió mal… Vosotros sobrevivisteis al accidente y nuestro padre murió. Dos por el precio de uno. No tuve más remedio que quedarme a vuestro lado para sobrevivir…

—¿Cómo has podido? —digo alucinado—. Han sido muchos años callándote ese odio...

—Supongo que empecé a quereros... Los dos cambiasteis a raíz del accidente. Al principio estaba convencido de que Héctor no duraría mucho tiempo y de que tú te suicidarías tarde o temprano. Pero poco a poco empecé a implicarme, a enamorarme de los nuevos vosotros y después fundamos la web. Todo empezó a ir bien económicamente, y cuando comencé a vivir como creía que me merecía me di cuenta de que prefería compartirlo todo con vosotros.

»Vivíamos genial hasta que Keira y Ulises se cruzaron en nuestras vidas y las pusieron patas arriba, ¿no crees? Precipitaron una serie de acontecimientos que hicieron que Sofía descubriera mi secreto... y tuve que matarla.

—La mataste a sangre fría... —digo con asco—. Y a Ulises... ¿Cómo pudiste, Charly...? ¡¿Por qué, joder?!

—La culpa fue tuya...

—¡¿Mía?!

—Ulises estaba como loco contigo y quise chulearme delante de él jugando al squash; una cagada. Mi coartada para la muerte de Sofía la protagonizaba un tío que jugaba de pena y Ulises se dio cuenta; era un jodido lince... Le di la oportunidad de que me guardara el secreto, pero no quiso. Me pidió que me entregara, pero no podía... A veces no nos quieren como necesitamos que nos quieran, ¿verdad, hermano?

—Me cago en todo, Charly...

—Sí, yo también lo hice, créeme... Porque matar a Ulises era lo último que deseaba, pero tuve que hacerlo por ti...

—¡Dirás porque descubrió que eras un asesino!

—No... El asesino eres tú...

No doy crédito a lo que oigo. ¡Está completamente loco!

—El día que me enteré de que tú mataste a nuestro padre, juré que lo vengaría —prosigue Charly, obcecado—. Pero en aquel momento estabas tan hecho mierda por Keira que matarte habría sido casi como un favor. Lo que debería haber hecho es cargármela a ella... Así Ulises aún seguiría vivo...

Esa frase me pone los pelos de punta.

—Charly... Por favor... ¿Dónde estás?

—¿Quieres saberlo? Atento a la pantalla...

Veo que la llamada cambia a modo videollamada y la imagen que aparece es confusa.

Pronto me doy cuenta de que es una mesa con un rifle colocado estratégicamente en un trípode enfocando una ventana. Fuera se ve un campo verde con figuras negras quietas... ¿Son agentes?

—No creo que puedas apreciarlo, pero tengo a Keira a tiro ahora mismo.

Mi corazón grita de forma ensordecedora.

—Charly, no... —Me atraganto con mi propia saliva—. Te daré lo que quieras. ¡Lo que sea! ¡Pero no lo hagas, por favor...!

Saúl me mira muy asustado porque me levanto de la mesa de forma atropellada.

—Te estoy haciendo un favor, hermano... Esa perra no te conviene.

—¡Charly, por Dios...! —exclamo desesperado—. ¡Haré lo que sea! ¡¿Qué quieres?!

—No quiero nada... No voy a salir vivo de aquí, As... He matado a cuatro personas. Y la de Xavier ha sido la única muerte que he disfrutado de verdad. Ese hombre me sacaba de quicio, joder...

—¡¡¡Charly..., solo tú puedes parar esto!!! —exclamo saliendo del local—. ¡Hazlo por mí! ¡Te lo suplico...!

—Mataste a nuestro padre, Ástor..., y ningún crimen debería quedar sin castigo. Yo voy a pagar con mi vida por los que he cometido. Y Keira pagará con la suya por tus actos... Sé que su muerte es tu mayor castigo.

—¡Tu padre era un hijo de puta que no te reconoció nunca! ¡Y yo no le maté, se lo buscó él solito cuando intentó matar a mi madre!

—Esta arma está apuntando a la cabeza de Keira. —Me la enseña—. No tengo más que apretar y todo acabará.

—¡¡¡JODER!!! —maldigo impotente.

Intento pensar rápido. «Esto no puede estar pasando...».

«No. ¡No! ¡NO!».

—¿Quieres verlo en vivo y en directo, As? No creo que tardes ni quince días en reunirte con ella...

—¡¡¡Charly, no lo hagas, por favor...!!! ¡Keira es inocente!

—¿Inocente? ¿Qué clase de novia se calla que somos familia? ¿O que soy peligroso? Keira te desprecia, Ástor... Cree que eres imbécil.

—No es cierto... Lo hizo por mi bien —mascullo en su defensa.

—Por tu bien, ya... Detrás de esa frase siempre hay un sentimiento egoísta. Cuando alguien dice «Por tu bien» en realidad es por el suyo. Sabía que se lo callaría y que eso destrozaría vuestra confianza; sois tan iguales... Normalmente, una pareja se complementa. Como el ying y el yang... Pero vosotros pecáis de lo mismo. Os creéis mejores que los demás.

—Tú puedes ser mejor que nosotros. —Veo la oportunidad—. No lo hagas, Charly... Perdónanos la vida. Y para mí siempre serás Dios...

—Ha sido un placer, Ástor, de verdad que sí, pero se acabó.

—¡No! ¡Escúchame, por favor...! Quiero hablar contigo en persona. ¡Voy a ayudarte! Entrégate. ¡Se darán cuenta de que estás enfermo, y juntos podremos...!

—¡Acabo de cargarme a tres policías, Ástor! Si me cogen, nunca saldré de la cárcel. Mierda... Antes he hecho mal las cuentas, llevo ocho víctimas a la espalda, contando con la hermana de Olga y con Olalla. Bueno, y ahora con Keira serán nueve...

—¡¡¡NO!!!

Me duele la cara por las ganas de llorar que tengo, pero estoy tan bloqueado que soy incapaz de hacerlo.

—Hay una cosa que siempre me ha decepcionado de ti, Ástor... —dice displicente—. Tu forma de desperdiciar tu vida preocupándote por los demás. Es tú única vida, ¿sabes? Y la mía termina ya, pero al menos puedo decir que la he disfrutado a cada momento. Lo tuyo, sin embargo, ha sido penoso. Matarte habría sido un acto de piedad.

—¡Yo disfrutaba de mi vida hasta que provocaste ese accidente, hijo de puta! ¿Sabes por qué estás a punto de morir? Porque te lo has montado fatal. Porque eres un puto avaricioso, además de tonto del culo, como papá; en eso sois clavados. Podías haber sido mejor que él y que yo, pero al final has resultado ser peor todavía. ¿Y sabes lo que siempre me ha decepcionado de ti? Que te creyeras inferior solo por no tener un puto apellido que siempre ha sido una jodida vergüenza para mí. Lo tenías todo para triunfar en la vida. Me tenías a mí... Y la has cagado hasta el fondo. Eso sí que es ser penoso, Charly.

—Di adiós a Keira —contesta indolente.

El corazón me estalla al entender que en breves momentos la persona a la que más quiero en el mundo dejará de respirar. Su vida va a acabar, y la de él, y la mía... Nos reuniremos todos al otro lado porque no pienso quedarme aquí si ella ya no está.

—No me va a dar tiempo a sufrir, Carlos... —digo devastado—. Si la matas, me mataré detrás. Si quieres, me mato ya y la dejas vivir. ¿Hay trato?

—No. Al menos sufrirás viendo cómo muere por tu culpa.

El sonido de un disparo hace que se me pare el corazón.

La imagen se pierde y a continuación se oye una explosión terrible.

Mi cuerpo falla al instante, como si esa bala acabara de alcanzarme a mí, y no puedo ni gritar cuando un dolor indecible me atraviesa el alma.

—¡¡¡ÁSTOR!!! —oigo a Saúl, agachado a mi lado, sujetándome.

Pero yo ya no estoy. Ya no soy.

Ese Ástor ha desaparecido con Keira.

 # yasmín

28
No soy tu amigo

«Soy muy joven para que me tiemble tanto el pulso», pienso con el arma en alto. Pero la explosión que acabo de oír me ha espantado.

Ver a Charly ensangrentado en el suelo también me oprime el estómago, sobre todo cuando me mira y masculla:

—Se acabó, Yas... Keira está muerta...

Por el tono renqueante de su voz sé que le he causado una herida grave. Intenta moverse para recuperar su arma, pero le atravieso la rodilla con una nueva bala.

Aprovecho su alarido para colarme por la ventana desde donde le he disparado y procedo a esposarlo rápido.

Cuando he visto el final de la jugada, me he escabullido para rodear el perímetro de la casa y acercarme por una zona que rezaba para que no tuviera minas. Sé que lo habitual es colocarlas siguiendo un patrón para formar una barrera uniforme y he saltado la línea imaginaria que he trazado en mi mente a partir de la posición de las primeras explosiones.

Soy consciente de que me la he jugado, los aspavientos de Gómez cuando me ha visto hacerlo me lo ha confirmado, pero no podía quedarme quieta y verla morir.

Una vez pegada a la pared de la casa he localizado a Charly hablando por teléfono, parapetado tras una ventana, con una mesa contra ella y un rifle apoyado con una mira telescópica.

Cuando ha enfocado el móvil hacia Keira para pavonearse delante de su interlocutor, no he dudado. He sacado mi arma y, en cuanto ha colocado el dedo en el gatillo, yo he apretado el mío.

Tendría que haberle disparado a la cabeza, pero no quería fallar.

Charly ha caído al suelo, sorprendido, y ha soltado el móvil en el impacto. Le he visto retorcerse de dolor, por eso no me esperaba que se sacara un mando a distancia del bolsillo y lo apretara.

El bum me ha dejado temblando por un momento y luego me ha asegurado que Keira estaba muerta.

—Debería matarte ahora mismo… —amenazo mientras le esposo—, pero creo que es justo lo que quieres, así que dejaré que te pudras en la cárcel…

Lo coloco de lado y me fijo en la herida de bala que tiene en la parte baja de la espalda.

—Ya me has matado, Yas… Estoy mareado y tengo frío. Seguro que me desangro de camino al hospital.

Tiene razón, está perdiendo mucha sangre muy rápido. Y me sorprende que no me impacte verla. Quizá ayuden todos los animales que vi desangrándose en las jornadas de caza con mi padre. O igual es que he nacido para cazar hijos de puta.

—Eres un loco de mierda… —musito cabreada.

Pero no sé si me oye porque va camino de perder el conocimiento. Me agacho ante él y le coloco una goma de pelo que llevo puesta para que le presione en el muslo por encima de la rodilla, a modo de torniquete. Si no corto la hemorragia, no lo cuenta.

Después observo la mesa que parece ser su centro de operaciones y encuentro un dibujo de dónde tiene colocadas las minas respecto a la puerta principal. Voy hacia ella y salgo para comunicar que está controlado.

La imagen que me encuentro es dantesca…

Ya no hay ningún agente en pie. Todos están en el suelo malheridos, incluida Keira. El horror atenaza mi garganta.

Entiendo que la última detonación no ha sido una mina antipersonal de presión, sino una de rebote de las que saltan al aire y estallan esparciendo metralla en todas direcciones. Sus fragmentos metálicos se proyectan en 360 grados provocando lesiones mortales a toda persona que se encuentre en un radio de menos de diez metros. La mayoría de mis compañeros están manchados de pólvora por la explosión.

Observo el plano con manos temblorosas y la vista nublada, y veo que la bomba más letal estaba colocada en el centro del jardín.

—¡¡¡Keira!!!

Echo a correr hacia ella tras localizar un pasillo seguro.

—¡Yasmín, no te muevas! —oigo a Gómez.

Pero no me detengo. Necesito llegar hasta ella y sé dónde estoy pisando.

—¡Keira…! ¡Por Dios…! —Me agacho a su lado, preocupada.

Su cuerpo está lleno de pequeñas heridas con sangre. Tiene una grande en el cuello con muy mala pinta. Ella misma se la presiona. Y sé que si no lo hubiera hecho, ya estaría muerta. Está muy pálida.

—¡¡¡Yasmín!!! —grita Gómez en busca de respuestas.

—¡Está viva! —exclamo buscándole otras heridas.

—¡No te muevas de ahí! —oigo a Gómez.

—Aguanta, Kei, por favor… —me despido de ella, llorosa, antes de ponerme de pie y correr hacia los coches.

—¡¿Qué coño haces?! —grita Gómez, desquiciado—. ¡Hay que esperar a que lleguen los especialistas en desactivación de artefactos!

—¡Tengo un plano de las minas! —grito llegando a su lado.

—¡¿Sabes cuántos protocolos te has saltado?!

—¡No hay tiempo para eso! ¡Si esperamos más, morirán todos! ¡Tenemos el puto plano, no necesitamos a los especialistas!

Gómez me mira como si no se planteara saltarse unas normas que alguien que jamás ha vivido algo así escribió una vez.

—¡Está bien…! ¡Hay que sacarlos! ¿Carlos Montes está muerto? —me pregunta con avidez.

—Herido y esposado, señor.

—De acuerdo… ¡Moveos por parejas! ¡Las ambulancias están en camino! Yasmín, acompaña a Juan y a Pedro por el mismo camino por el que has venido hasta la casa y traed al detenido.

—¿Y Keira…?

—Yo me encargo de Keira. Y Yasmín… —Me mira conmovido—. Buen trabajo…

—Gracias, señor.

En ese momento me asola una sensación inexplicable. No me he sentido mejor en toda mi vida… Esto no es comparable a nada. Pero sé que tengo mucho que aprender todavía, porque si hubiera disparado mejor, Charly no habría podido detonar la última mina… Debería haber sido más rápida. Debería haber…

—¡Vamos! —me insta un compañero.

Pasar por el lado de los heridos y no poder ayudarles ante sus quejidos es una experiencia que no deseo a nadie, pero hay que hacerlo de forma ordenada para no cometer errores.

Las ambulancias llegan para llevarse rápidamente a los que siguen vivos. Entre ellos, Keira y Charly.

—¿Se va a poner bien? —pregunto asustada al médico que ha inyectado a Keira un sinfín de mejunjes desconocidos.

—No sabemos el daño que ha causado la onda expansiva… Si llega al hospital con vida, quizá podamos salvarla.

«¿"Si llega"? ¿"Quizá"?».

«¡Dios, por favor…!».

—¡¿A qué hospital los llevan?!

Cuando el médico me lo dice corro hacia el coche a por mi teléfono móvil y veo que tengo diecisiete llamadas perdidas de Saúl.

Madre mía…

Lo llamo enseguida. Y reparo en que sigo temblando.

—¡¡¡YASMÍN!!! —me contesta histérico—. ¡¿Estás bien?!

—Sí, yo sí…

—¡¿Qué ha pasado?! ¡¿Cómo está Keira?! ¡¿Está bien?!

—No… No está bien…

Lo oigo exhalar un sollozo, augurando lo peor. Y se lo aclaro.

—Está grave… La llevan al hospital Infanta Sofía. ¿Nos vemos allí?

No obtengo respuesta.

—¿Saúl?

De repente, oigo una frase cargada de alivio: «¡Está viva...! Esta viva, joder...», informa a alguien que no es a mí.

Oigo sonidos extraños y espero.

«Ástor... Está herida, pero vive...», repite emocionado esperando respuesta.

—¿Saúl? —insisto.

—Sí... —contesta con la voz cascada—. ¿Se... seguro que tú estás bien?

—Sí, tranquilo.

—Joder... —Toma aire conmocionado—. Charly ha llamado a Ástor y le ha dicho que iba a disparar a Keira... ¡Ha sido horrible!

—Lo sé...

—Y ahora Ástor no reacciona. Está pálido y tiene la mirada perdida.

—Está en estado de *shock*. ¿Tiene dolor en el pecho o dificultad para respirar?

—Creo que no...

—Si le pasa, túmbalo y súbele las piernas. Si en cinco minutos sigue igual, llama al 112. Si vomita o se desmaya, lo mismo. No dejes de decirle que Keira sigue viva y que está en el hospital, quizá reaccione pronto. Recuérdale dónde estáis y lo que estabais haciendo antes de la llamada, lo más probable es que esté completamente desubicado.

—¿Cómo sabes todo eso?

—He leído libros de intervención psicológica en emergencias...

—¡Joder, Yas...!

—¿Qué?

Nos mantenemos en línea, solo escuchando nuestras respiraciones agitadas.

—Que ya no quiero ser tu amigo... Quiero serlo todo.

 ástor

29
Méritos propios

Dos horas después

Entro en el hospital a la carrera y me encuentro al jefe de Keira, a su madre y a una larga lista de familiares de otros agentes caídos en la operación.

—¡Silvia! —llamo a la madre de Keira, y nos cogemos de las manos al encontrarnos—. ¡¿Se sabe algo?! ¡¿Cómo está?!

—¡No nos dicen nada...! Ástor, mi pequeña... —solloza afligida. Y la abrazo con fuerza.

—Tranquila, se pondrá bien... Tiene que ponerse bien...

Mi mirada se cruza con la de Gómez, que no parece tenerlas todas consigo.

—El compañero que iba a su lado ha muerto... —me informa serio—. Los médicos creen que cuando se oyó el disparo cubrió a Keira y la protegió de la lluvia de metralla.

—Dios mío... ¿Dónde está la familia de ese hombre?

—Esas son su novia y su madre. —Señala a dos mujeres.

Están rojas y desoladas de tanto llorar. Si la historia es cierta, les debo la vida, y su comportamiento heroico no quedará sin compensación.

—¿Dónde está Yasmín? —pregunta Saúl, nervioso.

—Hace un momento estaba aquí. Ha sido la heroína del

día... Cuando hemos llegado a la casa, algunos agentes se han acercado por el jardín internándose en un campo de minas sin saberlo. Han explotado dos antes de que pudiéramos darnos cuenta. Un agente ha perdido una pierna y otro ha muerto en el acto. Yasmín ha visto un puntero láser en la cabeza de Keira y Carlos ha dicho que iba a hacer una llamada antes de entregarse. Sabía que tenía poco tiempo para abatirlo antes de que matara a Keira y se ha arriesgado por su cuenta a ir por un lateral de la casa para localizarlo. Ha sido un movimiento suicida, pero ha salvado a Keira de una muerte segura...

Veo que Saúl se tapa la boca al ser consciente del peligro que ha corrido la chica de la que está enamorado hasta la médula.

De pronto, la ve a lo lejos y grita su nombre.

Ella corre hacia él y se abrazan con fuerza sin intención de soltarse durante un buen rato.

—Eres increíble... —parece susurrarle él con los ojos cerrados—. Te quiero, joder... —leo en sus labios—. Te quiero tanto que no me permitía reconocerlo...

—Yo también... —lloriquea ella, emocionada.

No pueden ser más jodidamente adorables.

Vuelven a abrazarse, y Yasmín me mira leyendo en mis ojos lo infinitamente agradecido que le estoy. O eso espero.

Viene hasta mí y la abrazo sentido.

—¿Cómo estás? —me pregunta preocupada por mi ida de olla.

Porque eso es lo que ha sido. Una total y absoluta fuga de cerebro; no sabía ni dónde estaba... Ni quería saberlo. Me ha costado quince minutos reaccionar y entender lo que Saúl me repetía sin parar...

—Pues vámonos al hospital —le he respondido una de las veces sin pensar.

—¡Joder, Ástor...! ¡Qué susto, tío! ¿Estás bien?

—Creo que sí...

—Madre mía... ¡Pensaba que te quedabas *tupi* para siempre!

He tardado en recobrarme porque no me creía que Keira pudiera estar viva.

Abrazo a Yasmín con más fuerza y digo contra su pelo:

—Nunca podré agradecértelo lo suficiente.

—Solo he seguido tu consejo: no rendirme...

Le doy un beso en la frente y suspiro con fuerza.

Nos cuentan lo sucedido con más detalles.

Media hora después, una enfermera sale a informarnos sobre el estado de Keira. Nos comunica que está respondiendo bien a la intervención quirúrgica de extracción de metralla; según ellos, la zona más aparatosa es la garganta.

Doy gracias a un Dios en el que voy a tener que empezar a creer a partir de ahora...

Mientras esperamos más noticias, recibo una llamada de un número desconocido y lo cojo sin titubear.

—¿Es usted Ástor de Lerma?

—Sí, soy yo...

—Hola, le llamo del hospital Infanta Sofía. Aparece usted como persona de contacto de Carlos Montes. Le informo de que su vida corre peligro. Una bala le ha atravesado el hígado y necesita un trasplante urgente. Ha perdido mucha sangre y podría tener un fallo hepático. ¿Le gustaría ayudarle o conoce a algún familiar o amigo que quisiera hacerlo?

No puedo creer lo que oigo.

—Eh... —No sé qué decir.

—Solo podrá salvarse con una donación parcial. No se preocupe, el hígado humano se regenera y vuelve a su tamaño normal poco después de una extirpación. Y, en todo caso, primero deberíamos saber si es compatible con usted u otra persona interesada.

Es de locos. Pero no sé qué hacer. ¡Es Charly!

«Ha sido mi mejor amigo durante años...».

«¡Pero ha estado a punto de matar al amor de mi vida!».

«¡Causó el accidente que dejó parapléjico a Héctor!».

No puedo hacerlo... Me niego. Aun así, conociéndome, si no lo hago, su muerte me perseguirá de por vida. Sería volver a empezar con lo mismo... Yo no lo habría matado, pero le estaría dejando morir por no haberlo ayudado... ¡DIOS!

—Estoy en el mismo hospital... ¿Adónde tengo que ir?

Me alegro de que se me lleven para no escuchar más los gritos e insultos de Yasmín y Saúl. No saben lo que es cargar con una muerte a la espalda, y si mi hígado se va a regenerar, me da igual...

Me hacen todo tipo de análisis, y una hora después el mismo médico que me ha atendido viene a hablar conmigo.

—Señor, lamento traerle malas noticias...

—¿Qué ocurre?

—Su sangre no es compatible con la del señor Montes.

—¿Cómo? ¡Si somos hermanos!

—Me temo que eso es imposible, señor...

El mundo se detiene y casi me caigo al suelo de cabeza.

—¿Está seguro?

—Totalmente. ¿Conoce a alguien más que pueda salvar a Carlos? —me pregunta con avidez.

—Déjeme hacer una llamada... —digo completamente alucinado.

Sin darle muchas vueltas, llamo a Héctor.

—¡Ástor! ¿Dónde estás? ¡Saúl me ha llamado! ¡Ni se te ocurra darle nada al malnacido que ha matado a mi hijo...! ¡¿Me oyes?!

—Héctor... No soy compatible con él... Me han dicho que no somos hermanos...

—¡¿CÓMO?!

—¿Puedes venir? Quiero que te hagan las pruebas a ti también.

—Estoy fuera. ¡Pero he venido a impedírtelo, so memo! Y yo no pienso darle nada mío a ese cabrón que acaba de cargarse a un montón de polis, entre ellos, casi a tu novia. ¡¿En qué estabas pensando, Ástor?!

—¿Crees que merece morir?

—¡¡¡PUES SÍ!!!

—Yo también pensaba que papá lo merecía..., por eso cuando se cayó a la piscina no hice nada por salvarlo, Héctor... Dejé que se ahogara.

Un silencio cubre la línea. No tengo ni idea de lo que está pasando por su mente, pero necesitaba que lo supiera.

—Estaba estrangulando a mamá... —continúo—. Casi la mata... Y cuando cayó al agua, no moví ni un puto dedo... He estado siete años culpándome por ello. Castigándome todos los días y viviendo un auténtico infierno de arrepentimiento... Y no quería que me volviera a pasar lo mismo con Charly.

—Joder... Sal ahora mismo, por favor...

—Ahora vuelvo con otra persona —informo al médico.

Cuando salgo, totalmente chocado por la información de que no somos hermanos, Héctor me recibe con los brazos abiertos. Y ese gesto significa más para mí que cualquier cosa que pudiera decir, porque me aterrorizaba su reacción.

—Lo siento mucho... —susurra en mi oído—. Siento haber sido una mierda de hermano...

—No lo has sido... —digo casi sin voz.

—Sí. Pero me quedan unos cuantos años para compensártelo. Y te prometo que lo haré...

Intento no llorar con todas mis fuerzas. Parpadeo rápido, pero no lo consigo y me limpio las lágrimas de un manotazo. Comunico a todos que Charly no es mi hermano y sus caras se desencajan.

—Quizá su madre mintiera... —sugiere Héctor.

—Eso no es posible... —salta Yasmín con seguridad—. Tenía una prueba de paternidad. ¡La vi! Quizá eres tú el que no es hijo de Guillermo de Lerma, Ástor...

Eso sí que no me lo esperaba. Y a la vez explicaría tantas cosas...

—Por eso mi padre me odiaba... —pienso en voz alta—. Igual sabía que no era hijo suyo...

—¡Eso es imposible! —exclama Héctor, indignado.

—Entra, por favor —le insto—. Hazte la prueba y pediremos que la comparen con la mía también. Así lo comprobaremos. Yo voy a llamar a mamá y ahora vengo.

Nadie se atreve a llevarme la contraria; me notan desbordado. Saúl y Yasmín se quedan sentados la una sobre el otro, y voy afuera para tener la conversación más difícil de mi vida.

—Mamá...

—¡Hijo, te he llamado cinco mil veces! ¡Héctor acaba de avisarme! ¡¿Cómo está Keira?! ¡Me estoy arreglando para ir al hospital!

—La han estabilizado, pero te llamo por otra cosa... Acaban de decirme que Charly no es mi hermano. Y Yasmín afirma que su madre les enseñó un test de paternidad... Eso significa que yo no soy hijo de papá...

Que se quede callada es muy mala señal.

—¿Mamá?

—Hijo... —No puede seguir y rompe a llorar.

—¿Tú eres mi madre?

—¡Pues claro que sí! ¡Estuve diecisiete horas de parto contigo!

Respiro aliviado. Habría sido demasiado que me dijera que era adoptado o algo así...

—Mamá... ¿Quién es mi padre?

—¡Juré que nunca lo diría! ¡Y en realidad, no importa...! De verdad... Eres mi hijo y Héctor es tu hermano. ¡Te lo juro!

—Quiero saber quién es.

—¡No puedo, hijo! Es por tu bien...

Siempre lo es... Pero empiezo a pensar que Charly tenía razón. Que siempre hay un motivo egoísta oculto en los «por tu bien» y no puede ser otro que la vergüenza, porque debo de conocer a mi padre...

—¿Y si lo adivino?

—¡Ástor, por favor..., no insistas!

—¿Era Xavier?

Que la respuesta no sea un tajante «¡no!» lo dice todo.

Cierro los ojos sin saber qué sentir. Es como si de manera inconsciente siempre lo hubiera sabido... Es una sensación superextraña.

—Oficialmente, no lo es —responde mi madre—. Así que olvídalo...

—¿Que lo olvide? Siempre he pensado que se metía demasiado en mi vida... Y Saúl... ¡Saúl es mi hermano! ¡¿Cómo es posible...?!

—Tu padre cambió en cuanto nos casamos y tuve a Héctor. Era malo conmigo y Xavier siempre me defendía de él... Me salvaba a menudo de sus enfermizas intenciones y me ayudaba en todo lo que podía. Y un día...

—¡Dios, mamá! No sigas... ¿Papá lo sabía?

—No, pero quizá lo sospechara. Para mí no hay diferencia, Ástor... ¡Tú eres mi hijo!

—Vale, mamá... Tranquila. Ya hablaremos... No hace falta que vengas. Keira está fuera de peligro. Te iré informando de todo, ¿vale?

—No se lo digas a Saúl, por favor...

—Por supuesto que voy a decírselo. Un beso.

—¡Ástor, no...!

Cuelgo y me quedo un minuto de pie asimilando la información. El puto Xavier... ¿Fue un buen hombre en otra época? Me cuesta creerlo. Igual simplemente estaba enamorado, porque tampoco fue un buen padre para Saúl... Dicen que los villanos también se enamoran, ¿no?

No dejo de darle vueltas a lo de «Por tu bien». Si es cierto que hay un factor egoísta, ¿por qué Keira me lo ocultó todo? Además de para protegerme y para proteger la investigación, debía de haber otro motivo propio.

¿Qué ganaba ella, egoístamente?

«Sois iguales...», había dicho Charly.

Cierto. Yo también la había cagado. ¿Por qué no mencioné a Keira que era con Olga con quien me iba de viaje? ¡Responde!

Por no remover el pasado. Porque no quería complicarme. Porque no quería perderla ni que se enfadase conmigo... Vale. Entonces... Ella tampoco quería perderme ni que me enfadase si me contaba lo de Charly... ¿Por qué?

Y la respuesta llega sola: «Porque me quiere...».

«Esperaba equivocarme», había dicho. Esa es la cuestión. Nunca estuvo segura, y acusar a Charly de algo así si al final resultaba ser inocente habría sido muy violento para todos.

«Joder... ¡Keira tenía miedo de perderme, no es que desconfiara de mí!».

Cuando vuelvo al interior del hospital, veo a Héctor junto a Saúl y Yasmín.

—¿No has entrado? —le pregunto sorprendido.

—Sí, pero enseguida me han dicho que yo no puedo donar; por mi estado. Sería arriesgado...

—Ah... Ya...

Miro a Saúl y trago saliva.

—Yo no pienso donar nada al hombre que ha matado a mi padre —dice sin que le pregunte—. Y tranquilo, te aseguro que no tendré ningún remordimiento después.

—Vale... Y yo no puedo, así que...

—Así que adiós, Charly —sentencia Yasmín—. Ha matado a demasiada gente...

—Si Keira se entera de que donas algo al tío que mató a Ulises te deja en el acto —me advierte Héctor—. ¿Qué te ha dicho mamá?

—Eh... —Los nervios se apoderan de mí. Nervios buenos que no estoy acostumbrado a sentir—. Me ha confirmado que Guillermo de Lerma no era mi padre...

—¡¿Qué? ¡¿No jodas?!

—Sí... Pero ella sí es mi madre. Y la tuya, Héctor. Pero mi padre es otro...

—¿Te ha contado quién?

Sin querer miro a Saúl, que me sostiene la mirada impertérrito. Yasmín se lleva una mano a la boca lentamente captando el significado de mi gesto a la primera como si fuera una maldita superdotada.

—Dios mío... —musita sin poder evitarlo.

—¿Qué pasa? —pregunta Héctor, perdido.

Saúl no deja de mirarme fijamente. Creo que sin respirar. Me parece que es de esas veces que sabe algo que no quiere saber.

—Me ha dicho que era Xavier... —confieso con un hilo de voz—. Yo soy el hermano perdido.

—¡HOSTIAS! —exclama Héctor mirando alucinado a Saúl.

El aludido se queda inmóvil, sin saber qué hacer ni qué decir.

Se me humedecen los ojos al ver que los suyos se encharcan sin remedio y que niega con la cabeza, totalmente sobrepasado.

Cuando me acerco a él y le pongo las manos sobre los hombros, baja la cabeza y Yasmín se tapa la boca.

—Somos hermanos, chaval...

Saúl intenta contenerse, pero su cara se contrae irremediablemente y lo abrazo antes de que estalle en llanto.

Siento sus espasmos silenciosos al intentar evitar que las lágrimas drenen también por su nariz. Apenas puedo soportar la inmensidad del momento.

Me separo de él y lo miro con los ojos vidriosos.

—¿No tienes nada que decir? —pregunto con media sonrisa.

—Solo que... no sabía que los sueños pudieran hacerse realidad...

Dos gotas caen por sus mejillas y se las limpio con los pulgares. Después le doy una colleja cariñosa y vuelvo a abrazarlo. Esta vez él también me agarra con fuerza, y Héctor se une como puede colocando una mano en su espalda baja.

—Lo siento por ti, pero vas a tener que cargar conmigo también, porque los hermanos de mis hermanos son mis hermanos...

—Es verdad... —suscribo cómico—. Somos un pack indivisible.

Saúl se ríe dándose cuenta de que ya no está solo en el mundo o de que nunca lo ha estado, en realidad. Yasmín no deja de flipar y de decir que siempre ha pensado que nos dábamos un aire.

Está loca. No nos parecemos ni en el blanco de los ojos...

—¡Que sí! ¡Que tenéis gestos iguales, en serio!

—Eso es porque el enano me imita desde que era un moco.

Saúl sonríe encantado y se frota la cara alucinado. Todavía no puede bromear sobre el tema, ha sido una sorpresa tremenda. Pero estamos en lo de siempre: los lazos son lazos, y me importa bien poco si son de sangre o no porque eso no es garantía de nada...

Supongo que para cada uno es distinto.

Para mí es una cuestión del papel que representa en tu vida dicha persona. Y ahora me doy cuenta de que yo siempre he intentado ser el hermano que Saúl nunca tuvo. Y por el contrario, siempre renegué de mi padre. La etiqueta no importa, sino el trato.

Nos dejan pasar a ver a Keira a última hora de la tarde, pero sigue sedada. Sé que estoy enamorado cuando me sigue pareciendo la inigualable de la temporada aun con el mal aspecto que tiene.

Necesito que despierte y apriete mi mano. Necesito profesarle todo mi amor, lo demás ya no me importa.

Su madre se abraza llorosa a su pareja y enterramos a Yasmín bajo una nueva ola de alabanzas. Si no llega a ser por ella, el corazón de Keira no estaría latiendo ahora mismo.

La culpabilidad por su estado asoma su fea cara por mi hombro, pero le doy un codazo y me prometo a mí mismo no volver a pensar en que no soy lo suficiente para ella. Quiero cuidarla, como indicó Saúl. Esté sana o herida. Quiero estar a su lado siempre, con o sin hijos. Quiero compartir el tiempo que me quede con ella. Ser nuestro propio hogar juntos. No necesitamos nada más.

Cuando cae la noche digo a todos que se marchen a casa. Keira no despertará hasta el día siguiente y no pienso separarme de su lado.

Saúl y Yasmín dejan a Héctor en casa de mi madre y se van a dormir al piso de Yas.

El día termina con la noticia de que Charly ha fallecido. No sé ni cómo digerirlo. Tampoco importa porque el asalto se filtra a los medios y se me agota la batería del móvil por la cantidad de mensajes que recibo del KUN y otras instituciones. Como presidente del club, tendré que decir algo, pero no puedo dejar de pensar en que ya no soy un De Lerma y no debería estar al mando de nada. Es más, nunca he querido estarlo...

Pienso en Xavier. En cómo me miraba a veces. En todo lo que me ha dicho a lo largo de mi vida. Y lo cierto es que siempre estuvo ahí, dando por culo... Impulsándome a ser mejor. Intentando alejarme del mal camino.

Gómez me cuenta que la madre de Charly ha sido detenida. No tengo muy claro de qué la acusan, pero tampoco me interesa.

Cuando me quedo solo, me levanto del sillón donde llevo horas velando a Keira, siendo testigo de cada interacción de las enfermeras con ella, y le cojo la mano.

—No puedo prometer que vaya a contártelo todo siempre, Kei..., pero te prometo que nunca volveré a ocultarte nada.

 keira

30
Te doy mi palabra

Debo de estar viva porque me duele todo.

Me quejo, y al momento soy consciente de que tengo público; son desconocidos con uniforme hospitalario.

«¿Dónde está mi familia?», trato de decir, pero la garganta no me responde. La piel me tira y la noto diferente. Veo las estrellas al tragar saliva.

—No intentes hablar —me aconseja una enfermera—. Tienes una herida en la laringe y te dolerá mucho.

Me dan una pizarra y me obligan a escribir la respuesta a todo tipo de preguntas ridículas: mi nombre, el año en el que estamos, cuál es mi profesión... Hasta que oigo:

—¿Cómo podrías ganar en tres movimientos al ajedrez?

«E2, H5, E8», anoto sin titubear.

—Déjenla... Está bien —confirma Ástor con media sonrisa.

Es escuchar su inconfundible voz y que se me acelere el corazón, pero es su imagen la que me deja sin palabras.

Lleva la misma ropa que llevó al entierro de Xavier, pero la corbata y la chaqueta han desaparecido y exhibe una camisa gris perla abierta con su habitual frescura. Está claro que ha dormido aquí.

En su mirada no queda rastro de rencor, solo del amor más puro. Por un momento pensé que no volvería a ver esa mueca nunca más. No con todo lo que descubrió antes de ayer...

En cuanto estallaron las primeras minas supe que la única pretensión de Charly era matarme para machacar a Ástor. También supe que debía de estar apuntándome con un arma a la cabeza.

En ese momento lamenté profundamente no haber sido sincera con Ástor desde el principio.

¿Por qué no confié en él? Ha lidiado con mucho en su vida... Pero no era por Ástor, era por mí. Tenía miedo de estar equivocada...

Cuando presentí mi final, lo sentí por él. Los demás conseguirían seguir adelante sin mí, pero Ástor no. Acabaría devorado por la culpabilidad, y nada ni nadie podría hacerle cambiar de idea. Y eso era lo último que se merecía...

Pensé en su forma de ser y en cómo tranquiliza con su presencia a todo el mundo, tanto a personas como a animales. Los hace sentir seguros porque derrocha una nobleza innata que se capta a una frecuencia que no concibe ni dudas ni prejuicios, solo la envidia, que puede ser sana o insana, pero jamás te será indiferente.

Se acerca a mí y siento que es reacio a tocarme por si me hace daño, aunque esté deseoso. Se limita a darme un beso en la sien, y cuando se aleja lo agarro del cuello de la camisa para que me mire a los ojos.

No puedo verbalizar nada, pero espero que lo lea en mi mirada.

«Te quiero». «¡Te quiero más que a nada, joder...!».

Rozamos los labios inevitablemente para sellar ese sentimiento y termina apoyando su frente en la mía.

—Si te llega a pasar algo, me muero... —musita vulnerable.

Niego con la cabeza, y nuestros labios vuelven a encontrarse con cuidado como si lo necesitaran para vivir. Sus mejillas están ásperas porque se afeitó hace unos días y no puede gustarme más la sensación.

Resulta una paradoja que no pueda hablar, quiero decirle tantas cosas... Tengo unas dos mil preguntas que hacerle, aunque la cara que pone me contesta a la mitad. Resumiendo: un psicópata le ha hecho sufrir mucho en las últimas horas.

Cojo la pizarra y escribo: «¿Charly?».

En ese momento, mi madre y Gómez entran en la habitación

y Ástor se hace a un lado en vez de responder a mi pregunta. Mi madre se me echa encima, efusiva, hasta que Gómez la aparta a la voz de:

—Déjala respirar, Silvi...

—¡Estaba tan preocupada...! —declara mi madre.

Levanto el pulgar para decirle: «Estoy bien», y los tres me miran como si necesitara un espejo...

Vuelvo a señalar la pizarra, y Ástor y Gómez intercambian una mirada cautelosa.

«Hablad. Ahora», los amenazo subiendo las cejas.

Me lo cuentan todo, o eso espero, y no puedo evitar emocionarme al comprender lo que Yasmín ha hecho por mí.

¡Maldita loca de las armas! Me ha salvado la vida...

De los diez que avanzamos en escuadrón, solo cinco seguimos con vida. Básicamente los del ala exterior y un interior que cayó al suelo del susto al oír el primer disparo. Todos fuimos heridos de gravedad, y si no llega a ser por Yas, Charly nos habría liquidado uno a uno antes de entregarse y amenazar al resto para ser acribillado a balazos, en última instancia.

—Esa chica es un as... —presume Gómez—. Si la hubierais visto saliendo de la casa tan campante con el mapa de las minas en la mano... Os juro que fue alucinante. No solo te salvó a ti, Keira, los salvó a todos, porque ninguno habría llegado a tiempo al hospital.

—Es increíble... —comenta Ástor—. Tan joven y sin experiencia...

—Me recuerda a Keira a su edad. ¿Has olvidado cuánto te reñía al principio?

Niego con la cabeza, sonriente, al acordarme.

Hay personas que han nacido para romper las normas. Sobre todo las que están mal hechas, que son muchas y nadie se digna actualizarlas desde hace más de cincuenta años... ¡Con la cantidad de gente que hay tocándose las narices en el gobierno!

—A ver con quién la pongo ahora hasta que te recuperes... —rumia mi jefe—. Menudo marrón... ¡En realidad, esa chica es un peligro!

Asiento llena de orgullo.

«De valientes están llenos los cementerios», decía mi abuela... Pero cuando eres policía, esa advertencia no sirve de nada. Porque es exponiéndote al peligro cuando más se aprende. Y esa diferencia es la que salva vidas.

Llega un momento en el que «mis padres» se marchan y Ástor y yo nos quedamos solos de nuevo. Bueno, con la pizarra...

Vuelve a acercarse a mí y se sienta en la cama. Nos miramos intensamente.

—Pasé tanto miedo... —confiesa poniéndome un mechón de pelo detrás de la oreja—. Pensaba que te había perdido, Kei. Que ya no estabas...

Le cojo la mano para acariciársela y me devuelve el gesto poseyendo la mía. Disfruto como una loca de su toque. He echado tanto de menos esta respuesta cariñosa en él...

Cojo la pizarra y escribo una palabra: «Perdón».

Ástor niega con la cabeza.

—No hay nada que perdonar... —musita—. He entendido que no me lo dijiste porque me amas..., igual que yo no te dije lo de Olga. No queríamos que nada rompiera lo nuestro...

Asiento vehemente. Ha dado en el clavo.

—Ha sido una época muy difícil... —Suspira cansado—. Tú persiguiendo a Charly, las trampas de Olga... Ahora estoy seguro de que ella misma avisó a los paparazis en Nueva York y montó ese drama para conseguir las imágenes adecuadas. He disuelto los negocios que compartíamos... Le he vendido mi parte barata. No quiero tener nada más que ver con ella. Yo no maté a su hermana... Fue Charly.

Le beso la mano, orgullosa de sus deducciones, porque no sé qué otra cosa hacer.

—Y tengo novedades... —continúa con cautela—. Ayer me enteré de que no soy hijo de mi padre. No soy un De Lerma...

Pongo los ojos como platos y escribo un interrogante detrás de la palabra «Perdón».

—Mi verdadero padre era Xavier. Saúl es mi hermano...

Añado exclamaciones a la pizarra y de mi garganta emerge un sonido confuso que no puedo detener. No sabéis lo que me ha dolido la herida al emitirlo.

Cuando me recupero, señalo de nuevo la pizarra para que Ástor me lo cuente todo. Procede y alucino en colores. ¡Madre de Dios...!

Él sonríe, no sé si con pena o con gloria. Y se frota la cara agotado.

«¿Cómo te sientes?», escribo de nuevo.

—No sé... Creo que me da igual —responde con sinceridad—. Me da igual que Charly fuera o no mi hermano, que lo sea Saúl, que mi padre no fuera mi padre, que yo no sea un De Lerma... Según mi madre, nada de eso importa. Y alguien me dijo hace poco que lo que cuenta para estar a la altura son los hechos...

Asiento a favor de esa frase y le señalo sacando el pulgar hacia arriba.

—¿Yo, bien? ¿Soy bien? ¿Estoy bien? —trata de averiguar. Voy asintiendo, pero torciendo la cabeza como si casi acertara—. ¿Lo he hecho bien?

Le señalo con firmeza, haciéndole entender que esa es la correcta.

—Lo he hecho lo mejor que he podido... —musita.

Escribo algo más: «Y también estás muy bien...».

Al leerlo sonríe, pero enseguida se le borra la mueca quedando solo un gesto triste en los labios.

—Todo esto me ha hecho pensar que quizá hayamos ido demasiado rápido, Keira... No tenemos por qué casarnos todavía. No hay prisa... Ni siquiera tenemos que vivir juntos. Haremos lo que te parezca mejor; sin ataduras. Lo único que me importa es que cada vez que nos veamos sienta que quieres estar conmigo...

La expresión de su cara me fulmina. Sobre todo en mi estado, porque no puedo decirle con mímica todo lo que me gustaría gritarle furiosa en este momento. Y tampoco puedo escribírselo porque el tono no sería el adecuado para obtener el efecto deseado.

De todo lo que siento lo que predomina es el dolor y espero que mis ojos lo estén filtrando. Dolor por entender que sigue dudando de cuánto significa para mí, unido a la culpabilidad de no habérselo sabido transmitir.

Sé que soy poco cariñosa, y que últimamente he estado muy centrada en demostrar que su mejor amigo era un asesino, pero confié en que podría recuperar el tiempo perdido más adelante. Me equivocaba. El daño ya está hecho.

Cojo la pizarra y lo noto tensarse mientras escribo. Es como si creyera que fuera a ponerle «Ok» o «Gracias», pero se impacienta cuando ve que es una frase larga. Una que evito que vea hasta el final: «Ahora no puedo hablar, pero mañana te cuento en qué he estado pensando yo, ¿vale?».

Cuando lo lee, me mira y asiente expectante.

—¿Te traigo algo? ¿Necesitas alguna cosa? —pregunta haciendo ademán de levantarse y convertirse en el esclavo perfecto.

Pero no le dejo irse de mi lado.

Borro la pizarra y vuelvo a escribir: «Lo que necesito es que me beses». Y lo miro suplicante.

Se acerca a mí, loco de ganas y a la vez un poco reacio por mi estado o por sospechar que es lo único que me interesa de él, pero en cuanto nuestros labios se encuentran nuestros corazones se dicen todo lo que necesitan escuchar.

Cada movimiento, cada roce, cada sensación habla de cuánto nos amamos, nos respetamos y deseamos estar juntos. Tengo la impresión de que se convence solo con eso, de que me cree, de que disipo sus dudas... O eso quiero pensar.

No paramos de prodigarnos lentos y cuidadosos besos en cinco largos minutos. Suele pasar cuando has estado a punto de morir, que después vives cada segundo como si fuera regalado.

Recibo cientos de visitas; tantas, que no puedo volver a besar a Ástor como quiero hasta el final del día. Además sin poder hablar son un poco latosas.

Cuando se hace de noche, le insisto para que se vaya a casa a descansar. Necesita una ducha y dormir en una buena cama. Tras señalárselo varias veces en la pizarra, se marcha un poco apenado con un largo beso, prometiendo que volverá puntual mañana a primera hora.

No me dejan decir ni pío hasta que no pasa el médico, me revisa la herida y me autoriza a hacerlo. Me cuesta al principio y noto una molestia extraña, pero lo resistiré, prefiero poder hablar.

Poco después, Ástor aparece en un momento en el que estoy sola. Sabemos que tenemos poco tiempo para hablar antes de que llegue más gente, y hasta él farfulla nervioso como si hubiese estado toda la noche dando vueltas a lo nuestro.

—Oye… Olvida todo lo que te dije ayer… No sé qué mosca me picó, solo deseaba que…

—No quiero olvidarlo, Ástor. Vamos a hablarlo…

—No hace falta. El resumen es que te amo y punto.

—Yo también a ti, pero creo que tenemos que aclarar algunas cosas.

Se humedece los labios, inquieto, y se sienta dispuesto a confesar.

—Keira…, creo que los dos metimos la pata. ¡Pero por el mismo motivo! Somos iguales…

—Lo somos. Por eso deberíamos entendernos mejor que nadie y no dudar.

—Te entiendo, ¡en serio! Eres una mujer fuerte e independiente del siglo XXI que no necesita cumplir ningún estereotipo para ser feliz.

—Exacto, no lo necesito… porque el que me hace feliz eres tú…

Se queda callado de golpe. No se esperaba esa frase. Cree que soy fiel al lema «La felicidad está dentro de uno mismo y no al lado de nadie», pero yo soy más feliz con gente que me suma alrededor. Dentro de mí misma puedo tener satisfacción por el trabajo bien hecho y obsesión friki por mis *hobbies*, pero alcanzo la felicidad compartiendo mi vida con los demás. Risas, caricias, complicidad…, sensaciones que antes no me permitía sentir.

—Ayer te habría gritado «¿Qué coño estás diciendo?». Porque tú mismo lo dijiste, desde que nos conocimos todo ha sido una locura y ahora debería llegar la calma…

—Después de la tormenta, lo que queda es un barrizal de cojones, Kei… Y siempre habrá problemas nuevos.

—Los capearemos juntos. Yo solo quiero estar contigo… Casarme contigo, vivir contigo… Lo quiero todo.

—Todo, no… —señala herido, y luego se amonesta por ello—. Yo no estoy pensando en tener críos, Keira, ¡para nada! Pero que no te plantees tenerlos conmigo me hace pensar que es algo personal. Que cambiarías de opinión, si fuera de otra manera, como hace mucha gente que no piensa en ello hasta que se enamora y se lo replantea…

—Tienes razón… Es algo personal.

Sus cejas se arquean sorprendidas.

—¿Es porque no confías en mí?

—Es un problema de confianza, pero no contigo, sino con la sociedad en general… Vivimos una era sin precedentes, la de la mujer trabajadora, y cada vez hay más igualdad. Yo he trabajado muy duro para demostrar que soy tan válida como un hombre. Me veo con poder, independencia económica y reconocimiento personal… Por eso no quiero tener hijos. La maternidad se ha convertido en un sinónimo de opresión para el éxito personal de las mujeres. Para mí es un privilegio natural que acarrea la obligación de un rol que ya no encaja con la mujer contemporánea. Te hace elegir entre dedicarte a tu carrera o a la crianza de los hijos.

—Lo entiendo… Aunque ese pensamiento hará que en cien años haya una crisis demográfica sin precedentes…

—¡Pero si hay superpoblación!

—Dicen que solo es un pico puntual. Se sabe que los japoneses ya están en un declive imparable hacia la extinción. Ya muere medio millón al año más de los que nacen. Y los expertos señalan que en cinco décadas habrá menos gente que después de la Segunda Guerra Mundial, por eso muchos países están prohibiendo el aborto, a modo de parche momentáneo.

—Lo sé… Nos vamos a la mierda… Pero Carla, sin ir más lejos, dio con la clave de todo. Debería escribir un maldito libro sobre ello…

—¿Qué clave? ¿Qué te dijo?

—Que hay que desterrar la idea de que «Madre, no hay más que una».

Ástor me mira interesado.

—Me dijo que en la actualidad tener un hijo debería ser cosa de dos. O de más, si abusas de los abuelos como hace la mayoría... La conciliación laboral es un mito que lo único que consigue es devaluar la capacidad de la mujer. El trabajo dignifica y ya no vamos a renunciar a él. Y tampoco vamos a ser madres para que luego nos llamen «malas madres» por no ajustarnos a un rol asfixiante y machista. Por lo tanto, o ese rol cambia, se delega y se comparte el cuidado de la prole, o en un futuro nadie se presentará voluntario para hacerlo... porque la mentalidad de la mujer está mutando, y si la del hombre no cambia con ella, nos vamos a la mierda, repito.

—Está cambiando. Yo no soy mi padre... —expone Ástor con firmeza—. Ni soy como algunos miembros del KUN. Saúl y yo estamos intentando modificar las cosas, y Héctor será un padrazo el día que le toque serlo.

—Seguro que sí. Pero no quiero que tú vivas esperando a que yo tenga otra opinión sobre este tema, porque la teoría es muy bonita, pero se precisan años para implantar una idea así. Y necesito que te baste conmigo, Ástor...

—Keira, mi vida... —Me coge la cara—. Claro que me basta. Solo me gustaría saber que confías en que sería un buen padre y que me implicaría completamente para que pudieras seguir haciendo lo que más te llena, tu trabajo. Solo quiero que seas feliz... y quiero estar a tu lado mientras lo eres, nada más.

Mis ojos se encharcan de emoción.

—Vale, ya solo queda que te entre en la cabeza que soy feliz contigo... —Me tiembla la voz. Y sonrío.

—Por fin lo veo... Tú cambiaste mi forma de ver el mundo, Keira. Yo buscaba casarme justo para cumplir con un rol que hay que abolir cuanto antes. Ahora lo único que me importa es lo que tengo contigo. Un amor capaz de cualquier cosa. Un sentimiento inspirador.

Ese adjetivo me embriaga. «Inspirador». Porque es un gran resumen de lo que debería ser el amor. Alguien que te inspira, que te motiva, que te alegra, que saca lo mejor de ti..., que ve más allá de tus imperfecciones. Y Ástor y yo nos vimos desde el principio debajo de mucha suciedad.

Fue como un fogonazo. Como el restallar de un mechero. Sentimos el calor residual de lo que podríamos ser juntos... Y a las pocas horas de conocernos creamos una intimidad inaudita e improvisada. Él me vio llorar y me oyó quejarme de mi falta de fe en la humanidad, y yo lo vi sufrir por su hermano, por Carla, por el KUN e incluso por mí... Y toda la virulenta trama que surgió alrededor de esa pequeña llama de amor que se encendió en el momento en que lo apunté con mi arma en casa de Sofía y supe al instante que era inocente, ha hecho muy difícil procurar que no se apague. De hecho, lo hizo una vez... Pero una partícula incandescente se quedó adherida a esa mecha negra mientras el humo blanco escapaba a nuestro control y se desvanecía en el aire. Y en el último momento, una brisa la hizo brillar de nuevo con fuerza desde el más allá para que volviera a prender.

—Ástor..., tú también me inspiras —sollozo exaltada—. Tu gran corazón me desarma. Y no sé si algún día querré tener hijos o solo seré la flamante dueña de un husky siberiano, pero si me lanzo a algún tipo de responsabilidad vital, no dudes que será contigo...

Su sonrisa me abraza.

—Vale... Pero yo no quiero más responsabilidades ahora mismo. Ni siquiera caninas... Para eso ya tenemos a Saúl y a Yasmín... —Se mofa.

—*Seh*... Son unas buenas mascotas —bromeo.

—Ya lo creo —dice gamberro—. Lo que yo quiero son mil horas contigo sin que nadie venga a contar un secreto que nos haga dudar el uno del otro... Necesito paz, Kei. Necesito verte feliz conmigo...

—Ahora por fin voy a poder serlo. Carla es libre, el asesino de Ulises está muerto y yo no puedo estar más enamorada de ti... ¡¿Puedes preguntar cuándo me dan el maldito alta, por favor?!

—Hasta en eso somos iguales. —Sonríe—. Muy malos pacientes. Pero vas a tener que estar aquí unos días más, nena...

—Es insoportable... —gimoteo.

—No te preocupes, te he traído una cosita —dice enigmático.

Se acerca a una bolsa grande y saca un tablero de ajedrez.

—Mientras no puedas seguir capturando al enemigo en la vida real, puedes capturar fichas de madera, ¿no?

—Sí… —Sonrío con los ojos brillantes—. Hace tanto que no juego que no me lo creo… Me parece inconcebible que hubiera una época en la que esa tabla era mi única obsesión. Toda mi felicidad…

—Pues tienes que practicar porque en cuanto salgas celebraremos el torneo del KUN. Y esta vez nada impedirá que te gane…

Su sonrisa socarrona me hace soltar una risita dolorosa.

—Pues como no te desnudes, lo llevas claro, guapo.

 saúl

31
Juntos

Hoy no he ido a clase.

Si Ástor se entera, me cruje. O puede que lo apruebe porque a Yasmín le han dado el día libre en comisaría y estoy seguro de que le parecerá bien que me dedique en cuerpo y alma a agasajarla. Ahora mismo es su heroína.

Anteayer fue un día muy intenso: el entierro, las minas, el descubrimiento de nuevos lazos familiares... Y cuando cayó la noche continuó siéndolo.

Acompañamos a Héctor hasta la casa de su madre y todavía nos quedamos un rato charlando con ella.

—Te habríamos acogido del mismo modo en el seno de nuestra familia aunque no hubierais descubierto que sois hermanos —me aseguró Linda.

Casi me hace llorar otra vez.

De camino a casa de Yasmín le conté las noticias sobre el caso de su violación que no había podido explicarle antes.

—¡¿Qué dices?! —exclamó alucinada.

—Lo que oyes... Ástor fue a ver a Santi y lo grabó todo. Supongo que de tal palo, tal astilla... —Me reí entre dientes. Pero luego me puse serio al recordar a mi padre. Su tumba, la carta... Pfff...

—¿Cómo te sientes? —me preguntó Yas colocando una cariñosa mano en mi pierna. Me encogí de hombros, confuso, y se la cogí.

—Muy abrumado por todo... Por el entierro. Por ti. Por ellos... Por cómo me ha cambiado la vida en poco tiempo. ¿Sabes lo que es sentirte una persona totalmente diferente a la de hace tres semanas?

—Sí, lo sé... —Sonrió comprensiva—. Lo sé porque yo me siento igual. Antes era un ser asexual, cagado de miedo, y hoy he sido una auténtica kamikaze y estoy deseando llegar a casa para demostrarte lo mucho que confío en ti y lo valiente que me pareces...

Nos sonreímos sensualmente y le besé la mano con una anticipación que no me dejaba ni respirar. ¿Quién no iba a enamorarse hasta las trancas de ella?

—Siento haberme ido en mitad del entierro —se disculpó—. Si me lo hubieses pedido, me habría quedado, pero...

—Keira habría muerto —terminé por ella—. Yas..., júrame que siempre harás caso a tu instinto, porque nunca te falla.

—No es cierto. Me falla muchas veces...

—Para mí, no. Perdiste la virginidad conmigo en vez de con un matón engreído; seguiste la carrera de Keira y eso te trajo de nuevo a mí... ¡Si incluso pensante que Ástor y yo nos parecíamos! No vuelvas a ignorar ese don nunca más, por nada ni por nadie. ¿Me lo prometes?

Yasmín asintió, emocionada.

Llegamos a su casa y, antes de que empezara a correr todos los cerrojos de la puerta, mi lengua ya estaba saqueando su boca.

Es lo que tiene estar cerca de la muerte, que te mete prisa por vivir.

—Quería ducharme antes de hacer esto... —susurró en mi boca.

—Pues nos duchamos juntos —respondí lascivo.

—Nunca me he duchado con nadie...

—Ser tu primera vez en todo se está volviendo adictivo. —Sonreí.

Nos besamos bajo el chorro de agua caliente, felices de estar vivos y de que todo hubiera terminado por fin. Nunca olvidaré esos besos de alivio, ni que no me frenara cuando mi mano tanteó entre sus muslos. Su forma de abrazarme me dijo que estaba lista para más. Que me quería dentro... Y la expectación me volvió loco.

Nos secamos a duras penas y terminamos rodando por su cama.

Después de besarnos mucho y de magrearnos por todas partes con las manos y las bocas, se lo dije:

—No tenemos por qué hacerlo... No te sientas obligada. Podemos hacer muchísimas cosas que no sea penetración y disfrutar igual. No hay ninguna prisa...

—Que digas eso hace que todavía sienta más ganas de hacerlo...

La besé con la sonrisa en los labios y su mano fue directa a acariciar mi miembro, que ya estaba completamente listo para ella. Abrió las piernas dejándome paso y me situé muy cerca de su entrada. Me puse un condón, y me arriesgué a probar algo que pensaba que a la antigua Yasmín le habría gustado: sujetarle las manos sobre su cabeza con una de las mías...

Admito que fue arriesgado, pero no es ningún secreto que cuanto más impetuosa, orgullosa, enérgica y atrevida es una persona en la vida real, más le gusta que la sometan en el sexo. Porque se sienten más deseadas que nunca y disfrutan sintiendo que están a merced de otra solo por un momento. Y Yasmín era así. Ella mandaba. Siempre. Y creía con firmeza que en la cama necesitaba todo lo contrario para estar satisfecha por completo, aunque con su historial yo no sabía cómo reaccionaría...

A pesar de que no sufrió una lucha de poder violenta en su horrible experiencia, podría relacionarlo fácilmente con ello, y estuve atento a sus sensaciones.

Se asustó un poco cuando entendió que yo tenía una mano libre y ella ninguna, pero empecé acariciando y lamiendo sus pechos con manifiesta devoción y contándole, paso a paso, todo lo que me hacía sentir.

—Me vuelven loco tus tetas... —susurré enajenado—. ¿Cómo pueden ser tan perfectas?

Me froté contra ellas y las mordí haciendo que le dieran

espasmos. Las amasé con vehemencia con mi mano libre y volví a decir:

—Soy el tío más afortunado del mundo.

En ese momento, mi punta roma encontró su humedad, pero no llegué a introducirme, solo la roce, tentador.

—¿Sabes las ganas que tengo de hundirme en ti, Yas? —admití lascivo—. No puedo más... Pero no lo haré todavía. Quiero disfrutarlo mucho. Quiero ponerme a mil y sentir tal latigazo de placer cuando me sumerja en ti que no pueda pensar que existe nada mejor.

Yasmín jadeó deseosa y se removió inquieta.

Noté que abría un poco más las piernas para atormentarme y volví a besarla, encantado.

El contacto de nuestra piel húmeda y dispuesta soltaba chispas.

—Me muero por ti... —le juré—. Eres tan preciosa y valiente...

—Hazlo ya... —me suplicó desesperada.

Y sonreí porque era justo lo que quería oír. Esa lujuria... Ese deseo latente en su voz.

La miré a los ojos, entre jadeos, e intenté transmitirle cuánto la quería.

—Deseo ser todas tus primeras veces... Para siempre...

Avancé en su interior y se produjo una conexión perfecta entre nuestros sexos. Entre la física y la metafísica. Fue una de esas descargas de energía que crean un nuevo universo. Uno nuestro, lleno de todo lo bueno por venir. De la libertad de elegirlo y de vivirlo a nuestra manera.

En ese momento solté sus manos, y me encantó sentir cómo las colocaba en mi espalda para atraerme más hacia ella.

Elevé su culo y nos encajamos de tal forma que no tardó en correrse al crear un celestial roce de su clítoris contra mi pubis.

—¡Oh, Dios...! —clamó alucinada—. ¡No pares...! —dijo desatada.

No lo hice. La taladré todo lo fuerte que pude hasta que me arañó la espalda y gritamos juntos. Fue apoteósico.

Y la cena de después en el sofá viendo la tele juntos no se quedó atrás.

«Así que esto es ser feliz…», pensé cuando la miré de reojo y me soltó un «¿qué?» con la sonrisa más preciosa del mundo.

—Nada… —respondí enigmático.

—Pues el que nada no se ahoga. —Me sacó la lengua.

Tuve que forcejear con ella hasta mordérsela entre risas.

Hoy nos hemos levantado tarde y hemos aparecido sobre las doce del mediodía en el hospital.

No he dejado de comunicarme por WhatsApp con Ástor en todo el tiempo que hemos estado separados. Me da igual que piense que soy un grano en el culo. Ahora estoy en mi derecho de serlo. Pero sentir que lo estaría igual aunque no fuésemos hermanos de sangre es lo que más feliz me hace. Porque ya lo éramos… Siempre ha cuidado de mí.

Casi siento vértigo al percibir que le importo a alguien en el mundo, es como si fuera a despertarme en cualquier momento del sueño para volver a la pesadilla.

Al entrar en la habitación de Keira, no sé cómo saludarlos. Yasmín se me adelanta dando un beso rápido en la mejilla a Ástor y esquivándolo para llegar a la encamada cuanto antes. Yo me quedo parado.

En cuanto mi hermano me ve, me dan ganas de abrazarlo fuerte, pero algo en mi interior me lo impide. Ese código de honor entre caballeros que yo nunca he tenido porque mi padre no dejaba de repetirme que no tenía honor…

De pronto, Ástor levanta la mano como si fuera a chocármela hacia abajo, e instintivamente la recojo en la mía. No contento con eso, la amarra y la gira haciendo que nuestros pulgares se abracen y juntando su cuerpo al mío, para quedar agarradas a la altura de nuestros corazones. Siento que voy a llorar.

Es un gesto tan perfecto para definir lo que somos que me deja fuera de juego.

—¿Qué tal, donjuán? —susurra guiñándome un ojo con una sonrisa socarrona que grita: «Se nota que has tenido sexo, cabrón…».

—Bien... —respondo cortado.

—No me extraña...

«¡Será idiota!». Bajo la cabeza con una culpabilidad divertida.

Veo que las chicas están abrazadas y me acerco a ellas para saludar a la convaleciente.

—Me alegro de que estés bien, Kei...

—Gracias a tu novia. Porque ya es tu novia, ¿no?

—Sí... —sentencio con orgullo.

—Sabía que eras listo. —Keira sonríe—. ¿Qué más me he perdido?

—¿Te parece poco todo lo que ha pasado? —le contesta Yasmín.

—No. Es más, todavía no lo he asimilado... Ayer Charly mató a cinco personas —dice pensativa—. Cinco personas que no tenían la culpa de que yo me haya enamorado de un duque...

—Mi amor... —me consuela Ástor, indulgente—. Nada de esto ha sido culpa tuya...

—Pero estaban viviendo sus vidas al margen de nosotros y, de repente, se han visto truncadas por un loco al que ni conocían..., ¡por un loco que estaba obsesionado con nosotros!

Todos nos quedamos serios.

—Keira... —empieza Yasmín con templanza—. Estaban haciendo su trabajo, que es protegerte a ti o a cualquiera. Todos los que nos metemos en el Cuerpo asumimos el peligro que corremos. Por eso hiciste que me quedara en el coche..., porque sabías lo que podía ocurrir. A veces ocurren cosas imprevisibles: se cae un balcón y mata a una chica de veinte años que pasaba justo por debajo, o se cae la rama de un árbol en un parque y mata a un niño... La muerte puede encontrarte en el momento más inesperado de la forma más injusta, y nadie tiene la culpa. Pero los policías vamos hacia el peligro con una misión y no siempre sale bien. La diferencia es que nosotros somos conscientes de ello. Y hay que estar agradecido, no de esquivar a un perturbado como Charly, sino de esquivar la casualidad de ese balcón o de un conductor dormido que te viene de frente...

Yasmín ha mirado a Ástor mientras hablaba, recordando su caso, y este la tranquiliza entendiendo lo que ha querido decir.

—La culpabilidad no lleva a ningún lado, Keira... —añado yo.

—Escucha a nuestras mascotas, cariño, ¡tienen razón! —se mofa Ástor.

—¡Oye...! —Nos quejamos Yasmín y yo al unísono mientras ellos juntan sus frentes y se besan entre risitas secretas.

Cuando se separan, Ástor cambia de tono radicalmente y suelta:

—Chicos... Esta mañana Gustavo García... me ha confirmado que confesarán. Todos.

—¡¿En serio?! —exclamo asombrado.

Yasmín se queda en *shock*.

—Tenemos que ir a interponer la denuncia y dar sus nombres, Yas —le impele Ástor—. Junto con la grabación y los papeles firmados. Será rápido... Te darán una indemnización y sus disculpas.

—Joder... —musita ella sin saber qué decir—. Mi padre me ha llamado tres veces esta mañana y no se lo he cogido... Será por eso.

—O porque se ha enterado de tu hazaña de ayer —tercia Ástor—. En el KUN todo el mundo lo sabe. Hice un comunicado anoche. Si yo tuviera una hija como tú, me gustaría saberlo... —Le guiña un ojo.

Yasmín se muerde los labios, conmovida. Al final se acerca a Ástor y lo abraza como si fuera el padre que necesitó que fuera el suyo.

—Muchas gracias por todo, Ástor... —farfulla incrédula.

—Gracias a ti... siempre. Te debo mi vida, la de Keira y la felicidad de mi hermano...

La escena me emociona mucho. Y creo que Keira opina lo mismo porque extiende su mano, enternecida, y se la cojo de inmediato con afecto para besarle el dorso.

—Aléjate de mi mujer... —masculla Ástor con voz ronca.

Keira y yo nos reímos sabiendo que bromea.

—Futura mujer —enfatizo con maldad.

Ástor sonríe sin llegar a quitar el brazo de encima de los hombros de Yasmín y dice:

—Ahora en serio, chicos... Queríamos preguntaros una cosa... ¿Tenéis algo que hacer el 5 de agosto...?

—No —responde Yasmín.

—Siempre hay algo que hacer... —rezongo yo solo por joder.

—Pues posponlo, porque Keira y yo nos casamos ese día. Y tenéis que estar allí para sentaros a la mesa presidencial... con la familia.

Yasmín y yo nos miramos conmocionados. Quizá no encontramos afecto y protección allí donde pensábamos que lo merecíamos por nacimiento, pero tenerles a ellos lo compensa todo.

—¡Cuenta con nosotros! ¡Allí estaremos!

Donde también tuvimos que estar fue en la graduación de la hermana de Yasmín ese mismo junio.

Antes la convencí para que devolviera las insistentes llamadas a sus padres y les contará la sentencia que había impuesto el juez respecto a su caso. Se alegraron mucho, y su padre le informó de que sus socios se habían disculpado por el nefasto comportamiento de sus hijos.

—Son más razonables que tú... —le reprochó Yasmín por teléfono.

—Tuve miedo, hija... No me puse en tu piel, pero quise callar por tu bien y el de la familia. Por favor, perdóname...

—El mayor error ante una cosa así es no denunciarlo —dije yo con seguridad—. Porque habrán seguido haciéndolo y el silencio os hace cómplices...

—Yasmín... —pronunció su padre, devastado.

Le presioné el brazo para que no echara más leña al fuego porque la entendía, pero también asimilaba la cobardía humana. Mi padre nunca me vino a pedir perdón a la cara por su comportamiento. Nunca. Jamás tuvo esa valentía. No todo el mundo la tiene.

Al cabo de un mes, nos encontramos en la graduación de Lina, la hermana de Yasmín, después de que su hermana le rogara que asistiera, asegurándole que sus violadores también le habían partido la vida a ella, privándola de su compañía.

Eso sí le tocó la vena. Y fuimos con intención de ir juntos a comer después.

Por supuesto, llamé a sus padres a escondidas para que ese encuentro no terminara en estropicio. Solo había una norma: no mencionar el maldito tema.

—Es el día de Lina. Limitémonos a recuerdos bonitos y a hablar de su futuro, ¿de acuerdo?

—¿Y si Yasmín saca el tema? Ya sabes cómo es...

—La bloquearemos entre todos. Vosotros no entréis al trapo. La ignoráis, y yo cambiaré de tema.

—Gracias, Saúl... Sentimos mucho lo de tu padre. Fuimos al entierro, pero no quisimos importunaros.

—Os vi allí. Gracias.

—No podemos pensar en nadie mejor para nuestra hija que tú. Tu padre estaba convencido de que la cuidarías bien... y no se equivocaba.

Me mordí los labios y retuve la ira de todo el dolor que me había causado alguna vez. Algún día tendría que ir a terapia para entender qué clase de padre hace correr rumores que te devoran vivo en la época más inestable de tu vida.

—Nos vemos allí...

Al final fue un buen día. La ilusión de Lina por ser el motivo de verlos juntos de nuevo lo llenó todo y superamos la velada con cautela.

Yasmín les contó que iba a seguir adelante con sus estudios de Criminología y sus padres se ofrecieron a ayudarla económicamente.

—No hace falta. Tengo la indemnización...

Fue el único momento en el que se creó un silencio frío.

—¿Y qué hay de ti, hijo? ¿Cuáles son tus planes de futuro? —me preguntó su padre.

Yasmín me miró cohibida. No habíamos hablado de eso. Era pronto para tomar decisiones de ningún tipo.

—Hasta hace poco tenía pensado irme a Singapur el año que viene.

—¡Caramba! La perla de Asia.

—Sí...

—¿Y por qué quieres irte tan lejos? —preguntó Lina en tono triste.

—Porque es una utopía en la tierra...

—Es uno de los países más ricos del mundo —apostilló su padre—. En él viven cuarenta y dos de los cien hombres con más fortuna del planeta, según la revista *Forbes*. Es uno de los mayores centros financieros que existen...

En economía estaba puesto...

—¿Y qué pretendes hacer allí, Saúl? —preguntó la madre de Yas.

—Conocer gente interesante. Buscar socios. Desarrollar ideas innovadoras multimillonarias. El dinero está en las matemáticas...

Su padre soltó una risita incrédula.

—Eso es perseguir un imposible... ¿No has pensado en algo más realista?

—Es realista. Allí los estudiantes aventajados aprenden mucho más teniendo acceso a material complejo y pudiendo aplicarlo en campos como la química, la ingeniería o la meteorología. El método de enseñanza matemática de Singapur se conoce como «Enfoque de dominio». Es otro mundo...

—¿Vas a aprender a dominar el mundo? —se burló su padre.

—Quién sabe... —respondió Yasmín poniendo una mano sobre la mía—. Quizá la juventud de hoy en día no sea tan vaga e irresponsable como pensáis. Quizá también seamos imparables...

La miré como siempre soñé que miraría a la mujer de mi vida. Y quise preguntarle allí mismo si me acompañaría cuando me fuera, pero era tan pronto... y ella amaba tanto su trabajo. Tenía sus propias aspiraciones.

Su mirada me dijo lo que me confirmó esa misma noche mientras hacíamos el amor con una pasión desconocida.

—Iré adonde quieras ir, Saúl... Tú eres mi hogar.

Quise llorar de felicidad.

—Pero tú deseabas estudiar... No quiero que dejes de hacer nada por mí. Vas a llegar muy lejos en la Policía y vas a salvar muchas vidas...

Volvimos a besarnos desaforados al entender que estábamos dispuestos a todo por no descuidar la felicidad del otro.

—Buscaremos una solución, lo importante es que estemos juntos —contestó ella.

—Siempre juntos...

 keira

Epílogo 1

Cuatro meses después

¿Sabéis esa boda de cuento de hadas con la que la mayoría sueña? Pues así va a ser la mía. Solo que yo la tildo de pesadilla...

A mis seres queridos les hacía ilusión preparar un despliegue digno de *Sissí Emperatriz*, y ¿quién soy yo para quitarles la ilusión...? Aunque eso implique atestar el lugar con suficientes peonías como para detener un avance militar.

—¡Estás preciosa! —chilla mi madre poseída cual fanática.

—Gracias... Tenéis muy buen gusto para elegir vestido.

—¡Es la percha lo que da sentido a un buen diseño! ¡Es decir, tú!

—¿Ástor todavía no ha salido corriendo? —bromeo nerviosa.

—Nunca he visto a un novio con tantas ganas de casarse... —murmura Linda, su madre, con una sonrisa satisfecha—. Por cierto, me ha dicho que lo de darme un nieto no es un «nunca» permanente. ¿Es verdad?

Pongo los ojos en blanco.

No quiero ni imaginar la conversación previa que habrá tenido con su hijo para que termine facilitándole esa información.

No nos preocupa, sabemos que en cuanto Héctor tenga un hijo nos dejará tranquilos con el tema.

—Si algo he aprendido este último año es que nunca puede decirse de esta agua no beberé, porque la vida te sorprende...

—¡AHHH! —grita mi madre, dramática—. ¡Eso no es un «no»!

Alzo las cejas hacia lo que consideraba el mal menor y maldigo. ¡No entienden nada! No voy a tener un hijo... Al menos, de momento.

Pienso de verdad en lo que he dicho. Los «nunca» que lanzas al viento pueden terminar dándote en el cogote con un efecto bumerán alucinante, porque todo está en constante cambio siempre.

Y también creo en hacer felices a los demás para obtener un potente efecto rebote sobre ti en vez de mirarnos tanto el ombligo... Porque es difícil ser feliz cuando la gente a la que amas no lo es; aunque todo tiene un límite, claro... No voy a tener un bebé sin desearlo; lo tengo muy claro. Si ese hecho cambia, ya veremos...

¡Estoy madurando!

Antes de conocer a Ástor rechazaba tajantemente muchas cosas por mero prejuicio. Y los prejuicios son algo negativo (lo aclaro por si acaso alguien lo duda todavía). Porque un prejuicio no es una opinión, los prejuicios revelan ignorancia y una falta total de tolerancia que genera una maligna desconfianza hacia los demás e incluso hacia ti mismo.

Yo me tenía muy coartada a mí misma por culpa de una parte de la sociedad que no respeta al prójimo, pero había aprendido a no darles el poder de hacerme daño. Miento, dolía. Pero no dejaría que esa indignación me frenase nunca más. E iba a disfrutar de la vida con una sonrisa indiferente, que es lo que más jode. Dientes.

Desde que salí del hospital no diré que la vida era perfecta y que nos pasábamos el día bailando, pero casi...

Os juro que fue un cambio abismal.

Héctor, Carla, Yasmín, Saúl... Todos nos convertimos en una gran piña. Nos veíamos todas las semanas. Observar a los tres hermanos juntos era... no puedo explicarlo con palabras.

Solo puede sentirse, saborearse… Los echaría a una olla y me los comería con patatas.

Las tres *Brujas de Eastwick* también nos hicimos uña y carne. A veces me sentía un poco mamá pato con ellas, pero en realidad solo les llevaba seis años. Y en otros seis, las dos me darían mil vueltas a todos los niveles porque Yasmín y Carla eran unas todoterreno. Cada una con una personalidad más letal y arrebatadora que la otra. Eran las gemelas rubias del doctor Jekyll y Mr. Hyde…

Yasmín y Saúl empezaron a vivir juntos y nos invitaron un día a cenar a su casa. Me gustó descubrir que Yas había hecho limpieza armamentística en el salón; Saúl me aseguró que ya no salía armada de la vivienda. Y ella me guiñó un ojo, como diciendo: «Menudo ingenuo está hecho».

Él terminó el curso con buenas notas y Ástor lo convenció para que cursara el máster de Matemática avanzada en la UDL un año más. A Saúl no le costó nada aparcar su sueño de viajar a Asia hasta que Yasmín completara los dos primeros años de servicio en comisaría y pudiera pedirse una excedencia.

Aun así, ni Ástor ni yo soportábamos la idea de que se fueran del país. Nos gustaba demasiado estar con ellos. Cuidar de ellos. Ayudarlos en todo… Y teníamos la esperanza de que no se marcharan.

—Tienen que ver mundo, Kei… —me dijo Ástor, apenado.

—¿Por qué? Yo no he visto nada y soy de lo más normal…

—No te atrevas a decir que eres normal —me riñó divertido—. Cuanto más vean, antes sabrán quiénes son y lo que quieren…

—Yo sé quién soy y lo que quiero —lo reté subiéndome encima de él con una sonrisa sensual.

—Yo también… —susurró lascivo acariciando mis muslos y acercándome más a su cuerpo.

Nuestros labios no tardaron en buscarse ni dos segundos y en otros tres nos empezó a sobrar la ropa.

Y así estábamos todo el día… Lo hacíamos tan a menudo que tenía miedo de toparnos con ese dos por ciento de ineficacia anticonceptiva…

Llaman a la puerta de la suite nupcial y Yasmín entra con prisa.

—¡¿Estáis listas?! ¡Ya está todo preparado! ¡Solo falta la novia!

Cuando me ve se asusta y se tapa la boca. Mal rollo.

—Te horroriza… —confirmo su opinión.

—¡No…! No es eso… Estás muy guapa, en serio…

—Entonces ¿qué pasa? —digo con las manos en la cintura.

—Nada… Solo que estás muy rara de blanco. Tu color es el negro…

—Ya lo sé… —Me abanico histérica—. ¡Me siento como cuando el bebé de los Addams se pone enfermo y se vuelve rosa y regordete! Y va por ahí soltando risitas en lugar de llamaradas… Un horror.

—¡Pero si estás preciosa…! —exclama mi madre.

—¡Ya lo creo! ¡Pareces una princesa! —remata la madre de Ástor.

El color abandona mi cara y empiezo a marearme. ¿Princesa?

—Señoras…, lo están empeorando… —avisa Yasmín captando mi crisis nerviosa—. Venga, circulen… Vayan saliendo, por favor. Tenemos un código rojo…

Las echa de la habitación y vuelve a mi lado. Me encuentra respirando en una bolsa de papel marrón que ella misma me ha traído. Me siento tan ridícula…

—Tranquila, tengo la solución —me dice cogiéndome la cara.

—¿Cuál…? ¡Hay cuatrocientos invitados ahí abajo…! Y no voy a poder fingir una sonrisa… —Me está entrando el pánico.

—Keira, por favor… Recuerda quién eres…

—¡Eso no me sirve, Yas! ¡No soy Simba!

—Me refiero a que eres poli. Y de las buenas. ¡Está bien…! —dice a regañadientes—. Te voy a dejar usar mi truco, ¡pero no te acostumbres…!

Se levanta el vestido y se quita el arma que lleva pegada al muslo.

—¡¿Has venido armada a mi boda?!

—¡Pues claro, boba...! La mitad de los invitados son gentuza. Además, después de lo de Charly no creo que me quite nunca la manía de llevar armas encima... Si con eso puedo salvar a alguien, pues...

La veo tragar saliva y mirar al suelo mientras se la quita.

—Yas... —La miró preocupada. Sus ojitos brillan—. ¿Estás bien?

—Sí... Es que... soy muy feliz, ¿sabes? —musita luchando por no llorar—. Y tengo miedo de dejar de serlo. Casi te pierdo, Kei... Casi vuelven a joderme la vida... ¡Entiéndelo, estaba sola y apareciste en mi puerta con helado!

Tuerzo la cabeza con ternura y siento amor a discreción calentándome todo el cuerpo.

—Tú me obligaste a ver *Los Originales*. Estamos en paz...

—Tú me salvaste antes que yo a ti... —dice seria—. No podía dejar que murieras. Y tampoco te voy a dejar tirada ahora. Ponte esto...

Me levanta el vestido para colocarme el arma en el muslo como si fuera una liga.

—Yas... —me río.

—Y tengo otra cosa —añade yendo hacia el armario donde están todas las bolsas—. Quítate esos zapatos de Cenicienta trasnochada... Esto es muy clave.

Saca mis botas militares de la nada, las que me suelo poner en las misiones con el uniforme, y me echo a reír cuando me las trae relucientes. «¿Las ha limpiado?».

—¡No puedo ponerme eso..., Yas!

—¿Por qué no? ¡Esto va a ser peor que una guerra, nena! Las necesitas si no quieres sentirte un pato. Los buenos andares dan confianza...

Vuelvo a resoplar de risa mientras se agacha para ponérmelas.

La verdad es que me siento mucho más cómoda con ellas y no se me verán porque el vestido es muy largo y arrastra que da gusto. La parte de arriba es un corpiño duro, con escote palabra de honor, en forma de corazón y forrado de encaje que pierde sus filigranas en el gran vuelo de falda de tul que llega hasta el suelo. Súmale el arma y las botas de punta de acero...

Me pongo de pie y miro a Yasmín, agradecida. ¿De dónde ha salido esta chica?

—¡Ahora sí que eres tú, Kei!

La abrazo con fuerza y me río divertida.

—Gracias por ser como eres... Por buscarme. Por aparecer en el peor momento de mi vida y quedarte a mi lado. Sin ti no habría podido llegar hasta aquí. Gracias por enseñarme tanto...

—¡Yo no he hecho nada! —dice sonrojada. No sabe si reír o llorar.

—Has hecho lo más importante: no rendirte. No conformarte con tu mala suerte. Armarte hasta los dientes y seguir luchando...

Volvemos a abrazarnos con sentimiento.

—Y ahora que soy feliz, estoy cagada de miedo —confiesa—. Estaba más tranquila cuando no tenía nada que perder...

—Conseguir lo extraordinario requiere pequeños sacrificios, pero merecen la pena. —Le guiño un ojo.

—Pues aplícate el cuento. Sal ahí y demuéstrales de qué estás hecha, ¿de acuerdo? Merecerá la pena.

Salgo de la habitación con renovada confianza en que puedo superar este trámite.

Menuda ilusa...

El sonido celestial de los violines, las malditas flores, las sonrisas admirativas de los invitados y verle a él tan guapo al final de un pasillo con alfombra roja casi hace que me desmaye de pura emoción.

«¡Malditos!».

Un minuto de silencio para quien inventó el rímel *waterproof*...

Es casi poético que Ástor me haga llorar también en nuestra boda. Solo él ha conseguido que lo haga de alegría. De dicha. De felicidad. Y no puedo evitar pensar quién me creo para sentirme así de bien en un mundo tan cruel...

«Pues parte de él», me contesto a mí misma cual Ariel. Se acabó eso de imaginarme flotando en el espacio sideral alejada de todo. En la Tierra hay sensaciones malas, pero también muy buenas. Y tengo derecho a ellas.

Los votos de Ástor me demuestran que me estoy casando con el hombre adecuado. Que si alguien se merece que confirme mi amor ante notario, es él...

La mayoría de lo que dice ya me lo ha dicho alguna vez en la intimidad de un abrazo, desnudos en la bañera o tumbados en el sofá un domingo por la tarde sintiendo que no queremos estar en ningún otro lugar, pero la sorpresa viene al final:

—Ella no quería una boda tan aparatosa y recargada; solo le gusta ir de blanco cuando juega al ajedrez... —dice, y sonrío—. Por eso he querido darle una luna de miel que realmente la enloquezca...

Que diga eso me sorprende. Le confesé abiertamente que tenía miedo de aburrirme en ese viaje porque no estoy acostumbrada a estar de vacaciones sin hacer «nada».

Sé que soy de las pocas personas que están deseando que las vacaciones se terminen cuando me obligan a cogerlas. ¡Para mí las vacaciones son estar trabajando! Con descansar diariamente por las tardes, me llega... Y por las mañanas casi nunca me da pereza levantarme porque voy a hacer lo que me gusta.

El concepto «luna de miel» no va conmigo, así que no sé qué tendrá pensado. Le dije que para mí ya vivíamos en una eterna luna de miel.

—No nos vamos un mes a Australia, cariño...

Subo las cejas, sorprendida. «Ah, ¿no?».

—No. —Sonríe enigmático. Y conozco esa sonrisa. La conozco demasiado bien, es la de que sabe que la sorpresa me va a gustar tanto como me va a cabrear—. Al final nos vamos a Dubái...

«¡¿Dubái?!».

—Con Saúl, Héctor, Carla y Yasmín. Mañana. Nos vamos todos al hotel Atlantis The Palm y estaremos juntos allí diez días...

Oigo exclamaciones sordas por parte de los invitados, sobre todo de Yasmín y Carla. Los chicos se muestran complacidos como si ya lo supieran.

Sonrío al máximo, entusiasmada. ¡Es la mejor idea que ha tenido! Nos lo vamos a pasar bomba...

—Y después... —Su tono me chiva que ahora toca la de cal—. Nos iremos quince días solos... a Gibraltar.

«¡¿A Gibraltar?! ¿Y eso?».

«Espera...».

Su sonrisa me lo dice todo antes de que lo verbalice.

—A jugar un torneo de ajedrez muy importante...

Abro los ojos alucinada. ¡Si hace un montón que no juego! ¿Está loco?

—No estoy loco —responde chistoso a mi cara de pasmo—. Pero haré lo que sea para que te quedes conmigo toda la vida. Y el ajedrez forma parte de ti. Te quiero, Keira.

Levantarme, cogerle la cara y besarnos mientras la gente aplaude es un momento que guardaré para siempre en mi memoria. Que tantas personas se alegren de que seamos tan felices me conmueve. Creo que empiezo a entender las bodas. Un poquito...

—¡¿Que nos vamos mañana?! —protesta Carla cuando nos sentamos de nuevo—. ¡¿A qué esperabas para decírmelo, garrulo?! —riñe a Héctor con un manotazo en el hombro—. ¡¡¡No tengo nada que ponerme!!!

—Dudo mucho que eso sea cierto —responde Ástor, divertido—, pero en cuanto lleguemos a Dubái iremos a visitar el Burj Khalifa, el edificio más alto del mundo hasta la fecha, y justo al lado hay un macrocentro comercial con las mejores marcas. Comeremos allí y podréis ir de compras.

—Gracias, Ástor. Ya no os odio a todos —declara Carla.

Héctor la mira negando con la cabeza y ella sonríe de medio lado.

Se quedaron un mes en casa con nosotros después de los ataques... Y debo admitir que los chicos nos atendieron como a auténticas reinas; aquello parecía un hospital de campaña. Carla y yo estuvimos quince días totalmente tiradas, pero poco a poco nos recuperamos y pronto empezamos a necesitar la intimidad básica de una pareja enamorada.

Héctor se terminó comprando un chalet en la misma urbanización que Ástor. Estaba tan cerca que podía venir andado. O rodando. Carla había perdido el año académico y no terminó ese verano, pero se estaba aplicando para presentarse a unos pocos exámenes de septiembre. Renegaba de su grado en Publicidad. Decía que le gustaba, pero siempre tuvo dudas. Últimamente le interesaba el campo de la fisioterapia, y Héctor la animó a terminar con una y empezar con la otra. Era tan bonito verlos juntos... Te dabas cuenta de que el amor te elige y esquiva cualquier obstáculo para hacerlo posible.

Le pregunté a Carla a solas si habían vuelto a pensar en ser padres y me confió que de momento no. Que estaban tomando precauciones y que preferían esperar.

—Es Héctor el que quiere esperar ahora... —me aclaró como si manejara la idea de ser madre como un concepto más en su vida, no como el único.

Pensé que él no querría que ella lo sintiera como una condición para estar juntos, y ahora que sabían que Ástor no tenía sangre De Lerma, la presión de que Héctor fuera padre era aún mayor.

Reconozco que me lo pasé muy bien en mi boda. Y a pesar de que juré que no sería una novia borracha y guardaría las apariencias hasta el final, los propósitos son solo eso, una lista de deseos que te gustaría cumplir y que sabes que nanay...

Cuando solo quedaba un grupo reducido de gente joven me vine arriba y la posibilidad de tener sexo en la noche de bodas se redujo a una cifra infinitesimal... Lo que terminé es llorando en la suite nupcial a las seis de la mañana porque no podía quitarme el vestido. Había unos ochenta botones microscópicos en un lugar inaccesible de mi espalda y Ástor era incapaz de desengancharlos con el ciego que llevaba.

Fue traumático.

No le recomiendo a nadie verse atrapado dentro de un vestido de novia maligno... Es aterrador.

El novio tuvo que llamar a los refuerzos. Menos mal que mi dama de honor dormía en el hotel donde nos habíamos casado y que recordaba que mi madre me había abotonado el vestido con una aguja de tejer que había traído personalmente. Ástor y Saúl no podían dejar de reírse.

—¡¿Os queréis callar de una vez?! —exclamó Yasmín sudando—. ¡Así no hay quien pueda concentrarse!

—¡Es que no os estáis viendo...! —se excusó Saúl sin poder parar.

—¡No me hace gracia! —chillé—. ¡¡¡Quiero salir de aquí ya!!!

Volvieron a troncharse de risa.

Al final nos contagiaron y terminamos todos riéndonos, pero fue una puñetera agonía. En serio.

Compensamos esa infame noche al llegar a The Palm Jumeirah, la emblemática isla artificial en forma de palmera considerada uno de los mejores destinos turísticos del mundo.

Dubái me pareció maravilloso ya desde el aire. Vaya por delante.

Nos alojamos en tres suites. La de Héctor era la más grande con diferencia con más de doscientos metros cuadrados. Era como el punto de encuentro neurálgico para todos.

Nunca había estado en un espacio tan majestuoso. Si tratara de imaginarme el cielo, probablemente se acercaría a esa habitación. Bueno, eran varias salas con sofás, mesas... Había de todo, incluso un billar. Pero nuestra habitación era harina de otro costal...

Te dejaba sin respiración. Literalmente...

¡Era una habitación subacuática! No sé hasta qué punto es legal que todos aquellos peces vieran lo que vieron, pero bueno... Para mí fue una experiencia inolvidable estar rodeada de una cristalera enorme a modo de acuario gigante por el cual entraba luz natural de la planta de arriba, que también era nuestra.

Lo más importante de aquellos días, además de lo bien que lo pasamos en nuestra cabaña familiar de la piscina, ir en yate, en quad, los masajes increíbles, el sexo brutal, la espectacular oferta gastronómica y ser un recuerdo memorable para todos, fueron las consecuencias...

Algo más de un mes después, volvimos a la rutina.

Ástor preparaba el inicio de curso en la UDL y yo seguía en comisaría persiguiendo anormales.

Un viernes quedamos todos a cenar en un nuevo restaurante que habían abierto unos amigos de Ástor y que optaba a una estrella Michelin. Tan solo con los entrantes de cortesía que pusieron sin preguntar, me dejaron muda. Eran pinchos muy elaborados.

—Y tú, ¿por qué no terminas el máster? —me preguntó Saúl—. Ya que lo empezaste y te gustaba, podrías terminarlo...

Ástor me miró intentando descifrar si era lo que deseaba. Habíamos tenido una conversación seria sobre el rumbo de mi carrera ajedrecística después de ganar el torneo abierto de Gibraltar.

—¡Puedes llegar al top diez mundial en pocos años! —gritó Ástor.

—Ya, pero ese nunca ha sido mi sueño... Yo juego para divertirme.

—¿Te das cuenta del don que tienes, Kei? ¡Tu ELO ha subido muchísimo!

—Ya te dije que prefería dedicarme a otras cosas más útiles... El esfuerzo que supone volverse profesional en este deporte no me apetece. Hay que estar constantemente viajando y... cuando gane y llegue a número uno, ¿qué? ¿De qué servirá?

—Pues... tendrás respeto y prestigio, además de mucho dinero...

—Esas cosas no me interesan, As...

—¡¿QUÉ?!

—No me interesa malgastar ese tiempo de mi vida en lograr eso. Siento diez veces más satisfacción cuando hago justicia que cuando gano a uno de los mejores jugadores del mundo. No quiero que el ajedrez sea toda mi vida. Quiero que lo seas tú...

Se quedó con la boca abierta. Como si le pareciera algo incomprensible, casi imposible, y de repente, sonrío cayendo en la cuenta de algo.

—Joder... ¡Keira!

—¿Qué? —Sonreí confusa, contagiada por la felicidad de su aura.

—Que me prefieras al ajedrez es... inconcebible para mí.

—Claro que te prefiero. ¡Solo es un juego!

—Ya veo los titulares cuando te entrevisten y te pregunten por qué no te dedicas a ello... Nadie lo entenderá... ¡Aman el ajedrez! Y saben que tú también...

—Sí, pero te quiero más a ti. —Le saqué la lengua.

427

Volvió a sonreír incrédulo.

—A ti, a mis amigos, a mi familia y, sobre todo, a mí.

—Vale... —acabó aceptándolo, y, en el fondo, encantado.

—Puedo jugar alguna partida de vez en cuando... De exhibición.

—Nos lo pasaremos bomba haciéndonos los interesantes. —Sonrió enigmático.

Pero no contamos con que el problema de ser interesante es que no te sacas a la prensa de encima jamás...

—¿Quieres estudiar, Kei? —me preguntó Ástor cuando Saúl me instigó a ello.

Me encogí de hombros.

—El curso estaba bien. Me gustaba...

—Me dijo que le encantaba —se chivó Saúl a Ástor, como fiel escudero.

—¿Te gustaría terminarlo?

—Estaría bien... —Sonreí mirando a Saúl—. Iríamos juntos a clase.

—Un momento... —rumió Ástor, serio—. Esto no será una estrategia para quitármela, ¿no?

Saúl sonrió canalla. Bromeaban sobre eso a la mínima oportunidad que podían.

—Nunca olvidará ese beso, ¿te das cuenta? —me dijo Saúl, cómico.

—Jamás.

—Sueño con él a menudo —confirmó Ástor en broma.

—Bueno, ¡se acabó! —masculló Yasmín, levantándose vehemente.

Fue hacia Ástor, le cogió la cara y le dio un beso en la boca sin que este pudiera hacer nada por evitarlo.

—Listo. Ahora estáis en paz... —dijo tranquilamente.

—¡¡OYE...!! —protestó Saúl, alucinado—. ¡Que lo mío fue un sutil roce de labios! ¡Eso ha sido mucho más! ¡Me ha parecido ver lengua!

Héctor se desternilló de la cara de Ástor, que me miraba ojiplático y totalmente flipado.

No pude hacer otra cosa que unirme a Héctor. Conocía muy

bien el lado salomónico de Yasmín. Pero lo mejor fue que, de repente, Carla se levantó y vomitó.

En un primer instante todos nos quedamos impactados. Yasmín y yo nos levantamos preocupadas, y le tendí una servilleta.

—¿Estás bien? —preguntó Héctor, inquieto.

—Sí... Es que... —balbuceo Carla con una mano sobre el estómago—. Me ha dado mucho asco...

—¿El beso? —preguntó Saúl con inocencia—. No es de extrañar...

Tuvimos que hacer un esfuerzo titánico por contener la risa y aun así fue inútil. Miradas, el ceño fruncido de Ástor, la mano en la boca de Carla de nuevo.

Los camareros vinieron corriendo a limpiarlo... Y no podíamos dejar de sonreír cuanto más se mosqueaba Ástor.

Héctor parecía ajeno a todo al estar pendiente de su chica.

—Voy un momento al aseo —se disculpó Carla, ausentándose.

—Joder... —dijo Héctor—. Es que a Carla nunca le has gustado mucho, As...

Explotamos todos de risa, y Héctor sonrío tunante mientras paladeaba su vino.

—Cabrones... No ha sido por eso... —se quejó Ástor.

—Habrá recordado lo que fue besarte y... —añadió Héctor, serio.

Más risotadas desenfrenadas.

Ástor me miró enfadado al verme disfrutando de lo lindo.

«Deberías decir algo en mi defensa», me apremió mentalmente.

—No ha sido eso —enuncié misteriosa—. Es que está embarazada.

De repente, todos me miraron con los ojos muy abiertos.

Un momento... ¿Cuándo habíamos dejado de estar de cachondeo?

—¡¿Cómo?! —gritó Héctor, pasmado.

—¡Era una broma...! —aclaré asustada.

—Muy buena, cariño. —Ástor puso la mano para que se la chocase, y lo hice divertida encogiéndome de hombros.

Pero miré a Yasmín y vi que no sonreía. Parecía preocupada.

«Ay Dios...».

Arrugué las cejas, preguntándole con los ojos, y ella apartó la vista.

«Oh, oh...».

Todos se quedaron pensativos dando crédito a mi alternativa. Y cuando Carla volvió del aseo se creó un silencio inusual.

—¿Ya estás bien, cariño? —preguntó Héctor, interesado.

—Sí, sí... Ya está. Lo siento mucho. Ha sido la tapa esta... —señaló el entrante—. Desde que la han traído me ha asqueado el olor...

Nos miramos los unos a los otros relacionando el habitual síntoma.

—Carla... —empezó Héctor, consternado—. ¿Tienes algo que contarme?

—¿Qué...? —preguntó perdida. Y nos miró confusa.

Pero en vez de mirarla a ella y descubrir la mentira en sus gestos, me fijé en Yasmín y lo violenta que parecía. Madre mía...

—¿A qué te refieres? —contestó Carla con ingenuidad.

—Lo saben... —dijo de pronto Yasmín. Y cerré los ojos con fuerza.

—Carla... —pronunció Héctor con el corazón en un puño.

La cara de la aludida mudó al pánico.

—Yo no... ¡No sé cómo ha pasado...! —confesó compungida, y se tapó la cara con las manos.

—¿No lo sabes? —musitó Saúl.

—¡Cállate! —susurró Yasmín.

—¿Desde cuándo lo sabes? —preguntó Héctor.

—Hace tres días... Me parecía raro no haber tenido el periodo y me hice una prueba... No lo entiendo, ¡te lo juro! —dijo preocupada.

—Yo sí... —musitó Héctor, pensativo—. ¿Recuerdas la noche del Red Star en Dubái?

—Cómo olvidarla... —ratificó Ástor con una sonrisa.

—Ese maldito vodka chino me pegó bien. ¡Tiene un cincuenta y seis por ciento de alcohol, por el amor de Dios...! Y cuando llegamos a la habitación... ¿Te acuerdas?

—No. No me acuerdo de mucho... —admitió Carla.

—¿No recuerdas lo de la mesa de billar?

—¡Ostras, sí...! Ay, Dios...

—Sí... Ay, Dios...

Me tapé la boca con el puño de nuevo, para ocultar mi diversión.

—Lo he dicho por decir —hablé risueña—, pero... ¡Felicidades, chicos!

Carla y Héctor se miraron sin saber qué pensar.

—¿Por qué no me lo contaste enseguida? —preguntó Héctor.

—No sabía cómo... Sé que no querías tenerlo ahora y...

Héctor le cogió la mano y se la llevó a la boca.

—Es lo que más deseo del mundo, mi amor...

—¿En serio? —preguntó Carla con los ojos llorosos.

—Sí... No he dejado de pensar en ello. Pero no quería presionarte.

—Yo tampoco a ti...

—¿Tú quieres tenerlo? —preguntó Héctor, sorprendido.

—¡Sí...! Tampoco he dejado de pensar en ello todos estos meses... Ya me había hecho a la idea y... ahora me falta...

—Dios... —se emocionó Héctor.

Hizo ademán de querer besarla, pero no podía. Carla se levantó para sentarse en su regazo y lo abrazó.

—¿Vamos a hacerlo? —preguntó él, impresionado.

—Si tú quieres, sí... —contestó ella con una sonrisa tierna.

—Quiero... Pero con una condición.

—¡¿Hay condiciones?! —exclamó alucinada.

—Sí..., que te cases conmigo...

Yasmín y yo soltamos un gritito. Y la sonrisa de Carla se hizo más ancha todavía.

—Sí, quiero...

—¡¡¡Ahhh!!! —gritamos al unísono mientras se besaban.

—Camarero, traiga una botella del mejor champán que tenga —oí a Ástor.

Lo miré, y cuando nuestros ojos se encontraron advertí una satisfacción en ellos que no había visto nunca. Estaba tan emocionado que no podía respirar. Alargué la mano y él me la acarició con afecto.

Me levanté porque ese contacto me parecía poco y me colgué de su cuello para besarle. Ástor me agarró de la cintura.

—¿Estás contento?

—Mucho... Nada como coronar y que te devuelvan una ficha, ¿no?

—Desde luego...

Juntamos los labios con lentitud y nos miramos a los ojos con una convicción tan profunda del amor que nunca se me ocurrió que podía encontrar...

Él era mi único y verdadero cuento de hadas. Mi jugada maestra...

Y sus ojos eran el único jaque al que no me importaría rendirme.

 ástor

Epílogo 2

Ocho meses después

El teléfono sonó en plena noche y supe que era Héctor.

Me dio igual porque no estaba dormido. Desde que Carla salió de cuentas, no había pegado ojo. Tenía pinta de ir a explotar en cualquier momento como un maldito globo de agua. Y no dejaba de pensar que en cuanto pasase me necesitarían.

Me comunicaron que no avisarían a sus padres en primera instancia. La relación con ellos había ido en declive desde que Carla anunció su embarazo; se alegraron de que fuera a haber boda, pero no de que la pospusieran un par de años para que su hijo formara parte activa en ella. Esas moderneces no iban con ellos. Estaba tan hastiado del tradicionalismo barato… ¿Por qué les costaba tanto respetar que la celebraran como ellos desearan? Sin tolerancia no somos nada.

Por otra parte, mi hermano sería uno de esos padres perfeccionistas que no quieren cometer errores (cosa imposible) y sabía que contaba conmigo para lograrlo.

Lo bueno era que yo ya no hacía nada por culpabilidad, sino por amor puro y duro, y eso me llenaba espiritualmente de una forma muy distinta.

—¡Ya está aquí! —me gritó Héctor nada más contestar

el teléfono. Tuve que apartármelo de la oreja al escuchar su euforia.

—Vale... Nos vemos en el hospital.

—¡Date prisa, Ástor! ¡Creo que va a salir disparado a propulsión!

Me froté los ojos y respondí afirmativamente antes de colgar.

—¿Ya viene el bicho? —preguntó Keira, adormilada.

—Sí. Y no llames «bicho» a tu sobrino.

—Su madre lo llama «alien».

—Eso es aún peor...

—No veo por qué. Es un ser no identificado creciendo en su tripa...

—Sí que está identificado... —repliqué, y Keira sonrió ufana al captar mi nerviosismo.

—Te equivocas, cariño... Aún no tiene nombre, dicen que no se ponen de acuerdo. Yo les recomendé que lo llamaran X, así luego podrían tener otro y llamarlo Y. ¡Sería tan genial...!

Levanté una ceja y su cara de lunática me hizo sonreír.

—Recuérdame que no tenga hijos contigo...

—Y si tuvieran tres, ¡podrían llamarlo Z...! —continuó flipada.

—Vístete. Tenemos que irnos. Quiero llegar antes de que Héctor infarte...

Y tal cual. Nada más entrar en el hospital nos encontramos a Héctor histérico.

—¡Le van a hacer una cesárea! —exclamó temeroso.

—Tranquilo... ¿Qué ha pasado? —le pregunté agachándome.

—Nos han dicho que había sufrimiento fetal —explicó agobiado—. La propia Carla bloquea los músculos de su vagina cuando está asustada, y no hemos querido arriesgarnos...

—Seguro que todo sale bien —dijo Keira acariciándole el hombro—. Yo tampoco me habría arriesgado...

La miré extrañado por esa afirmación. ¿Era capaz de ponerse en su piel en esa situación? Algo era algo...

—La presión por ser buena madre empieza en el parto —explicó Keira—. Te machacan con tenerlo de forma natural, con darle el pecho..., y son pautas que no se ajustan a las circunstancias de todas las mujeres, condenándolas a hacerles sentir mal consigo mismas cuando se ven forzadas a elegir otra cosa.

—¡Me la suda lo que digan! —exclamó Héctor, asustado—. ¡Yo solo quiero que todo salga bien!

—Estoy contigo. Al final, es lo único que importa. Todo irá genial...

Por suerte, la agonía no duró mucho y en treinta minutos el bebé estaba fuera y Carla estable.

Nos dejaron acercarnos a una zona contigua para verlo recién llegado al mundo, solo a Héctor, y a mí con la excusa de que empujaba su silla... Una chica salió del quirófano con un bulto envuelto en una sábana y nos quedamos petrificados al apreciar lo poco que ocupaba.

El niño estaba sucio y arrugado, pero se movió indicando que necesitaba ayuda y nos robó el corazón al instante. Mi mano fue hacia mi pecho notando por primera vez un latigazo bueno en vez de malo.

—Dios mío... —musité extasiado.

No quería apartar los ojos de él, pero hice el esfuerzo para mirar a mi hermano y vi lágrimas en sus ojos.

—Es precioso... —le dije—. Y es tuyo...

—Ástor... —murmuró de repente como hacía siempre que me necesitaba.

—¿Qué quieres? —pregunté solícito.

—No... Su nombre... Va a ser Ástor... —le dijo a la enfermera.

El corazón me explotó en mil pedazos y sentí que me ahogaba de amor.

La sanitaria asintió sonriente y se lo llevó con rapidez.

Me había dejado sin palabras. Las lágrimas inundaron mis ojos. Y solo pude agacharme y abrazar a Héctor, emocionado.

—Es lo más increíble que he visto... —le juré—. ¿En serio vas a ponerle mi nombre? ¿Lo has hablado con Carla?

—Sí. Queríamos que fuera una sorpresa para ti. Es mi forma de darte las gracias por cuidar de mí todos estos años...

Lo abracé más fuerte.

—Tú eras mi razón de vivir, Héctor... Si hubieras muerto, no sé lo que habría hecho sin ti.

—Algún día moriré, hermano..., y tú cuidarás de mi hijo como si fuera tuyo, ¿de acuerdo?

Nos miramos a los ojos fijamente y la certeza me atravesó.

—No lo dudes por nada del mundo...

Volvimos a abrazarnos, y me alegré tanto por él que no me cabía la felicidad dentro.

—Y pienso pedir una prueba de paternidad porque es clavadito a ti, joder...

Solté una carcajada y lo llamé idiota...

Tuvimos que esperar casi dos horas a que Carla saliera de la sala de recuperación.

Explicamos a Keira cómo había sido el primer encuentro con el «bicho», pero noté que no era capaz de entenderlo sin vivirlo.

Lo que sí entrevió es que estaba muy emocionado de que le hubieran puesto mi nombre. Y entendió que ese niño supliría de algún modo las querencias de mi reloj biológico. Uno que acababa de activarse de una patada voladora en cuanto vi a ese crío.

Estábamos todos en la habitación achuchando a Carla cuando trajeron al bebé en una cuna de cristal alta y agradablemente accesible.

—Sería conveniente que lo pegara a usted, piel con piel... —aconsejó la matrona.

—Vale —contestó Carla, visiblemente emocionada.

Todo fue muy rápido. La enfermera levantó al bebé adormilado y Carla se deslizó el pijama hospitalario hacia delante mostrado su torso desnudo para que lo apoyara sobre ella.

Me di la vuelta bruscamente ante la imagen.

«¡Joder!».

Verla desnuda me hizo sentir como un maldito intruso. Como si estuviera vulnerando un momento muy íntimo.

—No funciona —oí a Carla, preocupada—. ¡No se me agarra...!

—Dale tiempo, no lo obligues —contestó la mujer—. Puede que ahora mismo le baste con oír tu corazón y tu voz. Háblale.

Igual no tiene hambre, pero cuando la tenga, lo sabrás. Entonces podrás facilitarle el camino.

Miré de reojo y vi a Keira con las dos manos en la boca, alucinada.

—As… —musitó mi hermano en el tono que usaba cuando me necesitaba para algo y me volví sin querer mirar hacia ningún otro sitio que no fuera él.

—¿Me ayudas? Quiero abrazar a mi familia… Y Keira, ¿nos sacas una foto, por favor?

Cuando vi que Carla solo tenía ojos para su hijo y que le importaba un bledo que yo la viera de esa guisa, me sentí idiota. ¡Era lo último que le preocupaba! Era como si de pronto sus pechos hubiesen dejado de ser algo erótico para convertirse en soporte alimentario.

Me enraré al sentir que la ola de su madurez me pasaba por encima. Era la vida misma.

Me acerqué a mi hermano e hice lo que me había pedido. Keira tomó la fotografía desde el otro lado y tomó otra con Héctor dando un beso en la cabeza a su hijo apoyado entre los pechos de su madre.

En ese momento, miré a Keira, conmovido.

En sus ojos había una felicidad desconocida y exultante. Era como si por primera vez lo entendiera todo. Como si esa ola la hubiera alcanzado también a ella en todos los sentidos y se diera cuenta de que las teorías son una cosa y la práctica otra. Como si hubiera descubierto una parte que nadie le había contado y pudiera perdonarse un poco a sí misma por nacer.

Dicen que cuando tienes un hijo tus prioridades cambian. Que tu mundo se simplifica reduciéndose a lo esencial. A un amor incondicional que lo puede todo y te motiva a mejorar como ningún otro. Pero para mí no era algo desconocido. Ese era un tipo de amor, un motor, que siempre había estado en mí, aunque no fuera padre. Y entendí que quizá no necesitara serlo para disfrutar ese papel.

Era 20 de mayo y quedaba solo una semana para finalizar el curso lectivo en la universidad. Carla había estado asistiendo a clase desde que se enteró de su estado a principios de septiembre

437

y tenía pensado realizar sus exámenes en junio para terminar lo que no pudo el año pasado.

Nunca había visto a mi hermano tan feliz. Vivía por y para su hijo de tres kilos, doscientos gramos. Decidieron darle lactancia mixta solo para que él pudiera participar de sus cuidados a cualquier hora. Ella nos dijo que gracias a eso estaba disfrutando mucho de amamantar a su pequeño, sin agobios ni presiones.

Carla se presentó semanas después a las asignaturas que le quedaban y las aprobó todas, y tomó la decisión de que el curso siguiente empezaría otra carrera. En su favor diré que mi sobrino era un bebé modélico que comía y dormía como un bendito.

—Es maravilloso... —opinó mi madre, extasiada, un domingo que fuimos todos a comer a su casa. Incluso Saúl y Yasmín.

El pequeño As estaba feliz rulando de brazo en brazo.

Me encantó ver a Carla riéndose despreocupada con Saúl, teniendo una conversación sin estar mirando hacia su hijo cada dos segundos como una auténtica maniaca. Me quedó claro que no sería el clásico niño sobreprotegido que no quiere salir de las faldas de su madre.

La complicidad entre Saúl, Keira y Carla había aumentado después de haber pasado todo el año comiendo juntos en la universidad. Mi mujer había cambiado su jornada laboral a turno de tarde para poder completar el máster y eso obligó a Yasmín a hacer lo mismo para seguir coincidiendo con ella, y también para tomarse más en serio sus estudios de Criminología.

Todo era un plan ideado al milímetro con vistas a que mi hermano no se mudara a Singapur. Fuimos egoístas, lo sé, pero Saúl acababa de terminar el máster y ya no podía retenerlo con nada. Yasmín pronto cumpliría sus dos años de servicio mínimo y podrían largarse. Pero tenía un último as en la manga...

—Saúl... —lo abordé—. ¿Sabes algo de lo de Singapur?

—Sí, tengo un par de ofertas de trabajo —me comentó, y tragué saliva—, pero no es exactamente lo que estoy buscando...

—Yo te ofrezco un trabajo.

—¿Cuál?

—La vicepresidencia del KUN.

—¿Qué? —Se rio de mí—. ¿Ese puesto existe de verdad?

—No, me lo acabo de inventar. Pero necesito delegar... y desde que tú me ayudas todo ha cambiado a mejor. ¡Tienes mejores ideas que yo! Y cuando pasen los años, podrás ser el presidente y controlarlo todo...

—Ástor... —musitó asombrado—. Me siento halagado, pero... de verdad creo que no soy digno de ese puesto.

—No empieces...

—¡Lo digo en serio! Todavía no. Puede que algún día lo sea, pero tengo un plan vital que quiero cumplir.

—Y que consiste en abandonarme... —masculló mirando al suelo como un niño pequeño.

—No, consiste en irme un año y volver con una idea de negocio millonaria en la que te incluiré, si quieres...

—Querré —le aseguré sin dudar—. Desde que disolví la web ando pensando en meterme en algo. Lo que sea.

—Ese algo nos está esperando, Ástor —dijo levantando su copa. Y se la choqué convencido—. Pero para eso tenemos que irnos un tiempo.

¿Y Yasmín? Había empezado a estudiar...

—Ya lo hemos hablado. Puede terminar a distancia.

—Veo que ya lo tienes todo pensado... —Sonreí orgulloso y apenado a la vez.

—Solo tengo veintitrés años —dijo con humildad—. Necesito tiempo y experiencia para ponerme a tu nivel...

—No digas eso... Ya lo estás de sobra...

—No. Tú tienes varios negocios, tus caballos, a tu mujer... Yo todavía tengo que descubrirme a mí mismo. Pero volveré con algo que aportarte, te lo prometo...

—Ya me aportas mucho, Saúl... —dije conmovido por sus palabras. Si supiera cuánto, no se iría. Pero no podía ser egoísta con él, y dije—: Está bien, vete y demuéstrame de lo que eres capaz.

Su sonrisa me transmitió que había acertado en dejarlo volar sabiendo que tenía un sitio al que volver. Y aunque nunca tuviera hijos, esa sensación nadie podría quitármela.

—Te queda muy bien —comentó mi madre, sibilina, cuando

vio a Keira apoyarse el bebé en su regazo—. Parece estar muy a gusto ahí...

—Es que todos los Ástor me adoran —replicó ella con sorna—. Es como una especie de maldición.

Sonreí ante sus palabras y le hice una fotografía mental. Porque se me estaba cayendo la baba de verla con mi sobrino en brazos.

—Que no os engañe... —añadió Kei—. A esta edad son una cucada, cuando ni hablan ni caminan, pero luego crecen y...

—¿Y qué? —pregunté juguetón.

—¡Pues que se convierte en un infierno! Se ponen enfermos, tienen rabietas, vomitan, no saben limpiarse el culo solos... Todo muy divertido. Nótese la ironía...

—La noto, tranquila. —Sonreí.

—Bien. —Suspiró aliviada—. Porque no puedo paralizar mi vida para dedicarme a esto... —dijo sin convicción.

—Ajá... —respondí escueto.

Me acerqué a ella para quitarle al niño de cuajo y dárselo a mi madre. Sonreí para mis adentros cuando mi mujer se quedó con carita de pena.

Al no tener nada que acariciar, se levantó y vino a por mí. ¡Hurra! Éramos tan felices de estar juntos y vivos que no habíamos vuelto a discutir desde que casi se muere. Lo vimos tan cerca... y estábamos tan agradecidos que ningún motivo nos parecía suficiente. Solíamos estar de acuerdo en todo. En ese sentido, Charly tenía razón, nos parecíamos; para bien o para mal. Solo que el mal había quedado relegado a un tercer plano que no merecía la pena.

Ni siquiera había vuelto a ir al Dark Kiss. Casi nunca pensaba en ello más que para sorprenderme por no necesitarlo. Una vez, Sofía lo llamó el «antro quitapenas», y puede que estuviera en lo cierto porque sentía que ya no había rastro de ella en mi interior.

Pasaron casi dos años hasta que la oportunidad se presentó... Esa que solo pasa una vez en la vida. Y me lancé a cogerla.

Keira y yo veníamos de una época preciosa y tranquila, llena de amor, viajes y sueños que despegan…, pero el mío esperaba agazapado entre las sombras para hacerse realidad.

La boda de Héctor y Carla se celebró el verano en el que el pequeño As cumplía los terribles dos años. Era el encargado de llevar los anillos y de hacer que todo el mundo se derritiera con su traje de tres piezas hecho a medida.

Keira babeaba más que nadie…

Siempre andaba persiguiéndolo por todas partes, amenazando con comerle el culo mientras el niño huía de ella muerto de risa.

Cuando por fin lo cazaba, lo elevaba en el aire y lo mordía donde podía, ignorando sus gritos de auxilio. Me sorprendió descubrir que era más niñera que ninguno de nosotros. Y creo que a ella también. Me encantaba vacilarla con eso.

—Ese niño tiene padres, ¿sabes?

—Me gusta jugar con él… —Se encogió de hombros—. Está aburrido. Me han dicho que lo vigilara hasta que todo comience, y eso hago. Este ratito no es como cargar con un hijo las veinticuatro horas, Ástor…

Sus excusas eran cada vez peores. En realidad, pasábamos mucho tiempo con mi sobrino. A veces hasta nos lo dejaban a dormir en casa.

La envolví entre mis brazos para continuar vacilándola, pero el pequeño se colocó a mi lado y tiró de mi pantalón extendiendo sus bracitos para que dejara de abrazar a Keira y lo cogiera a él.

Lo subí hasta mi pecho, y su cara de satisfacción al verse a tanta altura del suelo me borró el Dark Kiss de la cabeza de golpe y para siempre.

As quiso atrapar a Keira también sin soltarme el cuello, y nos juntó a los tres en un abrazo conjunto.

—Este crío pretende matarnos de amor —masculló Keira, molesta.

Solté una risita socarrona.

—Agua —pronunció el peque con su singular voz de pito.

—Toma, campeón… —Keira rebuscó en su maxibolso.

—¿Llevas agua para él ahí? —pregunté ufano.

—Sí, bueno... Tiene sed a todas horas y..., ya sabes, es verano.

—Ajá...

—¡Deja de soltar «Ajás»! ¡Esto no significa nada!

—Claro que no... —dije tranquilamente—. La gente lleva agua encima para niños que no son suyos a todas horas...

—Carla me pidió que cuidara de él. —Keira entrecerró los ojos en una fina línea.

—Tiene abuelos —rematé.

—Y un tío muy tocapelotas... —Se cruzó de brazos—. ¿Este es tu plan, Ástor? ¿Meterte conmigo hasta que confiese que no me importaría tener uno? Pues espera sentado...

Me reí al percibir la ofensa que solo saca a flote la flagrante verdad.

—Te equivocas, Kei, no tengo ningún plan, ya me he hecho a la idea... Además, ya no podemos tener un hijo...

Me miró extrañada. Y picada.

—¿Por qué no? —preguntó cayendo en mi trampa.

—Porque ya hay un Ástor en la familia. ¿Cómo lo llamaríamos? Ningún nombre puede competir con ese, ¿no crees?

Y de repente, lo vi. Vi en sus ojos cómo cruzaba un nombre por su cabeza. El único posible... Una ficha que su contrincante le había arrebatado y que siempre había querido recuperar.

En ese momento, los organizadores de la boda nos interrumpieron metiéndonos prisa a fin de que todo el mundo ocupara el lugar que debía para empezar la ceremonia civil.

Obedecimos rápido; un *wedding planner* puede ponerse muy agresivo si se le lleva la contraria.

Mi sobrino se fue con su abuela hacia el fondo del patio de sillas para esperar junto a Héctor a que empezara la música.

No sé si fue la melodía del *Canon* de Pachelbel, una de las piezas más bellas compuestas por el hombre, o la adorable sonrisa que le echó el pequeño a Keira cuando pasó por nuestro lado, pero sentí que mi mujer se emocionaba inevitablemente.

Me arrimé a su espalda y sentencié en su oreja:

—Yo lo llamaría Ulises... ¿Y tú?

Se volvió hacia mí, sorprendida, y me miró sobrepasada y con los ojos humedecidos.

Tres segundos después, parpadeó, haciendo que las lágrimas cayeran por sus mejillas, y se las sequé con mis dedos.

La abracé con fuerza en silencio, y esperé con paciencia la respuesta cuando le repetí la pregunta:

—¿Y tú?

Creo que Keira sabía lo que le estaba preguntando. Lo que estaba en juego...

—Yo también... —asintió llorosa.

Cerré los ojos y una gota de felicidad se deslizó por mi cara.

En ese instante tuve la certeza de que recuperaríamos esa pieza que faltaba entre los dos... Y entendí que el amor es como el ajedrez: te pasas la partida preocupado por perder a tu reina cuando es ella la que en todo momento hace lo imposible por salvarte a ti. Por algo es la pieza más poderosa de todas.